Bebel que a cidade comeu

IGNÁCIO DE LOYOLA BRANDÃO

Bebel que a cidade comeu

São Paulo
2001

6ª Edição, 2001

Diretor Editorial
Jefferson L. Alves

Gerente de Produção
Flávio Samuel

Assistente Editorial
Rosalina Siqueira

Revisão
Maria Aparecida Salmeron

Editoração Eletrônica
Antonio Silvio Lopes

Dados Internacionais de Catalogação na Publicação (CIP)
(Câmara Brasileira do Livro, SP, Brasil)

Brandão, Ignácio de Loyola, 1936-
Bebel que a cidade comeu / Ignácio de Loyola Brandão. – 6ª ed. – São Paulo : Global, 2001.

ISBN 85-260-0329-1

1. Romance brasileiro I. Título.

01-1565 CDD–869.935

Índices para catálogo sistemático:

1. Romances : Século 20 : Literatura brasileira 869.935
2. Século 20 : Romances : Literatura brasileira 869.935

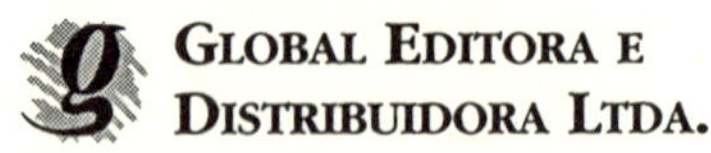

Global Editora e Distribuidora Ltda.

Rua Pirapitingüi, 111 – Liberdade
CEP 01508-020 – São Paulo – SP
Tel.: (11) 3277-7999 – Fax: (11) 3277-8141
E-mail: global@dialdata.com.br

Nº de catálogo: **1557**

Ao Giovanni Bruno
irmão e companheiro
Edmar e Neta,
que me garantiram a sobrevivência

DINA SE JOGOU. Nua. O dia acabava e o sol se refletia nos prédios. Ela desceu vertical, depois se inclinou. A tarde era dourada e Dina tinha a cor da tarde. O dourado desapareceu quando ela entrou na sombra dos edifícios. O corpo se depositou na calçada. Chapado na pedra fria.

Bebel deixou a janela.

Certa manhã no Ibirapuera vira o avião tentando furar o telhado, em busca do céu. O dia estava nascendo e o aparelho ficara preso ao teto, despedaçado. E os homens mortos. Ela estava nua no imenso pavilhão, olhando os homens mortos.

– Eu não tenho mais Dina.

Fechou as cortinas. Desceria as escadas. Dezenove andares. Havia agitação nos corredores. O hall cheio de gente. Colou-se à parede. O corpo estava cercado por um círculo de pessoas.

"I have a pencil. Do you have a pencil?"

"Good morning. How are you? I am fine."

O sol vinha horizontal e a luz se grudava ao chão, batia nos vidros dos carros. O povo andava com a mão em pala, à frente dos olhos. O sol batia Bebel por trás.

"I love Mary."

Nas livrarias, portas de casas de lanches, lojas: as pequenas bancas. Uma vitrola, cartazes pregados: "LINGUAFONE – Aprenda Inglês rapidamente e sem mestre – Doze discos farão você falar corretamente – o futuro é de quem sabe inglês." Tornara-se epidemia. São João, Ipiranga, Sete de Abril, Barão. Em todas as ruas...

"Do you like movies?"

"Yes, I do."

Ela parou diante do cartaz, na esquina da Marconi.

OPORTUNIDADES DE QUEM FALA INGLÊS:

Executives solicita CONTADOR para assessorar o "Controller" – O candidato deverá ser formado em Ciências Contábeis ou Econômicas e possuir perfeito domínio da língua inglesa, falada ou escrita. CONTROLLER: Local subsidiary of large american company requires a "controller" to work under general management and who would be responsible for all administrative and accouting functions. General Motors procura Secretária – Inglês e Português. Marketing Manager: Required for US concern. Young, dynamic, fluent english-portuguese, experienced in sales. Promotion/advertising. "Speak english, speak english, speak english."

– Eu não tenho mais Marcelo!

Ele odiava os americanos. Quando Bebel foi aprender inglês, ele disse: "Vai, vai aprender a voz do dono."

– Mas eu quero aprender para poder ir aos Estados Unidos fazer carreira.

– Carreira no quê?

– No cinema.

– Deixa disso! Você não faz cinema nem aqui. Vai fazer lá? Hollywood se acabou, menina.

– Acabou nada!

– Melhor ir para Roma.

– Acho os Estados Unidos mais bacana.

Segunda-feira, véspera de feriado. Muita gente não foi trabalhar, emendou desde sábado. A partir de seis horas o movimento das ruas não é como nos outros dias. Os luminosos acendem. O enorme Mappin verde faz a praça inteira verde. Pessoas de caras verdes. Amanhã os jornais falarão sobre Dina em artigos, com sua fotografia. Os jornais tinham muitas fotografias. Vivia saindo reportagem dela. A primeira exposição: *Pintora de 17 anos faz sucesso*. Ela fazia sucesso mais que os quadros, porque era bonitinha, tinha lindas pernas que abria com facilidade. Os amigos tinham comprado todos os quadros.

DENUNCIADO COMPLÔ EM SÃO PAULO PARA DERRUBAR CASTELO. NÃO HAVERÁ ELEIÇÕES.

JORNALEIROS APREGOAVAM O ÚLTIMO NÚMERO DE "MANCHETE": São Paulo Agora – 43 páginas em cores – A maior, mais rica e laboriosa cidade da América Latina – Uma indústria que se mobiliza para o novo florescimento – 34 mil fábricas – 800 mil operários – Área de 400 Km^2 – Cinco milhões de habitantes – 500 mil prédios 8 mil ruas – O lugar onde há mais dinheiro na América Latina – Cidades com nome de Santo e história de guerreiros – No Asfalto Selvagem está a esperança – Domingo é dia de ficar quase sozinho.

Bebel folheia a revista. Os fotógrafos estavam numa noite no "Cave" fotografando o show. Fotografaram também Jair Rodrigues no "Juão". E o "Arena Conta Zumbi". Legenda da foto: "Estou com pressa, diz um paulista mais apressado, correndo atrás da fortuna."

"NA RUA AUGUSTA VOCÊ PODE COMPRAR

★

Um Rolls-Royce: 50 milhões.
Um vestido Dior: 25 milhões.
Um colar de diamante: 1 milhão.
Um cachorro-quente: 800 cruzeiros."

Procurar alguém para conversar. Esperando a hora de estourar. Precisava de dinheiro. Recomeçar tudo. Mas ninguém a procurava mais para fotografias. Em 1963 a cidade se enchera com os painéis de publicidade. Seu rosto. Tinha no Rio, em Belo Horizonte, Recife, Salvador. No Brasil inteiro. Agora, é São Paulo, 1966. Bernardo disse: "Você está gorda demais para ser vedete. Gordíssima. Precisa fazer regime. Quantos anos tem? Vinte e cinco. Tem tudo pela frente. Deixe de enfiar as coisas no nariz, Bebel. Deixe de ser boba." Bernardo tinha o rosto estranho.

A uma da manhã o Cave estava cheio. Os mesmos rostos. As mesmas conversas. O mesmo jeito de todo mundo. Ela sabia que iria para a pista quando tocasse twist. Quem se levantaria no hully-gully. E no surf. E no ié-ié-ié. Ella Fitzgerald cantava Gershwin. A fita fora gravada de um disco velho e conservava os raspões. Todo mundo conversava alto.

Dagoberto era lindo. Forte e rico. Tinha um Mustang e corria com ele, nos fins de noite pela madrugada a fora. Dagoberto gostava dela. Estava gamadíssimo. Não gostava de caras gamados. Bebel disse:

– Quanta gente hoje! Puxa!

– Com quem foi? Com quem foi?

Depois das três, chegavam meninas de inferninhos.

– Eu não tenho Dagoberto.

– Não tenho mais ninguém.

Quero refazer minha carreira. Sou nova e bonita. Eles fazem um círculo em volta dos corpos de gente morta. Eles me rodeiam. Estou sempre rodeada.

Certa manhã no Ibirapuera, dois moços subiram no avião vermelhinho. Queriam voar e ligaram o motor. Quando o avião acelerou dentro do pavilhão, perceberam que iam em direção contrária à porta. Puxaram o manche. Estavam bêbados demais. O aparelho subiu e varou o teto. O céu gelado da manhã apareceu. Na rua antes de tomar o ônibus, Bebel viu o avião arrebentado. Dagoberto à sua frente.

E o Cave inteiro a conversar, sem ouvir Ella Fitzgerald. Bernardo entrando. Todas as noites ali. Sozinho.

O cheiro podre do escarro do avô.

O mundo ficando insuportável.

1

VENHA GOSTAR DE SÃO PAULO

NINGUÉM PODE GOSTAR daquilo que não conhece.
E por isso, talvez, você não goste de São Paulo. Criou-se a falsa imagem de que só temos fábricas, fumaça preta, poeira, homens correndo. Há um pouco disso, é verdade. Mas tem também muita coisa boa de ver e apreciar. Tem montanhas, tem a terra e por toda a parte tem o paulista, tão bom como pode ser bom todo brasileiro. Venha conhecer São Paulo. Sabemos que vai gostar.
ACOMPANHE-NOS NESTA VISITA.

(Folheto da Secretaria de Turismo)

TORNO AUTOMÁTICO TORBRAS

GERADOR TRIFÁSICO ASEA

BARRAS SEXTAVADAS DE AÇO TREFILADO

MÁQUINAS DE ENDIREITAR FERRO

MARTELO PNEUMÁTICO PARA FORJAR MG

Poluição do ar em São Paulo é noventa por cento maior do que em Los Angeles, atestam os técnicos do meio ambiente, alarmados.

NA RUA TENENTE PENA, quase junto à esquina da rua José Paulino, fica o depósito de ferro velho. Piero, o dono, vê a menina entrar correndo. Já se acostumou. Ela vem todos os dias e tem o ar sempre assustado. Entra e vai para trás de uma porta de ferro ondulado. Sentado na sua casinhola, de onde vigia o depósito, Piero chupa cigarros de palha e olha a menina. Ela fica escondida, depois espia. Sempre que o pai lhe bate, foge. Corre com medo que o pai venha atrás e vai se esconder no depósito. Ali está segura, protegida, o velho Piero é inofensivo. Ela tem oito anos e é muita magra. Cabelos escorridos e as unhas pretas. O ar assustado torna grandes os olhos verdes. Piero acha que os olhos são a única coisa bonitinha nessa menina. Depois de uma, duas horas, ela sai. Cuidadosamente, com receio. Atravessa entre canos, grades, portões, vitrôs, bloco de motores, restos de calhas, caldeiras, eixos, panelões de roda de automóvel.

Bebel sai à rua. Quatro da tarde. Ao lado do ferro velho há uma oficina mecânica. Cheia de táxis pretos. Na porta, homens sujos de graxa jogam um jogo com as mãos fechadas. São espanhóis. Amigos do pai, estão sempre com ele no bar da esquina. Falam grosso, dizem "me lo cago" a toda hora. Barulhentos. Ela tem medo deles e se recusa a ir ao bar, aos domingos pela manhã, comprar coisas. Eles lá estão e mexem com todo mundo. Anda devagar. Vê passar a menina carregando palmas vermelhas e brancas. Devem ser para o enterro de Raquel. Todas as meninas do grupo vão. Bebel segue a menina por dois quarteirões imaginando se enterro de judeu é igual ao de brasileiro ou espanhol, com toda gente chorando, gritando e a mãe se descabelando. Os judeus que conhece são quietos, quase não falam, a não ser nas lojas para vender as coisas. Falam macio, suavemente. Têm sempre a cabeça curvada, baixa, não se alteram, não gritam, não xingam. Gente muito mansa como devia ser todo mundo. No seu quarteirão é um inferno. Os homens, as crianças e os moços salientes. Raquel morreu ninguém sabe de quê. A professora disse que começou a ficar dura na cama e um dia depois fechou os olhos. Bebel se impressionou e pensou o tempo todo em Raquel, dura na cama, sem poder se erguer.

Uma tarde tinha visto um menino morrer. Era um menino grande, de uns dez anos. O pai a procurava para dar uma surra e ela correra até o pontilhão da estrada de ferro. O menino estava na esquina conduzindo um cego que vendia vassouras e escovas. Um menino bonitinho que tinha de arrastar aquele homenzarrão pela cidade como um cachorrinho. Chegou perto.

– Vamos correr?

– Que correr?

– Correr pra pegar o otro.

– E o cego?

– Larga o cego aí, bolas!

– Você é louca!

– Ah! É? Maricas.

– Maricas te mostro.

– Mostra o quê?

– Mostro o meu negócio procê vê.

– Vem comigo. Lá atrás você mostra o teu e eu mostro o meu.

– Mesmo?

– Mesmo.

– Mas e o cego?

– Não enche com esse cego. Larga ele no meio da rua prum caminhão passá por cima. Vai, solta a coleira dele.

Correu e o menino seguiu. Ela subiu pelo muro de cimento, saltou nos trilhos da Sorocabana. E correram pelos dormentes. Quando veio o trem, ela estava muito na frente, de modo que a locomotiva só matou o menino e parou. Ela voltou e começou a tremer quando viu o corpo todo arrebentado do outro. Mas o menino tinha a cabeça inteira e parecia estar dando risada. Deve haver uma alegria qualquer quando a gente morre, pensou.

Olhava as palmas que a menina levava, apressada, à sua frente. Odiava palmas. Detestava flores duras, bem arranjadinhas. A flor tinha de ser solta, mole, para não parecer de pano. Uma vizinha fazia flores de pano para vender à igreja. Bebel passava em frente à sua casa e fechava os olhos. As flores ficavam na janela. Rosas, cravos, dálias. Feias. Pétalas duras que iam ficar assim por muito tempo, se enchendo de poeira. Sem perfume. A mãe ganhara um maço, colocara num vaso em cima do rádio. Uma noite acabou a força, o pai acendeu uma vela e Bebel colocou a vela em baixo das flores, pondo fogo em tudo.

A menina virou a esquina. Desapareceu. A rua repleta de mulheres falando alto, os braços cheios de roupa colhida nos varais. Bebel se enfiou por um corredor que tinha um portão verde. Uma vila, com casas pequenas, amarelas e azuis de todos os lados. Moram famílias e famílias, amontoadas. Domingo de manhã, ou sábado à noite, saem todos para fora e não cabem no corredor e ficam falando, gesticulando e rindo e xingando.

Passa por Flávio, que sorri. É o melhor amigo de Bebel. O pai não quer que ela ande com Flávio. "Um maricão aquele. Hombre não requebra." A mãe diz que viu Flávio de lábios pintados uma noite. Ele tem três anos mais que Bebel.

O pai está em casa. Tem a garrafa de cerveja na mão e bebe pelo gargalo. É um homem mirrado, sujo, fede a cerveja. Trabalha no depósito da Antártica, na rua José Paulino e todos os dias traz uma garrafa para casa. Bebe antes do jantar, aos golinhos.

A casa é sala, quarto, cozinha e dois quartos em cima. Um é do avô, ninguém entra. O velho vive na cadeira de balanço, todo coberto, a tremer de frio. Careca, tem sobre a cabeça uma larga manta quadriculada, de lã. A irmã, Marta, chega pouco antes do jantar. Tem dezenove anos e ganha salário mínimo numa malharia da rua da Graça. De manhã, trabalha nos fundos, com as máquinas de tricô. No fim da tarde, vai para a porta, fica sentada numa cadeira, vigiando a loja e atraindo fregueses. Se vende, ganha comissão. Não traz tudo para casa; o pai nem sabe direito quanto ela ganha. Põe uma parte no banco, porque um dia vai embora do Bom Retiro. Depois do jantar, a mãe sai para a calçada levando uma cadeira, o pai senta-se junto à janela, fumando cigarrilhas que empesteiam a casa. Marta e Bebel recolhem pratos e talheres, colocam na pia, jogam água quente em cima. Bebel fica com a vassoura para varrer a sala e cozinha. Do pequeno pátio, no escuro, ela vê luzes nos quartos pegados: o do avô e o delas. A luz atravessa por uma rachadura na parede que pega um pedaço de cada quarto. Já receberam ordem de despejo, vão acabar a vila para construir um centro comercial. O pai não se importa, o aluguel é barato. Um dia o fiscal da prefeitura, olhou: "O senhor vai ter de sair à força, senão acaba assassinando sua família. Olha isso aí!" O pai, de cabeça cheia de cerveja, deu um arroto: "Essa casa ainda agüenta muita batida. Depois num tem otra coesse preço." Bebel pensa que a casa podia se romper numa hora em que ela estivesse no ferro velho e os tijolos amassassem a cabeça do pai, da mãe e do avô catarrento. Quando sobe, a irmã está pintando os olhos de azul, frente ao espelho do guarda-roupa. Flávio está ensinando Bebel a se pintar também e ela espera apenas que a irmã saia para começar com o lápis e o batom e o rouge.

– Bebel.

Desce correndo. A mãe de vestido ramado e o pai de paletó. Tem também a gravata azul com uma palmeira pintada que o Tio mandou dos Estados Unidos muito tempo atrás. O retrato do Tio está no quarto do avô.

– Vigia o avô que nós vamos no cinema.

Voltarão pela meia-noite. Na sexta-feira exibem dois filmes e cinco desenhos, além de trailers e complementos. É o dia mais barato. A mãe é louca por cinema, mas o pai não liga. Vê um pedaço, dorme o resto do tempo. A mãe conhece as artistas, compra revistas. Bebel leva as revistas para o quarto do avô. Ele dorme, enroscado em sua cadeira. Parece um bicho. Precisa ser vigiado porque se percebe que não tem ninguém, toma a cerveja do pai e sai para a rua, a tremer e andar. Ela tem vontade de se esconder e deixar o avô sumir. O velho lhe dava surras, tempos atrás, quando estava bom; antes de cair na rua com o ataque que o deixou bobo. Não gosta de Bebel. Uma vez, largou uma escarrada que a apanhou no nariz. Ela sentiu o cheiro podre e doente. Vomitou. E vomita sempre que se lembra daquela gosma pregada ao seu rosto.

As paredes do quarto estão cheias de placas secas e brilhantes. O avô escarra em qualquer direção e com força. Ele veio da Espanha em 38 e dois anos depois fabricava vinhos na região de Sorocaba. Durante a guerra os negócios tinham falido, ele veio para São Paulo trabalhar numa carvoaria. Era um homem forte e atarracado que usava, mesmo dentro de casa, o boné enfiado na cabeça. As sobrancelhas eram tão cerradas e grandes que quase cobriam os olhos. Os dentes pretos. Em 50 foi morar com o filho Manuel, no Bom Retiro, no quarteirão onde se localizavam famílias espanholas. Brigava com o filho que não era como os outros espanhóis que tinham enriquecido no negócio de ferro velho, durante a guerra. Deixou o emprego e vivia no quarto com as suas coisas. Elas estão no armário. Revistas e jornais que trouxeram sua fotografia; barretes, um cálice de missa, baionetas, facas, muqueiras, distintivos. Em dias bons contava para Bebel sua participação na revolução espanhola. Como incendiara igrejas na Andaluzia e matara um padre fazendo-o beber vinho de missa e comer contas de rosário. Naquele tempo eu "era um hombre", dizia, como hoje não existe mais. Esses que estão aí são frouxos. Só a guerra pode provar um homem e eu passei nela. Fizera parte das Checas e era o encarregado da "vile garrote" que apertava o pescoço do sujeito até sufocá-lo. A linguagem do velho era uma mistura de brasileiro com dialetos espanhóis. Bebel não entendia a maior parte. Homem era Luís Miguel que foi para os Estados Unidos. A história, ela ouvira duzentas vezes, mas gostava. Depois da guerra o que sobrara da família do avô emigrara. Deviam ir todos para os Estados Unidos e uma parte embarcou. No entanto, a avó ficou doente e o velho mais o pai de Bebel ficaram tomando conta, esperando outro navio. O próximo era para o Brasil e eles tiveram de vir naquele. Luís Miguel chegara em 43 aos Estados Unidos, com 20 anos. Com 25 pertencia a uma quadrilha de assaltantes e matou um policial. Foi preso e eletrocutado. A mulher dele tinha enviado ao avô notícias sobre a prisão, julgamento e morte. O policial era importante. Além disso, o caso empolgara o país porque havia um grupo se batendo contra a pena de morte. A sentença foi adiada quatro vezes. Na noite de 26 de agosto de 1949, à meia-noite e seis, Luís Miguel sentou-se na cadeira elétrica e passaram a descarga pelo seu corpo. Uma revista publicou a foto da cadeira. O avô tinha. Parecia cadeira de barbeiro, com uma coroa em cima. A fotografia estava impressa num azul desmaiado. Bebel ficava horas olhando a cadeira vazia e os fios que pendiam.

O avô acorda e olha Bebel com ar apalermado. Os olhos empapuçados e as mãos enrugadas. "Pra que ele vive? Por que não fecha os olhos e vai embora? Eu não quero ficar desse jeito, sequinha e enrugada. Parece uma tartaruga." Descia e ia embora. Se o velho ameaçasse alguma coisa, ela estaria no pé da escada para assustá-lo. Era só gritar e aquela posta cambaleante voltaria ao quarto. Marta namorava na porta. Sabia, por causa do cheiro de Glostora que o namorado usava.

Era um moço de cabelo liso e bigodinho fino que tinha um carro laranja e amarelo. Trabalhava num banco. Bebel achava o cara muito bobo, mas estava bom para a irmã que não queria saber de nada. Quando fosse grande, um dia, e trabalhasse, iria embora, longe daquela gente, daquelas ruas de lojas de roupas.

*

A rachadura continua do mesmo tamanho, no mesmo lugar e a casa ainda não caiu. Quando o avô morreu, Bebel pensou que ia ficar com o quarto só para ela e fez projetos de pintar tudo, mudar, deixar a janela sempre aberta. No dia seguinte ao enterro, subiu com Flávio. O pai atirou ao pátio os jornais, revistas, os ternos, a roupa de cama encardida, a cadeira em que o avô vivera sentado nos últimos anos. Tinha revistado tudo, querendo encontrar pesetas. Passara a vida pensando nessas pesetas. Jogou gasolina e pôs fogo. À noite, o fogo ainda comia os restos. A mãe lavou o chão e, mal e mal, as paredes e trancou a porta. O quarto era para Marta que ia se casar. O noivo agora vinha todos os dias e jantava. Bebel ficava a arrumar a cozinha e a irmã não ajudava mais, ia para a porta se encher do cheiro de Glostora.

*

Bebel fez dez anos. O pai trouxe a cerveja e bebeu sozinho. A mãe não quis fazer uma festinha, pois ia passar "Sansão e Dalila" naquela noite e ela não podia perder. Bebel ficou um pouco no quarto, em seguida desceu. Meteu a mão pela porta sem vidros da cristaleira. Dentro da xícara grande que tinha um ELA gravado, havia dinheiro. Apanhou uma nota e foi chamar Flávio. "Passa o tempo inteiro na televisão", reclamou sua madrasta, "deve ter descoberto alguma coisa. Nem come em casa."

Caminhando pela rua dos Italianos ela via o povo sentado na calçada, tomando a fresca, conversando. Os homens punham as cadeiras junto às sarjetas, as mulheres ficavam de costas para a parede. Fumavam, passavam café, as crianças correndo pelo meio. Bebel foi em direção ao centro e atravessou o Jardim da Luz. Estava fresco entre as árvores e ela via casais. Passava por grupos de garotos que a olhavam longamente. Estava acostumada aos olhares e gostava. No meio do jardim teve medo; era escuro e deserto, o coreto negro dentro da noite e nenhum ruído. Olhou para a frente. Passava um bonde iluminado em frente à estação. Começou a correr. Atravessou por dentro da estação, sobre os viadutos de ferro, ouvindo os trens. Caminhou pela rua Conceição. Demoliam as casas velhas para abrir a Avenida. Se soubesse onde era a televisão iria encontrar-se com Flávio. Entrou no primeiro bar. Homens bebiam caipirinhas e caracus, comendo torresmo e salaminho.

– Quero um vinho.

– Seco ou doce? Vai beber ou leva?

– Doce. Tinto.

O garçom apanhou uma garrafa empoeirada, limpou com um pano sujo.

– Embrulha?

– Não! Abre. Num tem saca-rolha em casa!

No canto de uma casa, cujas paredes da frente tinham caído, Bebel sentou-se e bebeu o primeiro gole. Um vinho vagabundo, mas tanto fazia. No quinto gole estava feliz e ficou ouvindo passos por trás de um madeirame. Depois, os que estavam lá puseram-se a gemer e ela levantou-se devagar. Pela fresta viu. Tomou dois goles de vinho e quis que eles fizessem mais. O homem no entanto se arrumava e enfiava a mão no bolso. Deu duas notas para a mulher. O vinho fazia o mundo tão gostoso, mas ela sentiu que o cheiro de urina podre em volta era cada vez mais forte e enjoativo. Saiu com a garrafa e não acertava o passo. Entrou por uma ruazinha que fedia a remédios. Casas baixas, de janelas verdes e mulheres nas portas e janelas. Em todas as casas havia mulheres. Junto às sarjetas, homens, quase todos de mão no bolso. Deu um encontrão num manco. "Puta que o pariu, menina!" Uma das mulheres gritou.

– Olha a menininha de porre!

Uma loira enorme, de lábios vermelhos brilhantes e um cheiro que lembrava a Glostora do cunhado. O que queria aquela mulher? Saiu para o lado e a loira cercou-a de novo.

– Bebe, menina, bebe, que se quiser tem mais!

Os homens começaram a rodear e vieram as outras.

– Já viu coisa mais engraçada que uma menininha de porre?

– Olha aí, virô uma garrafa inteira! Essa vai ser das boas!

– Chupa bem a garrafa!

– Só garrafa?

Bebel, imóvel. Olhou a garrafa. O vinho no fim. A loirona tinha a boca aberta e dentes podres. Bateram palmas, ao mesmo tempo.

– Dança pra gente, menina. Dança!

Um círculo fechado e abafante. Ela deixou a garrafa cair. Bebel esticou os braços, apertando-os de encontro ao corpo.

– Mostra essas perninhas magrelas. Vai, mostra.

Jogaram uma nota no meio da roda. Depois uma moeda. Um tipo avançou e passou a mão atrás. Bebel não percebeu, transformada em pedra. Os ouvidos tinham se fechado e as coisas que lhe chegavam eram sons sem nenhum sentido. Como na sua casa. Se tudo não estivesse tão confuso poderia ver a mãe ao seu lado. Sua mãe dezenas de vezes. E o pai. E o cunhado que lhe passava a mão. Sentiu o cheiro de urina podre. Passou a mão no rosto. Lá estava a placa de catarro do avô, grudada na pele. Pôs-se a vomitar.

*

Acordou. A cama era fofa. Num canto uma lamparina acesa. Dessas velinhas de cera num copo com água e óleo, das igrejas. A lamparina iluminava um quadro de Nossa Senhora. Era um lugar macio e quentinho.

A loira de dentes podres sorria. Tinha aberto a janela. Garoava e a cor cinza invadia o quarto. Bebel tremeu.

– Tá com frio?

– Um poco.

– Num tenho nada que sirva. Espera aí! Vou falar com Vilma!

As paredes tinham gravuras de santos. A lâmpada descia do forro, o fio encapado em papel crepom vermelho e amarelo. A loira voltou com um pulôver marrom.

– Veste esse.

Pálida e desbotada a mulher. Sem pintura, apenas com a camisola por cima do corpo, parecia imagem de cemitério, dessas brancas e imóveis mulheres de mármore a chorar sobre túmulos. O peito levemente enrugado e com sardas. O esmalte das unhas quebrado. Bebel vestiu o pulôver.

– Tô com dor de cabeça.

– Vem tomar café que passa. Se não passar, depois te dou sal de fruta.

A loira apanhou uma sombrinha. Casas parede-meia, grudadinhas umas nas outras, portas e janelas fechadas. Lojinhas e oficinas mecânicas e sapateiros e barzinhos. Mulheres de avental branco olhando pelas frestas. Entraram no café da esquina. O português de boné branco olhou para Bebel.

– Sua filha essa, dona Marilda?

– Não. É uma amiguinha. Filha de uma amiga. Veio passar uns dias em casa.

Do bar podia ver o relógio da estação Sorocabana. Quatro horas. Não tinha que pensar em nada. Nem em fugir do pai, nem ajudar a mãe a lavar aquela roupa da gente rica. Não existia nada para a frente, nem para trás.

A loira arrumou a cama, colcha de cetim amarelo com desenhos bordados de rosas e margaridas. Apanhou o cesto de papel higiênico e pediu a Bebel que fosse jogar na casinha do fundo. "E põe fogo."

*

Atrás do quintal se erguia o traseiro de um prédio, cheio de terraços com roupa estendida.

– Como você chama?

– Maria Luísa.

– Bonito. Sabe? Ontem quase o Juizado te pega.

– Eu?

– É. Na hora que você desmaiou tinha gente que não acabava mais. Uma homarada do caralho se divertindo. Você caiu, te peguei, botei pra dentro na minha cama. Resolvi parar, tava dia ruim, num sei o que havia com os homens ontem. Te pus na cama e olhei na janela, passava a perua do Juizado.

– An...

– Você tem mãe? Pai?

– Não. Num tenho ninguém.

– Vive como?

– Vivo por aí.

– Mas não pode viver por aí. Quantos anos tem?

– Eu? Dez...

– Dez?

– Fiz ontem.

– Ontem? A gente precisa fazer uma festa.

– Não quero festa. Não gosto.

– Por quê?

– Fico triste em festa.

– Triste, minha filha? Festa é a coisa mais alegre de criança. Eu adorava festa.

– Eu não.

– Vou fazer uma. Você vai gostar.

Vilma trouxe uma pulseira fantasia. A loira um vestido azul. O português do bar dois litros de groselha. Wanda comprou um par de meias soquete. O bolo veio da padaria da esquina. Marilda convidou as mulheres. A festa iria de sete às nove, para não atrapalhar os serviços. Abriram a comunicação de todos os quartos e *Glória Mais Fácil* apareceu com a vitrola. Bebel ficou sentada ao lado da mesa, recebendo parabéns. Passaram cerveja. As mulheres conversavam. Perfumadas. Algumas sufocavam de tanto perfume, ao chegar para abraçá-la. Ela estava gostando, era tudo colorido. Os vestidos, os rostos pintados, a mesa de toalha branca, garrafas marrons e verdes, o papel crepom descendo em fitas do forro, os sapatos de verniz brilhante, as pulseiras, broches, colares, brincos, cintos, cabelos loiros, pretos, vermelhos, lindos cabelos compridos, caindo pelos ombros daquelas mulheres. Uns três ou quatro homens dançavam boleros, com passos rasgados. O tango de Francisco Canaro foi dançado por todo mundo e também Bebel queria dançar e estar alegre como as mulheres que davam grandes risadas e foram chamar outros homens. Não conseguia. Ela deixou a sala. Foi ver os pacotes. Eram vidrinhos de água de colônia, sabonete, um broche e nos envelopes haviam notas de dez cruzeiros. Tinham fechado as janelas e aumentado a música. Um moreninho ensebado abria garrafas de conhaque, misturava com soda e ia passando. Duas mulheres de combinação, dançavam no meio da sala de rosto colado.

A loira agarrava-se ao português do bar que estava lambuzado de batom. O tango se arrastava; passava gente pelos corredores, batiam portas dos quartos. Uma garota novinha voltou do fundo reclamando que os quartos estavam todos ocupados e para Bebel:

– Vigia aí! Se alguém fô passá, manda esperá!

O sujeito parecia nervoso. Ficaram atrás de Bebel. "Tira tudo", dizia o moço.

O moço gemeu, Bebel queria olhar mas então, viu, atrás da mesa, Vanda inteirinha nua. Mulher enorme, a maior mulher que já tinha visto. Os peitos grandes, as pontas mostrando a direção da barriga. Coxas grossas e marcadas. Dançava sozinha, os peitos balançando para todos os lados. Glória começou também a tirar a roupa. Bebel virou-se para trás, o moço se balançava encostado à garota novinha, que olhava para o teto. Na sala. Glória nua se agarrava à Vanda. Dois homens apertaram e se abraçaram às mulheres. Vanda empurrou o seu. O sujeito tacou o braço. Vanda recuou, sentou-se à mesa, a bunda no bolo de cobertura branca. Bebel viu as velinhas mergulhando na massa. A dor de cabeça começou. As mulheres riam. O português do bar se abaixou. "Agora o bolo ficou bom". Deu duas mordidas na bunda. Vanda passou a mão numa garrafa e espatifou a cabeça do homem. Ele caiu. "Vai se lavar no quintal, benzinho!" A garota novinha tinha abaixado a saia estava ao lado de Bebel. O moreninho ensebado arrastou o português pelo corredor. Quando voltou passou a mão em Bebel. Ele tinha os mesmos olhos dos mecânicos ao lado do ferro velho. E as mãos eram duras como as do pai, aquele desgraçado. Por que o cara não ia passar a mão na mãe dele?

– Tá cansada, filhinha? Quer dormir? Mando essa gente embora!

– Quer vir comigo até o bar? Vou buscar mais conhaque que esse pessoal chupa bem.

Chovia e elas foram junto à parede. A rua estava deserta. "Foi bom a festa hoje, que ninguém ia fazer movimento." No bar um malandro contava como levara um otário no conto do pacau. Em vez de maconha o cara levara folha seca misturada com "Beverly".

– Atrás de mim tinha uma menina fazendo porcaria. Depois o moço deu dinheiro pra ela. Por quê? Tem que dá, quando a gente faz isso? Perguntou Bebel.

– Tem. Todo homem anda atrás disso. Então precisa pagar.

– Por quê?

– Cada um dá o que tem, filhinha. Eles têm dinheiro.

Na volta Bebel viu todo mundo pelado e se abraçando e rolando debaixo da mesa, antes de Marilda levá-la para o quarto. Aí sua cabeça estourou e ela teve vontade de gritar. Não queria ficar mais. Abriu a gaveta da cômoda e tirou um lenço grande de cabeça, embrulhou os seus pacotes, os sabonetes, o dinheiro. A lamparina de óleo tinha se apagado, a casa estava desarrumada. Enfiou a trouxinha debaixo do braço e foi pelo corredor. Ainda viu um pedaço da sala iluminada, Marilda enchendo um copo de cerveja, o batom dos lábios todo borrado.

*

Sol pela manhã no Jardim da Luz. Flávio comprou amendoim, partiu as cascas colocou um monte nas mãos. As pombas desceram. As vendedoras, mulheres enrugadas com panos na cabeça, sentadas na frente dos caixotinhos, observavam com olhos de coruja. O amendoim acabou e as pombas voaram para as árvores, para as estátuas. "Como ele cresceu, puxa vida. E eu não sei o que falar com ele", pensou Bebel. Flávio tinha os ombros largos, o braço musculoso, o andar leve e requebrado de sempre. Os bancos de granito gasto e escuro eram frios. Velhos cochilavam caindo para a frente. Um vagabundo quase careca estava com a cabeça inclinada. Debaixo dos poucos cabelos, ela viu o cascão de sujeira.

– E você agüentou esse tempo todo? Por que num fugiu?

– Fugir pra onde? Ia fazer o quê?

– Eu num agüentava nem um dia, fazia o maior escarcéu.

– As freiras eram boas, mas me tratavam como se fosse escrava. Eu tinha uma roupinha que era diferente. Um dia perguntei e elas disseram que era o uniforme das internas. Internas uma ova! Das escravinhas. Tinha um monte de escravinhas lá dentro. E ainda dizem que é colégio granfino.

– Colégio de judeu, isso sim, sua boba! Você foi engambelada.

– O que podia fazer? Meu pai queria me matar.

– Teu pai é um bom filho da puta.

Babás empurravam carrinhos; mães de óculos escuros aproveitavam a manhã e gritavam aos filhos: "é caca, larga, larga!", judeus velhos em ternos pretos e chapéus cinza arrastavam os pés; carrocinhas da Limpeza Pública encostadas junto aos canteiros onde acabavam de podar a grama; um rabino apressado, com a barba grisalha e pontuda. Junto a um quiosque o desenhista pegou uma japonesa com cara de bolacha para modelo. Perto da fonte magra, como enfeite de bolo de aniversário, que se ergue no centro de um tanque circular, garotos de pé no chão vendiam tremoços, cocadas e doce de leite. Um lambe-lambe lava fotografias num balde, ao lado da máquina.

Pássaros de peito amarelo perto dos patos que nadavam descansados e se assustavam quando um peixe saltava; parasitas rasteiras correndo pelos canteiros; pontas de madeira apodrecida;

o coreto de ferro rendilhado com os globos enormes de luz, o forro em madeira com a tinta empipocada e o sino preto, cheio de vagabundos a ler jornais; bebedouros de bronze com os cocorutos polidos de tanto o povo apoiar as mãos; as árvores: cedros, figueiras, palmeiras, bambus, magnólias; a alameda que atravessa o jardim plantada em alecrins; e jacas e açucenas; troncos de árvores descansavam no chão, cortadas a machado e serra.

Flávio observava Bebel. Tinha crescido. O corpo firme, cheio. As pernas engrossaram e os seios eram grandes. E os olhos verdes a saltar do rosto, muito claros.

– Eu vou te levar pra televisão.

– Pra quê?

– Pra dançar.

– Eu lá sei dançar?

– Aprende. Entra pra escola. Num precisa muita coisa pra televisão. Eles topam tudo. Depois, com essa cara, é fácil!

– Mas não sei dançar!

– Já disse que não tem problema. Lembra quando a turma fazia cirquinho? No campo de futebol. Você dançava. Bailado espanhol é o número que eles mais gostam na televisão.

– Odeio bailado espanhol...

– É só pro começo. Pra ganhar algum dinheiro. Depois vou te ensinando. Quantos anos você tem agora?

– Quinze. E mcio.

– Tá aí! Dá pra aprender muito.

*

Em volta da porta duas vitrinas repletas de fotografias de casamento. Depois um corredor curto, pintado em verde, brilhante. Fotos 3x4 e ampliações coloridas a mão. O estúdio é pequeno com um telão pintado representando uma sala de visitas. O fotógrafo ergue a cabeça e vê Bebel.

– Então. Resolveu, hein?

– Resolvi. Preciso de umas fotografias. Boas, olha lá!

– O que é isso? Então não me conhece? Tá aí na vitrina pra ver a qualidade do papai.

– Quero só ver.

– Mas estou admirado. Muito admirado mesmo!

– De que, seu bobo?

– Você veio. Faz seis meses. Seis meses que falo pra você vir. E nada. Agora!

– Agora estou aqui e se acabou. Vamos logo.

O fotógrafo era baixinho. O peito descia liso e a barriga saltava, como se estivesse grávido. Andava com os pés para dentro, calçados numa sandália de tirinhas, pois tinha calos. Em baixo do braço, manchas de suor.

– Mas o que deu?

– Não deu nada. Preciso das fotografias.

– Bem. Bem. Não entendo nada. Mesmo assim.

– Vai! Vai! Que não é pra entender.

O homem estava junto a Bebel. Passava as mãos nos seus cabelos, apertava os ombros. Colocou a mão na sua barriga. Suava e ele estava arquejante. Bebel prendeu a respiração. O hálito dele vinha ao seu nariz. Um porco, como todo mundo, pensou. Está podre por dentro e sua podridão sai pela boca.

– Então. Então você topa?

– Topo se você fizer como prometeu. Não me põe a mão.

– Não ponho. Não ponho. Nada. Fico de longe.

– Primeiro as fotografias.

– Tá bom. Tá bom. Primeiro as fotografias. Vamos depressa.

– Depressa não. Não quero nada esculhambado.

– Não sai esculhambado. Confia em mim.

– Vê se está escrito boba aqui.

– Vamos então tirar logo.

– Agora, não. Volto de tarde. Acha que posso tirar fotografia assim sem me arrumar?

– Fecho o negócio de tarde. Que hora você vem?

– A hora que me der na cabeça.

– Mas não demora.
– Não enche.
– Mas vem, pelo amor de Deus, vem.
– Mas você tem que tomar banho.

*

O sobrinho, Miguel, levou um tapa e caiu da cama. Começou a chorar. Marta correu.
– O que é, menina? Ficou louca?
– Não quero essa peste em cima da minha cama.
– Eu te ponho no lugar um dia.
– Vá à merda!
Marta estava gorda. O rosto balofo. O papo surgira depois que nascera o segundo filho, a menina. O médico disse que precisava operar porém o marido não tinha dinheiro. Ele vendera até o carro para se casar. Marta não podia mais trabalhar. A malharia tinha crescido, mudara-se para Vila Prudente. Ela pedira para ficar na loja da cidade, mas o patrão queria só moças bonitas e bem-arrumadas na loja. Com a chegada da menina, as varizes dela se agravaram, largou o emprego. Tinha o rosto de mulher quarentona e usava duas tranças. Passava o dia no tanque ao lado da mãe.
– Falando nisso, o que você está fazendo aqui? Devia estar vigiando a roupa.
– A roupa que vá à merda!
– É. Muito bem. Deixa roubarem alguma peça que você me paga.
– Ah, é?
– E quero ver com que roupa você me paga?
– Eu logo vou ganhar mais que vocês todos, sua bestona!
– Como é? Fazendo a vida?
– Vou trabalhar na televisão.
– Com essa idade? Essa é boa! Ficou louca agora! Aposto que é esse veadinho que põe essas coisas na cabeça.
– Veadinho, não. Ele é meu amigo.

– Mas é veadinho.

– E daí? E essa merda do teu marido o que é? Um bestão. É melhor veadinho inteligente do que um molenga bocó.

– Molenga? Dá duro o dia inteiro.

– E não pára em emprego nenhum.

Marta deu as costas. Bebel olhou pela janela: os meninos jogavam futebol diante do terreno baldio. Antes, jogavam no terreno, mas as mulheres do quarteirão que não tinham quintal e lavavam para fora, resolveram estender lá os varais. A molecada odiava as mulheres e quando jogavam bola em frente, chutavam para cima dos lençóis. Se não havia ninguém a vigiar, roubavam as peças. A mãe de Bebel, três vezes, tivera que pagar toalhas de banho. O pai sentava-se à mesa, arrotando cerveja.

– São esses judeuzinhos que roubam as coisas. Sempre roubaram.

– Não tem só judeu neste bairro, dizia o genro.

– Mas eles são os piores. Vê. Fugiram da guerra. Fugiram. Se cagaram, em vez de enfrentar.

– Seu Manuel, vamos colocar as coisas no lugar. Eles eram perseguidos. É o que me parece. Segundo li.

– Não me venha com isso! Gente de olho claro não presta. Desconfio de gente de olho claro.

– Olha sua filha, seu Manuel. Bebel tem olho claro.

– E não é uma peste? O que você pensa que vai dar isso?

Bebel notava que o cunhado fazia tudo para agradar ao velho. Será que tinha medo de perder o quarto? Às vezes conversavam, discutiam um pouco e o cunhado saía de lado, deixava o pai falar. De tarde o velho estava sempre bêbado e não gostava de ninguém. Jantava e ia para a rua, quando os dias eram compridos e o sol demorava a se pôr. Reuniam-se em grupos e jogavam malha, brigavam muito e terminavam bêbados e cantando músicas espanholas, flamengas e passos dobles. À noite, Bebel ouvia os violões e as vozes tremidas. Aquilo era bonito. Acordada, pensava no dia em que iria embora. O sobrinho dormia, resmungando. Que ficassem com o quarto inteiro e enchessem a casa de filhos.

*

O dedo tremia e ela tinha vontade de rir. Tremia acompanhando o corpo do fotógrafo. A mão acariciava. Bebel sentia os músculos se repuxando na altura do estômago. A mão voltava, o dedo circundava o umbigo e fazia cócegas. O ateliê tinha somente uma lâmpada acesa. O fotógrafo ficara de pé, ao seu lado. Ela se encostara a um genuflexório para fotos de primeira comunhão. O dedo se recolhera e o homem, agora, fixava o umbigo. O fotógrafo tinha uma convulsão e os olhos davam a impressão de girar no rosto. Ela percebeu em sua barriga, ao redor do umbigo, o molhado. A mão dele pingava. A calcinha estava úmida. Contemplava as paredes, o cal amarelo se desgrudando em camadas. As de baixo tinham sido azul e rosa. Fotografias de casamento, noivos estáticos com os braços sobre os ombros de moças que seguravam buquês. Todos na mesma sala que era o telão do fundo. Cheirava a pó, o estúdio. O fotógrafo se encolhera. Estava dobrado sobre si mesmo. Vestia uma camiseta sem mangas e inteiramente molhada. Dobrado, emitia um grunhido. Levara as mãos entre as pernas e ela não conseguia ver o que fazia. Sacudia-se todo.

– Pronto!

– Pronto?

– Pode abaixar a saia.

– E agora? Tira as minhas fotografias?

Bebel colocara o vestido rodado e estampado.

Flávio veio. Pintou os olhos, ajeitou os cabelos. "É divino esse cabelo comprido. Não corta não. Daqui uns meses estará pela cintura. Você vai ver o sucesso na televisão. Tira uma foto nua só com esse cabelo."

O fotógrafo procura um fundo, entre telões. Escolheu um de montanhas e árvores. "Este fica lindo como folhinha. Vão ser fotos muito artísticas. Também você é bonita como estrela de cinema."

Com a mão no queixo, com as mãos na cintura, segurando a bainha do vestido e duas quase nuas. A calcinha. Bebel não quis tirar. De jeito nenhum.

– Quando você vier buscar a gente faz de novo!

– Puxa, você não dá descanso!

O pai ficou de mudar no fim do ano. Fazia um mês que fora despedido do depósito e não saía da cama. Inchado. "Vai acabar rebentando que nem balão de gás", dizia Bebel. Não entrava no quarto. O pai chamava e ela não entrava. "Você vai ter que trabalhar, sua vagabundinha. Pensa que é só ficar por aí, arrebitando a bunda? Trate de andar e ver se um desses judeus te dá emprego. Vê sua irmã? Voltou para a malharia." Ele não sabe. Não sabe de nada. Marta não é caixeira. É doméstica. Com uniforme e tudo. Sai de manhã e só volta à noite. Quem cuida dos filhos é a mãe. Não vou trabalhar em comércio coisa nenhuma. Arranjei na televisão. O moço vai me colocar no teledrama das segundas-feiras. Não arranjei coisa nenhuma. Ele só prometeu. Sou pequena. Mas tem menina menor que eu, trabalhando naqueles programas de fadinhas, às seis da tarde. Flávio vive dizendo que o negócio é dançar. Aquela escola é uma chatice. Até agora não aprendi uma dança. Fico na barra erguendo as pernas até doerem de não poder mais. E ginástica, ginástica. Flávio disse que é assim, demora. Não quero nada que demore. Minha mãe disse: "bem que você podia ir trabalhar também na mesma casa que sua irmã. Precisam de arrumadeira. Não quer. Tem o rei na barriga. Não sei donde veio esse orgulho seu! Já que não quer, por que não vai embora? Acha que pode viver sozinha, não acha? Pois vai. Vai ver como é bom." A mãe também não sabe de nada. Não sabe coisa alguma e era melhor não encher. Era melhor ninguém me encher. Eu podia pular em cima da barriga do pai. Pulava e pulava e a cerveja que encheu o corpo dele ia esguichando pela boca. Que nem baleia. Um esguicho amarelo que ia bater no forro. Ele fede. O quarto fede. A casa fede. Está olhando e me chamando. O pijama é imundo, ele não troca. Não toma banho e fica suando.

Desceu ao tanque e lavou as mãos. Com sabão de pedra. Esfregou o rosto demoradamente, mas o fedor ainda estava nela. Grudado. Era um dia cinza e Bebel caminhou pelo corredor do ferro velho. Tudo no mesmo lugar. Chapas, canos, blocos, tarugos enferrujados e com cheiro de poeira de ferro. A casinha de Piero estava fechada. Piero morrera. E agora? Sentou-se num tambor preto. O galpão era escuro e havia cantos onde não se podia ver absolutamente nada. Num desses cantos é que gostaria de ficar. E subitamente, não queria mais. Faltava alguma coisa. Correu. A tarde sem sol. As nuvens corriam cinzas. Havia um vento fresco vindo do lado do Tietê. Caminhões de lixo desciam a rua. Pensou no fotógrafo. Ele já não se contentava com o umbigo, queria mais. Ela não deixava. Disse que não fazia mais fotografias. "Não faz mal, disse Bebel. Tem um na televisão que faz o que eu quiser."

– Decerto fez com ele?

– Não fiz. E se fizesse? Você não tem nada com isso.

– Só que tem uma coisa. A boca aqui acabou. Não leva mais foto de graça.

– De graça? Desgraçado! Então não sei quanto dinheiro você ganha?

– Ganho como?

– Com as minhas fotografias! Então não vieram me falar? E minha irmã não me enche todos os dias? Também ela arranjou uma coleção.

– Espere aí! Não fui eu! Acha que eu ia fazer uma coisa dessas?

– Acho. Pra minha irmã eu sei que foi você quem vendeu.

– Quem disse?

– Ela mesmo.

– Mentirosa.

Mentirosa ou não, ela tem as fotos, e me obriga a fazer um monte de coisas. Tenho de fazer. Agüentar aquelas crianças. Levar o garoto ao Jardim da Luz. Um menino chorão e chato. Tenho vontade de matar. Além disso, não é só minha irmã. É a molecada. Outro dia chegou perto de mim um garoto que joga futebol no Macabi. Sabe o que disse? Sabe? Queria ver se eu era como na fotografia. Que não acreditava. Depois contou. Como toda noite antes de dormir pensava em mim e fazia porcaria sozinho. Contou a porcaria como era. Me segurava o braço. Tinha vontade de enforcar ele. Pra terminar disse pra mostrar. Pra fazer com ele. Senão ia mostrar as fotografias. Pro meu pai e pro bairro. Mandei à merda! Todo mundo fala a mesma coisa. Mostrar a fotografia pro meu pai. Eu disse. Tá bom. Nós fazemos um negócio. Amanhã você me traz uma fita vermelha pro cabelo. Traz também as fotografias. Vamos lá em casa e mostro. Deixo você me pegar. Se quiser assim, tá feito. Se não quiser, nem vê, nem nada. Aí ele foi em casa de tarde e subiu ao quarto. Meu pai dormia, porque vive dormindo. E não viu. Ele levou a fita vermelha e uma azul também. Pra me agradar. Me deu. Me deu as fotografias. Que eu guardei em vez de jogar fora. Porque acho que estou muito bonitinha naquelas fotografias. Mostrei o que ele queria. Apalpou e disse que a gente bem podia fazer. Fazer, não! Apalpou bastante. Então pedi prele esperar um pouco e desci pra cozinha. Tinha preparado. Subi. Ele estava deitado. Sem nenhuma roupa. Derrubei em cima dele a água fervendo. Que estava fervendo desde que ele chegara. Deu um grito. Meu pai começou a me chamar. Abri a porta do quarto e disse que era no vizinho. Ele fechou os olhos. O moço que jogava futebol estava encolhido no chão. Peguei as fitas e disse: guardo como lembrança sua. "Você me paga sua putinha", respondeu. Mas todo mundo diz isso: você me paga. Já estava tudo pago. Sabe? É uma coisa engraçada um homem chorando encolhido. Chorar encolhido no chão e segurando. Imaginou? Os homens do mundo inteiro segurando os seus, assadinhos em água fervida?

*

"Cego de nascença
que nasceu na escuridão
lhes pede uma esmola
lhes abra seu coração."

A bengala de alumínio, com ponta de borracha vinha tocando a calçada. Na fila do ônibus as pessoas tiravam dinheiro. O cego nordestino continuava cantando. Recebia o dinheiro, "Deus lhe abençoe, irmão, e proteja seu bom coração." Frente a Bebel, parou, bateu com a bengala em suas pernas, subiu até chegar ao vestido. "Diz menina se o cego pode atravessar a rua aqui?" Ela se virou para o outro lado. "Leva ele, Flávio, você que é homem." A fila começou a andar. Flávio apanhou o cego e atravessou a rua, requebrando um pouco. O ônibus encheu, eles ficaram apertados no fundo. "Ir pra televisão a essa hora é um caso. Já estou ficando cheia dessa fila. Ih! Esse cego me impressionou." A Nove de Julho estava congestionada na direção do aeroporto. "Nunca vamos chegar lá às seis e meia." Flávio estava espremido entre dois moços com caras de bancário e sorria. "Claro que a gente chega. Chega todo dia. Por que hoje não?" "Porque é só ter alguma coisa importante e não dá certo." Estava irritada. Passara o dia a ensaiar e brigara com o coreógrafo que insistiu em colocá-la atrás, fazendo figuração. Subia gente. Dependurados uns sobre outros. Uma velha com mau hálito encostou-se nela e, pela frente, tinha um cara a tentar ler jornal.

PEDREIRO ENFORCOU-SE PORQUE A MULHER ERA INFIEL.

CARNE MAIS CARA CEM CRUZEIROS POR QUILO.

GOVERNO EMITE 50 BILHÕES.

FALSO PADRE VIOLENTAVA MENINAS.

TRÊS BRASILEIRAS NAS MAIS ELEGANTES INTERNACIONAIS.

MÍNIMO NÃO SAIRÁ NO PRIMEIRO SEMESTRE.

BRASIL GANHA A PALMA DE OURO EM CANNES.

DUZENTAS LINHAS DE ÔNIBUS CLANDESTINAS EM SÃO PAULO.

Flávio desceu na frente. Seguiram por uma alameda escura, plantada de figueiras. Não tinham terminado o edifício da televisão. Há anos era o bloco cinza inacabado, com os três últimos andares vazios e esqueléticos e uma torre com o globo vermelho na ponta. Cruzaram pelo estúdio 1, assoalho com tacos soltos, pulando grossos fios pretos. O forro degringolava e a cobertura acústica tinha rasgões de onde saía palha amarela. Um labirinto de corredores ladrilhados, gelados. Bebel subiu a escada, penetrou no hall assoalhado. Puxou a porta. O diretor artístico tirou os óculos. Não precisava, mas usava óculos pesados de aros pretos. A cabeça era pequena e de pouca testa. Gostava de fazer papéis nos teledramas e, por ser baixo, só se fotografava em close. Se achava popular entre as garotas-propaganda e as novatas.

– Custou, mas veio. Está melhorando. Melhorando.

– Atrasei, não?

– Atrasou. Atrasou. Não faz mal.

– Foi o trânsito, sabe?

– Vem cá, menina. Vem. Tem medo. Medo?

– Por que medo?

– Não sei. Não sei.

– Vocês são gozados. Sempre dizem a mesma coisa.

– É o terceiro aqui dentro que tenta a mesma coisa e diz igual: você tem medo. Medo? Eu? Vocês, sim.

– Nós? E do que haveríamos de ter medo? Do quê?

– Vai. Vai. Que essa conversa é de jacaré. Vim. Estou aqui.

– Está aí. Está aí.

– O que você quer? Por que insistiu tanto?

– Insisti? Insisti?

– E pára de falar repetido que me deixa nervosa.

– Chega aqui perto. Sabe? Eu não tenho tempo. Não tenho muito tempo. Tudo que faço é apressado.

– E daí?

– Você sabe tão bem quanto eu pra que veio. Não sabe?

– Mais ou menos.

– Olha, vamos logo. Tira a roupa.

– Ahn! Tirar a roupa?

– É. Comigo tem que ser depressa. Depressa. Não tenho tempo.

– Então eu tiro a roupa?

– Tira logo. Fico sentado no sofá e você tira.

– E o que ganho com isso?

– Ganha. Ganha. Daqui pra frente tudo vai melhorar.

– Vai é?

– Vai. Claro que vai! Vai ver.

– Tem uma coisa. Sou menor.

– Quantos anos você tem?

– 17.

– Meu Deus! 17. Meu Deus! Que beleza! Menor e virgem na televisão.

– Menor e virgem.

– E agora? Como é?

– A gente continua. Não se vai deixar pela metade.

– Espera aí. Um negócio tão especial não pode ter pressa. Ah! Se eu tivesse sabido. Se tivesse sabido.

– Bancou bobo me podando.

– Quem disse isso? Eu, podando? Eu?

– É. Desde aquela noite que me convidou pra jantar e eu não fui.

– Menina. Você se engana, menina. Sou muito legal. Sei ganhar e perder. Ganhar e perder. Por isso estou aqui.

– Se perde, poda. Sei de um monte de meninas aí de baixo que foram podadas.

– Não é o seu caso! Não é!

– É, mas deixa pra lá. Hoje vamos resolver.

– Não quer jantar? Um jantar bacaninha? Nós dois?

– Tem primeiro uma coisa que você vai fazer. Assinar um papel pra mim.

– Que papel?

– De hoje em diante sou a primeira bailarina da televisão.

– Primeira bailarina? Está louca!

– Primeira bailarina.

– Não acha que se valoriza demais?

– Você tem corrido atrás de mim desde que cheguei.

– Naquele tempo você era uma garotinha. Garotinha excitante. Era diferente.

– Quer? Ou não quer?

– Quero. Quero sim.

– Então, assina.

– Mas. E Célia? Célia vai fazer uma guerra.

– Despede Célia.

– Endoidou. Decididamente endoidou.

– Por quê? Tem caso com ela? Tem?

– Não. É noiva de um diretor do estúdio.

– Logo! Eu sou a primeira bailarina. Assina aí!

– Vai dar na cara. De repente, a primeira bailarina.

– Não vai dar não. Vai ser tudo devagar. No programa de hoje, entro na primeira fila. O diretor de TV mete um plano atrás do outro de mim. Entende? É fácil. Facílimo. Vamos devagar. Na semana que vem, pego programa melhor, em horário nobre. E vou entrando com os grandes cômicos.

– Mas nem sei se você sabe dançar. Pra agüentar o rebolado.

– Sei. Quanto a isso não se incomode. Sei muito. Tanto que até minha professora ficou besta no exame. Quando quero, velhinho, eu faço.

– Ainda não sei! Não sei! Primeira bailarina é uma responsabilidade.

– Que o quê! Primeira bailarina de um treco muito mixo como esta televisão. O que você pensa que é esta televisão?

*

Certa manhã, Bebel saiu do "Oásis" e encontrou luz do sol. Os olhos ardiam. Sentia-se mole e procurou um braço para se apoiar. Não encontrou. De um carro, parado no meio da rua, um sujeito gritou: "Porre, hein? Isso que é porre!" Ela percebeu que buzinavam. O tráfego estava interrompido. Flávio subiu como pôde a escadinha, caiu assustado em plena luz do dia. Eram sete horas. Bebel ficou olhando a porta e viu o diretor artístico trocar pernas. As buzinas continuavam: "Que merda é que tem lá na frente?" A rua estava cheia de gente. Os três deram os braços e foram caminhando. Alguma coisa bloqueara o trânsito. Ao chegarem à esquina da rua Dom José de Barros viram o ajuntamento. A rua molhada. Uma fila de soldados da Força Pública, em uniforme cinza, cruzava a rua, formando um muro. Dois caminhões esquisitos, como Bebel nunca tinha visto, estavam parados perto dos "Diários". Eram cinza-escuros e pareciam sapos quadrados. Vararam o bloqueio de gente, chegaram aos soldados. Eram altos, de peitos estufados. Traziam sacolas quadradas de lona verde; uns tinham metralhadoras nas mãos; outros, umas curtas espingardas, de cano largo. Havia um grande espaço vazio, um Volks preto da Rádio Patrulha, guardas civis e, quase na esquina da rua Marconi, outro grupo de soldados fechando a rua. Bebel ficou na ponta dos pés. Na calçada, frente aos "Diários", estava uma turma. Todos jovens. Alguns sentados no chão, outros em pé. Molhadíssimos. Tremiam e se massageavam, esfregando os braços. Bebel foi andando para a direita, para ver melhor os moços molhados. Os guardas do lado oposto avançavam um pouco.

– O que há com aqueles lá?

– Não sei ainda, respondeu um garoto vesgo. Quando cheguei o Brucutu tava tacando água em cima deles.

– Que Brucutu?

– Esse carrão tanque, ali. O que tem luz vermelha em cima.

– Aqueles lá são bandidos?

– Não tenho certeza. Acho que não!

O guarda que estava à sua frente abriu a bolsa de lona da cintura. Tirou um objeto parecendo latinha de pó Royal. Os outros faziam o mesmo. O que parecia o comandante disse qualquer coisa e um soldado jogou sua latinha para cima dos moços. Bebel quase caiu com a explosão. O porre começou a passar. Então, todos atiraram suas latinhas, as explosões encheram a rua Sete de Abril. Bebel queria correr. Ficou com dó dos rapazes, fossem o que fossem. Os soldados riam. Ela viu um moço do grupo atravessando a rua. Parou no meio. Olhou os guardas. Tinha um ar assustado. A camisa amarela, xadrez, estava em sopa. Tinha um ar desamparado. E desafiador ao mesmo tempo. Um soldado disse: "Aquele um ali é meu; vou fazer ele cagar na calça." Tirou outra latinha e atirou. O moço magro esperou. A latinha fez uma curva. Quando descia, o moço adiantou-se muito pouco. O suficiente para erguer o pé e acertar a lata. Bebel viu a latinha voltando e o ar espantado do soldado. Um homem que estava ao seu lado empurrou-a: "Sai menina que a bomba voltou." A explosão foi perto de sua cabeça. Como se tivesse sido dentro. Ficou meio tonta. O pileque desapareceu de uma vez. O soldado xingava e puxava outra latinha de dentro. O moço estava no meio da rua. O ar de seu rosto era o mesmo. Não mudara. Não havia uma única alteração nos traços. "Esse é um cara valente! Puxa! Enfrentar uma turma dessas e chutar bombas. E nem parece. Tinha cara de bocó." Flávio estava ao seu lado.

– Vem tomar café.

Viu suas mãos. Trêmulas. Achou engraçado. Pediu a média. No bar, homens de pasta debaixo do braço tomavam café com leite e pão com manteiga. Apressados. Telefonistas deixavam o turno da noite e engoliam copos de leite, com ar cansado. O dia começava e era curiosa aquela gente que ia trabalhar. Quando o café ia pelo meio, as bombas terminaram. Ela tomou mais alguns goles. Viu os carros andando. O tráfego se abriu.

– Um conhaque, bem depressa, que estou gelado.

Ela se virou. A voz era anasalada, feia. Ficou olhando. Era o moço que, no meio da rua, chutara as bombas. De perto tinha menos ainda aspecto de gente corajosa. Mas era. Gostaria de falar com ele. Dar para ele. Mas nesse momento ele não devia estar pensando nessas coisas. Quem era aquele moço? Gostava, às vezes, de não saber as coisas e ficar adivinhando, imaginando. Ele podia ser bandido, assassino, ladrão, mocinho, mil coisas. Tinha uma barba cerrada e malfeita. A pele do pescoço tinha pontos vermelhos, onde a barba encravava.

– Foi fogo aí, ahn? – disse o dono do bar.

– É. Entrou Força Pública no meio é aquela água. Mas agüentamos o repuxo!

– Como é? Não apareceu deputado, não?

– Um só, não! Quatro. E o presidente da Assembléia.

O traço da boca era meio cínico. "Dá um certo mal-estar esse cara. Não sei o que é." O diretor artístico veio e a puxou para o carro. Começava o sábado. O moço nem olhara para ela.

*

– Meninas, disse Flávio, jogando a mão esquerda para o lado, a palma virada para cima. Que fazem a esta hora da manhã?

Beijou Bebel no rosto, apertou a mão de Marta que olhava com desgosto para o bailarino. Tinha uma roupa azul-clara bem apertada e a camisa rendada nos punhos. Ao seu lado um mulatinho alto de blazer preto cheio de botões dourados. A camisa vermelha era fechada, tipo marinheiro de iate. A calça justa nas coxas abria-se em baixo e o sapato era de enormes fivelas.

– Helinho. Meu namorado.

A mão de Helinho, na lombada do dedo mindinho, era grossa e dura como uma tábua. Marta hesitou, mas ele sorria tão burramente que ela estendeu e apertou sua mão. Na esquina da Marconi, Marta separou-se. Eles foram sentar-se no "Paribar".

– Menina. Como sua irmã anda mal vestida! Meu Deus! Como é que você sai com ela, querida.

– Tenho de sair!

– Você anda divina. De morrer. Não disse que ia fazer sucesso?

– É. Mas quase entrou areia. Da grossa.

– Que areia?

– Célia.

– O que tem Célia? Não foi para as traças?

– Foi e voltou. Quando percebeu o jogo, estava quase fora de todos os programas. Deu um bode! Foi de lascar. O caso dela, mesmo, no duro, era um dos donos. Mas o homem é casado, tem filhos.

– Qual? Qual? Conta, querida. Conta. Adoro fofocas.

– O mais velho. Aquele que tem panca quatrocentona e não dá bola para ninguém. O mais safado. Ele é que obrigou o diretor de estúdio a noivá-la. Montou apartamento, deu carro e um puta salário para o cara.

– Fez muito bem o cara.

– Abagunçaram o coreto e o diretor artístico se apavorou. Umas três vezes tiveram que apertar Célia e eu. Aí o dono me chamou. Fui lá em cima. Bacaninha, o escritório dele. Tem um painel e atrás é uma garçonière. Pensei que isso era só no cinema. Mas, não. O homem é fogo. Ficamos lá tomando uns drinques. Olha, ele pode ser dono, mas tem cara de contínuo. Verdade que começou de baixo? Verdade? A gente precisa investigar isso direitinho. Me disseram uma coisa engraçada. Disseram que ele era auxiliar e vivia puxando o saco. Foi subindo, subindo. Agradava o velhão antigo. Esta, me garantiram. O velho era fanchona e a turma que foi castigada, subiu todinha. Tem dois sujeitos que sabem bem essas histórias. Um é o primeiro chefe do cara, no tempo em que ele era auxiliar de escritório. Quando eles se encontram, o mandão fica vermelho. Por isso sempre dá jeito de se desviar.

– Querida! Essa história não me interessa. Vadiagem deles. A sua. Conta a sua, meu amor!

– Bem, esse cara me fez entrar na tal garçonière. Bárbara. Disse que a gente precisava resolver o caso de Célia. Estava ficando chato e Célia era muito mau-caráter. Então conversamos um pouco e resolvemos o caso direitinho. Ela não gostou.

– Ai, que chata você está. De morrer! O que houve?

– Despediu Célia. Ela ameaçou escândalo, mas ele ajeitou a coisa direitinho. Assinou um cheque, deu uma passagem para os Estados Unidos e telefonou a um amigo. No dia seguinte ela estava empregada noutra televisão. Sabe como eles se entendem, não? Agora voou para os States. E eu estou com todos os programas.

– Só?

– Entrei pra uma escola de balé muito da bacana. Ele paga tudo. Boa mesmo. Uma russa ali na praça da República. Mulher de morte. Começou dizendo que estava tudo errado o que eu sabia. Me mudou em dois meses. Menino, precisa ver como estou dançando.

Quando o garçom trouxe o cardápio eles se levantaram. Caminharam pela São Luís. Helinho tomou um ônibus, ia para casa. Bebel sentiu a lombada dura e desagradável de sua mão.

– Esse cara não me é estranho. Onde vi ele.

– Helinho?

– Já vi essa cara em algum lugar. Mas não lembro.

– Querida. Que cabeça você tem. Mas não conto.

– Vai, deixa prá lá. Onde vi o Helinho?

– No jornal. Saiu em todos os jornais na segunda-feira.

– Nos jornais... nos jornais...

– Menina. Era um dos tarados.

– Tarados?

– No domingo, Helinho estava de porre. Porre total. A gente tinha brigado. Quase meia-noite, ele vinha descendo a Brigadeiro com uma turma. Passaram por um terreno. De morrer esta, querida. De morrer. Um dos caras viu uma mulher deitada no mato, só de calcinha. Todo mundo estava bêbado. Ficaram olhando muito. Então resolveram comer a mulher. Audácia do Helinho. Disseram que a idéia foi dele. Entraram no terreno e começaram a bolinar. Passaram e passaram a mão e nada! Aí, um viu que não era mulher. Era um manequim de costura velho e meio podre. Como estavam meio secos e com raiva, começaram a se divertir e abusar do manequim. Passou um guarda e prendeu todo mundo. Até a coitada foi carregada, porque os caras insistiram. Se tinha queixa, quem devia fazer era a mulher. Logo, a mulher tinha de ir. De morrer. Na delegacia foi uma gozação dura! Fotografaram todo mundo. Eles dormiram lá até passar o pileque. Saíram no dia seguinte e viram a história nos jornais. Na primeira página. A fotografia deles e da mulher abusada. Helinho quando viu o manequim de dia disse que parecia mulher balzáquea quando acorda. Toda podre. Podre de cair. O papelão se descolava, faltava um olho e os peitos não tinham biquinhos. Adorei.

– Você gosta do Helinho?

– Muito. É o único homem de minha vida.

– Meio esquisito ele. Onde achou?

– Na televisão. Era cantor de teatro revista. Estava numa companhia, mas a companhia quebrou. Como ele sofreu, querida! Abatidinho de tudo quando eu conheci.

– Gosta de você?

– Se não gosta, tem de ficar comigo. Sustento ele.

– Sustenta?

– E daí?

– Nada. Mas a pessoa tem de gostar um pouco da gente.

– Não se preocupa, não. Helinho gosta de mim. Sei disso.

– Como sabe? Como é que a gente pode saber essas coisas?

– Duas vezes ele podia ter ido com um cara que tinha muito dinheiro. Não foi. Então?

– É... Pode ser. Quem sabe?

– Se ele me largasse eu morria. Te juro, querida. Cortava os pulsos. Ele é bom.

– Aproveita enquanto dura. De repente, dá o clique e a gente não gosta mais do sujeito e é aquela merda ficar junto.

– Pensa que sou você, Bebel? Nada disso. Quando gosto é para sempre.

– Eu também. Para sempre naquele minuto.

– Helinho é legal. Bom de coração. Veio do interior, sabe? Era de Ribeirão Preto. Locutor num serviço de auto-falantes. Depois foi cantar na rádio. Mas na rádio não gostavam de mulatos e ele se mandou. É homem. Homem pra burro. Podre de homem. Aí está, até cansa, tão homem é! Veio embora sem dinheiro. Com essa pinta toda não precisa dinheiro. Era um inocente. Não sabia nada, nada. No primeiro dia que chegou, ficou andando pela cidade. E se encheu. Pensava no que ia fazer numa cidade grande como essa, vindo do interior? Sem a mínima idéia e sem dinheiro? Eu morria! Ah, se morria! Teve sorte. Que sorte! Que sorte! Se encheu e entrou no cine Oásis, às seis da tarde. Ficou sentado vendo o filme. Não sabia de nada. Estranhou as lâmpadas acesas nas colunas. Aí um cara meteu a mão entre suas pernas. Sabe, querida? Essas bichas loucas sem-vergonhas. Odeio bicha louca. É preciso moral. E pudor. Isso a gente tem que ter! Mas bicha louca é podre, querida. Não tem princípios. Se o cara deixar, uma bicha louca te chupa no cinema, diante de todo mundo. Não tem mais moral no mundo.

– Não enche o saco, Flávio. Conta o que tem de contar.

– Entrou no cinema. Queria ver o filme. Ele adora fitas coloridas de capa e espada. É um amor. Então notou a mão entre as pernas. Tinha um velho meloso do seu lado. Ele me contou que não sabia o que fazer. O velho tinha os olhos empapuçados e cheios de rugas. Cabelos brancos. Abria a boca e fazia um movimento de língua. Ai, tarado! Bicha velha, que fica em cinema pegando homem. Sabe, querida! Esses que não conseguem mais ter amor? Bicha velha fica seca por dentro. Quando perde a juventude, perde a graça. Tá bom. Tá bom. Helinho fez que não percebeu, mas a bicha segurava e apertava. Depois ele deixou, pra ver o que ia dar. Acabou saindo com o velho e foram para um apartamento da Barão de Limeira. Ih! Essa é divina. A bicha velha abriu a porta do apartamento e acendeu a luz. Helinho quase ficou cego. Tinha um corredor e logo depois a sala. As paredes todas douradas. Douradas de alto a baixo, querida. Dourado novinho. Fulgurante. De morrer. As luzes colocadas de modo a também fazer sombra e, num e noutro canto, explodiam em clarões. O quarto, enorme, tinha só uma cama. Um tapete imenso. Vermelho vivo. Tocheiros. Num canto, uma estante, cheia de livros. Pendurado ao lado da estante, um paletó, uma cinta e uma gravata. "Os livros não são meus, benzinho", disse o velho. Nem gosto de ler. Nunca li nada, nada, depois que saí da escola. Mamãe queria que eu fosse violinista. Mas eu não gostava de estudar, benzinho. Você gosta? Você é tão bonzinho! Tão dengoso. Eu sei, você estranha, os livros e essa roupa pendurada. Eu estava apaixonada por ele. Perdidamente. Quando ele foi embora, benzinho, deixou essas roupas. Então, mandei dar o banho de bronze que era para elas ficarem eternas. Eduardo era lindo. Eu gostava dele como nunca gostei de ninguém. Professor de filosofia. Pequeno. Era baixinho e usava uns óculos que o deixavam dengoso demais. Como eu amava e sofria e pensava nele o tempo inteiro. Os livros, ele trouxe quando brigou com a mulher. A mulher era uma chata. Trabalhava e ganhava mais do que ele. Tudo era dela. O dinheiro, o carro, tudo. Ele só tinha eu. Eu o amava por ser tão dengoso. Um dia me confessou que não gostava de mulheres. Fomos felizes. A mulher sabe o que fez? Em vez de reconquistar o marido, saiu a anunciar o nosso caso. Foi de porta em porta dos amigos e professores da faculdade. De porta em porta. Ele perdeu o emprego porque a congregação da faculdade achou que não era possível. Oh! Amor, amor, quanto sofremos! Como chorei neste quarto, abraçado a ele. Depois, maldito dia, vontade de morrer quando me lembro. Depois, a mulher disse que perdoava. Ele voltou para ela. Quase morri de desgosto. Ia para a frente da faculdade. Esperava. Eles saíam juntos. Desapareceu. Um dia sumiu. Não dava mais aulas. Não estava mais em parte alguma. Não voltou para buscar os livros. Nem a roupinha que deixara. Benzinho, como se sofre! Ninguém nunca mais ocupou seu lugar, dengoso. Nem vai ocupar. Todos aqui ficam uma noite. Duas. Depois se vão. Nenhum é como ele, inteligente, intelectual, cínico. Como me olhava por trás dos óculos de aros dourados. E a boca que me beijava apaixonada! Você já amou assim? Já? Agora vejo! Olho para você e vejo. Podia te amar tanto! Não, não posso mais." Helinho ficou com o velho três noites. Não conseguiu tirar dinheiro. Velho duro tava lá. Não se deixou pôr. Imagine, querida. Não gostava que pusessem nele. Helinho ficou no apartamento dourado porque não tinha onde dormir. Penso nele, deitado naquele apartamento. É o que ele merece. Um céu de ouro.

– E o velho?

– Que velho?

– O que tinha levado Helinho?

– Ah! Nunca houve velho.

– Como? E tudo isso que você me disse? Tudo mentira?

– A maior parte. Nem tudo. Tem umas verdades.

– O que é? Está gozando com minha cara?

– Que nada, sua boba! Tem umas coisas que são de verdade, outras não!

– E como vou saber! Me diz, não é?

– Pra que dizer? Não importa! Deixa pra lá.

– Como deixa pra lá?

– O que importa, querida, saber o que é verdade e mentira? Tudo igual! Não faz diferença! Não muda nada!

– Mas chateia!

– Ah! Vá! Se eu não te conhecesse. Mulher pra inventar mais coisas que você.

– Eu?

– Você. Inventa cinco mil mentiras por dia. Vive disso.

– Às vezes é preciso.

– Então?

– Vem comigo. Preciso passar na escola. É mesmo aqui na praça.

– Tenho o que fazer.

– Não demoro. Um minuto. Depois vou contigo. O que é que você tem que fazer?

– Coreografia de uma revista no teatro das Bandeiras. Revistinha legal. Tem um strip-tease divino.

*

Tinha uma fila para trocar dinheiro pelo jetton. Um velho resmungão, de chapéu preto, atrás de Bebel, vinha empurrando e dizendo: "Primeiro, não tem telefone. Quando tem, é essa amolação de fichinha." Flávio fez sinal para que ela se apressasse, através do vidro.

– Um jetton.

– Dois cruzeiros.

Ela mexeu a bolsa. Estava sem trocado. O moço era bonito, tinha o cabelo despenteado e um ar muito simples. Mal vestido, como ele só. Um jeito de jeca. Virou a bolsa no balcão. Só tinha duzentos e quinhentos. O moço do jetton sorria de leve. "Bacaninha! Pena que eu não tenho tempo agora, senão ia saber quem era." O velho de chapéu preto reclamou.

– Não tenho trocado. Você troca?

– Tenho, mas não posso. Faz uma coisa: leva o jetton, depois você me paga.

– Pode ser assim? Puxa, você nem parece funcionário público!

– Toma. Leva, depressa, senão o velho aborta um telefone.

O teatro de dia tinha um cheiro especial: coisas velhas fechadas, cheiro de tempo que não anda. O teatro das Bandeiras era puro mofo. O eucatex do forro estava manchado pelas águas. Meia dúzia de girls, com meias grossas, ensaiavam com Flávio ao centro. Três eram gordas, os seios como mamões. Bebel pensava que se abrissem aqueles peitos, estariam cheios de sementes pretas. Flávio é louco de aceitar um negócio assim. E ainda tinha me convidado. As meninas erguiam os pés, baixavam, iam três passos à esquerda, três à direita, davam uma volta em pose marcial e erguiam os braços, acompanhadas pelo piano. Houve um intervalo e elas sentaram-se na escada do cenário. Suavam. Tinham rostos gastos de meninas pobres. As meias, com remendos.

– Você gosta? Perguntou Flávio.

– Uma bosta.

– Como bosta?

– Total. O que há contigo? Perdeu a cabeça?

– Por quê? Acha o teatro revista avacalhação? Vai esnobar também?

– Não é isso, não! Mas o que está aí no palco não é teatro de revista nem aqui, nem na China.

– É o que se tem agora.

– Ora, Flávio! Então não tem meninas melhores que essas aí? E aquele cômico, meu Deus! O que é aquilo? Nem a mãe dele vai rir com aquelas grossuras. Por que não vão buscar gente boa?

– Gente boa? Você por exemplo? É gente boa! Quer vir trabalhar aqui? Não, não quer, minha querida. Ninguém quer isto porque já apodreceu. E está caindo de maduro, viu?

– Então por que você faz?

– Preciso viver, não? Ou como vento? Ou pensa que tenho um coronel? Um diretor de televisão como você?

– Não engrossa pra cima de mim!

– Olha Bebel! Aqui não adianta a gente querer fazer nada, nada. Está tudo podre. Hoje em dia, todo mundo só quer saber de televisão. Viu a vedete? A loira podre? Acha que pode? Sabe quantos anos tem? Quarenta! Devia estar aposentada. Mas não! Fica e se acha a maior. Cheia de plumas e pelancas a saltar do biquíni. Foi vedete dez anos antes de Valter Pinto. Deve ter trabalhado até na Urca. Audácia do bofe! Não dá pé. E o produtor acha lindo, divino de morrer.

– Eu vou embora. Esse negócio me deprime.

– Deprime, é? Vem cá, querida! Fica aí e olha teu futuro.

– Meu? Não, meu caro! Meu, não! Você vai ver!

– Você não escapa. Todo mundo que está nisto, termina podre. A merda é assim no Brasil há muito tempo. Este teatro vai se desmantelando e quando você estiver caindo pelas tabelas, vem trabalhar nele.

– Isola! Isola! E vira essa boca cancerosa pra outro lado.

– Não gosta, não é? O que acha que penso o tempo todo, aqui dentro, minha querida? Penso se já me acabei. Antes de começar e já me acabei. Não é divino?

Flávio falava alto e as meninas do palco olharam e voltaram ao misto quente, esfomeadas. O pianista ergueu-se na banqueta.

Velho magro, de óculos e barba grande. Um músico catado às pressas. Um maquinista andava na passarela. As tábuas rangiam. Chegou até Bebel o cheiro de urina. Ela respirou fundo. Sentia o estômago vazio.

*

Começou a chover no início da noite. Esperava uma carona e ficou no switch, vendo um programa político. Um senador bem vestido e falando investia contra Juscelino. Um garotinho bateu em seu braço. "Telefone pra senhora. Lá no departamento de reportagens." Sabia que o garotinho gostava dela. Ele a seguia pelos corredores da televisão. Ficava na sala de maquilagem, assistia aos programas. Ele é quem procurava, todos os dias, os jornais que traziam notícias e fotografias suas. Gastava o dele. Ela pensou, uma vez, em lhe dar dinheiro, diariamente, para aquilo. "Mas amor é isso, é o que se gasta pela pessoa, é o sacrifício do homem." O garotinho funcionava como um pajem, sempre à vista e à mão. Queria ser câmera. Tinha treze anos. Pedia a Bebel que ajudasse. "Cresça um pouco e a gente vê." Uma noite, ela voltou ao camarim, depois de um programa e viu o garotinho beijando e cheirando sua malha branca. Ele ficou assustado. Bebel sorriu.

– Toma pra você guardar e se lembrar de mim. Mas promete que vai gostar de mim a vida inteira. Promete?

Ele disse que sim e apanhou o lenço amarelo. "Dá um beijo nele pra ficar marcado." Bebel beijou o lenço e o garotinho enfiou no bolso. "Gosto muito da senhora porque a senhora não se pinta como essas outras vacas." O garotinho seguia em direção ao departamento de reportagens. Bebel lembrou-se do moço despenteado da cabina telefônica. "É a primeira vez que penso duas vezes na mesma pessoa com uma sensação gelada de bem-estar. Ele não tem cara para trabalhar num lugar daqueles. Também não sei cara do que ele tem."

– Alô. Quem é? Bernardo? Que Bernardo. Ah! Sei. De que jornal? Sou eu, Bebel. Ocupada agora? Mais ou menos. Fala.

Reportagens? Como? Para a página 3? Que página 3 é essa? Não, não leio. Não. Você vem aqui? Bem. E como é que a gente faz? Não. Em minha casa, não. Não, e pronto. Porque não dá pé! Afinal, de que jeito é essa reportagem? Olha, faz o seguinte. Passa amanhã na televisão. Aqui na televisão e a gente vê como é. Chego às três, mas posso chegar às duas. Está bem. Uma, uma e pouco. Biquíni? Tenho. De biquíni não. Acho melhor não. Olha vem aqui e a gente vê isso. Como é mesmo seu nome? Isso, uma, uma e pouco. Pergunte na portaria.

– Era seu namorado? Perguntou o garotinho.

*

Não apareceu carona. Ela correu ao ponto quando o ônibus vinha chegando. Quase vazio às onze da noite. O ônibus corria pelo meio da rua, debaixo da chuva, quando o avião apareceu à frente. Um grande DC-3 deslizando tranqüilo e gordinho. Brilhava debaixo dos postes. Bebel correu para a frente. O motorista: "Avião deu de andar no meio da rua, agora! Esse aí perdeu o rumo! O aeroporto é pro outro lado." O DC-3 não tinha asas. A luz vermelha da cauda piscava neuroticamente. Andava e o ônibus seguia paciente. Sem as asas parecia um molusco gigante e prateado. Não havia trânsito na Nove de Julho. Na praça 14-Bis, o ônibus buzinou desesperado, o avião encostou, ele ultrapassou. Bebel percebeu, antes do túnel, que a chuva tinha parado.

Na rua deserta, ela via sua respiração transformada em vapor. A luz era gelo redondo e luminoso. Bebel enfiou as mãos nas mangas. O avião vinha devagar, puxado por um jipe, as janelinhas iluminadas. Ela ficou no meio da rua e acenou com a mão. O praça que estava no jipe se ergueu.

– O que que há menina?

– O que é esse avião?

– É um avião!

– Ah! É? Pois pensei que fosse avião. Pra onde vai? Pra Congonhas?

– Não. Para o Ibirapuera.

– Me leva?

– Sobe aqui.

– Aí, não. Quero ir lá.

O praça consultou o que guiava. Deu de ombros. Gritou para o sujeito que estava na janelinha do avião. "Abre a porta que tem material para entrar." A porta era alta e um soldado da Aeronáutica pulou no chão e deu peia. Bebel enfiou o pé no degrau feito com as mãos. Outro soldado puxou-a para dentro. O DC-3 era oco. Não havia banco. Fecharam a porta.

– Pra que é?

– Uma exposição de aviação.

– Vocês são aviadores?

– Não, estamos servindo na Aeronáutica. Só isso. Se eu fosse aviador não estava aqui camelando!

Atravessei o túnel. Passaram pelo monumento. Os índios em pedra cinza pareciam congelados dentro da noite clara. O coração de Bebel bateu apressado e ela se sentiu esquentar. Aqueles índios estáticos eram tristes em sua eternidade. No descampado do Ibirapuera eles se projetavam contra a massa de edifícios brancos que subia a encosta até a avenida Paulista. Os rostos hirtos, sem expressão. Como se tivessem perdido tudo. Os músculos retesados. "Eles querem fugir. E não conseguem. Não conseguirão nunca. Estão fixos aí e serão gastos pelo tempo, pelo vento, pela chuva, durante mil e mil anos. A eternidade é monótona e angustiante. Por que penso nestas coisas?" O avião caminhou para o Pavilhão das Exposições. Milhares de metros quadrados vazios. Num canto, havia luz e homens trabalhavam na armação de um caça. Ela percebia aviões em fila, alguns cobertos com panos brancos, como mortalhas. Os praças passaram uma garrafa de cachaça. Ofereceram, ela recusou. Eles a olhavam curiosamente. Bebel começou a observar o avião que os homens montavam. Era um aparelho cinza e feio. Sem graça. Atarracado.

– Esse lutou na guerra?

– Olha aí as marcas de quantos derrubou.

Na carlinga dezenas de bandeirinhas desbotadas. O avião se mostrava deslocado dentro do galpão. Sozinho. As metralhadoras nas asas. Sem munição. Não voltaria a lutar mais. Impotente. Nascera guerreiro, para o ar e perigosas aventuras. Para o vôo nas alturas, caçando outros aviões, derrubando, a fim de ter novas bandeirinhas nos ombros. "Velhice e morte é isso. Não quero apodrecer abandonada como esse coitado. Deu tudo que tinha e terminou num galpão sem ninguém para entender o que ele foi. Antes tivesse caído, abatido. E nem mais interessa o que ele foi." Ao lado do caça estava um aviãozinho vermelho, delicadinho. Parecia uma flor em contraste com o guerreiro sisudo. "Esse avião é bicha", disse ela. Os homens não entenderam: "Bicha por quê?" Bebel achou melhor não responder. Pediu a garrafa, tomou um gole. Sempre pensara que pinga queimava a garganta. Aquela não.

– Vão montar esse ainda hoje?

– Vamos. Só esperamos chegar as asas. Já vem vindo.

Quando os outros chegaram, ela estava na cabina do vermelhinho, enrolada num cobertor, a observar os que trabalhavam. Montaram um guindaste portátil, preso a traves, e puxaram as asas prateadas do DC-3. Silenciosos, esfregando as mãos e correndo de um lado para o outro. Debaixo das lâmpadas amarelas, com macacões azuis, pareciam figuras de um filme, personagens de base secreta de espionagem ou lançamentos de foguetes. A mão acenou, mostrando a garrafa, ela continuou olhando a asa suspensa pelas correntes. A mão bateu na janela e chamou: "Venha." O conhaque desceu para esquentar o estômago; o segundo gole, maior, fez o calor do estômago irradiar e formar ondas em seu interior; o terceiro conduziu as ondas às paredes internas, onde o quentinho se ficou. Os homens trabalhavam ao som de um transistor ligado num programa musical. O bolero se dissolvia no ar frio e o chofer do jipe que puxara o avião cantava baixinho a mesma música. Veio depois Frank Sinatra: "All the Way." O novo gole apanhou o calor das paredes e dispersou-o através da pele, no corpo inteiro.

A asa girou, começou o encaixe. Eram oito homens a trabalhar e todos prestavam atenção, passavam martelos, alicates, chaves, gritavam ordens. A asa se ajustou. Eles suavam. As garrafas tinham terminado. "Vamos buscar mais, que a noite é uma criança." Um morenão em mangas de camisa, musculoso, subiu no jipe. Olhou Bebel: "Vem comigo, a gente volta logo. Só vou procurar um bar, ali em Vila Mariana." Cada um enfiou a mão no bolso. Passaram o dinheiro ao morenão e o jipe saiu, margeando os lagos. Ele era indiferente ao frio. O Ibirapuera estava totalmente escuro e os faróis do jipe batiam no caminho úmido, na água do lago. O ruído do motor era a única coisa que ela ouvia. Depois o morenão apertou o acelerador, o vento bateu, ela tremeu toda. "Não tinha um carro fechado, não? Que idéia a minha vir neste troço." O morenão sorriu: "Está com frio? Chega aqui perto. Sou quentinho. Vê. Estou quase nu. Sangue bom." Bebel notou os braços, o peito estufado de forte, a pele ligeiramente escura. Encostou-se e o morenão passou os braços pelos ombros. Ele era confortável, quente e a mão prendia seu ombro como um torno. Torno? Cruzaram por baixo do pontilhão do bonde. Entraram em Vila Mariana. Nos terrenos baldios havia fogueiras. Algumas eram só brasas, outras tinham fogo alto. Em volta, vagabundos, mulheres, crianças, encostados uns aos outros. Os rostos passavam rápidos, iluminados pelas chamas; faces carcomidas, esfomeadas, barbudas, cínicas, amarguradas, doloridas, impassíveis.

Enquanto o morenão entrava no bar, ela notou a camada de água congelada na capota de um Volks. "Ei, vem me ajudar!" Ela apanhou no balcão três litros, ele, o resto com os braços amplos. Conhaque Palhinha. "Que esse é barato. E forte paca." Na entrada do parque pararam. As mãos dele apertaram os seios. A pele era áspera e a mão firme. Bebel se abraçou. Os lábios dele prenderam sua boca. A mão penetrou nas coxas e eram frias, o arrepio subiu. Ele tremeu. Ele cheirava a conhaque, cigarro e ovo. O jipe continuou, mas não entraram à direita, em direção ao pavilhão e sim à esquerda, para sair atrás da construção abaulada que fora a exposição gaúcha no IV Centenário. O barracão estava em ruínas, os vidros estilhaçados. Havia cheiro de urina, bosta velha, ferro e madeira. Na penumbra, adivinharam formas enroladas, numa distância de metros e metros. Gente que dormia. Muitos enrolados em jornais. Junto a um painel de carnaval, o morenão encostou Bebel. Havia a figura de um rei Momo a sorrir e a bunda dela ficou na altura da boca, enorme.

Bebel sentiu-se penetrada. "Não me beije. Pelo amor de Deus, não me beije." O morenão não insistiu. Trabalhava depressa. "Como você quer. Devagar? Depressa? Posso ficar aqui a noite inteira fazendo você gozar quantas vezes quiser." "Pois fica." Resfolegava e terminou logo, antes dela conseguir a segunda vez. "Fico com sua calça." "Que nada. Com esse frio." "Melhor assim, para arejar. Deixa entrar um ventinho." "Você não é de nada. Igual aos outros. Só fala. Podia ficar a noite inteira! Estou vendo." "Vamos logo que a turma está esperando. Podem desconfiar." "E daí?" Ele deu um soco no fundo da garrafa e a rolha voou, espirrando conhaque. Tomou. Ela também. Recomeçou o esquentar do estômago.

Quando entraram no pavilhão, tinha emborcado quatro, de leve. Passaram as garrafas. A segunda asa ainda estava no caminhão. O transistor continuava a transmitir músicas. Parou para dar um informativo rodoviário sobre condições das estradas, guardas de plantão e acidentes nas pistas. Veio um samba-batucada que foi acompanhado pelo praça magrelo que olhava fixamente Bebel. "Se amanhã o capitão chega e encontra essas garrafas, olha nós, ó." Eram cinco garrafas vazias. Um mecânico de mãos sujas alinhou no canto da parede. "Me dá o revólver, Pedrão!" Dobrou o braço esquerdo, repousou a arma junto ao cotovelo. As garrafas voaram estilhaçadas. "Papai aqui ainda é grande!" Virou o revólver para Bebel: "E se eu te matasse, menina? Pensou?" O cano não tinha fundo. Um orifício negro. E no seu fim estava o começo. "Desse fundo viria a morte. Ninguém sabe quem sou. Ninguém. Ficaria no lago, boiaria. Eu nem sentiria. Pode ser que visse a bala saindo do cano. Não. Não haveria tempo. Seria rápido. Por que ele não me mata? Sem motivo. Sem nada. Melhor assim. Morrer subitamente. Sem saber por que e para quê."

O que tinha atirado nas garrafas carregava o revólver. O conhaque passava de mão em mão. Um praça disse alguma coisa. Através do vidro, ela via os gestos, lábios se movendo. Estavam reunidos em roda e gesticulavam. Voltaram ao trabalho. As correntes se movimentaram, erguendo a asa do DC-3 fora da carroceria. Acertaram o rumo, moveram o guindaste. As correntes raspavam nas roldanas, martelos batiam. Ela puxou o cobertor para cima das pernas. À medida que o dia se aproximava, o frio aumentava. "O que estou fazendo aqui? O quê?" Uma sirene se aproximou e se afastou. A asa estava colocada. Bebel deixou a cabeça cair e acordou assustada do cochilo. Viu o guindaste sendo desmontado. Pelos vidros das paredes, e através das grandes portas, havia uma claridade cinza diluída do dia que nascia. "Esqueceram de mim." Abriu devagar a cabina, saltou. Foi até a coluna mais próxima. Garrafas vazias, pelo chão. Apenas três deles trabalhavam. Começou a correr em direção à porta. O magrelo, já bêbado, deu o alarme. "Vamos comer a boa!" Saíram atrás. Ela alcançou a porta, virou à esquerda. Um praça entrava pelo portão com garrafas e pães debaixo do braço. Ela hesitou e foi pela margem do lago. Uma neblina descera sobre o parque e pairava bem acima da água. O vento frio rodeava-a inteira e sentiu o nariz gelado. Os caras vinham cambaleantes, gritando: "Cerca! Pega a putinha!" O morenão alcançou-a, segurou seu braço, ela deu um puxão, se soltou. O magrelo estava à sua frente e a agarrou. Ela deu uma sacudida de corpo. Rolaram pela grama. Ao erguer-se, caiu para a frente, emborcando na margem do lago. O gelo lhe correu o corpo inteiro. Tentou erguer-se, o magrelo segurava suas pernas. Quis chutar o nariz dele. Não deu. Ela caiu de novo, inteira dentro da água. Eles tinham chegado. O morenão a apanhou. Puxou seu vestido. Bebel gritou: "Filho da puta!" Correu de novo. Tinha medo, agora de morrer de frio. Não mais dos tipos que davam uivos atrás dela. Apenas de sutiã, procurou voltar para o pavilhão. O vento cortava sua pele. Ia ficar congelada como os índios da estátua. Estava todinha arrepiada e cheia de ódio.

Então, ouviram o ronco. O motor ligado. Seguiram para a porta e o ronco aumentava. O céu tinha a cor de panela de alumínio velho. Os homens esqueceram Bebel e corriam enquanto o vermelhinho, no centro do imenso galpão, roncava com o motor em plena potência, como se estivesse na cabeceira da pista, preparado para levantar vôo. Aí, os homens se imobilizaram, vendo o avião partir a toda. O ronco ecoava dentro do pavilhão, mil vezes aumentado. O espaço teto-ao-solo era curto e o som batia e rebatia e se refletia nas paredes. Quando, no fim do galpão, o aparelho começou a subir, a bebedeira dos homens subitamente passou. O aparelho ergueu o bico, quase vertical, encontrou o teto de alumínio, varou e se arrebentou, meio corpo para fora, como um animal desesperado para sair da toca.

*

A manchete de jornal na mão do ascensorista dizia:

9 MORTOS COM O FRIO EM SÃO PAULO

PRESÍDIO DA ALEGRIA ABRE AS PORTAS PARA RECEBER INDIGENTES

Governo promete mais albergues e diz que resolverá problema dos imigrantes nordestinos.

O ascensorista olhou para Bebel, vestida no macacão azul, que encontrara junto de um avião. Cabelos desgrenhados, nariz vermelho e olheira enorme preta. O elevador parou no 12. A luz da manhã entrava, violentamente clara. As paredes davam para os fundos do Teatro Leopoldo Fróes. Carros de entrega estavam estacionados diante dos bares. O apartamento não tinha sido mobiliado inteiramente. Foi a primeira coisa que ela pediu ao dono da televisão. De qualquer tamanho, mas dela. Completamente seu. Quis vazio e quando recebeu as chaves, dormiu duas noites no chão duro. Palmo a palmo acariciou as paredes da sala e do quarto. Levou quatro meses a pintar, escolher cortinas e tapetes. Com Flávio, comprou quadros. Reprodução de Lautrec. "Ele pintava bailarinas e dá panca você ter algumas." Mandou enquadrar também um Renoir. Não sabia quem era, mas o dono da televisão é que lhe deu e ela encomendou molduras brancas, com filetes azuis. Do que ela mais gostava era da parede ser inteira. Às vezes, deitava-se na cama e se surpreendia da parede ser tão sólida, impenetrável. Sem rachaduras. Devia ter alguma por onde o vento penetrasse. Estaria escondida para ela não ver. Na primeira noite de inverno, quando entrou no quarto e o sentiu aquecido e confortável, percebeu que alguma coisa mudava dentro dela. Fechou as cortinas, ficou um preto compacto. E dentro daquela couraça estava a paz e a calma.

A cama é minha
O lençol é meu
Os travesseiros são meus
Os abajures são meus
Os tapetes são meus
As cortinas são minhas
Os quadros são meus
O fogão é meu
A geladeira é minha
Os sofás são meus
As cadeiras e mesas são minhas
Os vestidos e sapatos são meus
Os sabonetes, perfumes, esponjas são meus
Os espelhos são meus
As torneiras são minhas
O chuveiro é meu
A água é minha

E que eu os conserve, não importa quem tenha dado ou venha a dar.

E que o sucesso seja meu, porque eu quero o sucesso, porque

então serei admirada e respeitada

E todo mundo me amará

pois eu quero que o mundo me ame.

Amém.

"Uma reza. Uma oração. Uma ladainha para mim mesma. Minha avó dizia que a pessoa boa precisa rezar à noite. Esta é a minha reza." Escreveu num papel. Flávio achou divino de morrer. Às vezes recitavam-na juntos, passeando pelo apartamento. "Menina, dizia ele, se Helinho não fosse um pronto! Se eu não gostasse dele, largava assim. Dançando como você está vai ser estrela. Estrelíssima. Não afrouxa, não, nem dá colher de chá! Você tem tudo. O dono da televisão, a turma te badalando, corre pra cá, corre pra lá. Vou te contar uma coisa, menina, que é de morrer. Você vai ficar azul-turquesa quando ouvir. Essa soube na televisão. O cara tá tão gamado que vai montar um show para você. Tudo samba e um pouco de bossa nova. Bossa nova tem um balanço diferente, você vai ter que aprender. Vai em frente, querida. Lembra da Silvinha? Silvinha, uma bem passadinha que tinha sido do balé do IV Centenário? Com muito menos, por ser amigada com um jornalista, conseguiu ir para Europa. Imagine você."

Bebel notara que Flávio mudara. Se antes era amigo simples, agora guardava certa distância. Como se fosse o presidente de um fã-clube, emocionado ao se aproximar de sua estrela. Flávio se tornara tão pajem quanto o garotinho da televisão. Ela gostava disso.

Queria que todo mundo fosse assim.

Havia meia dúzia de sujeitos gamadíssimos por ela no estúdio. Eram moços simpáticos. Diretores de TV, redatores do telejornal, um câmera inteligente, um produtor de teleteatro que estava bolando um negócio que, dizia, ia ser formidável: telenovela. Todo dia um capítulo. Bebel saía, jantava, ia dançar, comparecia a estréias de teatro, freqüentava coquetéis, aparecia em desfile de modas. Deixava que pegassem em suas mãos, que a abraçassem, um ou outro, se fosse bonitinho, deixava que a beijassem. Formava uma corte sempre pronta, sempre fiel. Cada um se julgava o favorito e acreditava seriamente que seria o eleito. Vivia em órbita, procurando constantemente um programa diferente de que ela gostasse. O apartamento passou a ser freqüentado à noite. Pois que à tarde, entre quatro e cinco, o verdadeiro dono dele fazia posse e o utilizava. Ao pessoal que se reunia, ela impôs. Tinham que trazer coisas. Acrescentou à sua oração novos versos:

Os discos são meus
As bebidas são minhas.

Os discos eram de Miltinho, Silvinho, Agnaldo Rayol, Ângela Maria, Ray Coniff, Isaura Garcia, Valter Vanderlei, Vinicius de Morais, Silvinha Teles, Maísa, Sambas-Batucada, Vitor Simon, Nélson Gonçalves, Harry Belafonte, Frank Sinatra, The Jordans, Elsa Laranjeira.

Bichinhas novas e velhas da televisão, teatro de revista, Municipal. Que viajavam entre "Redondo" e "Ferro's", com extensão ao "Juão". Bichinhas que tinham feito de Bebel meia-rainha. E a seguiam em séquito. Pela noite, de bar em bar. Rodeando, pavoneando, gritando, dançando, sacudindo, desmaiando. Uma noite, Verinha, a mais nova da turma de indecisos, apelidada "estojinho de lingüiça", na Galeria Metropolitana, ao sair de uma boate, deitou-se no chão e beijou os pés de Bebel. Imediatamente, todas se deitaram e beijaram. Nessa noite, Bebel rezou.

O mundo está sendo meu
e todos me beijarão os pés.

As bichas formavam uma corte que irritava os homens. Elas faziam uma armadura feroz em torno de Bebel. Enciumavam-se. Davam escândalo. Eram pobres. Vinham dos bairros, fugidas de casa. Umas tinham pais operários. Odiavam a casa, o pai, o mundo. Amontoavam-se em apartamentos que ninguém sabia como e quem pagava. Pululavam de Júlio Mesquita onde podiam fazer trottoir livremente, até a rua São Luís, passando pela Ipiranga com Sete de Abril. Vestiam-se mal, as calças poídas e sujas, camisas ensebadas. Uma e outra lavava a própria roupa, vinha mais bem arrumadinha. Uma coisa as unia: odiavam falar de como tinham se tornado. Se tinham nascido, ou se transformado. E um orgulho as unia: não eram homens e odiariam ser. Pelas sete e oito da noite começavam a descer dos bondes, ônibus. Outras chegavam a pé, andando quilômetros por falta de dinheiro. Traziam unhas sujas. Rebolativas, de roupas justíssimas, faziam a freqüência dos cinemas especializados. Do Oásis e Cairo, pela tarde. Do Bon Soir quando tinham dinheiro para gastar em boate.

Então, Bebel começou a sentir. As bichas a sufocavam.

*

Acordou. Deixou-se ficar no escuro por muito tempo. O escuro também era seu. Sua ladainha. Acrescentou.

O avião que ia buscar o céu era meu.

Os homens que morreram eram meus.

Sentia-se bem. Puxou as cortinas. Chovia. Acendeu as luzes e foi se olhar ao espelho. A olheira tinha desaparecido. Ficou no banho, mergulhada na água quentinha e o vapor encheu o banheiro. Vestiu uma calça comprida de veludo, pegou a capa xadrez. Não passava táxi. Esperou. Numa estiada, andou a pé. O relógio do City Bank marcava quatro e meia com seus ponteiros verdes, acesos na tarde. Na escola de balé havia um recado: Telefone à televisão. Desceu. A chuva recomeçara, atravessou a rua xingando, entrou na fila.

– Um jetton.

– Dois cruzeiros. Ah! Você! Tem trocado hoje?

– Tenho o de hoje e o daquele dia. Mas, puxa! Que memória. Faz tempo. E você ainda se lembra de mim?

Bebel foi telefonar. Ele estava mais bem arrumadinho, só que tinha cara de ressaca. Gostava de caras assim. Odiava rostos normais, comportados. Rostos de gente que não perdem a linha. A gente olha e nunca sabe o que estão pensando. Como se não pensassem nada, fossem ocos. Aquele, não. O rosto era marcado por linhas duras e agressivas. E havia nos olhos e no corte da boca algo de bom. De ternura. Bebel percebeu-se a fazer o contorno dos próprios lábios. "Os dele se ajustam perfeitamente aos meus." Atenderam na televisão. Flávio falou. Um repórter esperara duas horas por ela. Depois fora embora, dizendo que telefonava. Um cara magro tímido. "Puxa, Flávio, que me esqueci totalmente da reportagem. Nem me lembro que jornal era! Ele telefona quando? Acho que eu não vou aí hoje. É, não tenho nada que fazer. Que ensaio, nada! Não estou com vontade de ensaiar. Diz que estou doente. Diz alguma coisa." Ao seu lado, batiam fones nos ganchos, davam socos nos aparelhos para recuperar moedas.

Judy Garland vinha a São Paulo. A televisão organizou um grande espetáculo. Bebel ensaiou uma semana, dia e noite, sem parar, para o show suporte. As outras meninas eram ruins, com exceção de uma moreninha bonita chamada Eneida que tinha figura impressionante no palco. Na noite da estréia, Bebel entrou apressada pela sala de espera, único caminho para os camarins. Um sujeito virou-se e ficou de frente para ela.

– Lembra-se de mim?

– Lembro. Por que sumiu de lá?

– Quer dizer que você voltou?

– Só telefono dali. Minha professora de dança é em frente.

– Esperei, esperei. Passou um tempão. Você não voltou mais. Vai assistir ao show?

– Vou trabalhar. Sou bailarina.

– E se eu te esperasse?

– Me espera mesmo.

Do palco, ficou procurando para ver se o encontrava. Via a sala um pouco nebulosa, por causa das luzes. Lotadíssima. Dançou o melhor que pôde. As meninas perceberam. "Está elétrica, hoje, hem? O que é?" Sorria. Assistiu com impaciência, dos bastidores, o show de Judy Garland. Gostava de quando ela cantava "Over the Rainbow". Era tão triste. Encontrou-se com Marcelo. Ele disse o nome. Era alto.

– Você se incomoda de andar?

– Não. Eu não! Mas aonde a gente vai?

– Não tenho a mínima idéia. O que você acha?

– Vamos comer alguma coisa?

Voltaram e entraram na Pizzaiola. Bebel estava muito feliz naquele momento.

– Eu tenho Marcelo.

*

No parque Dom Pedro, a Companhia de Gás de São Paulo fica por trás de um muro de tijolos grossos que perderam a cor e se tornaram pretos. É um edifício pesado. À frente se estende uma pesada armação, de ferro, com trilhos suspensos, por onde corre um vagonete, levando o carvão. Diante da companhia, na rua, abrem-se, no asfalto, respiradouros gradeados de onde sai constantemente uma tênue fumaça branca que fede a alcatrão. Dizem que antigamente as mães levavam os filhos a respirar a fumaça. E que esse costume era terapêutico, curando asmas e bronquites. A fumaça domina o parque inteiro. Se o vento é favorável, por muitas e muitas quadras além se pode sentir o cheiro desagradável.

A primeira vez que visitou a mãe no apartamento do décimo andar, Bebel teve ânsias. A irmã torceu o nariz. "Virou granfina! É artista de televisão! Sabe o que diziam no bairro das artistas de televisão? Sabe?"

– O bairro que vá à merda. Vê se vou passar a vida pensando naquela gentinha.

– Gentinha muito distinta. Gentinha boa e honesta que dá duro o dia inteiro. Antes você fosse assim!

– Não sou e dou graças a Deus! Se fosse estava perdida.

– Puta! Isto é que é.

– Diz de novo, vaca gorda e doméstica. Diz!

– Puta. Puta. Viu?

– O que vocês comem, então, é comida dada por uma puta! Por que comem? Por quê?

– Saiba que sua mãe não toca no dinheiro. Está tudo no banco.

– Tudo?

– Quase tudo! Quem trabalha aqui é meu marido. Ele é que sua o dia inteiro.

– E vieram morar num apartamento destes?

– Era da mãe dele. Pra onde a gente podia ir? Derrubaram de repente a casa.

– Até que enfim. Até que enfim derrubaram aquela casa nojenta.

– Quando nós saímos, a vizinhança veio. Luzia do armazém pediu que você fosse visitar o pessoal um dia.

– Visitar?

– O pessoal fala, mas se orgulha de você. Como é que sabiam que você ia ficar famosa assim?

O cunhado trabalhava na Pirelli, em Santo André. Voltava para casa, tirava o macacão que fedia a borracha queimada. Marta levava para a área de serviço e o deixava pendurado, para arejar. Falava pouco e trazia revista de fotonovela. Depois do jantar ligava televisão, via o programa de notícias e ia dormir. Marta contou que ela e a mãe só viam os programas de Bebel quando o marido não estava em casa. Ele se antipatizava com Bebel e julgava imoral o que ela fazia. Então, ela percebeu porque o cunhado a evitava, conservava sempre os olhos baixos, tocava sua mão rapidamente quando cumprimentava. Um dia voltou do emprego abalado. Bebel saíra com as pernas de fora na capa da Revista do Rádio e o pessoal na Pirelli estava com a revista no bolso dos macacões. Alguns tinham ido ao banheiro. A mãe pediu: será que ela não podia deixar de posar para as revistas?

A mãe. Bebel se lembrou. Parecia não existir, nunca ter existido. Anos atrás, só as mãos dela eram enrugadas por ficarem o dia inteiro dentro do tanque de lavar roupa. A pele era toda enrugada agora. Cada dia que via a mãe, Bebel notava que ela se decompunha gradualmente. Uma tarde levou-a ao apartamento da Major Sertório. A velha na beirada do sofá de couro branco. Muito contente. Muito sem jeito. Nunca entrara numa casa tão bonita assim, disse. E essa casa era de sua filha. Ela estava certa de ser artista e não devia se incomodar com as coisas que os outros diziam. Devia levar sua vida honestamente como estava levando. Pediu: queria fazer um café naquela cozinha tão branca. "Esse é o começo, mãe. Só o começo. Daqui a pouco a senhora vai ver o que é bom. Uma grande casa e eu fazendo cinema. Vou embora do Brasil assim que der pé. Não tem tanta brasileira lá fora? Eu sou bonita, mãe. Posso ser outra Carmem Miranda. Já me disseram. Aí mando buscar a senhora. Marta, não. Mando buscar a senhora e ponho num quarto maior que este apartamento. Para a senhora gostar muito de mim. Quando eu for famosa, todo mundo vai gostar de mim, mãe. A senhora vai ver." A velha sorria; coava o café; ralo e doce. A mãe não mudara. A mesma: insossa e passiva. Bebel: "Não sou filha dessa gente; nunca fui; me adotaram quando criança e não querem me contar."

A mãe não voltou mais ao apartamento. Não sabia ir sozinha e Bebel não a buscava. Marta nunca quis ir.

Ela tinha um ar desamparado. Marcelo pegou em sua mão. Bebel sentia o áspero da palma; era uma pele dura; os contornos daquela mão pareciam talhados a formão: a cor ligeiramente escura. Estavam num galpão da rua Jaceguai. Uma construção retangular, com paredes caiadas de branco. No chão, montes de tijolos, sacos de cimento e cal, argamassa. Começavam a construir o teatro Oficina. Cacilda Becker quebrou uma garrafa de champanha contra o último pedaço a ser demolido. Bebel viu Múcio, ao lado de José Celso, fazer figa e isolar quando o champanha espirrou. "Eu quero cinqüenta mil coisas e não acontece nenhuma. Agora estou querendo esse desgraçado que é tão bonitinho e tão bom e não sei se ele liga realmente pra mim. Fica do meu lado, diz que me gosta, pega na minha mão, me beija, mas parece distante, às vezes tenho a impressão de que a gente nem se conhece. Como duas pessoas sentadas no cinema, lado a lado e sem se incomodar uma com a outra. Não sei, essa impressão é com todo mundo. E tem tanta coisa que eu gostava de dizer a Marcelo, coisas minhas, pra que ele me conhecesse e gostasse mais de mim. Não digo, quando vou falar, fica tudo preso. Ainda ontem, ele me falava de sua ida pra Cuba e do que vai fazer lá. Parecia tudo tão simples. Pra ele é, nada tem complicações, vai dizendo, resolvendo. Ele vai ser bom pra mim, muito bom."

– Você quer?

Marcelo com uma taça de champanha. Doce. Não gostava de bebidas doces. Depois foi tomando, estava geladinha. Tomou três.

O fundo do teatro era uma sala comprida, com balcão para o bar, uma varanda com grade de ferro e sob a varanda uma sucessão de quartinhos úmidos e estreitos, repletos de material de cena, talões, cadeiras velhas, espelhos, roupas amontoadas e cheirando a bolor, montes de papéis amarelados, livros empilhados, cartazes desbotados.

Bebel procurou os lábios de Marcelo. Havia, ainda, gosto de champanha barata. A mão, dos seios, desceu para as coxas. Voltou e então apertou-os demoradamente. Passou as mãos pela cintura dele e puxou-o mais. Fechou os olhos, percebeu os lábios sobre suas pálpebras. Ouvia ruídos nos papéis, madeiras estalavam. Acima da cabeça passos e vozes. Marcelo empurrou-a para um sofá circular que cheirava a pó. Deixou-se desabotoar. Nua. Ficou sobre o corpo dele. O peito cabeludo. A pele era quente. Marcelo fez. Em silêncio. Desajeitado, como uma criança começando a aprender. Descobrindo. Bebel colava os lábios em sua boca. Descia. Quando lhe pedia que fizesse o mesmo, notava que ele não ia ao fim. Olhava. Na penumbra via os contornos do corpo de Bebel. Olhava curioso e voltava para cima. "Por que não? Por que não faz para mim o mesmo que eu faço pra você? Tem nojo de mim? Não me gosta?" "Gosto, mas não sei fazer. Você é a primeira mulher que não pago.

Até agora, só me deitei com mulher de rua. Se você me ensinar faço tudo que quiser. Tudo, tudo, sem deixar nada. É meio esquisito, mas faço, afinal a gente está no mundo pra fazer as coisas. E eu não quero deixar nada pra trás." Os passos continuavam sobre suas cabeças. Prestando atenção aos barulhos ela percebeu os ratos que corriam nos papéis. Começou a se coçar, o sofá tinha pulgas.

– Decepcionado?

– Vou dizer uma coisa, Bebel. Quando alguém nasce. Quando sai de dentro da barriga escura da mãe, tem que sentir essa mesma coisa. Até agora eu estava pra nascer e ia fazendo tentativas. Agora entrei no mundo.

*

Em outubro choveu sem parar. Bebel estava feliz. Suas fotografias andavam espalhadas pela cidade. Grandes painéis de publicidade se derramavam por ruas e estradas. Na via Dutra, a caminho do Rio, ela contara trezentos e vinte e dois. O close, com seus olhos verdes, anunciando creme para a pele, dominava a estrada. E no Rio também vira. Nos morros da baía de Guanabara tinham montado um painel gigantesco. Ela de corpo inteiro, vestida em malha justa e vermelha. Lançava o novo programa musical.

Viajava todas as semanas para o Rio. Ia gravar. Stanislau Ponte Preta escrevia. Bebel tinha a impressão que ele escrevia especialmente para ela. Era um tipo simpático, inteligente, meio sobre o gozador. Parecia sério. O musical era gravado em tape para Porto Alegre, Salvador, Recife, Belo Horizonte e Brasília. O diretor vivia brigando com o autor, pois insistia que devia ser nos moldes americanos e Stanislau achava que devia ter estilo brasileiro. Discutiam sobre as músicas. O programa terminava com muita bossa nova que começava a dominar as paradas de sucessos. O pessoal do estúdio vivia excitado porque a audiência era de 70 por cento, a mais alta registrada por qualquer programa. Bebel descobriu o Rio e o sucesso da promoção. Num mês pegou capa de "O Cruzeiro", "Fatos e Fotos", reportagens em "Manchete" e

"Jóia", e notícia em todas as colunas de música, televisão e teatro. Em uma semana foi a mais festas, boates, reuniões e programas de televisão do que em toda a sua vida. Era procurada.

– Eu tenho nome.

Uma noite, sentou-se na Fiorentina diante do mar. Tinha vindo da entrega de prêmios aos melhores do cinema. Ao seu lado ficou um cara magro, barbudo e que ela achou de muito charme. Fumava uma cigarrilha fina e tinha sotaque português. Ele conversava com o Boal que Bebel conhecia de São Paulo, do teatro de Arena. Ficou ilhada. Do outro lado tinha uma garota muita fresca que lhe deu as costas e, à sua frente, dois sujeitos trocavam elogios, um dizendo ao outro que eles eram os maiores escritores da nova geração brasileira.

– E você?

– Eu?

– É, disse o barbudo, com acento português.

Bebel comia camarão ao leite de coco. Os dois tinham estado o tempo todo a falar da participação do homem de cinema e teatro. Ela não sabia participação em que, ficara a olhar o mar e a pensar se devia mudar para o Rio, pois São Paulo era muito chato.

– O que é que tem eu?

– Pensou em fazer cinema?

– Pensar, pensei. Mas ninguém faz fitas.

– Faz, claro que faz. A turma aqui está a fazer.

– Bem, eu não sei, não é? Não vivo aqui. Você é o quê?

– Diretor de cinema.

– O que é que você dirigiu?

– "Os Cafajestes."

– Ah!

– E se eu te convidasse para fazer cinema? Aceitava?

– Ia pensar. Coisa boa?

– Só faço coisa boa.

– Não sei. Ia pensar. Sabe? Preciso tomar cuidado. Muito cuidado.

– Cuidado com o quê, menina?

– Se eu fizer bobagem, me arrebento toda.

– Você precisa se arriscar.

– Aqui no Brasil é fogo. Fez uma bobagem e está bombardeada. Ninguém perdoa.

– Quer saber de uma coisa? Aproveita agora que você está subindo. Daqui a pouco chega em cima e começa a descer. Aproveita a tua maré, que maré no Brasil não fica alta muito tempo.

*

Contou a Marcelo. Agora, passava muito pouco tempo com ele. Vivia três dias no Rio, quatro em São Paulo. Tinha também o dono da televisão. Marcelo reclamava.

– Você podia resolver. Estou cheio de dividir. Você me prometeu. É só até eu me arranjar, dizia. Agora, se arranjou. Tem tudo. O que quer mais? Por que não larga o cara? Gosto de você. Você de mim. Ou não gosta?

– Gosto, gosto. Quantas vezes é preciso repetir? Não acha que enche?

– Não entendo! Francamente, não entendo. Gosta de mim, vai com outro, no Rio se deita com o pessoal. Pensa que não sei?

– Neguei alguma vez? Ao menos nunca menti. Você sabe tudo.

– Bebel. Escute bem, Bebel. Você não quer ser de um só cara? Gostar de um? Ficar com ele? Se dedicar inteirinha?

– Que coisa mais horrível! Que coisa horrorosa! Imaginou? Pensou bem, Marcelo? A gente ser de um só a vida inteira? Morrer sem ter conhecido o maior número de pessoas. Morrer sozinha com uma pessoa apenas de seu lado? Ou um só? Para se lembrar de você? Não, eu não!

– Você está ficando louca!

– Doido é você. Põe as coisas no lugar, Marcelo. Pensa direitinho. Você imaginou quanta gente gosta de mim? Quanta? A maioria é gente que nem conheço. Não é uma felicidade isso? E quanto mais famosa eu for, mais gente a me rodear. Gosto que fiquem em volta de mim. Num círculo. Vivo no meio de um círculo e é quentinho onde estou. Eles me protegem. Fazem tudo que eu quero. Não posso gostar de um só, meu amor! É, ou não é? Está me acompanhando? Não posso ficar isolada pelo amor de um homem só. E quando chega o momento de descobrir que a gente não se gosta mais? Você não acha que a gente foi feita com uma carga imensa de gostar? Carga que foi feita para ser de um só?

– Você diz tanta coisa. Faz tanta confusão. Que nem sei o que responder. Está tudo errado. Mas não sei responder. Isso que você diz, esse potencial, foi feito para fazer uma pessoa feliz. E não dezenas de infelizes. Isso é o que você vai fazer. Um monte de infelizes.

– Se acha que é besteira, pode ir.

– Tá bom! Vou, mas não volto mais.

– Azar seu!

– Logo hoje que eu ia te contar um negócio.

– Conta e depois vai embora.

– Vou embora.

– Então, vai! Vai logo.

– Vou. Mas não é agora. Vou embora do Brasil.

– Pra onde?

– Cuba. Vou ser professor. Trabalhar. Aprender coisas.

– Agora entendo. Direitinho. Outro dia, quando você foi me buscar na televisão, um câmera me disse: Manjo esse cara, Bebel. É comunista. Não acreditei. Agora...

– Eu, comunista? E por que havia de ser?

– Sei lá! Se vai pra Cuba, deve ser.

– O que tem uma coisa com a outra?

– Ora! Os Estados Unidos não brigou com Cuba por que virou todo mundo comunista? E se você vai para lá porque acha que é bom, deve ser mesmo.

– Melhor deixar, que nesse assunto a gente não vai se entender.

– Quando é que você vai?

– Mês que vem.
– Decidido mesmo?
– Claro. Venho pensando nisso há mais de ano.
– E eu?
– Te escrevo. Se você quiser, mando te buscar.
– Ir pra lá? Tá ficando louco. Fazer o quê? Virar rumbeira?

Marcelo mudou-se para o apartamento de Bebel. Era o último mês e queriam tirar todo o proveito. Bebel sabia quando o dono da televisão usava a posse e o avisava. Ele se mandava para a noite. Sentava-se no Music-Box a ouvir o violão de Roberto Ribeiro. Saía de madrugada, ia tomar café nos botecos mais sujos, pensando em Bebel que gozava nos braços do outro. Quando o dia era claro, voltava. Encontrava-a. Ele a acordava. E batia. Batia com quanta força tinha. Ela apanhava, chorava um pouco. Odiava apanhar. Os tapas não doíam. Mexiam dentro dela. Revolviam a coisa misteriosa que a deixava com a boca amarga. Sabia que precisava se deixar bater. Na manhã em que ele erguera os braços e ela recuava assustada, pedindo que não, Marcelo não bateu. No entanto quebrou tudo que era vidro no apartamento. Batia e deitava-se na cama. Ela se recusava. Virava-se de costas. Ele cheirava a álcool, à fumaça deteriorada de cigarros e ar viciado de boate.

Faltavam dez dias para a viagem. Pelos cálculos dele. Quando Marcelo viera, tinham dito: um mês de felicidade. Bebel estava se cansando de ser feliz ao seu lado.

*

Uma tarde, Bebel quis visitar a mãe. O táxi chegou só a uma ladeira, perto do parque Dom Pedro. Tudo inundado com as chuvas. Carros não entravam. O táxi deu marcha à ré, Bebel foi para a televisão. Eram duas da tarde e havia pouca gente no estúdio. Havia um canto iluminado, um fundo cinza e um homem a ler o horóscopo. Ouviu os signos, o seu já tinha passado. As luzes se apagaram, acenderam um neón. O estúdio esvaziou. Ela ficou numa praia, diante de um céu de papelão e um coqueiro de plástico.

O avião tentara varar o teto em busca do céu e se despedaçara no caminho. Dentro da noite, os índios tinham se congelado e não conseguiram fugir, presos à terra.

Pensou no Rio e nos dias de sol e praias e boates com grandes turmas. Estavam gravando os programas em São Paulo e Bebel não precisa mais ir.

– Oi! Como vai! Sou Bernardo!

– Ah! Você que telefonou?

Diante dela um sujeito magro, mal vestido.

– Foi. quero uma grande reportagem. Uma coisa diferente de tudo que tem saído.

– Diferente como?

– Diferente das outras reportagens com mulher.

– E como é que você imagina?

– Não sei ainda, não tenho a mínima idéia.

– Já falou com meu empresário?

– Não.

– A gente precisa saber se posso fazer sexy agora. Sabe, é negócio da fita americana. Além disso, tenho contrato com a agência de publicidade e eles não gostam muito de perna de fora. Mas arranja uma boa idéia que topo. Azar deles!

– Foi por isso que vim. Por causa da fita americana. Vai ser aqui ou lá?

– Uma parte aqui e outra lá. Vou aos Estados Unidos.

– E é mesmo o Paul Newman?

– Ele e a Jane Fonda e eu.

– Já vi. É mais uma capa em tudo que é revista.

– É. Pra você ver.

– Olha, tenho uma idéia mais ou menos.

– O que é?

– Você de biquíni em frente ao monumento do Ibirapuera.

– O que quer dizer?

– Quer dizer que rompe com o mito. Quebra com tudo.

– Que mito?

– Mito nenhum. Vamos tomar café.

No cinema, ele pegara a mão de Bebel. Ela se oferecia. Vinha. Ele tentava beijá-la, ela se negava. Depois colavam os rostos. Ela perguntou: "Por que você está tentando me beijar?" Ele ficou quieto, desconcertado. O filme chegava ao fim e os rostos continuavam colados. Bebel às vezes olhava Bernardo fixamente; tinha um certo medo; às vezes, voltava o rosto, como se levasse um susto. Quando as luzes se acenderam o olhar de Bernardo era de vontade.

– Eu tenho Bernardo.

*

Um ar seco descera sobre a cidade. Tão espesso que era difícil respirar. Quase se podia vê-lo entre os edifícios. Subiram a Dom José de Barros, lado a lado. Bernardo abraçou Bebel. Viu que ela tinha um jeito confortável de se aninhar. Andavam e ele se julgava único do mundo. Bebel tirara o casaquinho xadrez preto e branco, de quadriculados, bem pequenos. "Não sei se devo carregar. Não sei nada do que se deve fazer nessas ocasiões. Tenho que arranjar um programa para que ela fique comigo o maior tempo esta noite. Se fosse filme eu diria: 'que esta noite dure a eternidade'. Também, não posso ficar muito, não tenho dinheiro e ir à boate custa." Bernardo tentava dar uns passinhos engraçados para fazer efeito e tirar a impressão de figura carrancuda. "Você está sempre tão sério", disse Bebel, quando entraram para o filme, "parece um senhor, dono do mundo, muito por cima das coisas. Não gosto desse jeito, não! Vê se arruma um mais simpático, que eu sei que você é!"

– O que a gente pode fazer? Jantar?

– Sugere outra coisa. Um lugar para a gente ir.

– Boate?

– Boate, benzinho. Restaurante. Qualquer boteco onde se divirta. Onde tenha pouca gente.

– Conheço pouco. Acho que você sabe mais do que eu.

– Você conhece pouco? Um repórter que faz cinema e

teatro? Está me gozando? Se tem coisa que você conhece é bar de noite!

– Me deixa pensar.

– Que tal a gente ir dançar? Dançar num lugar bem louco e movimentado?

Desceram a Augusta. A rua era feia, com as casas velhas, paredes amarelas. As butiques elegantes se enfiavam dentro de casinholas quase em ruínas. Vitrinas explodiam em luz com vestidos, suéteres, meias, tecidos, jóias, discos, livros, perfumes, peles. Importados, fabricados a mão, feitos em série. Luminosos insignificantes, mais discretos e apagados quanto mais elegante e cara a butique. Os pneus do táxi se prendiam nos trilhos, o motorista deixava. O carro corria suave. Havia pontos em que tinham tirado os trilhos.

Perto dos pontos de ônibus e nas esquinas, as gatinhas, em calças compridas, justas, conversavam com rapazes cabeludos, que deixavam o carro aberto no meio fio. A entrada do Lancaster estava escura. O porteiro se adiantou:

– Fechado.

– Cedo assim? Por quê?

– Pegaram uma menor com carteira falsificada. Desgraçada, me enganou direitinho. Se ela volta aqui dou-lhe uma cachapada firme!

– Quando abre de novo?

– Só daqui dez dias.

– Tanto assim?

– Se abrir! O pessoal está se virando para quebrar o galho. A senhora não é Bebel da Televisão?

– Hum hum.

– Vejo sempre os programas. Minha patroa gosta muito da senhora.

– Ah! Obrigado! Ela é simpática! Manda um abraço.

Apanharam o ônibus depois de esperar táxi; passavam todos cheios; era noite de corrida no Jóquei. Alguns vinham com gente gritando. Deviam ter ganho. "Ainda bem que estava fechado. Ela queria e eu não sei dançar. Há muito tempo que fico martelando com isso na cabeça: aprender a dançar, aprender a dançar. E eu tinha feito a promessa. Se cumprisse as coisas que prometo a mim mesmo."

Sempre. Festas do colégio; despedidas de turma em formatura; bailes de sábado e domingo; aniversário de amigos; eu, de pé, a olhar; copo na mão sem beber; sem gostar de beber; olhar, querendo entrar; sem nunca; vendo as meninas; querendo e gostando; sem nunca; a olhar nos bailes, no cinema, no pátio do colégio.

2

NOTÍCIA DE JORNAL

Tentamos obter referências sobre a bailarina Bebel no Departamento de Relações Públicas da emissora de televisão. Não havia tal departamento (um diretor me garantiu ser desnecessário) nem mesmo um assessor para a imprensa. Encontramos simplesmente uma sala de fundos, com duas estantes, um funcionário semi-analfabeto e de má vontade que nada sabia. Não existe departamento fotográfico. Indagado sobre a artista, o funcionário declarou: "Ó, o pessoal sabe tudo! O pessoal da imprensa publica muita coisa! Por que o senhor num vai num jornal?". O autor, com permissão da direção, fez um estágio de um mês na emissora, colhendo dados a respeito da correspondência de Bebel. Ela recebe a média de 329 cartas diárias. A maioria se extravia, porque os funcionários não querem saber do serviço.

São Paulo e interior	30%
Rio de Janeiro	22%
Sul do país	16%
Pernambuco	13%
Bahia	10%
Paraná	9%

Os programas de Bebel são gravados em São Paulo e exibidos no resto do país em videoteipe.

CARTA 1

Querida Bebel

Em primeiro lugar desejo-lhe saúde e felicidades junto aos seus. É com grande satisfação que escrevo-lhe esta a você. Bebel faz meses que ando com vontade de escrever mas andei adoentado mas agora estou bem graças a Deus e cheguei de viagem. Bebel tenho vontade de ir a São Paulo para conversar com você mas não sei onde você mora. Quero que você manda para mim seu endereço e sua fotografia e eu mando a minha fotografia para você. Minhas aulas no colégio vão começar agora. Quero que você responde logo. Pesso-lhe resolver um problema meu que não posso contar a minha família. Como não tenho namorada só tenho confiança em você. Vem passear em nossa cidade. Aqui se despede o amigo que lhe deseja muita felicidades.

Cecílio Carreiro

Não quero que conte a ninguém que escrevi para você.

CARTA 2

Querida amiga Bebel

Escrevo-lhe esta carta a fim de dizer-lhe.
Bebel faz cinco meses que quero escrever a você.
Ando muito triste e não tenho vontade de nada, só
tenho vontade de morrer. Aí me falaram porque eu
não escrevia para você. Que você não tem filhos e que
você era muito bòa então resolvi escrever-lhe, eu conheço você pelos programas e acho você muito bonita,
quero que você não leve a mal de eu escrever assim,
não sei se você gosta. Bebel quero que você responda.
Eu quero que você me oriente. Não quero ir para o
colégio, nem quero fazer nada sou muito atrapalha-
da. Faz só três meses que estou menstruada. Que você
acha? Vou a São Paulo a um casamento de uma
amiga e quero ver se encontro com você para falar de
meus problemas. Um beijo da

Maria Luzia Roca

CARTA 3

Prezada Bebel

É com prazer que pego na pena para escrever-lhe esta cartinha. Bebel eu não te conheço pessoalmente, mas acho você uma boa moça. Na minha casa minhas irmãs e minha mãe acham que você não é boa moça. Que você faz micagens e mostra muito o corpo. Mas eu acho que isto é arte e que você dança muito bem e canta muito bem. Gosto também quando você faz aquele personagem que não entende as coisas direito. Gosto do seu programa da noite, aquele que você responde aos fãs dizendo o que eles devem fazer. Gosto muito e quando você pela televisão dá a boa noite, já é hora de eu dormir, e eu respondo: boa noite, amém, e digo a Nossa Senhora Aparecida que proteja você também. Você fala sempre que quem quiser sua fotografia é só escrever mandando um envelope subiscrito. Então mandei no meu nome e no do meu pai. Como não tenho mais nada aqui me despeço desejando-lhe muitas felicidades. A você e aos outros dessa televisão que é a única que pega aqui em nossa terra, a 40 quilômetros de São Paulo. Com os respeitos e a admiração de

Sílvio Lopes

CARTA 4

Minha querida Bebel, a maior estrela da televisão que nós todos adoramos em casa, minhas irmãs, meu pai, e também meu avô que dorme tarde só para te ver.

Beijos, beijos.

Eu e minha sobrinha queremos formar uma dupla e nos inscrever para cantar no seu programa de sábado à tarde. O de sábado é o que mais gostamos porque você é mais séria e não faz aquelas bobagens (desculpe minha querida mais nós não gostamos daqueles programas que tem uma imoralidade, você não devia fazer, é uma boa moça mas nós entendemos que a artista tem que fazer tudo porque os moços também gostam muito daqui no nosso bairro). Eu e minha sobrinha gostamos muito de cantar mesmo e queremos tomar parte no seu programa que é para um dia sermos boas cantoras, como muitas cantoras da juventude. Nós gostamos muito de cantar para os jovens porque também somos jovens. Bebel, agradesseriamos muito se você nos desse uma oportunidade no seu programa. Eu tenho 19 anos e minha sobrinha, 14. Abraço das

Creuzadir e Aninha

CARTA 5

Prezada e boa Bebel

Eu e toda minha família gostamos muito de você, nós nunca perdemos principalmente a novela. É muito emocionante. A minha vó, ela tem setenta anos e nunca se recorda o nome da novela e aí ela pergunta: "Namir, a Katia já chegou?" A minha vó não sabe que seu nome verdadeiro é Bebel e eu é que tenho de lhe falar. Estamos todos com uma vontade imensa de conhecê-la. Quando vieres aqui no Rio a minha casa está a sua disposição e terei imenso prazer em recebê-la em minha casa. Gostaria também que se pudesse me mandasse uma fotografia sua. Fico-lhe muito grato se me responderes. Do fã que lhe admira

Namir Hadad

PS: sou estudante, tenho 17 anos e estou cursando a terceira série. Sei que você está pensando que estou atrasado e concordo com você mais é que fiquei dois anos doente.

CARTA 6

Illma. Srta. Bebel

(Isso nem é nome de cristão)

Você é uma porca, uma suja, uma indecente. Você enlameia a televisão e a casa da gente.

Você é imoral e merecia estar na sarjeta.

Atenciosamente

Isabel Maria dos Santos,
Cândida Mota,
Soninha Barreto,
Maria Silva,
Ítala Fraser,
Josefa Jorge,
Cecília Ferreira.

CARTA 7

Querida Bebel

Sei que você não vai responder a esta todavia não faz mal eu desabafo assim mesmo este meu coração sofredor. Não suporto viver sem você. Quem sabe você aceitaria casar comigo e levar uma vida pobre e decente e honesta pois penso que você deve estar cansada desse meio de televisão que deve cansar muito a pessoa. Tenho uma situação regular, 32 anos, solteiro, católico apostólico, olhos e cabelos castanhos, 1,56 de altura, moreno, as moças do bairro me acham simpático e tenho boa conversa. Mesmo que você não concorde com a minha proposta poderia responder a esta e iniciarmos uma correspondência que fosse útil para ambos os dois.

Com o abraço do João Maria

CARTA 8

Querida Bebel

Sabe que Você é uma gostosa e eu gostaria de te dar uma trepada?

CARTA 9

Bebel

É a primeira vez que escrevo, sendo sua fã não poderia deixar de felicitá-la pelo sucesso que vem obtendo cada vez mais na televisão, principalmente com a novela. Já está no capítulo 123 e gostamos cada vez mais, todos dizem que foi uma felicidade você aceitar fazer novela pois é uma moça tão bonita e apesar de muitas mulheres não gostarem nós aqui em casa, gostamos muito e não perdemos nada temos todas as revistas que publica você e achamos uma maravilha a figurinha saída no álbum do fã. Bebel, lendo uma história em "Intervalo" não acreditei naquela entrevista que muito me entristeceu, que você não podia dançar nunca mais por ter quebrado a perna e um osso perfurou a carne e arruinou tudo. Rezamos todos aqui em casa pois na cidade dizem que você está com cancer e foi uma colega de minha irmã que trabalha no Mapin quem contou. Bebel eu não acredito nestas histórias mas mesmo não sabendo qual é a sua religião envio-lhe este santinho de Santa Rita a milagrosa com uma oração que concede 50 dias de indulgência cada vez que for rezada piedosamente. Reze com fé de todo seu coração pedindo a ela que a proteja e lhe dê a grande vitória que é o milagre. Bebel me desculpe de abordar este assunto com esta liberdade é que sou uma moça muito simples e acho que você apesar de artista merece que a gente se preocupe muito. Termino esta pedindo a Oxalá que a proteja na sua caminhada com sucesso e saúde. Atenciosamente.

Morgana

3

Oh! proclamai: "Há salvação
Que novas de prazer!
Os pecadores têm perdão;
os mortos vão viver"
(Cântico do Exército da Salvação)

VAI MUDAR PARA

SÃO PAULO?

More em casa própria.
Quarto e cozinha com luz da rua.
Interessados devem tomar o ônibus
em Campo Limpo, descer no ponto
final e procurar o corretor
Sr. Mestiço.

FAÇA O CURSO

MADUREZA

GINASIAL OU

CIENTÍFICO

Seja onde for, Você poderá
ter um professor em casa

TELEFONE: temos toda e qualquer linha para ceder. Damos como referências grandes firmas de São Paulo já atendidas por nós.

OCASIÃO - Peça Caterpillar – Furadeira de coluna – Retorcedeira – Fresa Universal – Plaina de Mesa – Talhas elétricas – Machos de aço rápido – Redutores de velocidade – Ferramentas de corte: brocas, cossinetes, machos, alargadores, bits, bedames, serras, pastilhas, resinóides, rebolos, limas, lixas.

BERNARDO cruzava o pátio, cinco para as seis. Todas as manhãs do primeiro, segundo e terceiro científico. Portão de ferro fechado com lâminas de lata marrom; o esgoto com a grade de ferro brilhando, polida por mil sapatos; caminhos de cimento levando ao galpão; o lado das meninas de saia azul e blusa branca com o IEBA bordado em azul; o lado dos meninos, do mictório sujo e quebrado onde fumavam, do bebedouro que não funcionava; olhando o lado das meninas; a menina; separada na distância; parado, sem nunca se aproximar; olhar, querendo; tábuas marrom estreitas, que terminavam pontiagudas, lado a lado formavam proteção, no alto; as tábuas tinham nomes: escritos a giz branco que desapareceu quando pintaram as tábuas; o colégio mudou, ficou para a faculdade; esse o seu livro; a quem interessa o livro de um tímido? Tímido porque quis, as meninas estavam lá à espera; queriam conversar, sair, ir ao cinema, namorar, beijar; gostava de se sentir infeliz? O que têm os outros com isso? Aquele desejo, a vontade não realizada, os momentos todos devem ter se cristalizado no ar, não podem estar perdidos; mas estão, recordar; recordar é sentir que se está morrendo; viver grudado àquilo; nem o livro, nem nada para libertar; não gostar de nada; da gente, das casas, das coisas que faz, das conversas, do futuro na cidade.

COMPANHIA PAULISTA
DE ESTRADAS DE FERRO

"A partir de 10 de janeiro o trem de 7h10 não mais será formado nesta plataforma. Dois carros de primeira e dois de segunda serão anexados ao noturno que vem de Barretos.
Assinado, o chefe do tráfego. 1.1.57."

"São Paulo"
"Só ida."

Março. Fim das férias. Embarcam todos de volta. Bernardo parte. Indo embora de vez. Sem querer voltar; sem precisar. Da bilheteria via a cidade mergulhada na madrugada; cordões de luzes nas ruas; a avenida descendo, subindo, sumindo entre as árvores do largo da Matriz; a cidade envolvida num saco plástico.

LOTAÇÃO 102 LUGARES

Menores – senhoras – senhoritas
desembarcando na Estação da Luz procurem
o posto de polícia feminina e encontrarão
informações – orientação

Depois da Barra Funda o trem correu debaixo de um véu de fios elétricos. O trem entrou na plataforma. Ele desceu. Devagar. Como se o tempo fosse todo seu. Ou com medo de chegar. Empurraram. Cutucaram seu braço. Levado escada acima para as saídas da estação. Múcio ficara de vir esperar. Não estava. Cruzou as pontes metálicas sobre as plataformas, os trens apitando, campainhas de partidas, ruídos de ferro, clarões dos varões nos fios elétricos. As pontes metálicas, cruas, toda a Estação da Luz, a imensa clarabóia no teto, o ar inglês pesando em cima. Chegou à rua. Um clarão de sol, intenso, a rua aberta, os prédios. Centenas e centenas de edifícios abrindo-se ao céu claro de um dia de março, em pleno verão.

São Paulo.

E Bernardo, a olhar.

Terror da cidade grande na primeira noite. Não saiu. Instalado num apartamento na Rua Bresser, no Brás, numa esquina em que o bonde fazia a curva. Dormiu. Média de café com leite, pão e manteiga; ônibus verdes da Empresa Alto do Pari deixam a Clóvis Bevilaqua.

Carta para um jornalista do *Gazeta.*

"Não tem vagas."

Carta para um jornalista do *Correio Paulistano.*

"O homem morreu faz dois anos."

Carta para um jornalista de *O Estado de S. Paulo.* "O senhor deixa o nome. Na época em que houver vaga entre estagiários, chamamos o primeiro da lista. O senhor vai subindo. Na sua vez faz um teste e experimentamos por noventa dias."

Carta para uma agência de publicidade que só tratava do interior.

"Contato. O senhor já fez contato com firmas? É o que temos."

O primo, dono do apartamento, riu. "Você, contato? Não sabe nem vir sozinho pra casa. Essa, não!" O primo não era dono. O apartamento era de sua irmã, que ia se casar; ele tomava conta. Uma cama só, um piano e mais nada. Dormiam sobre pilhas de jornais. Bernardo arranjou uma pensão atrás do colégio Dante.

No bolso ainda tinha uma carta.

O jornal era popular; revolucionário na forma; tinha cara de gente moça.

Foi.

Bernardo espera. Há duas horas espera no canto da redação. À sua volta, as mesas sujas, empoeiradas, apenas quatro máquinas de escrever. A redação: num primeiro andar, enorme salão dividido em tabiques que tinham sido verdes, ou azuis. Nas divisões, grandes janelas e vidros sujos. Num canto, uma repartição toda de vidro. São quatro horas e desde as duas ele aguarda que alguém o veja. Um telefonema. Algúem precisava entrevistar o primo de Eisenhower, o presidente dos Estados Unidos. Um repórter baixinho, de óculos, mirrado, dentro de um terno cinza puído nas mangas, vai fazer a ligação. Direto com o quarto do homem. O repórter mirrado não sabe inglês, o chefe de reportagem, ligeiramente calvo, claro, bem vestido, olha em volta, o ar é cínico. Ninguém fala inglês. O olhar pára no garoto que há duas horas espera. "Você, jovem, fala inglês?" Bernardo pensa. Lembra-se das aulas de ginásio, dos cursos de inglês, à noite (aquele curso: depois de uma aula Gilda lhe deu o não). Levanta-se: "Sei." Bernardo atende. Arrasta o inglês, marca a entrevista. "O senhor pode mandar alguém. Ele está à espera." O chefe de reportagem escreve umas palavras num papel; é requisição para fotógrafo. "Vá você." Bernardo sai. O olhar do redator mirrado, brilha estranhamente por trás dos óculos. Ele é o repórter mais importante do jornal. Num outro canto, havia um garotinho loiro, gordinho, de óculos, ar cândido, o guarda-chuva à mão.

"Você, jovem", gritou-lhe o chefe de reportagem, "venha cá." O garotinho foi. Queria ser repórter.

Departamento Nacional do Trabalho.

(Selo da República)

Carteira do Trabalho.

Bernardo abriu. Sua primeira carteira.

Art. 113. – É adotada em todo território nacional...

Leu embaixo

CONSOLIDAÇÃO DAS LEIS DO TRABALHO
Decreto Lei nº 5.425 – 1-5-43

"Por menor que pareça e por mais trabalho que dê ao interessado, a carteira profissional é um documento indispensável à proteção do trabalhador. Elemento de qualificação civil e de habilitação profissional, a carteira representa também título originário para a colocação, para a inscrição sindical e, ainda, um instrumento prático do contrato individual de trabalho. A carteira, pelos lançamentos que recebe, configura a história de uma vida. Quem a examinar, logo verá se o portador é um temperamento aquietado ou versátil; se ama a profissão escolhida ou ainda não encontrou a própria vocação; se andou de fábrica em fábrica, como uma abelha, ou permaneceu no mesmo estabelecimento, subindo a escada profissional. Pode ser um padrão de honra. Pode ser uma advertência."

a) Alexandre Marcondes Filho
Selo da República. Iniciais: MTIC – Serviço de Identificação – Carteira nº 008281 – Série 104ª – Foto – Polegar direito – Assinatura do Portador.

– Me roubaram 9 meses os filhos da puta!

Contrato de trabalho – Página 7 da Carteira Profissional.
Espécie de Estabelecimento – Editora de Jornais
Natureza do Cargo
Data de admissão
Registro nº
Remuneração (especificada)
– Repórter
– 1º de janeiro de 1958
– 426 a fls. Ficha
– Cr$ 5.000,00 (cinco mil cruzeiros).

Assinaturas rabiscadas. Carimbos.

Uma noite chegou ao jornal um grandão, mala na mão. Um tipo franco, que logo explicou. Tinha chegado do interior, não conhecia nada de nada. Dera umas voltas, achara tudo meio louco, mas era o lugar onde se podia fazer uma vida.

– O que eu quero é uma indicação. Onde dormir. Um hotel. Uma pensão. Ou um canto deste jornal. Um treco bem barato. Será que você sabe?

– Espera aí, deixa eu falar com o cara de uma seção que tem aqui. Foi ao "Pede o Povo". Não tinha ninguém. Mandar o cara para um albergue? Não tinha jeito disso. Depois, os albergues fecham cedo. Era como ele. Chegara sem saber nada, pagando para ver. Ele ao menos tivera um lugar no primeiro dia. O sujeito parecia boa praça, aberto e totalmente desinibido. Levava esta vantagem. O rosto era o de um molecão satisfeito, sem maldade. "Vou levar o cara pra minha pensão."

– Se você se agüentar uma hora, saio contigo e te levo a uma boa pensão. Tá?

– Toque aqui, amigo. Como você chama?

– Bernardo.

– Eu sou Marcelo.

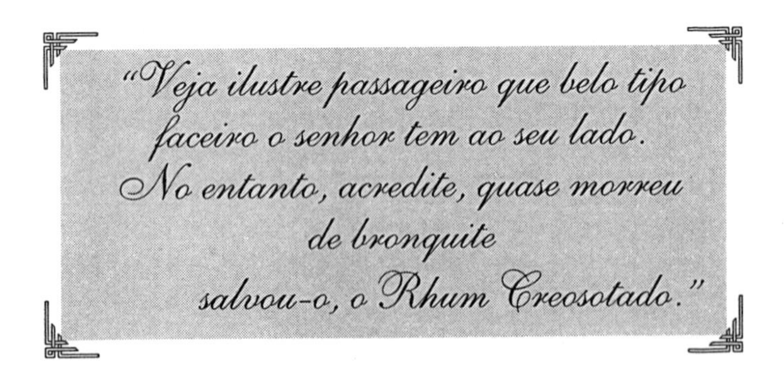

No bonde que sobe a Brigadeiro Luís Antonio, Bernardo lê o cartaz. Daqui a pouco, estará na pensão e a tarde de sábado escoará lentamente. Vai se deitar, segurar o livro e cochilar. Desde cedo corre. Esteve no jornal, cobriu a chegada do Presidente Frondizi, da Argentina, foi ao almoço no Teatro Municipal, bateu a matéria. O estômago cheio de lagosta, vinho branco, sorvetes, discursos em espanhol, agradecimentos em português, caras de políticos, flashes de fotógrafos. A televisão ligada, futebol. Marina passará a tarde correndo e gritando pela casa. Ou entrará no quarto para saber como vão as coisas. Da cozinha virá o barulho de torneiras abertas, pratos batendo, panelas; a velha preta lava a tralha do almoço; vai demorar até quase a hora do jantar e recomeça.

A dona estará dormindo (pelas quatro horas), ao lado do marido. Farão amor até às seis e quem passar perto da porta ouvirá gemidos. Nos outros quartos, o pessoal dorme, estuda, ou lê: somente João, um açougueiro, estará dependurado no rádio ouvindo, ouve-o o dia todo. Bernardo deita-se e fecha os olhos; sábado escorre, vão chegar seis, sete horas, a mesa será posta. Bife duro, batata, arroz pegajoso, água. Eles se aprontarão, colocarão ternos azuis, meias brancas, gravatas vermelhas ou amarelas. São quase trinta na pensão. Descerão para a cidade. Cinema. Pizza. Chope. Cerveja.

*

Anotação na página 33 da Carteira Profissional:

"Em 16 de outubro passou a perceber Cr$ 13.216,00 (treze mil, duzentos e dezesseis cruzeiros), passando a Gratificação de Função para Cr$ 7.784,00 (sete mil, setecentos e oitenta e quatro cruzeiros) por mês, permanecendo a Ajuda de Custo p/ transportes Cr$ 2.000,00 (dois mil cruzeiros)." Assinado / diretor tesoureiro.

*

Um imenso corredor. Elevadores rococós, verdes com espelhos e tetos trabalhados. Caindo aos pedaços. A assembléia era o Sindicato dos Bancários. Distribuíram folhetos: "Colegas jornalistas. Hoje às 16 horas o Tribunal Regional do Trabalho fez a seguinte proposta conciliatória: Renovando a proposta já feita na Delegacia Regional do Trabalho, nos seguintes termos:

45 por cento sobre os salários vigentes na data-base: Considerando que o jornalista profissional não pode ser equiparado ao trabalhador braçal exigindo dele capacidade intelectual, curso secundário, curso clássico ou científico; e considerando que, no atual acordo vigente intersindical existe um mínimo que não pode ser o mesmo do trabalhador braçal em face de todas as circunstâncias, propunha também um chão de vinte e dois mil cruzeiros. A Comissão de Greve."

Aprovada a proposta de greve. Gráficos apóiam. Sem os gráficos seria difícil. A redação sempre parou, quando a oficina parava para fazer reivindicações. Comissões são formadas.

Transportes
Organização de Piquetes
Distribuição de Piquetes
Rodízio de Piquetes
Alimentação de Piquetes
Táticas
Sabotagem
Coleta de dinheiro
Entendimentos com os patrões
Publicidade
Turmas para percorrer sindicatos em busca de adesão
Turma da pesada

Bernardo ficou no grupo encarregado de fechar a sala de imprensa da Central de Polícia, no Pátio do Colégio. Três da tarde. O soalho da Central rangia, guardas civis iam de um lado para outro. Delegados atrás das mesas esperavam presos. Havia silêncio e vazio por todo lado. Na sala de imprensa estava um velho. Sentado à máquina. O terno surrado brilhava na gola, nos cotovelos. Barba por fazer, cigarro todo molhado. Martelava a Remington de teclas gastas, não se viam mais as letras. "Esse cara deve ter setecentos anos de jornal. Não quero terminar assim", pensou Bernardo. O velho viu a turma entrando e se espalhando. Cada jornal tinha um armário, mesa e máquina. Trancados a cadeado.

– Vamos fechar a sala, Benê. Acabou por hoje.

– Acabou para você. Quem disse que aderi à greve?

– Ninguém disse. Você aderiu sem dizer.

– No cu que vou fazer o jogo de você. Passo todas as notícias.

– Não vai passar nada. Primeiro, porque o telefone vai ser desligado. Segundo, vamos te pôr para fora e trancar a sala.

– Comunistas. Os jornais estão nas mãos de comunistas. Sindicatos! O que é que o sindicato faz? Nada! Não presta pra nada!

– Vai, vai. Não enche. Cai fora.

– Cai fora coisa nenhuma. Eu chamo a polícia.

– Para que chamar? Já não estamos aqui dentro? É só a gente mudar da sala para a cela.

Chicão, um repórter policial, enfezado, puxou o fio do telefone. Enrolou em torno do pedestal cromado. Era um aparelho antigo, comprido. Deram um empurrão no velho. Ele não tinha o dedo mindinho. Quando levou o safanão, ficou louco da vida. O olho esquerdo começou a tremer. Ele não conseguia falar. Apoiou-se na mesa, tentando impedir Chicão de fechar a tampa da máquina. Chicão largou-a em cima da sua mão; a que tinha dedos bons. O velho gritou.

– Como é? Você cai fora desta porra ou não cai? – exclamou Chicão.

Benê saiu da sala; arrastava uma perna. "Esse cara é um pau-d'água daqueles. Foi o melhor repórter de São Paulo. Em 1920, no *Correio Paulistano*. Jornalista tem que morrer com trinta anos porque então já está gagá." Zé Rosa, fotógrafo, falava e arrastava mesas contra a porta. Não havia jeito de abrir por fora. Apagaram as luzes, pularam uma janela.

– Pra frente do "Estadão", saber se a turma precisa de auxílio.

Do tamanho de cartolina branca, escritos a guache, os cartazes. Movimento intenso da tarde na Martins Fontes, Major

Quedinho e outras ruas que desembocavam frente ao "Estadão". Hóspedes do Hotel Jaraguá desciam dos táxis, carros, peruas de turismo, viam os caras andando para lá e para cá.

JORNALISTAS CONFIAM NA SOLIDARIEDADE DA CORPORAÇÃO DO "ESTADO"

COLEGA! VENHA AJUDAR A DEFENDER O NOSSO QUE TAMBÉM É O SEU.

AMANHÃ ESTAREMOS AO SEU LADO QUANDO VOCÊ PRECISAR

NOSSA GREVE É JUSTA

NÃO TRAIA A CLASSE. AMANHÃ NÃO DEVE SAIR JORNAL EM SÃO PAULO

Guardas-civis fumavam e conversavam, fingindo-se desatentos. Às cinco horas chegaram duas RPs. Mais guardas. Tiras do DOPS, a princípio disfarçados, depois ostensivos, se postaram frente às entradas e saídas. Um piquete segurava um garoto que levava malote da UPI. "Não entra. Se quiser passar notícia, passa pelo telefone. Ou telex. Aqui não entra." Um tira entrou no meio. Narciso desceu o cartaz na cabeça do tira, que ameaçou meter a mão no revólver. Os outros rodearam: "Se é pra quebrar o pau, quebramos já." Bernardo queria estar no meio do grupo. Mas tinha medo de brigar. Se a briga estourasse, ele ficaria num canto. A briga estava furada, o pessoal continuou andando com os cartazes.

"Os jornais estão sendo feitos. Os gráficos ainda não aderiram. Nunca acreditaram em greve de redação. No sindicato deles a diretoria está em confabulações. Os furões e as agências dão para fazer um jornal de oito páginas. Quem não estiver em piquete deve se reunir aqui na sede, às dez horas. Os volantes estão prontos. Quem tiver carro deve pegar um grupinho e sair distribuindo pela cidade."

Homens cochilavam nas cadeiras. Dois se apresentaram. Bernardo ergueu-se também. Receberam um pacote.

– Agora a gente distribui no centro, que é hora da saída do comércio. Depois das oito, nas entradas de cinema.

"DÊ SEU APOIO À GREVE DOS JORNALISTAS

Você está acostumado a ler jornal e a ouvir noticiário pelo rádio e a televisão ficando informado sobre tudo que se passa no Brasil e no mundo: desde o último gol de Pelé até o novo aumento da carne. Mas, Você não sabe que todo esse pessoal que redige e prepara as notícias, fotografa e filma os acontecimentos, é constituído de trabalhadores que recebem salários indignos da profissão. Enquanto proprietários de jornais, revistas, de estações de rádio e televisão, acumulam riquezas, ganhando fabulosas fortunas, os jornalistas da imprensa falada e escrita enfrentam duramente a elevação incessante do custo de vida. Agora, os jornalistas decidiram transformar-se também em notícia, para reivindicar seus direitos. E a notícia sensacional é: GREVE GERAL DOS JORNALISTAS!

Dê seu apoio a esse movimento. É uma greve justa, como todas as outras que os jornalistas costumam noticiar.

Comissão de Greve"

"Se passar algum conhecido, vai ser chato. Afinal, por que estou nesta greve? Ao menos ganho bem, ganho muito mais do que eles estão pedindo. Podia ficar em casa, quieto, sem me meter.

Chicão disse que está muito mole e que somente pela madrugada vai endurecer, pois os patrões vão querer colocar o jornal na rua e vai ser preciso impedir. Então, o pau vai quebrar feio! Narciso disse: você tem que vir, a gente precisa lutar junto pelas coisas. Não se pode pensar só na gente, é o que menos interessa. Mas não penso como Narciso, os outros não me interessam nada. Tenho minha vida e meu plano e estou esperando um mundo de coisas. Se fico pensando nos outros, não tenho tempo de pensar em mim. E o importante sou eu."

Dez da noite voltaram ao Sindicato. No Edifício Martinelli. Gilberto, que guiava, passou na casa da namorada. Ela foi também para o Sindicato. A sala estava cheia. Havia mulheres jornalistas e mulheres dos jornalistas. Levavam lanches, garrafas térmicas com café, frutas. Alguns namoravam pelos cantos. No balcão que dava para a Avenida São João o pessoal conversava sobre a adesão dos redatores de televisão e rádio. Todo mundo ia parando, aos poucos. Pela primeira vez em São Paulo uma greve de redatores engrenava para o sucesso. Bernardo olhava as moças. Duas trabalhavam em jornal. Uma com o namorado; tinha jeito de gostar dele. "O cara devia ser feliz; é importante uma pessoa gostar da gente." Bernardo pensou que tinha de organizar a vida, arranjar um lugar melhor que a pensão. Acertar horários. Nunca sabia que hora ia deixar o jornal. Comia no botequim imundo da esquina, entre uma matéria e outra. As roupas estavam ficando gastas. Chegava ao fim do dia, suado, sentindo a camisa pegajosa, cansado. O chefe da redação dizia: "Nenhum outro repórter conseguiu o que você conseguiu em tão pouco tempo. Aprendeu depressa e passou à frente desses galinhas mortas." Os namorados das meninas pareciam bem-dispostos, como se tivessem saído do banho. A aparência, sadia e satisfeita. Bernardo nunca conseguia dar essa impressão bem-disposta. Pensava, também, a maior parte do tempo somente no jornal. E no livro. Começara a escrever. Sem parar. Todo fim de noite. Fim de semana; sábado e domingo. Não saía. A turma da pensão não parava. Cada sábado era uma festa, num lugar. Iam e se embebedavam com cuba-libres. Voltavam falando das meninas da Aclimação e Perdizes e Pompéia e Jardim São Paulo.

"Colegas. Está aqui um companheiro. Fernandes. Veio de uma assembléia no seu sindicato. Fernandes é líder dos Trabalhadores na Indústria de Papel e Papelão."

Fernandes subiu à tribuna. Terno marrom, camisa de colarinho fechado, sem gravata. Fez um gesto, esperou um pouco, as palmas cessaram.

"Companheiros. A luta é justa e tem que ser levada. Nós estamos com vocês. Declaramos assembléia permanente e se preciso vamos à rua, reforçar seus piquetes. Jornalista é uma classe irmã. Do coração da gente. Como todas as classes de trabalhador. Se for preciso nós paramos nosso setor. Prossigam, companheiros."

Falaram mais três. Todos diziam a mesma coisa. Bernardo se levantou. Começou a olhar os boletins num grande quadro de avisos. Sílvio lia a programação de cinema dos sindicatos. Sílvio viera com ele do interior. Sílvio tivera boa situação, o pai com algum dinheiro. Passavam tardes na Biblioteca Municipal. Três anos depois de terem lá pisado pela primeira vez, tinham lido tudo, com exceção das coleções do *Diário Oficial* e "Revistas Forense". Os dois no jornalismo; separaram-se; encontraram-se; e havia entre ambos o acordo não firmado. Nem mesmo combinado. De não falar nos dias passados. Aqueles dias não interessavam. Nada voltaria. Bernardo não sabia se era também difícil para Sílvio se manter sem uma só conversa que recordasse os dias.

Principalmente os dos últimos anos. Das serenatas pelas madrugadas na cidade quieta que estranhava aquele grupo que se obstinava em não dormir e a agredia com violão, vozes desafinadas e os cantos obscenos depois da primeira garrafa de pinga. Dos palavrões, à beira das janelas daquelas que eles julgavam as mais delicadas virgens. Palavrões, pornografias e toda grossa sacanagem que diziam, sabendo que elas estavam acordadas. As distantes e intocáveis meninas ouviam. Bernardo gritava mais que os outros. Queria que suas palavras se grudassem a elas. Ansiavam para que uma janela se abrisse. Um pai xingasse. Um irmão saísse enraivecido. Ficavam impacientes. Os nervos à flor da pele aguardando a resposta, o tiro, alguém que viesse para a rua disputar aos socos. Esperava, ao menos, que uma lata de água, um pinico cheio de urina e bosta, viesse sobre a cabeça deles. Partiam e as janelas estavam caladas. Foi Sílvio, uma noite falando furiosamente, quem despertou Bernardo para o que eles se tornariam se ficassem ali. Iriam ser sepultados naquelas casinhas de janelas pintadas, nas deliciosas ruas arborizadas, na tranqüila paz. Seriam amolecidos à custa de sopas quentes e meninas que iriam murchando dentro do não-acontece-nada diário. Reduzidos a nada pelas caminhas quentinhas, pelo choro dos filhos, pela preocupação do aumento no banco, loja, estrada de ferro, escritório. Sílvio rondava como louco, andando pelo jardim público. Jardim que em outros tempos tinha sido bonito e tratado. Onde todo mundo estudava na época de exame e que, depois, apodrecera. As lâmpadas queimadas não eram trocadas e tudo flutuava num ar desolado. Portas, janelas, portões; "nada, nunca se abrirá pra mim aqui", pensou Bernardo. Três semanas depois, numa madrugada, cruzou a cidade a pé, mala na mão, a caminho da estação. Levava a pouca roupa que tinha e três mil cruzeiros que o pai dera para atravessar os primeiros tempos. Às 7h 10 o trem partiu e às 13 chegou em São Paulo, sem atraso.

Sílvio lê a programação. Usa óculos com aros de tartaruga. É crítico de cinema. Como Bernardo, que faz coluna três vezes por semana, além da reportagem geral. Sílvio entrou para a faculdade de Direito, chegou ao quarto ano. Bernardo, quando veio, também queria entrar para uma faculdade; nem chegou a fazer exame. Foi três vezes à Rua Maria Antonia e de cada vez ficava apavorado. Pegou os programas. Conversou com o pessoal que enchia o saguão, que vagava frente ao prédio cinza, colunas de templo grego deslocado. Aqueles tinham feito cursinhos, estudado sem parar, repetiam o vestibular pela segunda ou terceira vez e se julgavam donos do saber. Eram hostis, frios. Deveria tê-los enfrentado, mas faltava coragem. Não ia ao fim das coisas, porque tudo parecia avassalador, assustava.

– Estou achando muito engraçado.

– O quê?

– Você na greve? Está fazendo o quê?

– Ué? Greve. Como todo mundo. Por que engraçado?

– Porque você é o cara mais desligado de tudo. Não dá bola pra nada. Não liga a ninguém. Aposto que está aqui só pra ver que bicho dá!

– Não é, não. Estou aqui porque o pessoal precisa de mim.

– Com essa cara?

– Ó! Quer saber? Não é hora de discutir minha participação. Depois a gente conversa. Tá?

– Você nunca quer discutir quando se trata de você mesmo! Sempre foi assim.

– Ora, Sílvio, deixa disso. O que é que deu agora? Há muito tempo queria falar contigo. Dizer umas coisas, tentar explicar outras. Tua crítica. Só melhorou nas palavras. Agora você tem mais técnica para dizer o que pretende. Só que não pretende dizer nada.

– Como nada?

– Você vê o cinema de um modo gozado. Fitinha boa, fitinha ruim. Umas palavras técnicas aqui, outras ali. Falta a clareza para ser entendido. Você quer se encerrar num grupo fechado, para dar idéia de que cinema é coisa para iniciados.

– Onde é que você quer chegar?

– Falta ideologia à sua crítica.

– Essa ideologia dessa turminha de esquerda, você quer dizer?

– Não! Um negócio fundo, bem verdadeiro. Uma arte que interesse ao povo, que não se desligue dele. Você é o elemento que faz conexão entre o que se passa na tela e o homem que está assistindo. Ele pensa que está assistindo a só um filme, mas, na verdade, recebe mais.

– Você quer um cinema demagógico?

– Não. É outro tipo.

– Olha! Melhor a gente dar uma espiada nessa assembléia para ver o que se passa.

O salão estava lotado. Gente de pé, nos corredores e junto à parede. O secretário lia comunicados. Adesões, solidariedades, cumprimentos.

Federação dos Trabalhadores nas Indústrias de Fiação e Tecelagem

Federação dos Trabalhadores nas Indústrias Alimentícias

Federação dos Trabalhadores nas Indústrias Químicas e Farmacêuticas

Sindicato dos Trabalhadores nas Indústrias de Carnes e Derivados

Sindicato dos Metalúrgicos

Sindicato dos Trabalhadores das Indústrias de Laticínios

Sindicato dos Ferroviários da Santos-Jundiaí

"Trabalhadores de todos setores na luta pela defesa de seus direitos e garantia da sobrevivência de suas famílias." Fez uma pausa, o presidente da mesa passou um papelzinho, ele leu, sorriu. Bateu palmas para chamar atenção. "Companheiros! Companheiros! Um minutinho. Esta notícia é importante. Muito importante. Ela é a prova de que nossa greve vai ser sucesso.

Os gráficos acabam de parar!

Solidários com os jornalistas! Solidários! Nossos irmãos."

Uns começaram a chorar. Bernardo procurava as meninas que trabalhavam no jornal. Tinham sumido. Não precisavam agüentar a chatice da assembléia. Um gráfico subiu à mesa e começou a falar contra os patrões. Bernardo sentiu sono. Fechou os olhos. As coisas dançavam e a cabeça pendeu. Acordou assustado. Aquilo ainda iria a noite toda. O gráfico terminou. Aplaudiram. O presidente da mesa levantou-se.

"Chegou a hora mais importante. Os jornais tinham sido feitos. Alguns furões e cola, tesoura e agências telegráficas. Estão sendo impressos. Não podem sair à rua. Se a gente segurar a saída deles ganhamos no Tribunal. Vamos dar tudo esta noite! Vão querer tirar o jornal e nós vamos deixar. A partir deste momento só existem piquetes e a turma de choque."

A turma de choque era composta pelo Chicão e mais quatro. Tinham estado desde o início da noite a fabricar bombas Molotov. Um carro cheio estava lá embaixo. Convocaram o pessoal a dar os nomes. Funcionários de um jornal faziam piquete diante do outro, em rodízio. A sala começou a se esvaziar. Descia gente pelas escadas, não querendo esperar elevadores, lerdos demais. Havia corredores sombrios, imensos, desertos, como se tirados de filmes de terror. Sílvio, Bernardo e um grupo foram jantar num restaurante sobre-o-mixo.

De vez em quando passava um carro. Trazia informações sobre os outros piquetes. Tudo calmo. "O Estadão" resolvera sair. Nas "Folhas" ainda não se sabia. *Última Hora* estava rodando. Bernardo estava sentado junto ao meio-fio, no meio de um grupo de vinte, diante das portas de distribuição dos "Diários". Às duas da manhã começara a garoar. Mas ninguém se levantou.

Pouco depois chegava uma RP que foi colocada junto à porta. Eles se ergueram para dar passagem e sentaram-se de novo, diante do Volks. Os guardas-civis fumavam e cochilavam. Tinham dito:

"Não vamos bater! Mandaram a gente pra proteger o patrimônio. Se vocês tentarem destruir alguma coisa, baixamos o cacete. Se ficarem sentados quietinhos, não faremos nada."

Bernardo não tivera tempo de trocar de roupa. Nem mesmo buscara paletó. Protegia a cabeça com um jornal aberto. A garoa não era forte. O jornal estava se ensopando e o papel se dissolvia. O Volks preto ficara bem à sua frente. Acendiam o farol, vez por outra e a luz batia em seu rosto. Ainda não sentia medo. Um guarda se abaixou. Ferreira tinha trazido garrafa com conhaque e café misturado. Passavam de mão em mão. O guarda, abaixado para o CD que comandava não ver, tomou um gole.

"Olhe aqui. Vamos precisar depois de um favor de você. O governador não está querendo assinar nosso reajustamento. Vamos esperar até janeiro e depois largar brasa pelos jornais. Contamos com vocês. Ok?"

Bernardo fez que sim. Mandou que o procurassem. "Se na hora H eles começarem a bater, fico perto deste guarda, que não vai querer baixar o pau em mim." Contavam piadas e esperavam notícias dos outros piquetes. Passava gente com boatos. Nas "Folhas", um caminhão passou por cima da perna de um fotógrafo. O governador fora pressionado pelos donos de jornais para mandar a Força Pública com os Brucutus. Os soldados vinham amedrontar, não espancar. Os Brucutus jogam água com areia e tinta; a areia penetra na pele, machuca. A Força Pública vinha disposta a dissolver o piquete dos "Diários". O jornal estava pronto e ia ser colocado nas bancas. Falavam. Em cochichos. Aos gritos. Vinha um carro, deixava uma informação. O próximo desmentia. Na ladeira junto à "Gazeta" tinham enchido a rua de óleo e os caminhões não conseguiram chegar à boca de distribuição. Uma comissão de grevistas confabulou com os diretores, eles concordaram em não sair. Baixaram as portas e dispensaram o pessoal. Bernardo não sabia se o jornal estava parado, ou se ia para a rua. Queria ir embora. "Fico, apenas pelo que depois venham a dizer de mim. Ouvi no jornal, nos sindicatos, o que eles dizem: furão, covarde, patronal, vendido, traidor da classe. Não me sinto nenhuma das coisas, mas não são eles que me farão assim. Se me apontarem, disserem as palavras. Se me virem assim, me julgarem desse modo, então serei. Sempre. Conheço o desprezo e o gelo que cai sobre os furões, os covardes e os patronais. É contra isto que luto. Por mim. Não pela solidariedade. Não contra os patrões. Tenho um medo horrível do que possa acontecer. Nunca briguei, por pavor de murro, de pontapé. Terror de uma dor qualquer. Fico. No fundo, é muito pior a espera. Isso é o medo. A gente entra em campo nervoso, para jogar futebol num campeonato e, depois da primeira jogada, o nervosismo desaparece. Deve ser também aqui. Depois que eles chegarem, estarei calmo. Preciso sentir a dor, aguda, e violenta, pra saber como é. Ao mesmo tempo não quero."

Eles chegaram às 5 horas. Os caminhões de distribuição tinham se encostado. O grupo de jornalistas continuou sentado. Os caminhões de distribuição fizeram fila; os motoristas olharam; então se arrancaram, debaixo dos "vivas". Mal tinham partido e um ônibus cinza, com um FP branco, pintado, encostou. Os soldados desceram. Tropa de choque. A mais violenta, preparada para dissolver comícios e manifestações. Traziam capacetes de aço, semiovais; sacolas quadradas de lona verde pendiam da cintura. Uns tinham metralhadoras nas mãos; outros, curtas espingardas, de cano largo. Eram altos, de peitos estufados. O Volks da Rádio Patrulha manobrou. Empregados dos "Diários" fecharam a grande porta de vidro grosso. Alguns guardas-civis ficaram do lado de dentro. A chuvinha continuava e era fria. O Brucutu entrou na Sete de Abril, vindo pela rua Dom José. Caminhão-tanque atarracado. A frente grande demais e a traseira pequena. Como uma criança que tivesse nascido monstrinho: com a cabeça enorme e o corpo atrofiado. A cabine protegida por telas grossas. No teto, duas elevações, de onde saíam canos. Acima dos canos, luzes vermelhas que piscavam, sem parar. Os soldados ficaram lado a lado e fecharam a rua. Imóveis. O Brucutu soltava uivos periódicos. O dia começou a amanhecer. Um aglomerado se formou por trás da fila de soldados. Chegou uma comissão de deputados, atravessou a barreira. O presidente da Assembléia, bem vestido, barbeadinho, cumprimentou um a um os que estavam sentados no chão molhado. O presidente da Assembléia disse: "Muito bem, rapazes! Firmeza e coragem. O parlamento está com vocês. Hoje, à tarde, falei no grande expediente, apoiando o movimento." "Não vai falar nada", disse Chicão, que viera com um grupo reforçar o piquete, "se falar sabe que os donos de jornais vão dar gelo." Depois, o presidente se dirigiu aos soldados, cumprimentou um a um.

Parou com o comandante da tropa. Acenou para os guardas-civis, que bateram continência. Os soldados abriram uma brecha, ele voltou ao seu carro, um Mercedes Benz azul-marinho. O comandante da tropa entrou no ônibus. Saiu e se dirigiu a Chicão.

"Você têm cinco minutos para deixar a porta. Os carros vão sair com o jornal."

Chicão não disse nada. Sentou-se no chão, ao lado dos outros. O Brucutu manobrou e colocou-se a dez metros. As luzes tinham se apagado. A madrugada era cinza. Havia uma neblina, os soldados tinham uniforme cinza, o céu era da mesma cor. O relógio do Banco das Nações marcava seis e meia. O ponteiro bateu seis e trinta e um. Os soldados se movimentaram. Alguns abriram as sacolas de lona verde, junto à cintura. Para os dois lados, além da fila, havia uma multidão de curiosos. Não dava para ver os rostos. Bernardo pensou: "Agora é tarde pra sair daqui. Não apenas meus companheiros. É toda esta gente que me vê." Olhava os canos finos, acima da cabina do Brucutu. Dois soldados imóveis, um na direção e outro com a cabeça encostada ao vidro. Ernesto, um tipo que entrara há pouco para o jornal, levantou-se. "Tchau pra você. Vê se eu vou ficar sentado, com esse negócio em cima de mim." Silêncio total na rua.

6h 34m. Ernesto caminhou tranqüilo para a outra calçada e desapareceu entre o povo. Chicão começou a cantar o hino nacional, quando o jorro d'água começou. Estavam todos encolhidos, esperando o impacto. A água batia violenta, mas em cima do grupo, fazia uma curva e caía. Como pedradas. Bernardo tremia. Olhou para o lado e viu que os outros tremiam também. O canto diminuiu, foi se diluindo. O jorro vinha com os ruídos da mangueira regando jardins. Parou. O hino tinha parado. Agora, eles só tremiam, sem conseguir controlar os músculos.

"Isso foi amostra. Às sete horas, vamos partir para valer."

Tinha começado o jogo. Não importava mais o que viesse. A menos que atirassem. Que matassem. Não, não iriam matar. "E se matassem? Eles não pensam como eu", disse Bernardo. A água escorria dos cabelos; tirou o lenço para enxugar o rosto, o lenço estava molhado. O grupo se levantara. Ferreira xingava os guardas. "Vocês não podem fazer isso." Alguns soldados entraram com os cacetes, porém o Comandante deu um grito, eles voltaram.

Bernardo estava no meio da rua. Viu um soldado manejando a metralhadora. O cano estava apontado para seu lado. Assustou-se. "Agora vou morrer." Contraiu-se todo. Apavorado. Com dor de barriga. "Cagar na calça é feio. Mas eu preferia sair cagado que morto. Que me importa toda essa gente que fica olhando! E esse povo? Por que não faz alguma coisa?" Então, viu o soldado lançando alguma coisa para cima dele. Inclinou-se um pouco e ergueu o pé. Como se tivesse batido no seu joelho para verificar o reflexo. O pé subiu, bateu na coisa que vinha e a coisa voltou. E explodiu. Bernardo ficou paralisado. Bombas. Começaram a explodir. "Tenho de sair daqui ou esses troços me estouram a cara." A dor de barriga era mais forte. "Isto nunca vai terminar." Explosões de todos os lados. Viu uma bomba voltando e explodindo junto à perna de um soldado. A farda rasgou e Bernardo viu o sangue correndo. O barulho enchia a rua e subia para o céu.

De repente, eles pararam. Sem ninguém saber por quê. Começaram a se recolher para o ônibus. Os guardas-civis dirigiram o trânsito que estava todo engarrafado. Ônibus passavam devagar com rostos fora das janelas, curiosos. Bernardo foi ao bar.

– Um conhaque, bem depressa, que estou gelado.

– Foi fogo aí, hein?, disse o dono do bar.

– É. Entrou Força Pública no meio, é aquela água. Mas agüentamos o repuxo.

– Como é? Não apareceu deputado nenhum!

– Um só, não! Quatro. E o presidente da Assembléia.

Bernardo viu a menina linda tomando café, ao lado de um velho e uma bicha. Mas ela nem olhava. Ele colocou o copo no balcão, com pose de grande herói. Ela prestava atenção ao café. Terminou e foi para um grande carro. Ele virou para o balcão. Nunca na vida ia ter uma menina bacana assim. Voltou à rua e o Brucutu estava saindo. Chicão estava em volta com um grande grupo. Giminez, um cara muito conhecido na classe, dizia alguma coisa para eles. E começaram a cantar. O Brucutu ia com o cortejo: "Brucutu, Brucutu. Você não é de nada. Você não assusta grevista. Você só lava calçada." O grupo de cantores se dispersou na praça da Biblioteca.

*

Página 35 da Carteira Profissional de Bernardo:

"Em 1º de agosto de 1962 passou a perceber o salário de Cr$ 34.500,00 (Trinta e quatro mil e quinhentos cruzeiros) p/ mês, passando a gratificação de Função para Cr$ 17.300,00 (Dezessete mil e trezentos cruzeiros) p/ mês, enquanto for responsável pelos segundos clichês da primeira edição."

*

– Não me enche o saco! Porra! Cada dia uma coisa.

– E daí? E você que está há cinco anos no mesmo emprego.

– Meu emprego é um emprego em que a gente se renova.

– Que o quê! Então não leio jornal! E jornal não é igual?

– Se é igual é porque as coisas que acontecem são iguais.

– Vai, Bernardo, vai! Quer enganar a mim? Dependendo da época sei o que vocês vão publicar. Semana Santa: faltou pescado. Páscoa: mais caros os ovos este ano. Natal: brinquedos e frutas a preços proibitivos.

– Tá bom! E daí?

– E daí que você não pode falar de mim! Se mudo de emprego é porque não gosto de ficar apodrecendo neles.

Marcelo espeta recortes de jornais com alfinetes e prega na porta do guarda-roupa. Com a esferográfica, faz um X vermelho em alguns. Quando a porta se enche, ele retira os mais antigos e substitui. "Aí tem você oito meses da vida de um cara em busca de emprego. O que está acontecendo?" Bernardo cada dia olha os recortes. De todos os tamanhos, anúncios de todos os tipos e jornais. Marcelo foi a todos os lugares. Percorreu a cidade de cabo a rabo, da Lapa à Vila Maria, da Parada Inglesa à Vila Prudente. Em seis meses atravessou fábricas, escritórios, agências, repartições, lojas, oficinas, bancos; viu, conversou, tocou, ficou amigo e inimigo de brancos, pretos, amarelos, magros, feios, altos, baixos, estrangeiros, nortistas, invejosos, medíocres. Por que é que Marcelo não lhe transmitia aquelas coisas que via e conversava? E por que ele, Bernardo, não abandonava o jornal para ir fazer exatamente como Marcelo que não parava e não queria parar? Caminhava para a Secretaria do jornal e fazia cada vez menos reportagens, saía pouco da redação. A cidade passava pelas suas mãos, mas eram folhas de papel frias e mal escritas.

SEJA ARTISTA DE CINEMA, TEATRO OU RÁDIO
Preparando-se pelo mais moderno e prático curso de correspondência.

PASTOR ANUNCIA O FIM DO MUNDO

SÃO PAULO RENDE PREITO AOS HERÓIS MORTOS EM 32

AÇO É VOLTERRANA

GERADOR TRIFÁSICO ASEA

MARTELO PNEUMÁTICO PARA FORJAR MG

9 ENTRE 10 ARTISTAS DE CINEMA USAM LEVER SR

90 POR CENTO DAS INDÚSTRIAS NO BRASIL USAM RETIFICADORAS MELLO

FIO DE CINTO DA VIRGEM VAI À PROCISSÃO

Um fio de um cinto de camelo, encontrado no século passado na cidade de Hons, na Síria Central e, segundo acreditam os ortodoxos, tecido pela Virgem Maria, será mostrado hoje, nesta capital, em uma procissão da Igreja Síria Ortodoxa durante as solenidades da postura do cinto.

SÃO PAULO É UMA LOCOMOTIVA PUXANDO VINTE VAGÕES

(Coleção de ditos paulistanos)

DENTADURAS PARTIDAS – Conserta-se na hora.

TERNOS USADOS
COMPRO EM SUA CASA, SAPATOS, CALÇAS, CAMISAS. COM A APRESENTAÇÃO DESTE ANÚNCIO PAGO MAIS 15 POR CENTO

MEDICINA. ENGENHARIA. Arquitetura. Odontologia. Farmácia. Advocacia. Contabilidade. Professorado. "Eu não quero ser nenhum, pai! Nem sei o que vou ser! Eu vou, depois vejo. Lá é mais fácil!"

Fins de 1958 e Marcelo com vinte anos. Arrumou a mala e colocou oito contos no bolso. "Se desse, pai, eu queria ir pra Cuba! Mesmo! Ando com muita vontade."

Estava em Vera Cruz. Cidade pequena, rodeada por cafezais. Fazendeiros velhos punham abaixo o café antigo e plantavam pasto. Café que sobrava produzia pouco.

Aos cinco anos, Marcelo viu o pai perder o emprego de administrador, quando as terras de uma fazenda foram abandonadas, os cafeeiros transformados em esqueletos, nas encostas de morros comidos pela erosão. Marcelo fora da cidade para a fazenda e voltara à cidade. O pai trabalhou um ano e meio nos serviços da prefeitura, abertura de ruas, construção da represa. De noite, no trem das seis, o pai ia a Marília. Um ano e meio e terminou o Normal. Curso que interrompera há dez anos. Havia, então, uma só escola e existia professor. O pai percorreu o que pôde, subindo para a Alta Paulista. Buscando fazendas para criar escolas, lecionar nas existentes. Marcelo foi junto. Não havia dinheiro, o pai andava quase maltrapilho, mas gostava. "Você não entende, Marcelo. Não entende ainda, mas um dia vai saber que seu pai foi homem livre. Eu não gostava de administrar aquela fazenda. Era uma coisa sem esperança, percebe? E não há nada pior que isso! Um homem, no meio de uma coisa morta."

Aos dezesseis anos, Marcelo estava no primeiro científico.

No segundo, candidatou-se ao Centro Cívico. Fez campanha na base de programa que era novo: "o grêmio é dos alunos." Ganhou. Grandão, rosto largo e simpático, o cabelo curto, pele queimada pelo sol de anos e anos ao ar livre. Sem sorrir muito. Venceu fácil, com votos de todas as meninas do colégio. No Grêmio, Marcelo mudou tudo; formou bibliotecas; departamento esportivo: torneios de basquete, futebol de salão, vôlei, futebol de campo, pingue-pongue; organizou excursões; bailes semanais; modificou as carteiras de estudantes. Eleito de novo, contra a vontade da direção que coagiu os alunos a não votarem; cada professor fazia pressão dentro das classes. Terminou o científico. Não queria ficar no interior.

"Medicina era uma coisa pra se estudar, Marcelo. Cuidar dos homens, sarar todo mundo."

"Não pai, não quero coisa nenhuma dessas. Não quero ter placa na porta. Eu quero ir embora, ver coisas!" Em outubro de 1958, desembarcou em São Paulo.

Não sabia para onde ir; não conhecia nada da cidade. "Devo encontrar algum conhecido na rua e dou um jeito." Mas era tanta gente que, logo, ele começou a não fixar mais os rostos. Andou de manhã à tarde e se viu sozinho no meio da multidão, que rolava. Sentou-se na mala, na avenida São João. Olhava e sorria satisfeito. Era mesmo uma coisa enorme. A noite ia começar e o movimento era incrível, as ruas tinham se enchido completamente. Aquilo era como estar totalmente bêbado. Viu o luminoso do jornal se acendendo. "No jornal eles devem informar onde posso arranjar lugar para dormir." O porteiro mandou subir a escada e procurar a seção "Pede o Povo". Na seção não tinha ninguém. Marcelo perguntou a cada um que passava o que devia fazer. Um secretário olhou e disse: "Não é comigo." Mandou ao contínuo para ser encaminhado. Foi à seção de Polícia, o chefe indagou qual o crime, passou para a chefia de reportagem. Informaram que era "Pede o Povo." Ele achava engraçado, observava o jornal por dentro. Disse que no "Pede o Povo" não tinha ninguém. "O senhor não pode voltar amanhã?" Respondeu que não. O chefe de reportagem parecia contente com alguma coisa e resolveu. Chamou: "Bernardo, atende este cara aqui. Vocês são do interior e se entendem." Bernardo escrevia com dois dedos. Sujeito magro, rosto fechado, sobrancelhas espessas. "Esse chato não vai querer saber de nada, me olha como se fosse dono do jornal." Marcelo, ao lado da mesa, explicou. Só queria o endereço de uma pensão, quarto, ou qualquer coisa barata para se dormir. Bernardo levou-o para a pensão de Dona Vanda, onde morava. A pensão custava seis mil por mês e lhe deram a parte de cima de um beliche, num quarto onde dormiam cinco.

Três meses depois, Marcelo ganhava salário mínimo, tomando conta da cabina telefônica frente à praça da República. Dos trocos a mais, sobrava algum. Bernardo lhe dava entradas de cinema e bilhetes de teatro. Lia livros dos outros e não saía da Biblioteca Pública.

– Um jetton.

– Dois cruzeiros.

A moça remexeu a bolsa, tirou duzentos e quinhentos. Marcelo reparou nos olhos verdes. "Mulher mais bonita que já vi." Tinha fila, um velho resmungou.

Não tenho trocado. Você troca.

– Duzentos, não. Leva o jetton, depois você me paga.

– E se não pagar?

– Azar.

– Puxa, você nem parece funcionário público.

– Vai, leva depressa, senão o velho aí tem um ataque.

Chovia. Marcelo encontrou Bernardo colocando jornais dentro do sapato. Moravam juntos, agora, no mesmo quarto, na parte de cima do sobrado. As janelas davam para os fundos do Dante Alighieri e, de manhã, eles viam as meninas fazendo ginástica. Aos domingos, saltavam o muro e iam jogar futebol no campo, e o guarda não dizia nada porque jogava também e achava aqueles estudantes muitos distintos. Marcelo tirou a roupa, estendeu um barbante da cama a um prego perto da porta e pendurou tudo. Bernardo escrevia, a lâmpada de mesa acesa. Escrevia à mão e rápido. Tinha a barba crescida e parecia muito magro.

– Hoje vi a menina mais linda do mundo. Cada mulher que tem esta cidade, velhinho. Tenho de pegar uma.

– Por que tem que pegar?

– Eu me sinto sozinho, às vezes. Se a gente tem uma namorada, ajuda! Como vai o livro?

– Falta escrever inteirinho. Como dá pra escrever? Levanto cedo, volto tarde, depois de escrever três, quatro reportagens, andar para cima e para baixo. Fico moído. Não penso uma linha.

– Tô pensando na menininha. Quando ela foi telefonar, olhei as pernas. Que pernas, velhinho!

– Nessa caixa em cima do guarda-roupa tem doce de banana e pãozinho que minha mãe mandou. Pega aí!

– Um jetton.

– Tem trocado hoje?

– Tenho o de hoje e o daquele dia. Mas, puxa, faz tempo. Se lembra de mim?

A moça de olhos verdes sorriu e foi telefonar. "Será que é pro namorado", pensou Marcelo. "Como é que vou entrar pra falar com ela? Acho que não tem jeito." Ela vestia uma capa xadrez. O chão da cabina estava todo enlameado e havia uma porção de gente a telefonar, à espera dos aparelhos e a se abrigar da chuva que não parara desde a manhã. Não havia muitas linhas, as pessoas ficavam nervosas, batiam o fone no gancho, tentavam recuperar a moeda, não conseguiam, xingavam. A moça de olhos verdes telefonou, acenou para Marcelo, saiu na chuva atravessou a rua e caminhou junto à parede, tentando se proteger debaixo das marquises.

– Que é? Tá dormindo? Vai ficar olhando a mulher muito tempo?

Ele depositou o jetton na boca do guichê, recebeu o dinheiro. A fila era de rostos. Marcelo observava principalmente os rostos. Pouca gente com um sorriso, ou expressão simpática. Carrancudos, fechados, mal-educados, apressados e irritados. Um dia comunicou a Bernardo: "Aquilo não é emprego de gente. Vou abandonar. Nem volto mais lá. Esperei meses, a moça de olhos verdes não apareceu. Agora chega. Tem muita mulher por aí e não é esse o caso."

Nessa época voltou a falar de Cuba. Trazia jornais, recortava tudo que havia sobre Fidel, Guevara, a revolução. Comprou livros. "Aqueles lá é que estão fazendo um monte de coisas. Deve estar a maior virada de perna pro ar. Gosto de gente assim, gente que muda e mete os peitos pra mudar tudo." Pediu a Bernardo para ver se ele dava um jeito de arranjar passagem; quanto ao resto ele se virava. Bernardo não gostava de fazer favores. Achava que não tinha jeito para pedir, além de não querer gastar a pólvora com outros, guardando para o momento em que ele próprio necessitasse. Marcelo conseguiu cinqüenta por cento na passagem. Não havia linhas diretas e o vôo era via Flórida. "Não descanso enquanto não botar os pés lá. Estão precisando de gente e muita coisa posso fazer. Sei tanto de Cuba quanto um cubano, só que não tive americano explorando e cuspindo dentro de minha casa, como se eu fosse cachorro."

Falou uma semana seguida. A viagem estava marcada. Marcelo estava no departamento de vendas da Enciclopédia Britânica. Com seu jeito desembaraçado colocara muitas coleções. Transformou o dinheiro em dólar. À noite, na pensão, enquanto Bernardo escrevia, ele amontoava as cédulas verdes e contava.

– Mas por que Cuba? Por que não Europa? Não é melhor Paris? Roma?

– Que nada. Tudo velharia. O que eu quero é a mudança. Aqui é sempre igual, a Europa é sempre igual, os Estados Unidos é igual. Cuba mudou. Era uma merda, ficou bacana. Lá eu aprendo. Sabe o que eu quero ver lá? A cidade-escola.

– Que cidade-escola?

– Estão fazendo uma cidade-escola para vinte e cinco mil alunos ler e escrever. Toda criançada das montanhas desce e vai viver na cidade-escola durante o curso. Tem de tudo ali.

– Que gozado os teus negócios!

– Por que gozado?

– De onde você tirou essa vontade de ver cidade-escola?

– Acho que do meu pai!

Bernardo voltou de uma viagem ao Vale do Ribeira. Deixara crescer a barba e trazia na mala um monte de santos, esteiras de palha, peneirinhas, colheres de pau fabricadas pelos litorâneos. "Cada história que dá pra escrever com aquela gente. São índios." Descera do Registro a Iguape numa lancha de missionários presbiterianos que iam distribuindo cobertores, leite em pó, roupas e remédios. Ficou surpreso com o jeito diferente de Marcelo.

– O que há?

– Adivinha?

– Encontrou a menina?

– Tá na cara, não?

– Que tal ela?

– Na medida. A gente se ajusta certinho.

– Bom. Você tem mais sorte que eu.

– Uma hora aparece a sua.

– Também, se não aparecer não me incomodo muito não.

– Eu pensava igual. Mas é tudo tão diferente. Acho que você não diz a verdade. Pensa que não precisa, mas por dentro quer e sonha com a hora de ter uma menina bacaninha pra você.

– E Cuba?

– Eu estava te esperando pra discutir isso. Devo ir?

– Eu é que sei? Resolve sozinho, velhão. Não vou dar palpite nenhum.

– O que a gente faz quando tem duas coisas que mais quer no mundo e tem de escolher uma delas? Que merda, hein?

– Fala com ela. Diz que vai. Vê se ela te espera.

– E se eu perder?

– Fala com a menina, puxa!

Bebel apertou suas mãos. "Tenho vontade de chorar. Não vai, não! Está tão bom assim, nós dois. Fica." Marcelo viu os olhos. Pediam. Vinha lá de dentro o desejo dela.

Coisa estranha. Bebel pensava: "Agora encontrei, mas ele quer ir embora. O que acontece comigo? Não fica ninguém. Mas, não posso pedir."

Um domingo levou-a ao Box. Bebel confessou que era a primeira vez que via Box e nem sabia se ia gostar, achava besteira dois caras ganharem dinheiro dando socos um no outro. Marcelo assistia, encolhido na cadeira, dava gritos, torcia sempre pelo cara que estava perdendo.

– Tenho um dó danado desses aí, disse ele, num intervalo, virando-se para o seu lado.

– Dó? Por que dó? Eles é que quiseram ser lutadores.

– Dó, porque são uns pés de chinelo, uns coitados. Olha esse do lado de cá. Tem cara de doente. Viu as costas dele? Todo espinhudo. O sangue que sai não é do nariz, nem da boca, é das espinhas que se arrebentam. Tudo por trinta contos.

– E por que você vem?

– É preciso ver e saber tudo isso aí. Essa miséria, essa gente podre. Esses caras lutam dois, três anos, viram bagaço, vão ser bandido. Abre o jornal que tá lá, todo dia. Polícia prendendo ex-boxeur maconheiro, ex-boxeur ladrão.

– Mas e o Éder Jofre?

– Esse é um cara à parte... Dá-lhe, dá-lhe, boa, boa, continua, vai. Balbino vai. Puxa, esse cara bate e sai, o outro tava grogue, devia ter continuado...

Bebel observava Marcelo, os olhos excitados, os punhos fechados, inteiramente tomado, gritando, erguendo-se, sentando e se encolhendo e em seguida a gritar outra vez. Bateu o gongo. Um altão de dentes partidos, jeito de gorila e falando espanhol fazia apostas. Marcelo discutia com um gordinho cabeludo. Terminou a luta, ele se voltou.

– Está gostando?

– Não entendo muito. Mas por que o branco não ganhou? Deu um monte de socos no preto.

– O branco pegou pouco. Os socos dele batiam na luva e na guarda de Balbino. O preto foi melhor.

– Ah! meio complicado pra se saber direito, não?

– Nem tanto.

– Quer saber de uma coisa? Não gosto, não. Nem venho mais. Chega essa! Negócio mais estúpido.

Bateu o gongo, dois pretos encorpados, os músculos saltando nos braços começaram a se socar nos primeiros segundos. Um que tinha calção verde acertou um direto sobre a boca do outro, voou um negócio brilhante e o sangue começou a sair. Eles prosseguiram, o juiz se abaixou, apanhou o negócio que caíra no meio do ringue e jogou ao técnico. Era a ponte do sujeito que a esta altura tinha o queixo inteirinho ensangüentado. Bebel fechou os olhos. Estava pálida. Queria olhar, fascinada por aquele vermelho que descia, agora, pelo peito e molhava o calção. A boca do preto era uma fonte e o outro tentava encaixar os murros em cima do machucado, mas o técnico jogou a toalha, o juiz entrou no meio dos dois, eles foram para seus corners. Ela sentiu-se mal, as pernas tremendo. Nunca vira tanto sangue numa pessoa só.

– Não morre?

– Às vezes, morre. Esse só rasgou a gengiva. Não viu a ponte saltar com o soco?

– Ah! Então foi isso?

– Eu dava tudo para ser boxeur. Não posso mais. Tenho vinte e oito anos e é tarde para começar.

– Que besteira. Dar socos nos outros. Apanhar feito cão. Pensou naquela sangüeira?

– Tem um impulso que leva um homem a brigar com o outro. Isso eu queria descobrir. E é só brigando que eu teria uma forma de entrar na meada.

– E olhando? Não dá?

– A gente só pode descobrir as coisas se participar delas e sofrê-las na carne.

Bebel olhava. Marcelo tinha um ar tão seguro. De tal modo calmo que se comunicava.

– Você está apaixonado por mim?

– Acho que estou. Ou ao menos estou me apaixonando.

*

Bernardo escrevia. A luz chapada nos papéis brancos. A lâmpada parecia uma cobra de ferro, muito magra, com seus anéis, e uma cabeça enorme. O resto do quarto era sombra. Marcelo estava estendido na cama, de pilequinho. Tinha ido tomar vinho com Bebel comemorando o segundo mês de namoro. "Que máximo de menina! Igual essa não tem outra! Perderam a fôrma!" Deitado no beliche de baixo, erguera os pés, tocando no estrado de cima.

– E Cuba? Como é? Vai ou não vai?

– Claro que vou. É que a passagem foi adiada.

– Você é que adiou.

– Eu não estava preparado pra ir. Quando estiver, me mando.

A voz de Marcelo começava a ser pastosa e ele ria mole, colocando o travesseiro na cara. Contava: "Eu fui a Cuba, só pra..." Olhava Bernardo: "Você conhece aquela da mulher que veio de Cuba dançando?" Pulou da cama, começou a dançar. "Anoche, anoche soñe contigo, que cosa maravilhosa..."

– Nunca vi nada que enchesse o saco mais do que um bêbado. Vê se deita e não me enche, que quero escrever.

– Escreve, escreve. E enfia essa caneta no cu.

Bernardo se inclinou para os papéis. As laudas em branco, trazidas do jornal. Se terminasse o romance até outubro, poderia entrar no concurso de novos da "José Olímpio". Não tinha plano nenhum, escrevia sob impulso. Quando começava, não sabia o que ia ser do personagem. Criara onze e todos faziam longos monólogos interiores. No meio, dera a Marcelo para ler. Ele não gostou. "Você não sabe inventar. Esses onze estão falando igualzinho e pensando as mesmas coisas. Por que não faz um único sujeito? No fim das contas, esse único é você, como esses onze são você." Depois disso interrompera, ficara uma semana sem conseguir escrever. Foi eliminando e sobraram quatro personagens, ainda semelhantes.

Marcelo deu um arroto, "acho que vou vomitar." Uma raiva começou a tomar Bernardo. Só tinha a noite para escrever.

– Vê se dorme! Puxa, nem em casa tenho sossego!

– Ninguém tem sossego. Ninguém deve ter!

– Deita aí, vai. Quer uma Alka-Seltzer?

– Enfia no cu!

– Então me deixa escrever.

– Escrever o quê? Essa merdinha aí? Como é que você pode escrever se nunca tomou um fogo?

– Deita, porra! Vê se não enche.

– Fica nervoso, fica. Depois senta e escreve sobre teu nervosismo.

– Vou é mudar de quarto.

– Muda. Vai. Vai já. O que é? Um cara não pode ficar bêbado uma vez na vida, pra se divertir?

– Que diversão, hein?

– Eu acho que é. Muito melhor que ficar como você. Sentado. Comportado. Comportadinho.

– Chega.

– Num chega nada. Não estou bêbado, só alegre. Por que você não arranja uma menina? Mete nela. Sai com ela e vai encher a cara. Vem de madrugada pra casa. Deita de porre e acorda com dor de cabeça, de ressaca. Porque não falta um dia, dois, uma semana e vai pra Santos? Fica lá e esquece o mundo. Mas, não. Faz tudo quadrado, correto, direitinho. Pra todo mundo achar que é bom rapaz.

– Iii! Agora vai analisar.

– Escreve sobre teu jornalzinho, teu dia-a-dia, teu quarto de pensão que isso interessa ao mundo! Ah! Se interessa!

– Às vezes, pode interessar...

– O que não tem sangue, não interessa! Pode escrever quinhentas páginas sobre um tipo que se não houver nada violento na sua vida, tá fodido!

– Essa é tua idéia! Nem todo mundo pensa assim. Eu não penso.

– Você se esconde. Outro dia li um conto que estava em cima da mesa. Um cara que vai se matar, quando completa dez anos de casado, porque descobre que está cheio da mulher.

– Um conto bom.

– Bom? Você acha aquilo bom?

– Eu acho!

– Como você pode escrever sobre coisas que não conhece? Que não sabe? Não viveu? Não tocou?

– Observando.

– Aí está o grande observador. Vai indo assim que você vai longe... Fica a me olhar, fica. Você olha gelado pra gente. Seca. Faz mal.

Bernardo recolheu as laudas. Releu. Eram moles. "Mas é porque fico na cabeça com as coisas que esse cara me diz! Melhor deixar para amanhã." Antes era fácil; só escrever e escrever. Produzia montes de histórias; tinha idéias às carradas. Precisava de uma namorada. Não conseguia nenhuma. Marcelo tinha caído de bruços na cama e devia estar dormindo. Gostava daquele cara. Aberto. Engraçado. Agora vive feliz, a falar na moça de olhos verdes. Uma namorada. Mulher para dormir com a gente. Quanto tempo não dormia com mulher? Satisfazia-se ali mesmo na pensão, sozinho, na cama. Sempre esperava o outro apagar a luz, dava um tempo para o sono vir e começava. Acordava no dia seguinte angustiado. Era um buraco dentro da cabeça.

Saiu à rua. A alameda Santos estava deserta, os luminosos dos restaurantes ainda acesos. Deu uma volta na praça Oswaldo Cruz. Passou o bonde 36, avenida Angélica. Parou no ponto, demorou um pouco. "Se eu descesse para a Angélica, encontraria putas na praça Buenos Aires." Andou pela Paulista. Na esquina da Teixeira da Silva algumas faziam ponto. Estavam encostadas ao gradil de ferro que rodeava a mansão cinza, semi-abandonada. Era uma casa com varandas e colunatas, cheia de cedros e pinheiros e chorões num jardim, que fora bem-cuidado em outros tempos. Daqui a pouco construiriam um prédio em cima dela, um alto, branco e envidraçado edifício. As mulheres ficavam junto ao portão da garagem, protegidas pelas sombras de uma árvore copada. Quase na esquina havia um ponto de táxis. Motoristas dormiam ao volante. Havia duas mulatas e uma pretinha grávida. Em torno delas, o cheiro. Bernardo conhecia: maconha. Virava o estômago. A pretinha puxava fumo, aspirando rapidamente, com a mão sobre o cigarro. Bernardo chegou perto. Ela correu, pulou a grade, desapareceu no jardim escuro, no meio das plantas. As outras ficaram esperando. Então, riram ao ver Bernardo se aproximando.

– Pensou que era tira. Se mandou.

– Tira? Eu?

– Manjamos a pinta logo, mas ela tá baratinada, não se mancou.

– E vocês, como é?

– A base?

– É... a base.

– Duzentos tá bom?

– Tá.

– Qual das duas? Pode escolhê, neguinho, que as duas é boa.

– Você.

A mulata mais limpa e cheia de carne. A outra tinha no rosto uma feia mancha marrom. "Fígado ou sífilis", pensou Bernardo. A escolhida descia em direção à alameda Santos.

– Ali. Na garagem.

Atravessaram o jardim de canteiros destruídos, cheio de pedras, latas, garrafas, touceiras de capim, plantas que cresciam disformes. A garagem era uma boca negra, escancarada para a noite e cheirava mofo, esperma, mato e pinga. Bernardo teve vontade de voltar, mas ficou com medo. A mulata podia dar a bronca, puxar navalha. Pensava sempre coisas. Vivia com medo permanente de ser agredido, batido, assassinado.

– Vem, benzinho. Lá no fundo.

Mergulharam numa penumbra. O cheiro da maconha estava no ar. Ele apertou o bolso. Tirou a nota de mil, dobrou, colocou no bolsinho do relógio. Se fosse suadouro, não levavam tudo. A mulata se encostou na parede.

– Não tem cama, nem nada?

– Não, meu bem. Num gosta de pé?

– Nunca fui.

– É igual.

Levantou a saia. Não usava nada. Veio o cheiro de sexo. Mal lavado. Usado. Gasto. Monte de carne com um furo no meio. Ali estava tudo. Mas, nela, era nada. Apenas mulher esperando o homem que não conhecia, talvez nem quisesse. Ela não tinha mais escolha. Nada a dar. Recebia os homens dentro dela. E os homens eram apenas membros e de pé, ela contra o muro eles tinham de se apoiar com as mãos na parede, a fim de ter equilíbrio. Amor sem contato. A distância, Bernardo se desabotoava. Encostou-se às coxas quentes. Deixou de pensar na mulher e viu a rumbeira do teatro de revista; joelhos das meninas no bonde; fotografias sacanas da turma da pensão; passagens de livros pornográficos. Não deu certo.

– O que é? Num vai?

– Vai, tem que ir!

– Acontece. De vez em quando um homem brocheia.

– Nunca aconteceu comigo, nem vai acontecer. Estou só cansado.

– É, cansado num dá pé, não! Olha, num posso ficar muito tempo.

– Espera um pouco aí.

– Me dá mais algum?

Bernardo ajoelhou-se. Viu as coxas cheias de celulite, e sentiu o cheiro seboso saindo dela. Um peso muito grande desceu sobre ele.

5

Instalation Efficiency Engineering Ltda.
Organização de Empresas.
OFERECEMOS: Curso de adaptação – Seminários de aperfeiçoamento – Um trabalho fascinante de categoria internacional e de grande futuro – Ordenado fixo, gastos, ajuda de custo, prêmio e participação nos lucros – Grandes possibilidades de promoção até cargos diretivos. EXIGIMOS: Personalidade – Ampla cultura geral – Trato social – Bons conhecimentos de contabilidade – Espírito observador e analítico – Dinamismo – Moral íntegra e seriedade absoluta – Tenacidade – Grande capacidade de trabalho – Ética profissional.

KODAK BRASILEIRA
Procura jovem, com curso superior ou boa formação cultural para venda de sistemas de microfilmagem junto à clientela de alto nível.

LABORATÓRIO SMITH KLINE & FRENCH LTDA.
Precisa Propagandista para São Paulo.
Lugar de futuro para jovens ambiciosos.

GERENTE DE RELAÇÕES PÚBLICAS
Companhia Internacional com fábrica em São Paulo procura para importante cargo na administração pessoal.

OPERADOR CONVENCIONAL
Precisa com prática em 403

VENDEDORES
A Singer Sewing Machine Company necessita de vendedores externos (zona Lapa) de boa apresentação, dinâmicos e ambiciosos. Idade de 21 a 35 anos. Com instrução a partir de 1º ginasial ou equivalente.

VAMOS VER fita de sacanagem?

– A esta hora?

– Tem sessão à meia-noite. Das nove da manhã à meia-noite. Nessa cidade só dá tarado, velhinho! Vamos lá que é gozado. Depois você escreve no seu livro sobre eles!

– E preciso ir lá pra escrever isso?

– Claro, pra saber como é?

– Posso inventar, imaginar, não?

– Não, acho que não. Precisa olhar primeiro, para ao menos ter idéia. Por isso que esses caras que escrevem no Brasil são uma merda. Livro não é nada disso que está por aí.

– Ah! É? O que é então? Se não é, por que você não escreve?

– Não escrevo porque quero fazer outras coisas. Se escrevesse ia ser diferente. Sabe como ia ser? Sem palavrório. Você é jornalista, sabe disso. Não se pode mais perder tempo com palavras. Literatura tem que ser uma reportagem sobre o que acontece. Uma reportagem diferente, pois você cria um personagem e vê o cara por dentro e por fora. Entende? Tudo que está aí é psicológico, é o interior do homem, é não sei o que mais. E daí? O cara pega um desses livros de introspecção e se chateia! Não tem nada que ver com nada. Outro dia peguei umas folhas tuas. Eu andava curioso. Não gostei. Você não pediu minha opinião, mas não gostei. Palavroso, cheio de vai e vem. Tipo de romance europeu. E é igual a noventa por cento de brasileiros que escrevem mal. Enxuga, seca tudo isso! A única coisa que você tem de bom, realmente, é essa capacidade de sentar-se à mesa e ficar horas escrevendo. O ruim é não sair da mesa. Pra ir saber o que se passa. Pra tomar fogos. Trepar as mulheres. Pegar doenças. Ir ao médico. Brigar. Apanhar. Ir ver operário indo para a fábrica. Saindo. Ver casa de operário. De rico. De classe média. Viajar.

– Você se esquece que estou no jornal? E que cada dia saio para uma coisa diferente?

– Esqueço e não esqueço. Você tem razão. O jornal pode dar isso. Todo cara que escreve ou quer escrever tem que entrar pra jornal. Não é novidade, mas é certo. Comer fogo num jornal, que assim aprende.

Desceram do ônibus na Ipiranga. 11,25 no relógio do City Bank. Marcelo parou para comer abacaxi, numa carrocinha na esquina da Barão. As fatias redondas estavam em cima de barras de gelo. O cheiro era forte e adocicado.

O suco escorria até o queixo. Fazia calor e o povo andava. Na praça da República os bancos estavam cheios. Dois caminhões com chapa branca e faixa amarela pintada na porta: "Prefeitura Municipal", vinham pela Ipiranga. O homem da banca de abacaxi, quando viu, tratou de correr. Não teve tempo de desmontar os caixotes. Os fiscais apanharam tudo e atiraram para o caminhão. O homem que vendia abacaxi pediu "ao menos sua faca". Levaram tudo. Marcelo tirou o dinheiro do bolso. Um guarda-civil disse: "Não paga, não! Esses marreteiros precisam aprender." Marcelo entregou o dinheiro ao homem. O guarda-civil disse a Marcelo: "Não disse ao senhor pra não pagar?" Ele não respondeu. Apanhou o troco que o outro estendia e caminhou. Os fiscais da prefeitura estavam diante de um negrinho que engraxava sapatos. A caixa era feita de caixotes de maçã. O fiscal avançou, tirou a escova da mão do moleque. O freguês levantou-se, depressa. Os fiscais apanharam a caixa, as latas de graxa que estavam no chão. O negrinho passou a mão na almofada sobre o caixote para o freguês sentar. Abraçou-se à almofada que era de estampado vermelho. O fiscal tentou tirar, mas o menino abraçava forte. Xingou o fiscal de filho da puta. Dos caminhões desceram mais fiscais. Rodearam o moleque. O povo rodeou os fiscais. Marcelo ficou bem junto ao menino que xingava. Um guarda-civil disse ao negrinho para ficar quieto. O menino queria seu material; a caixa não fazia mal, mas ele queria as latas de graxa, as escovas, a tinta. O fiscal, que tinha dentes de ouro, gritava: "No centro ninguém pode engraxar! É lei! E acabou! Não vamos devolver nada! E se você fica xingando, além de te meter a mão, te levo em cana, garoto!" O negrinho disse: "Filho de uma puta!" O guarda-civil segurou o moleque e largou um soco na boca. O negrinho bateu com a almofada na cabeça do guarda. O quepe caiu. O guarda socou de novo. Os fiscais riram. O dente de ouro mandou um pontapé no estômago do garoto que se curvou, com as mãos na barriga. Marcelo entrou no guarda. O povo rodeava, apertando o círculo. O guarda era o mesmo que mandara Marcelo não pagar. Um tipo mirrado que, vendo o tamanho de Marcelo, puxou o cassetete. Baixou a mão, Marcelo se esquivou, jogando o tronco para trás. Socou o guarda na cara e o guarda rolou para o centro da parede. As fardas azuis apareceram de vários lados. Já com os cassetetes na mão. O povo se afastou. Vozes partiram de trás dos aglomerados!

"Guarda de merda."

"Guanaco, vai prender ladrão!"

"Fiscal cornuto! Vai na tua casa! Tua mulher te põe o chifre."

"Vai roubar garoto! Pra que trabalhar?"

"Arrebenta com a cara desse milico de bosta!"

"Veado!"

"Filhos da puta! Covardes! Dar em moleque é fácil!"

Marcelo recuava, acossado por dois guardas. Viu um grupo, com cara solidária, fazendo sinais para que malhasse. Gritos, xingos, papéis amassados vinham sobre o grupo de fiscais e soldados. "Eles entraram também", cogitou Marcelo. Os guardas se fecharam em roda e o colocaram no meio. Bernardo disse a um grupo: "Como é, ninguém vai fazer nada? O cara vai apanhar sozinho?" O grupo se dispersou. Ficou um círculo de pessoas vendo. Marcelo ia de um guarda a outro. Pontapés, socos, cacetadas. Bernardo não conseguia ver o rosto de Marcelo. O sangue escorria da cabeça. Empapava a roupa: Se Marcelo não o visse ali, parado, ainda bem. Diria mais tarde que fora telefonar, pedindo ajuda. Os guardas dominaram Marcelo. Quatro o agarraram pelos braços, cabeças, pernas, levando-o para a perua da RUDI que encostara no passeio. Bernardo se afastou. Deixou-se ficar atrás, coberto pelos curiosos. Sentia-se mal. Havia sangue na calçada. Olhando por um vão, no aglomerado de pessoas que espiavam para dentro da perua, viu Marcelo desacordado.

A perua se arrancou e o povo foi se espalhando. "Estou flutuando num mar de bosta; me afundo; e não faço nada pra sair dele." Foi ao jornal. O chefe de reportagem policial ligou para o DI, até localizar um delegado amigo, a fim de aliviar Marcelo.

*

"Mas um dia o gigante despertou;
deixou de ser gigante adormecido,
e dele um anão se levantou:
era um país subdesenvolvido,
subdesenvolvido/subdesenvolvido/subdesenvolvido/
subdesenvolvido/subdesenvolvido/subdesenvolvido

– Porra, não sei a letra!

– Escuta. Faz meia hora que peço pra você escutar. Bernardo, ei, Bernardo!

– Canta aí! Vaiii!

– O que é que deu hoje? Nunca te vi de fogo.

– Nunca viu? Então está vendo.

Bernardo falava mole, sentado, as pernas estendidas. Sem sapatos, cutucava com os dedos a bunda da menina de barriga para baixo. A menina vestia calça americana e camisa de homem, solta em cima do corpo. Conhecida como a virgem a curto prazo;

prometera dar, se não encontrasse até os vinte e três o homem de quem gostasse. Estava com vinte dois, não tinha achado e não deixava ninguém provar para saber o gosto. Ela se voltou para Bernardo, olhou o pé que coçava. "Pára com isso! O que pensa?" Parou. "E se essa virgem gostasse de mim? Gostasse por gostar. Do meu jeito ousado de mexer com ela. Cismasse. Tivesse uma idéia louca. Isso eu quero que aconteça e nunca acontece. Sucede com todo mundo, menos comigo." A menina virgem estava de rosto encostado ao chão, ouvindo.

Mas data houve em que se acabaram
Os tempos duros e sofridos
Pois um dia aqui chegaram
Os capitais dos Estados... amigos (!).

Mesa de uísque, soda, baldes de gelo vazio, copos vazios, pelo meio, cheios, sendo enchidos, gelo sendo colocado em copos, o uísque descendo pelo conta-gotas na boca do gargalo, enquanto cantam. Levaram Carlinho Lyra para tocar violão e cantam a música que ele compôs. Dois dias antes, a música dera bolo no show da Faculdade de Direito, aparecera a Censura e dissera que não podiam cantar. E todo mundo ficou de pé e cantou a "Canção do Subdesenvolvido" e Bernardo viu Marcelo chorando de feliz. "Porque há união entre todos nós", disse Marcelo, "uma união e vontade que vai ser muito difícil quebrar, a gente vai levar esta luta até o fim." Chico de Assis tinha feito também a letra e cantava-se em todas as festinhas, em todos os shows do teatro. A divulgação começara na Politécnica e se espalhara. Fazia meses que a canção rondava, todo mundo sabia, mas nenhuma gravadora queria aceitar. Marcelo cantava. Bernardo observava o rosto risonho e via as duas cicatrizes que tinham ficado. Fazia seis meses e Marcelo agia como se nunca tivesse acontecido nada. Não mudara, e viera agradecer a Bernardo por ter colocado o jornal em ação, para tirá-lo da cadeia. Permanecera dois dias numa cela, pois dentro do DI ficou um jogo de empurra e não sei de nada, até que o acharam.

O povo brasileiro tem personalidade,
embora pense como americano;
embora dance como americano,
embora cante como americano.
oh boi!
Oh roçado bom!

– Sabe por que estou contente hoje?
– Você está contente todo dia.
– Hoje estou mais. Entrei para o Partido.
– Que Partido?
– Comunista. Quando falam Partido você pensa em quê?
– Não pensava em nada.
– O que você acha? Bom, não?

"Não sei o que acho. Não devia, mas me assusto um pouco com a palavra comunista. Vivo rodeado por eles, conheço um monte, converso, leio o que escrevem. A palavra comunista é estranha, rodeada em volta. Vem úmida como um líquido pegajoso. Marcelo tomou uma decisão: vai em busca de mais uma coisa. Não se incomoda com palavras, com o que as envolve. Não pensa em termos de palavras. Não é culpa minha, sei. Nós fomos sempre preparados para repetir determinados gostos, ações, palavras. Comunista é uma delas. A gente fala o menos possível. Talvez se falasse mais e explicasse mais, tudo ficasse claro, menos assustador. Não, não é nem assustador. Puxa! Que bundinha boa tem esta menina! Uma bundinha comunista, onde posso enfiar o pé. Por que, mas por que Marcelo foi entrar no Partido? O que vai adiantar pra ele? Vejo comunistas o dia inteiro em torno de mim, no jornal, falando, escrevendo, telefonando, e não gosto do jeito deles. Não me acho nem um pouco interessado no que dizem. Estranhos, distantes. E se for prevenção minha?"

– Diz! O que acha?
– Bom. Muito bom.
– Só assim posso fazer o que eu quero. Descobri que pensava igualzinho a eles. Então fui.

– Onde começou isso?

– Você tem uma cara gozada. Parece que acabei de ir para a lua e voltar e você não acredita que fui. O que há?

– Impressão sua. Como é que começou?

– Trouxeram uma lista pra eu assinar. Legalização de Partido. Assinei. Assino tudo. Não assino por assinar. Acredito que minha assinatura é necessária. Isso justifica você. Precisam da sua contribuição. E se bem, você tem que aderir. Se não aderir, não enfrentar, então não merece o saco que tem. É mentiroso.

– Não precisa fazer discurso só porque entrou para o Partido!

– De vez em quando me dá a louca, fico pensando alto para justificar minhas decisões. Fiquei conversando com o cara que me trouxe a lista. Gostei dele. Batemos um papão. Fui a umas reuniões. Boa gente, boa discussão. Fui me entrosando, fiz contatos, uns trabalhos.

– Me diz uma coisa. Você pensou muito antes de entrar? Na hora de decidir?

– Pensei e não pensei. Na hora que me propuseram eu estava preparado para aceitar. Mas aceitaria, de qualquer modo, pra ver o que dava. De um jeito ou de outro, era experiência. Uma tentativa. Não quero ficar parado, Bernardo, vendo tudo e sem agarrar nada. Sem ter visto nada. Estou cheio de fome, e quero forrar bem o estômago.

A menina virgem dobrava e tirava a meia de Bernardo. Começou a beijar seu dedo. Ele sentiu cócegas. Ficou olhando: Os lábios dela eram frios. Ela beijou o pé todinho. "Culpa sua, gritou ela, culpa sua ficar mexendo em mim o tempo inteiro. Me deu uma sensação esquisita. Tão boa que eu queria ver o que me fizera sentir tanta vontade. No fim, é um pé! Nada mais." Levantou e foi buscar uísque. Gelo e uísque.

– Scarlatti te agrada? ela perguntou.

– O que é Scarlatti?

– Músico. Nasceu em 1685, morreu em 1757. Agrada?

– Não conheço, nunca vi e acho que deve ser chato.

– Chato é bossa nova, chato é jazz, chato é twist. Scarlatti é música pura. Vamos ouvir?

– Essa música é gostosa para a gente escrever, disse Bernardo.

– Você escreve? Livro?

– Livro.

– Não gosto de quem escreve.

– Por quê?

– Acho escrever uma pose. Uma representação. Agora entendo teu jeito.

– Não tenho jeito nenhum!

– Tem. Fica bancando o observador.

– Você está bêbada.

– Gosta dessa? É a coisa mais linda. Repara. Sabe qual é?

– Não! Não quero saber. Não me enche! Por que não vai com meu amigo? O de cabelo na testa. Não gostou dele?

– Fica quieto. Vê que lindo. Sonata em Fá Menor. Longo 281.

– Longo é o cacete.

– Que um dia receberei. E vai ser uma festa. Prometo dar uma festa para a cidade. Se for como penso. Uma festa de gozo. Vivo esperando. Este momento supremo. Suprema glória de uma vida sem graça. Você não acha a vida sem graça aqui? Acha, não acha? Todo mundo acha. Ah! Não! Você é diferente. Quantas mulheres você já traçou? Deve ter castigado uma barbaridade! Ou nenhuma! Eu quero mergulhar num mar de camas e de homens. Se o meu homem não for tudo que espero. Uma festa. É, ou não é, uma festa? Eu leio que é. Minhas amigas dizem que é. Menos Ana Maria. Conhece Ana Maria? A do teatro? Que era casada com aquele cara que se matou? Claro que se matou. Se jogou debaixo do ônibus. Sabe que Ana Maria não gosta dos homens? De nenhum. Nem das mulheres. Divino Scarlatti. Tenho vontade de me ajoelhar. E chorar, quando ouço coisa tão bonita. Há coisas tão lindas no mundo. Escreve. Escreve um livro sobre mim? Inteirinho a meu respeito. Posso te contar toda minha vida. Acha que minha vida dá livro? Como é que você escreve? Afinal pra que você escreve? Quer mais uísque? Teu pilequinho está bom! Teu olho está caído. Parece sonado. Você é desses sonados? Tão bonito teu amigo! Acha que estou certa de esperar até os vinte e três? Tenho um amigo que acha que não. Disse que, por causa desse prazo, passo o tempo inteiro a pensar na coisa. Penso muito? Não, acho que não penso. Você como é? É bom? Na cama? O que é ser bom na cama? O que é? Sou chata? Você me acha chata? Olha; acha chata. Achata. Não é engraçado o que se pode fazer com as palavras? Me achando chata, você me achata. Teu pé era frio e a mão também. Coração quente. Homem quente. Quem tirou Scarlatti da vitrola? Vai ver, amor! Vai. Não, não pode ficar aí. Vou pedir ao garotão de cabelo despenteado. Que cara mais lindo! Teu olho está menor. Cada vez menor. Gosto de festas. Aqui eles dão boas festas. Você vem sempre? Não, não vem. Estou sempre aqui e é a primeira vez que te vejo. Não gosto de você. É muito antipático. Puxa, que cara mais antipática! O que é que a gente pode fazer se pensa o tempo inteiro nos homens? Não pode fazer nada. Os homens querem comer e ir embora. As mulheres não querem isso. Não. As mulheres gostam do amor. Por que você fecha os olhos e não escuta? Escuta aqui! Você! Ah!

*

Marcelo surgiu na frente de Bernardo, fechando a visão da sala. Os cabelos na testa e o rosto fechado. Ele reparou que o rosto de Marcelo era sombrio, debaixo das luzes e depois de todo o uísque.

– Você precisa me ajudar.

– Eu?

– Você. Não sei o que fazer. Com minha namorada. Não brigamos, nem nada. Mas ela é estranha.

– Por quê?

– Ela não fala. Não diz palavra. Às vezes, sou o cara mais feliz do mundo. De repente bumba, me vem a incerteza. Uma coisa descobri. Ela gosta do seu trabalho. Não troca nada por ele. Nada, nada, nada! Quer fazer carreira e ter sucesso. Tem dia que me olha e não me vê. Já teve essa sensação? Estar diante da pessoa e ela não te ver? Nem sei mais se ela gosta de mim. No começo gostava. Era bom. Agora não sei mais.

– Precisa saber! Não sei como, mas precisa saber. O troço tem que ser definido.

– Pensa que é fácil? Ela não abre. Não fala. É fogo! Mas já sei! Vou me mandar, logo, logo. Outro dia tivemos uma discussão. Ela me disse então: quanto mais famosa eu for, mais gente vou ter a me rodear. Gosto que fiquem em volta de mim. É isso, Bernardo! Ela não quer ser de um só. E não quero dividir minha mulher. Então, largo. É mais importante eu ir pra Cuba. Acho que ela anda ficando louca. Sabe o que me pediu outro dia? A gente estava no apartamento dela. Bonito, mas meio suburbano. Pediu, com a cara mais séria do mundo, que eu beijasse seus pés. Nós estávamos deitados. Beijei. Ela disse: "Assim, não. Espera aí." Levantou-se na cama. Tem um corpo que vou te contar. E me fez ajoelhar no chão, abaixar a cabeça e beijar seus pés. Olhei depois pra cima. Seu rosto brilhava. Havia nela uma satisfação tão grande que enchia o quarto. Nunca vi ela tão contente e carinhosa. E ao mesmo tempo que era bom, parecia uma coisa que não era dela. Uma alegria assustadora. Esquisito, mas é isso! Uma alegria e um prazer que me fizeram medo. Sabe o que eu penso. Mesmo? Que ela não precisa mais de mim pra gozar. Consegue isso sozinha. Eu sou dispensável. Os outros também. É chato, muito chato. Eu acreditava. Ou queria. Talvez eu precisasse acreditar nela. Não sei mais o que fazer.

Marcelo começava o sexto uísque. Com mais alguns aterraria. Tomou ainda quatro. Enchia o copo, mandava puro. A bebida escorria pela garganta como melado. No último ele escorregou para o lado de Bernardo e ficou com a cabeça enterrada numa almofada.

PACAEMBU – MANSÃO COM PISCINA

Totalmente isolada – Construção recente – Mansão em estilo moderno, toda revestida em pastilhas; acabamento de alto luxo, rica pintura a óleo em massa corrida; parte social em moderno assoalho em jacarandá; soleiras e peitoris de mármore; finíssimos armários embutidos; lindos banheiros; piso e paredes revestidos de mármore; copa, antecopa e cozinha conjugadas, azulejadas até o teto, piso de mosaico romano; hall, biblioteca, terraço, 3 aptos. privat., 4 banheiros, lavabos, sala de almoço, salão de festas, chapeleira e outras diversas e necessárias dependências. Amplo jardim, piscina, garagens, aptos. empregados. Cr$ 410.000,00 grandes facilidades de pagamentos

HIGIENÓPOLIS
APTO. ALTO LUXO

Aluga-se apartamento novo – um por andar, com entrada social e de serviço – somente famílias ou senhores de idade de comprovada respeitabilidade.

– Essa respeitabilidade fode tudo!

– Vê outro. Já olhou mesmo mais de cinqüenta. Mas sério, não na gozação.

AV. PAULISTA

Aluga-se apto. com dois dormitórios, grande living, inteiramente carpetado – Deixo telefone.

– Esse é uma nota sentida.

APTO. CENTRO

– Não.

APTO. 9 DE JULHO

– Barulhento.

APTO. NO BRÁS

– Junto com a italianada.

APTO. JARDIM AMÉRICA

– Novos ricos decadentes.

APTO. BELA VISTA

– Não sou artista.

APTO. NO PAISSANDU

– Com bondes, avenida São João, ônibus, fumaça, barulho dia e noite e toda malandragem em volta.

APTO. ALTO DE PINHEIROS

– Depois que vier o metrô.

– Porra, você não quer nada! Pega essa jornalada e joga no quintal.

– Quando você enchia o quarto de jornais, com mania de emprego, eu não dizia nada. Onde é que a gente pode achar um apartamento bom? É fogo! Tudo caro!

Bernardo está sobre a pilha de jornais. Mais de dois meses amontoados. Antes de ler as notícias, domingo à tarde, abre as folhas nos classificados imobiliários. Tem uma pasta de cartolina cheia de anúncios. Todas as manhãs, durante a semana, vai de prédio em prédio. Marcelo comprara duas malas enormes, imitação de couro. Abrira um crédito na Sears. Pagamento a longo prazo. Dera a primeira prestação e não pensava pagar o resto. "É minha contribuição ao prejuízo norte-americano nesta terra. Se todo o mundo desse o cano, eles não vinham se meter. Esses caras enchem o saco! Tudo está virando americano neste país. Vou te contar um negócio. Sabe o que minha menina disse outro dia? 'Vou aprender inglês para ir pros Estados Unidos.' Fazer o quê lá? perguntei. 'Quero fazer carreira no cinema. Vou para Hollywood!' Vê se te entra essa! A burra nem sabe que Hollywood está em crise. Bem, isso você sabe melhor do que eu. Todo mundo sabe que os americanos vão para a Itália, porque emprego acabou para eles. Mas a boboca quer ir pra Hollywood. Quer ser Carmem Miranda. Essa, não! 'Maior do que Carmem Miranda', exclamou outro dia. Não deixa por menos. Se a coitada tivesse alguém amparando, alguém que a tocasse para a frente, a ensinasse e cuidasse de sua promoção, podia ser um troço de mulher, porque é linda e dança bem. Mas, você sabe! O pessoal na televisão só quer dar uma papadinha e pronto. Eu disse para ela: Você não faz cinema nem aqui, vai fazer em Hollywood! Deixa disso. Aquilo se acabou. 'Tá bem, respondeu, acabou, mas vou ver de perto. E preciso saber inglês. Depois saber inglês não faz mal a ninguém.' Vai. Vai aprender a voz do dono. Qualquer hora eles tomam conta mesmo. Isso, se não vier atrapalhação para eles. E vem vindo. Acho que você deve ir para Roma. 'Acho os Estados Unidos mais bacana', respondeu ela. Agora, você vê se a gente pode com gente assim?"

"A partir de 1º de maio de 1963 passou a perceber o salário de Cr$ 59.500,00 (Cinqüenta e nove mil e quinhentos cruzeiros) p/ mês, e a Gratificação de Função passou para Cr$ 47.600,00 (Quarenta e sete mil e seiscentos cruzeiros) p/ mês, nas mesmas condições anteriores."

Marcelo tinha partido. Amontoara nas duas malas as roupas. O que sobrou, deixou no armário. Livros, revistas, jornais, todos os papéis que guardara. "A gente nem sabe porque guarda estes troços." Saíra à tarde. Bernardo estava no jornal. Telefonara, dizendo que ia a caminho da estação. Bernardo encontrou-se lá com ele. Marcelo iria a Bauru, tomaria a Noroeste e alcançaria a Bolívia através de Mato Grosso. Na Bolívia entraria em contato com a gente do Partido que se encarregaria de recambiá-lo para o norte, até atingir a América Central e os Estados Unidos. Lá, outros o levariam à Cuba. "Isto decerto vai levar três meses, mesmo porque vou ter que trabalhar pelo caminho. Mas é melhor do que ficar nesse pântano. São Paulo é um pântano, Bernardo, e a gente se afoga sem perceber. Larga brasa no teu livro! Escreve sobre esta cidade. É uma forma de não mergulhar a cabeça para o fundo. Se você tivesse coragem, resolvia."

– Resolvia o quê?

– Entrar para o Partido.

– Para quê? Por que preciso do Partido?

– Era uma decisão. Você precisa tomar uma.

– Não vou entrar pra partido nenhum. Estou bem e não quero chateação.

*

COMPRE OBRIGAÇÕES DO TESOURO
O Brasil progride e você lucra.

E.U.A. ACUSA BOSCH DE PERMITIR MACIÇA DOUTRINAÇÃO COMUNISTA NO SEIO DAS FORÇAS DOMINICANAS.

CONDENAÇÃO DE ESPIÕES DA URSS NOS EUA

GRANFINOS PAULISTAS REVIVEM NO MORUMBI A CAÇA À RAPOSA

POVO REIVINDICA REFORMA DE BASE.

PROSSEGUE O IMPASSE ENTRE PARTICIPANTES DA REUNIÃO DO DESARMAMENTO EM GENEBRA.
(UPI e Reuter) – Pouco provável que se venha a alcançar um acordo entre o Ocidente e o Oriente sobre a prescrição total das provas nucleares.

ESPOSAS DOS SARGENTOS, DESESPERADAS, NÃO CONSEGUEM FALAR COM MARIDOS PRESOS

"Meu caro Bernardo, bom dia!

Estou devolvendo-lhe os originais do seu livro. Em anexo, envio-lhe cópia do parecer que o nosso Conselho de Leitores nos forneceu, a propósito desse seu trabalho. Trabalhamos da seguinte maneira: todo e qualquer original, seja de quem for, é lido pelo Conselho de Leitores – gente experimentada no trato da coisa literária, e ao mesmo tempo sem ressentimentos pessoais ou picuinhas. Lê o original, dá parecer e nós, baseados nele, fazemos, ou não, a obra. No seu caso, verifica-se do parecer que o autor é pessoa de talento, mas seu livro apresenta falhas, fáceis de serem sanadas. Assim, peço-lhe que estude o parecer, discuta-o consigo mesmo, remodele os originais e volte que teremos o maior prazer em editá-lo.

É preciso que seu livro tenha a grandeza que pode ter, dada a inegável vocação de escritor que nele se revela. Mãos à obra. Bernardo! Quero ter a alegria de vê-lo em livro feito pela nossa editora. Com o abraço do seu amigo e admirador. Assin/Diretor Editorial."

– Eu ia mandar entregar. Já que você veio, aproveitarei. Acha certo o parecer?

– Ainda não li!

Eram duas páginas sem assinatura:

– Concorda?

O diretor editorial parecia um bancário bem posto à sua mesa. Bernardo lia duas linhas e olhava o homem. Uns óculos pesados para fingir ar intelectual. "Não concordo com uma só linha. Tudo errado. O cara não entendeu nada do livro, nada. Deve ser um velho. Bem gagá. Acadêmico. Ele quer que eu seja acadêmico. Tenho vontade de rasgar isto na cara dele. Discutir com esse tipo. Ele mesmo deve ter dado o parecer. É um parecer que vai bem com a sua cara. Não entendo como uma editora deste tamanho possa ter gente assim. Igrejinha. Não posso mesmo. Nem sendo do jornal, nem com todas relações que tenho. Também, não movimentei ninguém. Vou fazer isso, mudar o título e mandar o livro pra outra."

– Concorda ou não?

– Mais ou menos.

– Trabalhe o livro e volte. Acredite. Tudo aqui funciona dentro da mais absoluta honestidade. Sem isenção de ânimos.

– Acredito.

– Voltará?

– Acho que sim.

Leva: / Piuca, telefone! / Tem pasta no elevador do arquivo / Requisição de arquivos / Leva! / Onde é que ficam os contínuos desta bosta? Thomaz. Telefone! / Leva! Busca provas na tipografia! / Traz mais espelho grande. Em duas colunas. / Foto de Juscelino e Odete Lara! / Leeeva! / Manda em quatro o título, matéria corre em duas! / Quem é a loirinha? Arquivo. Traz uma segunda edição! / Segunda! / Busca fotografia!

Com um monte de cartas na mão, Bernardo saiu da sala do chefe de redação.

– Tem uma boa aí te esperando, disse um repórter.

Ele olhou para sua mesa. Uma loira alta, de pernas cruzadas, fumava observando o movimento do jornal.

– É aquela manequim que vai trabalhar com o Dior. Amiga minha. Noiva dum amigo meu. Ele me pediu uma reportagem grande com ela. Vou fazer.

– Você é que tem sorte neste jornal, né! Sempre com essa mulherada!

– Se eu comesse um décimo do que vocês pensam, estava bem feliz.

Bernardo jogou as cartas em cima da mesa. A loira era muito bonita. Ficou olhando as cartas, enquanto ele as abria. Escritas em blocos comuns, de papel barato. Havia marcas de dedos, gorduras, tintas. Letras em garranchos, ortografias de primário, redações de semi-analfabetos. Bernardo amontoou-as num canto, puxou o telefone, ligou oito vezes, ficou impaciente.

– O que há? ela perguntou. Alguma coisa errada?

– Preciso localizar Bebel.

– Essa da televisão que anda em todas? Por quê?

– Reportagem.

– Outra? Olha, não agüento mais essa aí. Não sai nada sem ela.

– Vende jornal.

– É? Tem cara de quem não toma banho.

– Mulher é fogo, hein? Só porque ela dá uma de manequim também!

– Manequim... Coitada... Na alta costura ela jamais vai entrar. Já se queimou. Dener ou Clodovil nunca pegam essa menina.

– Por que tudo isso? A menina é boazinha.

– Pode ser, mas falta classe. Não tem elegância, nem nada. Só a cara e o corpo.

Sete e meia da noite e a redação fervia. Contínuos levando matéria para a oficina, secretários e paginadores, telefones tocando, uma comissão de povo sentada em volta da mesa grande, sendo fotografada.

As cartas que Bernardo tinha sobre a mesa:

"e o povo deste bairro pede uma grande reportagem com essa artista que é Bebel", "nunca a televisão do Brasil teve uma artista tão legal e nois pedimo que o jornal publica umas fotografia dela"

"promover um show na praça Sílvio Romero, como antigamente o jornal fazia domingo. E convidasse Bebel, a artista máxima da televisão"

"acabamos de fundar um Fã Clube de Bebel e temos o prazer em pedir ao senhor diretor que faça uma reportagem por dia com a nossa estrela favorita"

"nossa única diversão é televisão. Nosso pai não deixa sair de casa. E por isso pedimos que o jornal publique uma reportagem..."

"Bebel é chamada no Bairro do Limão a rainha da noite do bar do Cacá. Nois somo operário que trabalho de manhã e nois só vê um pouco de televisão, no bar do Cacá. A gente só espera o show da Bebel, a artista mais linda do Brasil, por isso..."

– Viu o cartaz da menina? Deu a louca na cidade.

– Negócio de homem. Homem é tarado por mulher assim. Vai ver que até você acha boa.

Outros repórteres paravam à mesa, puxavam conversa; perguntavam coisas; olhavam a loira, os olhos claros, a pele branca. Branco sem sol. Um repórter gordo sentou-se na máquina frente a ela, observando as pernas cruzadas, o joelho liso que aparecia.

Sete da noite e gente em todas as direções. Automóveis enchiam as ruas, paravam nos sinais, o povo cruzava, ônibus elétricos de cor abóbora atravessavam o viaduto Santa Efigênia. Tinha chovido a semana inteira, mas a sexta-feira amanhecera seca. O dia passara sem nuvens e o sol fora esquentando. De modo que aquela hora não era frio, nem quente. E o ar trazia cheiro do mato pisado. Caminharam pela calçada, ao lado das compridas filas do Anhangabaú. Bernardo ia em mangas de camisa. Cheiro de limão tomava o ar. O trânsito engarrafado. Os táxis à vista estavam ocupados, os que pareciam livres faziam lotação. Os marreteiros tinham ainda as laranjas, limões, mexericas espalhadas pela calçada, em cima dos sacos de estopa. Debaixo do abrigo, em frente ao correio, um crente fazia pregação, dois guardas-civis riam, um casal de namoradinhos se agarrava. Gente corria a cada bonde que chegava. Perdizes, Lapa, Pompéia, Avenida Angélica. As portas se abriam violentamente. "O jornal não dá mais", pensou Bernardo. Tinha um chamado da *Manchete*, lá iria no dia seguinte. Ao atravessar a rua, deu encontrão num tipo que carregava uma tabuleta. A tabuleta foi ao chão. Bernardo se abaixou. "*ALFAIATE MILAGROSO*. Sim, porque faz o terno velho ficar novo." O homenzinho ergueu a tabuleta com um sorriso humilde; era tão amarelo quanto a placa. Do outro lado da rua, Bernardo olhou um bonde que deixava o abrigo. Havia uma garota morena sentada perto da janela. Era linda e se destacava daquele povo cansado, abatido. Parecia fresca e saudável. "Perdi muito hoje. Está lá na gaveta. O livro recusado e a carta. A carta imbecil que eu devia ter esfregado no nariz do homem. Devia ter gritado, xingado. Ao menos, xingado. Não foi nem querer ser bonzinho ou humilde. Quero fazer e não faço. Meu livro é bom. É a única coisa boa que tenho. Sinto que estou passando e não quero passar. Queria viver muito. Não me incomodo de viver certo. Vejo tudo muito triste. Um mundo sombrio e sem perspectivas para mim. Não sou Marcelo. Admiro nele a vitalidade imensa e a vontade de tirar tudo da vida e não deixar nada. É como se o mundo devesse alguma coisa para ele. Alguma coisa que lhe pertence e tem de ser arrancada, esteja onde estiver, no fundo da terra, ou dentro das pessoas. Marcelo, tenho certeza, seria capaz de dilacerar o peito de uma pessoa para tirar o que é dele. Isto não sou; e preciso ser. Ele não se incomoda de ficar sozinho ou terminar sem ninguém. Eu me lembro, um dia, briguei com uma namorada e disse:

– Não faz mal! Estou me acostumando à solidão.

– Porque é um covarde, disse Marcelo.

– Covarde?

– É. Covarde. Covarde por não lutar contra ela. De preferir chorar a solidão. Ninguém tem culpa dela. E por isso deve-se enfrentá-la, destruí-la, não se acomodar.

– Ah! É? Então, como é que se pode destruí-la? Você sabe?

– Sei. Sei! Junte-se aos outros. E não pare nunca. Corra a 500 por hora, junto com a vida. Faça tudo o que tem de fazer sem dar tempo a mais nada. E quando ela chegar, ou você sentir que ela está chegando, tome bolinha, enche a cara, e toque para a frente.

– Sabe de uma coisa? Você é só! Mais só que todo mundo.

"Sair. Sair deste anonimato. Desta obscuridade que me abafa. E então, ter tudo. Fugindo. Estou fugindo dos que riam de mim no grupo por andar com um pé calçado e outro descalço, para não gastar sapatos; fugindo de não poder brigar com os moleques, de não poder xingar os professores, porque eu estava no Colégio Progresso de favor. Estudava de graça porque minha mãe havia conseguido. Fugindo de mim e do ódio ao mundo. Pelo que me obrigaram a passar. E agora é esta cidade que continua me recusando. Não quero chegar ao fim da vida sem nada. Quero tudo. Aí está! Também me devem alguma coisa. Preciso tomá-la.

Eu queria conquistar com o meu livro. Eles sabiam disso e recusaram o livro. Continuam querendo me negar e não vou deixar acontecer."

Bernardo atravessa entre o povo que procurava as filas. Junto às bancas dos jornaleiros gente parava, a ler jornais abertos nos muros. Acima deles, pregados em grandes armações de madeira e zinco, os cartazes. E a foto de Bebel em biquíni, quase da altura do viaduto. Garotos contemplavam; mulheres olhavam; os homens se desviavam do jornal para a moça. As grandes pernas morenas e grossas. Um biquíni branco.

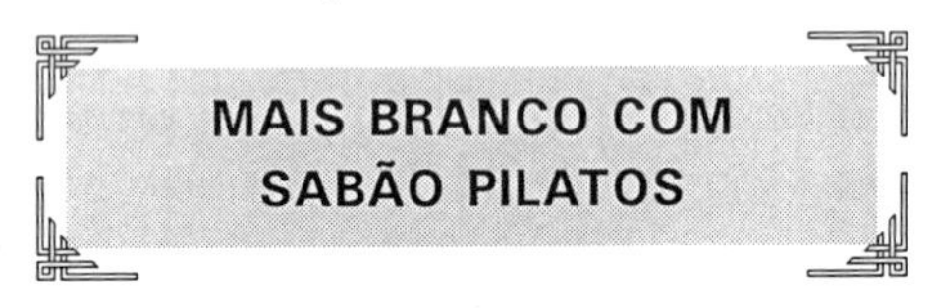

"Amanhã vou estar junto com ela, pensou Bernardo, e eles não sabem. Se soubessem, iam me olhar diferente. Pode ser que ela não seja elegante e se vista mal e use vestidos justos de mulher vagabunda. Mas é boa! E sabe disso. E tem cartaz por causa disso. As mulheres podem achar, quanto quiserem, que ela não tem classe. Mas o povo gosta. Está aí todo mundo olhando e se babando. Eu gostava de comer uma boa assim. Ela é fácil, todo mundo me diz isso. Fácil. Só pedir que dá. Depois, é louca por publicidade. Mas não adianta. Na hora a boca seca, não sai uma palavra."

Bernardo passou pela sucursal da *Manchete*.

– Você queria um lugar, não? perguntou o diretor.

– Queria. Tem?

– Faz teste?

– Não. Não faço!

– Que bobagem é essa? E se fosse norma da casa?

– Eu não entrava. Sou profissional. Por que vou fazer teste?

– Isso é provinciano!

– E daí?

– Bom. Tenho uma proposta. Você me consiga uma grande matéria com Bebel. Uma matéria bem sexy. E diferente. O emprego é seu.

*

Chuva de meio-dia. O céu fechou por cima dos prédios, a água caiu, o povo só correu depois que os pingos desceram. As pessoas se abrigaram debaixo das marquises, nos portais de lojas e bancos. E tendo muito esperado, caminhavam pelo canto das paredes e iam se molhando, pensando que era apenas uma pancada. A água subiu na calçada; encheu os bueiros e os canos não davam vazão; penetrou nas lojas; duas horas de água continuada. No jornal, os repórteres se espalharam. Foram ao banheiro fumar, subiram ao arquivo, fingiram tomar café no bar. O chefe de reportagem se preparava para mandar cobrir inundações. Um contínuo foi mobilizando o pessoal. Dois caras da seção policial, putos da vida: "Logo hoje que a gente ia entrar no tutu da turma da maconha? Um de nós precisa buscar a grana, que é grossa. Senão, os tiras ficam com tudo e a gente que dá cobertura leva o chuveiro."

Bernardo ficou com a zona do Mercado. O jipe deu uma volta, entrou na Carlos de Souza Nazareth e não pôde ir mais. Tudo uma lagoa marrom, da mesma cor dos prédios velhos.

– Dá marcha à ré e vamos para a Paulista.

– Paulista? Inundação na Paulista?

– Quem disse inundação? Vai, toca!

O jipe entrou numa transversal, desceu dois quarteirões, parou frente a um prédio de três andares, inacabado.

– Você pode voltar, disse ao fotógrafo que se preparava para descer, vou ficar até tarde aqui. Depois ligo para o jornal.

Bernardo atravessou um corredor escuro. Havia um monitor ligado, o locutor entrou depois de um anúncio de arroz. Na tela via-se apenas o rosto e um grande mapa no fundo.

"O DOPS confirmou hoje a existência, em São Paulo, de uma organização nazista, a "Spartacus Bund", apontada como a responsável por sete incêndios em indústrias e estabelecimentos comerciais de judeus. A polícia, seguindo a pista fornecida pelo advogado Cícero Leonel, prendeu quatro indivíduos (cujas identidades foram mantidas em sigilo) pertencentes ao bando, os quais estão sendo submetidos a interrogatório."

"No Rio de Janeiro, continua a mobilização de trabalhadores para o comício do próximo dia 13, quando o presidente João Goulart deverá dirigir uma mensagem ao país. Participarão deste comício todos os líderes trabalhadores do sul e do norte. Em São Paulo, os sindicatos estão organizando grandes caravanas que partirão, em ônibus especiais, no dia 13 pela manhã. Em São Paulo, Polícia e Exército estão de prontidão, para evitar possíveis distúrbios."

"Anunciada nos Estados Unidos uma nova arma que pode destruir cinco mil Hiroshimas de uma só vez."

"Society em pé de guerra, informa Ricardo Amaral, em sua coluna social do *Última Hora*; O desaparecimento de Ming-Lu, que formava com Ming-Li a dupla de gatos siameses do costureiro Dener Pamplona constitui, no momento, o maior problema do society paulistano. Agora, o senhor Wilson Moreira da Costa oferece 300 mil cruzeiros a quem devolver o companheiro de Ming-Li, que passeia solitária na residência do seu dono."

A porta do estúdio abriu, veio um bafo quente. Passou pelo locutor que amontoava seus papéis, entrou em outro corredor, chegou ao grande palco. Vazio, apenas um neón aceso. Ele se encontrou numa praia, diante de um céu de papelão e um coqueiro de plástico. Bebel sentada num banco, o ar cansado.

– Como vai? Eu sou Bernardo!

– Ah! Você que telefonou?

– Foi. Quero uma grande reportagem. Uma coisa diferente de tudo que tem saído.

– Diferente como?

– Diferente das outras reportagens com mulher.

– E como é que você imagina?

– Não sei ainda, não tenho a mínima idéia.

– Já falou com meu empresário?

– Não.

– A gente precisa saber se posso fazer sexy agora. Ele arranjou um grande contrato com uma agência de publicidade e eles não gostam de pernas de fora. Mas, arranja uma idéia boa, que topo!

– Já tenho uma, mais ou menos.

– O que é?

– Você de biquíni em frente ao monumento do Ibirapuera.

– Vai dar bolo.

– Melhor. Mais promoção.

– Acha que ainda preciso?

– Não! Mas sempre é bom.

– Bom pra quê? Eu quero ver o bom em dinheiro!

"Essa menina, pensou Bernardo, eu vi na quinta fila de bailarinas. Não sabia fazer nada. Era bonita. Isso era. É. Acho que a menina mais bonita que já vi em televisão e teatro. Ela sabia o nome de todos os jornalistas, tinha um sorriso bem prometedor para cada um. Mas ninguém conseguia nada. E faziam tudo por ela. Ainda fazem. Ela subiu muito e gosto dela por isso. Ter subido com a sua cabeça."

À noite foram ao cinema. Ele pegou a mão de Bebel. Depois colaram os rostos. Ela perguntou: "Por que você está tentando me beijar?" Ele ficou quieto, desconcertado. Quando as luzes se acenderam o olhar de Bernardo era de vontade.

6

A MÃO DE BEBEL escorrega pelo lençol. Sente as dobras. Toca a perna, a carne é macia, quente, lisa. A mão comprime-se contra a coxa. Pouco antes, ele estava aí, encostado, com sua pele branca e fria. Fria. Ela tinha tornado a pele de Marcelo fria como o corpo de um sapo. Bebel fez a mão subir, sentindo a quentura do próprio corpo. Puxou o lençol para cima da cabeça, ergueu os braços. Quando criança ela fazia assim: barraquinha com o lençol e o cobertor. O quarto escuro. Abria os olhos e não via nada. Estava protegida. Dentro do escuro do quarto ninguém se lembraria dela. Para nenhum mal. Estava sumida naquele escuro e Marcelo não podia deixar de gostar dela. Nessa noite dissera: "É a última vez." Ela não respondera nada. Não sabia explicar por que não sentia mais nada por ele. Colocou a mão junto à boca, respirou o hálito. Ruim. Um gosto amargo na boca. Havia um dente furado no fundo que, às vezes, doía. "Os dentes da frente são bonitos. Lindos. Ficaram lindos no cartaz do sabão, no cartaz do mar. Eu sou muito bonita." Ali, no escuro, debaixo do lençol, ninguém sabia disso, só ela. "Como a gente acorda mal de manhã." Um vento saiu de sua barriga. Ela abriu o lençol, deixou todo aquele cheiro passar, cobriu-se de novo." Que coisas a gente pode fazer quando está sozinha. O gosto na boca, o nariz entupido, contrações na barriga. Sem vontade de se levantar e caminhar ao banheiro. Estava bem ali debaixo da casinha. A pele de sapo de Marcelo. Os homens viravam bichos, babavam por cima, roncavam, gemiam, gritavam. Marcelo se tornara incansável. "Eu sou a culpada, porque ensinei, naquele tempo eu gostava. Ainda gosto, mas não pode ser muito tempo com o mesmo. A gente só é feliz no começo, quando está se descobrindo, entrando dentro do outro. Depois, morre. A gente sabe tudo e eles passam a existir sem mistério, é como se fossem coisas, um prendedor de roupa ou varal, que a gente usa quando precisa. A gente pode gostar e precisar das coisas, mas não pode amá-las. É muito difícil viver com os outros, é impossível ficar ao lado da mesma pessoa a vida inteira, não fomos feitos para isso, ou então a gente nascia como árvore, grudada no chão, contentando-se com o que tivesse à nossa volta." Marcelo, um sapo. Era engraçada a idéia. Quando acabava, Marcelo gritava e ela começava a rir. O quarto virava uma lagoa de lama e ela se sentia mergulhada na sujeira. "Como os homens fazem o mundo porco. Não preciso disso. Não quero fazer. Preciso e não quero. Me sinto mal depois. Eles gostam, eles querem, nos obrigam, e a gente não pode fazer mais nada senão isso. Ser enfiada, enfiada, até morrer com tanta coisa que nos põem dentro. Nojento. A coxa é minha, gosto dela, gosto de todo o meu corpo e não queria que ninguém o tocasse. Agora é tarde." A barriga roncou, ela percebeu a dor se instalando debaixo da pele. Não queria levantar-se e ir ao banheiro. Nem mover a cabeça. O gosto da boca subia do estômago. Ela estendeu a mão para o controle remoto, ligou a televisão, colocada no teto, à altura dos travesseiros. Ficou de olhos fechados e só abriu depois que a voz do apresentador chegou, bem nítida. Era um dos galãs mais populares de TV, vestido com smoking antigo:

"Senhores telespectadores. Antes de reprisarmos o estupendo show que nossa televisão promoveu domingo, no cine Piratininga, em comemoração ao aniversário de uma de nossas estrelas mais queridas, o ídolo incontestável do momento, queremos mostrar a reportagem do que foi aquela noite inesquecível de domingo. Mais de 3 mil pessoas lotaram o cine Piratininga, um dos maiores de São Paulo, para assistir ao programa de Bebel, que comemorava o seu 20º aniversário. Cenas de delírio se sucediam, e a gritaria da multidão era tão grande, que não se podiam ouvir as músicas, cantadas pelos ídolos da juventude. Dezenas de guardas-civis e investigadores estavam presentes. Centenas de rapazes e garotas, cuja idade variava, como sempre, entre os 15 e os 21 anos, além do grande número de adultos, em sua maioria homens de trinta para cima, levaram cartazes com fotos de Bebel e frases alusivas a seu aniversário. Dançando e cantando, a multidão gritava: "inha – inha – inha – Bebel é nossa Rainha." Como no cine Piratininga não há camarim, os artistas ficaram expostos ao público, que lhes atirava objetos e papéis. Diante disso, a polícia foi obrigada a formar um cordão. Em várias ocasiões, a autoridade teve que usar de energia, para impedir que os jovens se aproximassem de Bebel. As cenas de histerismo ocorriam particularmente fora do cinema, onde a multidão que não conseguiu ingresso para assistir ao show, fazia enorme algazarra e forçava o cordão policial, com intuito de penetrar na casa de espetáculos. Também cantores da bossa nova participaram do programa e foram aplaudidos. Quase ao final do programa a multidão conseguiu invadir o cinema e houve várias tentativas de jovens mais afoitos, no sentido de se aproximar de Bebel. Essas tentativas foram reprimidas com vigor pelos policiais, não se registrando, no entanto, fatos de maior gravidade.

Pouco antes das 18 horas, começaram a chegar carros, lotados de rapazes e garotas, levando faixas de despedidas a Bebel que, ao terminar o programa, rumou diretamente para o aeroporto de Congonhas, onde embarcou para Recife. Nessa capital, a jovem estrelinha vai participar de um programa de aniversário de grande emissora ao qual foram convidados astros e estrelas de todo o País. Seguida por um cortejo de automóveis, Bebel partiu para o aeroporto. Informados pela televisão, grupos de populares, postados nas calçadas das ruas do percurso, saudavam a artista. Trafegando em alta velocidade, a comitiva chegou em poucos minutos a Congonhas. Ali, também, houve muito corre-corre e cenas de delírio. Cercada por guardas da Polícia Marítima, a rainha foi levada a uma das salas da ala internacional do aeroporto, de onde saiu somente na hora de embarcar. A multidão, em determinado momento, forçou as portas que a separavam de Bebel, rebentando-as. A Polícia Marítima pediu mais reforços, sendo atendida por policiais da Guarda Civil, que conseguiram dominar a situação."

*

Ela arrotou e percebeu o cheiro de álcool. Não era mais uísque e sim uma mistura azeda. Marcelo disse que não voltaria mais. Não era verdade; viria ao primeiro chamado; ela conhecia. Gostava de ter as pessoas à disposição, sem estar comprometida. Tinha todas e não tinha nenhuma. "Assim evito esses pequenos sofrimentos que não servem pra nada. Acendeu o abajur, eram oito e meia. Ao mexer o corpo ouviu o barulho de papel esmagado; a cabeça doeu com o movimento, ela se imobilizou. Estendeu as mãos e agarrou um papel. Abriu os olhos. Bebel estava deitada sobre as cartas; centenas delas espalhadas pela cama, derramando-se pelo chão. Em um canto havia pacotes em pilha. As cartas de fãs que chegavam à televisão, todos os dias. Pedindo fotografias, pedindo em casamento, dizendo pornografias; querendo dinheiro; cartas eróticas de homens e de mulheres; cheias de insultos de mulheres. Papéis amarelos, cor-de-rosa, azul. Bernardo achava que ela precisava de uma equipe, com secretários, fotógrafos, maquiladores, e outros, porque não podia fazer nada sozinha, na base amadora, como estava sendo com todo mundo na televisão. Marcelo prometera ajudar a responder tudo aquilo. E fotografias não ia mandar, custava caro e a direção da televisão tinha dito a ela que se arrumasse, não iam gastar para a projeção pessoal dela. Fazia um mês que Marcelo prometera e sempre que vinha terminava na cama, da última vez tinham passado dois dias na cama, ele só descera para buscar sanduíches e suco de laranja. Tinham lido todas as cartas e rido muito. Marcelo apanhava as que declaravam amor, as que traziam poesia, e se colocava nela lendo os trechos, enquanto entrava e saía. Tinha sido divertido e por isso gostava de Marcelo, cheio de humor e muito homem, mas agora estava cansando e era obrigada a mandá-lo embora. "Acho que gosto dele. Saio com Bernardo, mas gosto de Marcelo e então tenho que afastá-lo, pra não atrapalhar. Nem eu nem ele podemos. Agora se meteu em política e quantas vezes telefona dizendo que não pode sair, por causa de uma reunião num sindicato, ou com os estudantes. Entrou também para uma organização de nome muito engraçado, plop-plop pop, op, sei lá como é, vive saindo de madrugada pra falar em porta de fábrica. E o pior é que sempre de madrugada é que era melhor, a gente estava com o corpo quente, bem engrenado ele parava e ia embora, eu ficava com a impressão das coisas pela metade e odiava Marcelo."

A barriga roncou de novo, e a dor deu um puxão nos músculos. Correu ao banheiro. Achou o vaso no cesto de roupas. Desde criança não usava aquilo. Tinha sido presente de gozação, pintado com rosas azuis. Levou para o quarto. Colocou na beira da cama, de modo que nele pudesse encostar-se, sentou-se e continuou vendo o programa. Os rostos dos fãs resplandecentes. Garotos gritavam, batiam palmas, pés no chão, subiam nas cadeiras, crispavam as mãos, jogavam flores ao palco, fotógrafos se acotovelavam e se empurravam, os flashes estouravam seguidamente, provocando um clarão quase contínuo que não deixava ver nada do que se passava. As cruzetas dos cinegrafistas, acesas, iluminavam Bebel a dançar debaixo da gritaria que tomava o enorme cinema. A dor na barriga desaparecia, aos poucos, ela continuou sentada. "Aquela noite eu não podia ver nada; nem sentir; não enxergava, não pensava, nem sei como consegui dançar e falar." Ela deixava o palco, vinha um cantor, um humorista, o público vaiava, mandava sair e pedia a volta de Bebel. Ela retornava com um vestido de odalisca, uma fantasia para tarantela, uma saia justa de apache. Para dizer os textos entre uma e outra dança, Bebel surgia com uma calça de lamê branco brilhante, colada ao corpo. Ela erguia as mãos e a sala ficava quieta um segundo. Dizia uma frase e o cinema vinha abaixo; não esperavam ela completar a piada, ou o monólogo; ninguém ouvia nada. A técnica cortou, entrou o comercial. Bebel apertou a barriga com as mãos, sentiu, ainda, uma contração ligeira, ficou sentada, envolvida no cheiro. O show voltou, mas era a parte gravada no estúdio, com todo cuidado de iluminação, com ensaios, cortes, paradas e câmeras colocadas. Ela se viu, os grandes closes, os seus olhos tomando a tela. "Esse programa tem 70 por cento de audiência, é o máximo; em todas as casas, agora, estão me olhando; pensando em mim; isto é uma coisa boa de se pensar." Levara dois dias para gravar o show de meia hora. "Você não pode fazer muitos shows ao vivo, dissera o diretor artístico, é melhor gravar tudo antes. Pensando bem, por que é que você não se entrega a uma agência de publicidade? Eles fariam tudo. Na base de porcentagem. Aproveita, agora, menina, e segura o que tem na mão. Uma agência vai trabalhar com base em pesquisas e consultas, vai contratar gente para escrever textos, para bolar coreografias só para você. Fica nas mãos deles, não pensa em mais nada. Vai ganhar os tubos e não se queixa. Assim como vai indo, dominada por esta gentalha aqui de dentro, vai ser fogo!"

– Mas, eles vão é me explorar! Ficar com meu dinheiro. Não suporto gente mandando em mim! Ninguém mais manda em mim. Eu sei o que devo fazer. Conheço o meu público. Por que vou dar dinheiro à Agência? E que Agência? Tudo picaretagem. Não, ninguém vai me explorar, que não sou tonta!

– Não é tonta, mas burra. De fazer dó. Quanto tempo pensa que o público vai te agüentar? Três shows semanais, apresentação em teatros, sua cara em tudo que é cartaz de publicidade. Cansa. Além desse rosto, desses olhos e dessas pernas, você precisa provar alguma coisa. E não é dizendo esses textos imbecis, que os humoristas fazem, que você vai se agüentar.

"Ficam em cima da gente e querem tirar tudo. Se puderem, deixam a gente de calcinhas. Ou até sem." Na televisão, tinham voltado para o final do show, com o público tentando invadir o palco, enquanto a polícia baixava batendo para todo o lado.

Funcionários do cinema levavam flores e mais flores, enchiam o palco. Bebel surgiu num grande close, inteira, sorridente. "Ninguém vai poder me negar esse momento; ele existiu; essa imagem é a prova de que sou bonita e desejada; eu queria explicar isso a Bernardo, outro dia: vou ficando, já sou imortal. Vai chegar o dia em que não vou existir mais e, no entanto, haverá um monte de instantes meus, vivos. A máquina, a luz, a objetiva me fazem viva para sempre."

Ela acordara com Marcelo de cuecas correndo em frente à cama; depois começou a saltitar, fez flexões, levando os dedos à ponta dos pés; estendeu-se no chão e levou o pé, com a perna esticada, acima da cabeça; correu ao banheiro e tomou uma ducha; voltou, vestiu a roupa. Não olhou Bebel; antes de sair, observou a fotografia do mar; arrancou-a e se foi. Ela vê a marca na parede, onde estava a foto; era a sua melhor, a de que mais gostava. Uma foto que saíra numa revista alemã. Ela de costas, o rosto de perfil, somente de calcinhas, entrando no mar; caminhando para uma onda altíssima com uma crista branca, espumante. Tivera muito medo aquele dia, imaginara que a onda ia despedaçá-la. Tinha sempre essa sensação em tudo que ia fazer. Ela fora ao seu encontro e se apavorara ao pisar na água, pois o centro da onda era uma escura massa de água. Mas, quando chegara perto, na hora de furar, Bebel ficara tranqüila e mergulhara de cabeça naquele centro negro. Foi envolvida por uma corrente que a puxava de todos os lados e a empurrava, debateu-se, porém já sem susto, porque sentia-se rodeada por alguma coisa que a amparava; a água parecia aderir à sua pele mansamente; aquele escuro desapareceu rápido e ela se viu ao sol, dentro do mar, e nova onda surgia e vinha rugindo. Bebel encontrou-se no ponto negro, outra vez ansiosa por mergulhar. E se libertar do claro que lhe fazia mal. O fotógrafo lhe dera a cópia e Bebel tinha colocado na parede, diante da cama, de modo que, ao acordar, a primeira coisa que via era ela mesma, diante da onda. Para qualquer lado que se voltasse, no quarto, ela via suas fotos que estavam espalhadas; duas pregadas ao teto e uma em cada parede. Moveu-se na cama, empurrou as cartas para fora. Do lado do abajur, no chão, estavam as outras fotos. Todas as noites, espalhava-se em volta da cama. Bebel cercada por ela mesma; tinha a impressão de que se encontrava abrigada. Houve tempo em que, ao ter medo, corria para o depósito de ferro. Mergulhada na ferrugem, no meio daquela cor marrom, olhada por um velho que não fazia mal, não podia mais fazer mal como todas as coisas velhas e inúteis. Bebel penetrava no mundo bom, onde nenhuma outra pessoa tinha acesso. Não podiam tocá-la, ou obrigá-la. Nunca mais voltara ao ferro velho, tinha medo dele não existir, medo do velho ter se dissolvido e então ser tomada pelo desamparo. O medo vinha, a perseguição obscura começava, corria em sua pele, escorregando por dentro das veias, brotando nos poros, instalando-se em cada fio de cabelo, e nos cabelos dos braços e pernas, ela toda recoberta pelo temor, envolvida nele, como um sofá aberto por um lençol, numa casa vazia e fechada. E corria, as pernas sem se moverem, como nos sonhos em que ficava paralisada e o touro a atacava. Os pensamentos giravam e a colocavam no centro do ferro velho, respirando o cheiro de metal a se decompor com lentidão de eternidade, corroído por aquela penugem marrom que ficava nos dedos. Abriu o chuveiro, experimentou a água, esperou, provou de novo, olhou a chave. Marcelo desligava, porque gostava de banho frio. Ligou o quente, ficou debaixo da água, sem ensaboar, os braços soltos, a água quente e os músculos relaxando, a moleza chegando.

A cortina de plástico se abriu, o rosto branco surgiu. "Está ficando enrugado e flácido. Cada vez mais velho o elefantinho." Deixara de odiar o produtor. Ele passara a existir como as pedras, a sombra, o vidro. O produtor não se julgava mais com os direitos. Agora pagava por cada vez. Não em notas uma sobre a outra. Mas transferindo o apartamento para o seu nome e prometendo o carro. Ela queria o carro, pois de todas as garotas da televisão era a única que ainda não tinha. Duas vezes ele dera o dinheiro para a entrada; ela gastara. Os olhos do produtor desciam e se fixavam nas pernas; ela conhecia a vontade dele por suas pernas de bailarina. Ele passava horas a acariciá-la, a beijá-la, vendo os músculos, gostando quando Bebel voltava da praia e estava queimada. "E também como é terrível não saber nada de uma pessoa, passar dois anos ao lado dela e não conhecer absolutamente nada, acostumar-se e não se importar. A gente fica numa tensão estranha, sem saber as ações e reações, perdida num mar de tentativas e idéias e imaginando como ser, ou como ela vai ser."

– Vim te buscar.

– Pra quê?

– Tem uma festa, quero que você vá comigo. Bem bonita.

– Vai me exibir? Como sua boneca, não?

– Na verdade, você é. Não é? Uma vez já falamos sobre isso e ficou tudo muito claro.

– E se eu não quiser ir?

– Vai! Você vai, minha cara! O negócio te interessa.

– Uma festa? Por que há de interessar?

– Vou te levar, porque quem recebe são os patrocinadores de uma telenovela. Vão lançar uma com tremenda publicidade. Você está com tudo para pegar o papel.

– Não sou atriz. Não dá certo.

– Se você quiser, vira atriz.

– No primeiro teste, caio fora.

– Se eu traçar bem, você é a principal. Sem teste. Basta me ajudar.

– Qual é a tua jogada?

– Jogada? Em relação a você?

– Não. A você mesmo. O que você leva?

– Não levo nada, ora essa! Quero te ajudar.

– Desde quando?

– Você é fogo, não? Vive desconfiada!

– Com você ando de pé atrás.

– Comigo só, não. Com todo mundo. Não tenho jogada pra mim.

– Virou bonzinho? De uma hora pra outra?

– Vem cá, Bebel. Vê se me ouve! Tira essa calça comprida, põe um vestido preto. Nós vamos a essa festa. É uma chance enorme, meu amor! Vai, veste logo.

– Não vou a festa nenhuma! Quero sossego. Não quero ver ninguém da televisão, nem lugar nenhum. Não quero encontro com nenhum patrocinador! Tua jogada eu conheço, velho safado. Aqui, pra você!

Ela percebeu o arroto subindo, a boca ficou azeda. Bebel teve uma ânsia. Era assim nos encontros com o produtor; aumentava quando ele decidia dormir no apartamento e Bebel o viu nu, cheio de pelancas, esforçando-se por chegar a homem, um esforço inútil a maior parte. Ele suplicava, para que ela fizesse outras coisas, que devia saber; ela se recusava e ia dormir no sofá, ou mesmo no tapete. Só uma coisa lhe agradava: é que com ele, as conversas nunca tinham disfarces. Nem havia intenções veladas, era tudo às claras, antecipava-se que pontos ele ia atacar e o que pretendia não era dissimulado. Cada vez que se encontravam Bebel sabia como iam falar, sem fingimentos; ela acreditava; era o único que não colocava a máscara e abria o jogo.

– Não vou! Não adianta falar mais!

– Vai se arrepender. Essa novela vai ser sucesso!

– Já tenho sucesso.

– Você se garantia.

– Eu quero fazer um filme. Um grande filme. Musical colorido. Me arruma isso e pede tudo.

– O filme vem com o tempo. Aceita a novela! Faz por mim. Será que apesar de tudo, não valho? Afinal, você chegou onde está, por quê?

– Por causa deste corpo! Desta cara! Porque sei dançar. Tá bom? Porque programa em que apareço tem 80 por cento de audiência. Porque está assim de gente querendo patrocinar show meu!

– Agora? Mas, antes?

– Antes não interessa. Já te paguei. Paguei nessa cama trezentas vezes!

– Você é mesquinha. É pé de chinelo. É puta. Isso o que você é. Tem alma de puta. O que pensa que vai ser na vida?

– Se derem sopa, vou ser Brigitte!

– Como?

– Indo embora daqui. O que você pensa que faço com todo dinheiro que ganho? Dólar, meu velho. Está tudo transformado em dólar. Daqui a pouco me mando! Lá fora, vou ser mais eu! Você vai ver.

– Vamos à festa! Pela última vez. Estou te implorando. Vou te dizer. Os patrocinadores querem te conhecer. Disse que eu te levava. Deles depende eu manter uma série de programas. Se mantenho, continuo diretor artístico. Continuando, você será sempre a primeira.

– Ah? Se abriu, hein? Agora sim. Gostei de ver. Devia ter falado desde o começo.

– Então vai?

– Quem disse?

– Estou perguntando. Vai?

– Não!

O produtor apertou seus olhinhos pequenos. Era um olhar turvo, de ódio. Ela pensou que ele ia se arrebentar como granada estilhaçando e destruindo tudo em volta. Bebel se afastou.

– Não vem me dizer: "eu te mato" que te jogo o pinico na cabeça.

Ela se encostara à parede, no corredor, carpetado em azul. O produtor passou à sua frente, quase correndo, em direção à porta.

– Não bate a porta, que isto é filme mexicano.

*

Ele deixou a porta aberta, ficou andando para lá e para cá, até que o elevador chegou. Bebel voltou ao quarto, abriu a janela, estava garoando forte. Havia noites em que vinha pelo ar um cheiro de lírio, que pairava sobre a cidade, acima dos milhões de cheiros que se misturavam. Bebel ficou à janela, e na rua passava gente com guarda-chuva aberto. Cuspiu em cima deles, fechou a janela e a cortina. Deitou-se, apertou o botão de controle remoto, o aparelho instalado no forro se abriu numa luz azulada. Surgiu um programa cômico. Um tipo gordinho, de óculos, gozava os calouros, jogava verduras sobre o público. Uns contra os outros, rolavam no chão. Duas garotas em maiô, meias de malha rendadas nas coxas, sorriam bobamente. Bebel ficou olhando para elas, desajeitadas, os braços sobrando, aparecendo somente ao fundo porque a vedete era o animador. Uma delas era mais esperta e procurava se colocar no campo da objetiva. Conseguiu um close. Seu rosto era ansioso. Bebel sentiu-se mal, como se um saca-rolha estivesse penetrando dentro de sua cabeça. Desligou. "Não vai levar a nada, isso tudo! A nada, nada! Só uma coisa tem gosto ainda. Está lá embaixo no meio das pernas e por mais que eu não queira, só aquilo é verdade! É um momento e é o único. Exige a gente inteirinha. Transforma. Tem gosto de presente. Naquele instante, só existe o presente! Nem passado nem futuro."

Desceu, ficou à porta da rua, esperando Marcelo. Tinha dito às dez e meia. A garoa terminou. O céu tinha se limpado. O cheiro do lírio continuava. Quem passou, num táxi, foi Bernardo, acompanhado de uma loira magra, de olhos muito claros. Ele apresentou, a loira fumava e cumprimentou Bebel friamente, com um alô de fita americana. "Essa então é a manequim? Por causa dela é que ficou estranho, meio feliz e meio amargurado."

– É só a você que posso contar, a mais ninguém. Eles iam me gozar. Você não. Engraçado. Eu vir logo aqui. Não sei, não sei o que fazer. Nunca soube. Ou vai ver que teve um dia que eu soube. Ando na maior confusão.

Bernardo chegara no fim da tarde, um mês atrás. Quando ela abrira a porta dera com ele, o rosto congestionado. Era a primeira vez que via o rosto de Bernardo tomar expressão a favor ou contra alguma coisa. Ele entrou correndo e quando chegou ao corredor, parou, sem saber aonde ir. Bebel levou-o ao quarto, enfiou-se dentro dos lençóis. Bernardo deitou-se ao seu lado. Ela esperou, ia demorar, mas uma hora ele falava; tinha medo de se abrir, dizia que, mais tarde, o que ele tinha dito seria usado contra. "Contra o quê?" Ele respondeu: "Não sei. Contra mim." E ficara nisso.

– Conta o drama. O que ela te fez?

– Não fez nada. Nem sei se fez. É a vida que a gente leva.

– Então o que acontece? Não compreendi o drama. E que merda! Todo mundo faz tragédia!

– Vim aqui para você me ajudar, não pra ouvir sermão.

– Bernardo, sempre gostei de você por causa dessa frieza, da cara gozadora e cínica. Porque nada te abala e você ri do mundo. Agora vem com dramalhão.

– É...

– Sabe o que é? Já apodreceu o que havia entre você e essa garota. Foi fixação e agora acabou. Acontece comigo. Mais rápido. Cada quatro meses acontece. Nem ligo mais. Agora vou passando!

– Eu queria ficar com ela. Queria conservar alguma coisa no mundo. Pra provar que posso. Ela gosta de mim. Gozado, não? Eu sei que ela gosta muito. É o que está em volta que arrebenta tudo. O mundo está se arrebentando, Bebel. Olho em volta e não sei o que acontece. Tudo corre muito rápido, todos os dias se fala em revolução, o ambiente é terrível, envolve a gente, todo mundo eufórico. Ela tem medo do meu trabalho, tem pavor de política, entrou na onda, anticomunismo, marchas pela família, vai rezar terços na catedral. Sabe o que é curioso? É que esta participação nada tem a ver com ela, em si. Brigamos todos os dias. Ela detesta o jornal, vive apavorada com as notícias, diz que tudo está perdido, eu inclusive. Pensa bem! Sabe até por que a gente briga? Por causa da greve! Greve! Dos outros. Ela odeia o presidente, odeia o governo. E reza. Cada noite, em casa, reza. Sabe de onde ela vem? Das boates. Dos jantares. Às vezes, chega meio tocada e reza pra Deus extirpar o comunismo. Isso me encheu tanto uma noite, eu tinha trabalhado o dia inteiro, não conseguia falar com ela pelo telefone, cheguei na sua casa, ela tinha saído. Aí, quando voltou e começou a rezar, bati nela. Bati e nunca pensei que fosse capaz. Ela me odiou aquele dia e então vi que tudo estava estraçalhado e não tinha mais jeito. Quando está assim, é melhor a gente se separar. E não conseguimos. Começamos, tentamos, paramos no meio, sem mesmo falar a palavra. É que foi bom. Bom demais. Enquanto a gente se entendia, havia em nós uma força muito grande que ninguém conseguiu destruir.

– Sabe o que estou pensando? Se alguém gostasse de mim, como você gosta dela, eu ia fazer com que o homem fosse feliz. Juro que ia. Eu queria me apaixonar de verdade e ir até lá o fim. Até o fim! É o que não acontece com você, Bernardo. Vai até o fim, se gosta dela.

– Bonito de se dizer! Vai fazer, pra ver o que dá! Não adianta, Bebel. Tudo nasce pra ser arrebentado. E nada pode salvar a gente. Por um segundo bom se paga dois minutos de dor e sofrimento. Não quero pagar, porque é injusto.

– O que você quer?

– Quem é que sabe?

– Olha, não sou inteligente. Não tanto quanto você ou Marcelo. Eu faço o que sinto! Estou sentindo uma coisa falsa dentro de você. Não sei se é o amor por essa moça, se é esse novo livro que você escreve, não sei se é as coisas que você me diz.

– Não fica chutando, vai!

– Não é chute não. É um mal-estar que me deu de repente, falando contigo. Sabe? Um arrepio de frio. Foi isso. Tem uma mentira dentro de você e eu queria saber o que é. No fundo, você é igual aos outros, Bernardo. Só que finge. Finge nesse jornal, finge nas conversas, finge nos problemas. Fala de política, e é mentira. Marcelo sim. Nesse acredito! Ele vive para aquilo que pensa. Está louco e se mete em tudo que é grupo e partido. Passa fome, dorme pouco, não liga a nada. E você? Eu te vejo. Você é um cara que se aproveita. No fundo, quer fazer dinheiro, ter tudo. Não é isso?

Bernardo começou a rir, com a cara enfiada no travesseiro. Era riso de nervosismo e raiva. Ela conhecia a raiva dele. Esperou passar. Ele mostrou o rosto e a raiva estava misturada com o riso cínico.

– Você é uma boba. Fica andando com Marcelo, ele diz coisa e você acha lindo. Você não tem cabeça pra pensar o que disse, Bebel. Eu te conheço e sei que não tem. O seu melhor, você sabe onde está! Tem razão numa coisa. Quero dinheiro. Sabe pra quê? A ânsia que tenho de dinheiro é pra comprar o amor. Pois é comprando que a gente tem. Se eu tiver dinheiro, tenho casa, roupa, automóvel e comida. E segurança. Não é o que as mulheres querem? Segurança e um cara direitinho, que não faça loucuras e compre tudo que elas queiram. Antigamente eu não queria nada disso. Acreditava que gostar da mulher chegava, o resto a gente ia construindo com felicidade ou dificuldade. Os dois. Entendeu? Os dois juntos. Mas nunca foi assim. Andei atrasado. Um romântico. Um bobo romântico. A gente vive a vida inteira dentro da mais formidável mentira e não é possível fugir dela. Nem quero mais fugir.

– Que lindo discurso! Agora vejo. Sou uma burra como você diz. E vejo. Como você gosta de você mesmo. E tem mais. Amando a você mesmo, como você ama, se apaixonar por alguém é espetacular.

Meio infeliz, meio satisfeito. Bernardo encolhido no canto do carro, a manequim fumando um cigarro de cheiro suave. Ela olhava para a frente, não se virou para Bebel. Vestia um chanel e tinha o cabelo arrumado. Uma figura que nada tinha a ver com Bernardo, com aquele táxi. De repente Bernardo apareceu com aquela mulher. Era bonita demais.

– Vamos passar no Ibirapuera, para apanhar Marcelo. O jogo deve estar terminando.

Bernardo pegou as mãos da manequim, ela se encolheu imperceptivelmente no banco.

– Me deixa, antes, no restaurante, disse ela.

– Não vai com a gente?

– Não. Tenho esse jantar.

– Precisa ir?

– Preciso. É o representante da Chanel que vem tratar de desfiles para a Feira. Você sabe que tenho.

– Não, não sabia, você não me diz mais nada.

– Então estou dizendo. Tenho de ir a esse jantar.

Ela se afasta, pede ao motorista para passar no Arouche. Bebel sente vontade de cuspir naquele vestido, naquele cabelo. Por que Bernardo agüenta? Que coisa triste o olhar dessa mulher, pensou Bebel. "Não é só triste, é olhar de mulher sozinha. Quem sabe não é Bernardo o culpado. Ele é tão estranho, se abre pouco, é difícil ter uma relação normal com ele. Ora! Por que fico pensando isto? O que me interessa o problema deles?"

– Você não quer me buscar depois? pediu a manequim.

– Que hora?

– Uma. Uma e meia.

– Vou ver. Talvez passe!

– Talvez? Diz logo, assim não fico esperando.

– E se nosso programa atrapalhar?

– Se você quiser, vem me buscar!

– Acho que venho.

O carro parou diante do La Casserole. Através dos vidros, via-se muita gente, um grupo de moças bonitas, de cabelos altos, uma agitação. Ela desceu. Beijou Bernardo de leve, na boca. Bebel viu-a contra a luz e seu rosto tinha alguma coisa de irreal, muito branco, os traços dos olhos e da boca fortemente ressaltados.

– Faz força pra me buscar. Faz?

– Faço.

– Mesmo?

Ela ficou parada na calçada. Pouco tempo. Olhando o carro que fazia a curva.

– Você é louco. Ou bobo. Trata assim a menina e depois vai em casa chorar as pitangas. Aqui! Que te recebo de novo.

– Acabou, Bebel. Acabou de uma vez. A gente fica só tentando se machucar menos. Daqui pra frente é a descida. E não nos seguramos mais. Lá embaixo está uma parede e vamos nos estourar contra ela.

– E essa bobagem que disse no fim? Você falou em pecado! Baixinho! Ora!

– Eu falei? Então nem percebi. E se falei, ela me entende! Sabe bem. Eu sei onde apanhá-la de jeito. Um dia te conto.

– Ela me parece boa. Um pouco sofisticada, mas boa. Tem uma certa pureza no jeito. Pode ser que me engane, mas as que têm cara de pura são as piores. Conheço cada uma.

– Teu meio não tem nada que ver com o dela. Com o de ninguém. Vivemos num mundo à parte, Bebel.

– O mundo dela não é melhor que o meu. Pode ser bem pior. Muito! Deixa de ser bobo! Bernardo! Está tudo podre. Se você reunir tudo, o meu mundo, o seu, o dela, o de minha mãe, o da rua, vai ver que sobra um monte de carniça. Precisa alguém jogar creolina e desinfetar o mundo inteiro, meu amor!

O urro dominou tudo. Depois vieram as palmas. Terminaram e recomeçaram ritmadas. E novo urro. Eles esperaram um pouco diante do portão no Ginásio do Ibirapuera. Havia pipoqueiros, vendedores de amendoim, algodão doce, drops e chocolates. Ouviram-se palmas prolongadas. Depois tudo ficou quieto e o povo começou a sair. Bebel terminou um pacote de pipocas, pôs o sal nas mãos, lambeu. A maioria tinha saído, eram moços e moças que iam para os carros e pontos de ônibus. Bernardo e Bebel entraram por uma porta. A quadra estava vazia, um funcionário retirava as redes das traves brancas.

– Desde quando Marcelo joga futebol?

– Sei lá. No interior jogava muito. Parou depois que veio pra cá. Nas últimas semanas recomeçou.

– Será que ele vai embora mesmo? Hoje me garantiu!

– Sei lá. Já disse tantas vezes que ia! Só esperando.

Marcelo subiu as escadas do vestiário, saiu na quadra, um monte de meninas veio abraçá-lo. Uma loirinha se aproximava. Um gordo parou, largou um tapa estalado nas suas costas: "Legal, chapa! Segurou o time, você. E aquela última bola? Na gaveta, bem colocada em cima. Que vôo, meu chapa! Gostei. Toque aqui! Você merece a seleção paulista!"

A loirinha atravessando no meio dos que se amontoavam em torno de Marcelo. Ele empurrou Bebel para a saída. O corpo contente, impaciente.

– Cadê Helena?

– Que Helena?

– Helena Ignes. Ela veio ver o jogo, ficou de me encontrar no final.

A loirinha chegou, tinha sorriso de animalzinho ferido.

– Essa é Helena. Todo mundo conhece. Ao menos de filme, não?

– É bom porque ela está de carro.

Um Volks com teto solar e Marcelo abriu o teto. Helena não sabia o caminho, morava no Rio, tinha vindo a São Paulo para ver uma peça que Múcio devia dirigir.

– Múcio? Ele também me convidou para uma peça. Não sei se aceito, disse Bebel.

– Aceita sim. Ele é bom. Vale a pena, a gente aprende.

– Não tenho tempo.

– Devia arranjar. Por que não vem comigo? Amanhã passo lá!

– Não tenho muita vontade. É chato teatro. Não vai ninguém. A gente não fica conhecida por causa de teatro.

– Como não? Não tem tanta atriz famosa, só por fazer teatro?

– Depois de vinte anos! O que interessa?

– Se é o caso de aparecer, você já aparece bastante. É a pessoa que mais aparece nos últimos tempos. O Rio está povoado com seu rosto, suas pernas, suas mãos. Fiz uma temporada no Recife. Só dava Bebel. E na Bahia, então?

O teto aberto, a noite fresca, pela abertura viam-se os prédios, árvores, postes, o céu leitoso. Bernardo fitava Marcelo e em sua boca havia um trejeito de dor e de inveja. E também Bernardo via Marcelo exuberante, vivo, alegre, o rosto e o corpo explodindo de satisfação, e ainda o riso de Helena Ignes, misturado de contentamento e dor. "Uma dor que se tem aos vinte anos e a gente não sabe por que; essa dor de enfrentar o mundo que nos recusa."

O riso de Helena, foi como naquela tarde em que o caminhão de vidros se espatifou de encontro ao outro. Ele vinha do Pacaembu, terminado o jogo, no meio da multidão que subia devagar as ladeiras da Angélica e Paulista. E viu, o caminhão enorme, transportando vidros. Peças imensas de vidros grossos, de dois metros de altura, coladas umas às outras, repousando num cavalete, na carroceria. O caminhão desceu a ladeira, desgovernado, o pessoal se esparramou. O choque contra um muro de pedras. O caminhão estava contra o sol e Bernardo viu a massa de vidro estilhaçada subir ao ar e se desfazer em pó e em milhões de cacos. E cada caco refletia e reproduzia o sol, e houve um clarão gigantesco. Um segundo apenas e o vidro se espalhava pelo chão, com um ruído infernal e harmonioso. E junto do barulho chegaram os gritos da multidão e o ronco do motor. E na porta do caminhão havia sangue. Era igual, agora, olhando Helena Ignes sorrir. Toda a alegria do vidro no ar, ao sol, e a tristeza da morte e do sangue.

"Eu pensava em tomar um fogo", disse Marcelo. "Mas nem preciso, porque já estou de pileque. Eu vou embora! Sabiam disso? Vou me embora desta merda! Chega! Não sei pra onde. Vou me mandar. E pra bem longe. Hoje ganhei coragem, não sou cagão como vocês que preferem ficar loucos aqui dentro. Amanhã cedo embarco. Enfio vinte notas na mão do bilheteiro e peço a cidade mais longe que tiver de São Paulo. Depois, pego o trem, desço e vou em frente, a pé, de carroça. Ciau, cidade filha da puta! Ciau! Não quero mais te ver!"

Colocara o corpo pela abertura do teto e cuspia na rua. Cuspia também palavrões e acenava para os que andavam nas calçadas, os que estavam parados nas ilhas. Bebel observara e era de admiração o seu olhar. E de ânsia. "Marcelo é lindo. Lindo! A juventude dele estoura em cada minuto e explode na cara. Ele flutua no ar. É forte e corajoso. Muito bacaninha. Eu queria passar a mão em seu corpo. Em cada pedacinho dele. Ele deve ser firme. A carne dura. Não é aquele velho mole e horrível!" Ficou triste ao pensar no produtor. Levou as mãos às pernas de Marcelo e acariciou. Quando criança muito pequena ainda, a mãe, na igreja, a fizera ajoelhar-se diante do altar. A única vez que a mãe foi à igreja. Ela vira as imagens dos santos e tocara numa delas, um São Sebastião, todo espetado de flechas. O santo era duro e maciço. Ela tivera uma impressão agradável ao tocar naquele santo nu; tinham tentado fazer nele uma cara de dor, mas ela não sentia dor no rosto ensangüentado do santo. Era uma espécie de prazer; ela passou a mão de novo e olhou o santo. Estava sorrindo e Bebel sorriu também. Prometeu que viria sempre passar a mão na perna do santo; a mãe achou que ela era devota de São Sebastião e prometeu-lhe dar um quadrinho que nunca comprou. Bebel não voltou à igreja.

Atrás de Marcelo, pelo teto solar, via os prédios e o céu; ele já estava desligado da cidade.

– Sabe que dia é hoje, pra mim? Hoje é a lei do ventre livre! Amanhã estarei parido deste ventre grávido. Daqui a dois dias estarei trabalhando como lavrador. Dando duro na terra e plantando milho e abóbora. E muito feliz! Esta cidade é uma doença. Está todo mundo contaminado. Menos eu. Sarei. Estou curado. Daqui uma semana não preciso mais de bolas. Acabou o dexamil, o pervitin, as ressacas.

Bebel começou a chorar e Helena Ignes olhou espantada. Ela soluçava alto, punha a mão na boca, mordia e continuava soluçando, chorava seco, sentada no fundo do carro. O cheiro de flores invadiu o carro, quando passaram pelo Mercado de Flores no Arouche. Em cima da grande barraca, havia um painel. Uma garota sorria publicitariamente e dizia: NINGUÉM É MAIS FELIZ DO QUE EU COM O NOVO AERO-WILLYS. Era Bebel. Marcelo ficou, outra vez, com meio corpo para fora e escutava os soluços de Bebel. Helena queria consolar e não sabia dizer nada.

Diante do prédio, havia aglomeração. Eles desceram. Bebel tinha parado o choro seco e sem lágrimas. Um sujeito se aproximou de Marcelo.

– O porteiro não quer abrir a porta. Disse que lá em cima tem muita gente e muito barulho. Quer ver se tira o pessoal de lá. Ficamos batendo na porta, ele apareceu com um revólver.

– Eu vou embora, disse Helena Ignes. – Já sei o que vai ser! Não agüento mais essas festas. Vocês ficam?

– Fico, disse Bebel.

– Eu também, disse Bernardo, não tenho o que fazer. A menos que você tenha programa melhor.

– Que mania tem de programa. Puxa!

– Eu gostava de conversar com você, disse Bebel. Achei você bacaninha, podia me contar e ensinar uma porção de coisas. Tenho uma vontade enorme de fazer um filme.

– Por que a gente não procura outro lugar? Olha isso aí, parece comício. O dono da festa deve ser muito popular.

– É mesmo! Renatão é popular e louco. Festa dele não tem nada de diferente. Não tem nem bebida. Quem quiser que leve. Comida também. Mas o apartamento é gostoso. Renatão é divertido e o pessoal inventa as maiores, disse Marcelo. Único cara em São Paulo que caga pra tudo. Esse caga mesmo e vive a vida dele.

– Não fico nessa, disse Helena.

Partiu e Marcelo ficou olhando.

– Gosto dessa menina. Nela eu gamava fácil!

Bernardo foi sentar-se na calçada. Era uma rua estreita e escura, cheia de prédios antigos. Um ano atrás a rua era meretrício, mas a polícia deu em cima. Ele se lembra de ter passado muitas vezes, procurando mulher, em noite de sábado. Ainda nos tempos de pensão. "Gostava de andar aqui de dia, pra olhar as caras das mulheres, à luz do sol, porque à luz do sol elas nada podiam esconder. Nem queriam. De dia, elas ficavam atrás das portas por causa da polícia, apenas. Algumas iam para a calçada e se misturavam ao povo que circulava. A gente sabia, todo mundo sabia: elas eram putas. E não dissimulavam, não pretendiam se esconder. Reforçavam ainda mais, conscientes disso. Pra que não se identificassem com o povo; pra que não se tornassem parte também dos que pareciam e não eram gente, mas sim bichos rastejantes, humilhados, abatidos pela vida diária que enfrentavam sem alegria e vontade."

Os que estavam em frente ao prédio tinham se reunido no meio da rua e gritavam para que Renatão descesse. O zelador saiu à porta, com o revólver na mão: "Cambada! Pleiboizada! Acabo já com essa alegria. Lá vai tiro! Olha o tiro nas pernas! Chamei a Rádio Patrulha pra vocês, cafajestes." Vaiaram o velho, assobiaram. "Enfia esse revólver no rabo, velho brocha!" Avançaram e o zelador correu, trancou a porta.

– Vamos embora, disse Bernardo.

– Eu fico, tenho que entrar nessa festa. Bebel também fica. Se você quiser, vai sozinho. Isso acaba na maior suruba!

– Esse velho não vai abrir a porta, nem hoje, nem nunca.

O grupo chamou, outra vez, Renatão. Em duas janelas havia gente olhando para baixo e acenando.

Bernardo largou Bebel e Marcelo, saiu: "Talvez ela esteja no restaurante." Foi para o Arouche. Ninguém no La Casserole. Ficou olhando os garçons que desarrumavam as mesas. Lá estava o lugar onde ela tinha se sentado. Precisava se libertar disso. Dela e de tudo o mais. "Pensar no livro. É a única coisa em que devo me fixar. Não me dividir, como estou fazendo." Ficou parado, à porta de um bar, vendo negros beber pinga, e um branco de costeleta grande chamando todo mundo para a briga. A luz do bar era amarela; as prateleiras, de madeira, com teias de aranha, no alto; as garrafas, uma camada gordurosa, onde o pó e a fumaça tinham aderido. "Também dentro de mim se forma uma camada; estou me defendendo. Eu me protejo contra o amor e ódio, raiva e humilhação, olho em torno e não há onde se agarrar. Eu me sinto no meio de uma piscina de água azul e mansa; súbito me dá cãibra e vou ao fundo no meio de toda aquela beleza, sem ter a quem apelar, porque a piscina está vazia, ou quem está em volta não ouve, não pode ouvir, o grito que devia não sai de minha boca. A cãibra ainda não veio, estou nessa piscina, e a água é parada, estou boiando; boiei a vida inteira. "Eu acho que é mentira."

– O que é mentira?

– O que você escreve no jornal. O que você defende lá. Por que é que escreve tudo aquilo? Não é verdade, Bernardo. Nada é verdade. Eu te olho agora e vejo que não é.

– Deixa de frescura, Marcelo, e me diz o que não é verdade.

– Esse teu artigo de hoje. Bonito como você fala dos problemas, da fome, do imperialismo. Bonito! Você seria capaz de ir preso, por causa disso?

– Preso?

– Preso. Você sabe o que está acontecendo, de verdade? Você lê os jornais? Ou, ao menos, o jornal em que trabalha? Não lê! Nada! Isso pode dar a maior embananada. Pode ser muito bacana, também. A gente está eufórica, contente. É impossível não dar certo.

– O que tem essas coisas que ver com prisão?

– Você trabalha num jornal de esquerda. Meio esquerda. Meio puta. Pensou se tudo isso vira? E eles põe na bunda da gente? Você agüenta a mão?

– Agüenta a mão em quê?

– Em nada, pô! Pensei que você estivesse compreendendo as coisas. Não está. Também vai na onda. Você escreve aqueles artigos, porque esperam que você escreva! Não. Não acredita neles. É uma pena, Bernardo, você não acredita neles.

– Sabe o que você está virando, Marcelo? Um chato. Virou bolha! Cada vez que me encontra faz um discurso e fala de política. Por que não vai fazer política num partido?

– Eu faço. No Partido.

– Então, não está satisfeito com o Partido? Não é o que você quer? Não me enche o saco. Toda vez, agora, é essa conversa! Sempre o esqueminha. Muda o disco. Vocês têm que mudar o disco.

– Você está no jornal errado. Belo reacionário, você me saiu! Não era assim. Na pensão, não era assim.

– A pensão faz dois anos e nem você era um chato. Chato e fascista.

– Fascista? Fascista é a tua mãe. Se você diz de novo, te quebro a cara.

– Chato, não é? Pra vocês não tem mais chato do que ser chamado de fascista. Não sei se te chamo de comunista! Você é?

– E ainda tem gente que te lê!

– Não é tão mentira, assim, tudo aquilo.

– Ora, você nem sabe o que fala! Repete os chavões que andam por aí!

– O que você espera? A gente vai de acordo com o público. A minha coluna não é das piores. Olha, Marcelo, vamos fazer um acordo? Quando a gente se encontrar não fala mais disso? Tá bom? Fala de mulher, de futebol, da seleção. Não pensamos igual, você fica enchendo o saco, porque pensa através de fórmulas.

– Fórmulas?

– E não vamos recomeçar. Pronto, acabou.

– Sabe o que é? Você tem medo da discussão. Não gosta de conversar. Porque te mostram como você é. Vulnerável e um mistificador. Honesto, mas mistificador. Continue assim, Bernardo, fica aí boiando no ar, sem saber nada. Feliz é quem não sabe nada.

– Já ouvi isso. É do Guarnieri.

"Boiando e nunca saber se está certo, ou errado. Não ter no que acreditar, a não ser em mim mesmo; cair e não saber; morrer como o mundo está morrendo a nossa volta. Marcelo nada de um lado para outro, procurando levar as pessoas para as margens. Porém, nem ele pode nadar direito. O perigo de tentar salvar afogados é que eles se agarram à gente e nos levam ao fundo, em seu desespero. Ou pegamos com jeito, ou morremos. Não quero acabar. Quero chegar à margem. E chegando, não posso olhar para trás, porque estará todo mundo afogado. As bocas abertas em busca de ar, no último respiro antes de ir definitivamente para o fundo, com os pulmões cheios de água. O fundo dessa água está cheio de cadáveres. É aquele sonho que volta, desde criança é igual. A casa fechada, portas e janelas trancadas. O mato que cresce no jardim abandonado, nos corredores laterais, no quintal abandonado; ou rodeando, sem poder entrar, sem saber o que é a casa. À minha volta, a vida inteira, tento e não acho nada sólido, nada que eu toque e ainda o posso segurar."

– Bernardo! Está surdo?

"Não olho. Não tenho vontade de conversar com ele. Com ninguém."

– Ei! O que é que há? Espera aí!

Marcelo segurou o braço de Bernardo. Sacudiu. Bernardo caminhava como um sonâmbulo. Olhou Marcelo e puxou o braço, com força. A mão ficou ainda prendendo a manga. Deu outro puxão. "Tenho vontade de dar um murro na cara de Marcelo. Um bem dado que espatifasse sua cara. Não, não adiantava. Marcelo é muito forte. Meus bracinhos nem fariam vento na cara dele. Uma cabeçada no nariz. Também não."

"Vamos todos para a festa do Renatão. Isso é que resolve os problemas do mundo. Dar uma boa trepada. Uma, duas, três, quatro. Quantas agüentar. Ficar dois dias, uma semana com a mulher na cama e não sair. Não sair, até morrer. Tirar de dentro de nós tudo, transformar em gozo. Ir se dissolvendo em orgasmos, um atrás do outro. Morrer no meio de tanto prazer que todo mundo invejaria nossa morte. A mais linda morte do mundo. E, em vez disso, a gente se desfaz lentamente, digerido pela cidade, e por tudo que não conseguimos fazer. Ou então, eu queria morrer com este ódio congelado dentro de mim. Este ódio que me petrifica e chega a me apavorar tanto. Não tem caminho, as coisas mudam a cada instante e não agüento mais. Preciso dos outros. Os outros devem precisar de mim, mas odeio os outros e os outros devem me odiar."

– Está se sentindo mal? Ahn? Por que não responde? Tem cara de quem vai desmaiar!

Marcelo segurou de novo o braço de Bernardo.

"Bem-estar! O mundo inteiro se preocupa com bem-estar e mal-estar. Até eu. Marcelo acha que estou me sentindo mal. Não sou eu, Marcelo, é o mundo que está mal. Muito mal. Olha, como eu, Marcelo! O mundo está com dor de barriga. É a bomba. Essa bomba que a gente não sabe o que é. Bomba que só vimos em revistas, livros e filmes. Uma bosta de bomba! É Deus. Maldade, a guerra; a injustiça; a fome; o apodrecimento do corpo da gente; os homens ficando raquíticos por dentro, cada vez mais mirrados; os velhos tentando nos reduzir à escravidão e à impotência; a mentira; a exploração; a mistificação; as memórias e lembranças; a angústia; o dinheiro e a falta de dinheiro; a violência; a lepra. Vê, Marcelo? Vê se consegue enxergar, é só um instante, às vezes, numa noite como esta, que isto acontece. Este desfile diante da gente. Olhe mais alto e você enxerga Deus. Deitado. Deus está com câncer e ficou cansado. Câncer mata, Marcelo. Nem Deus vai fugir. Ele sabe disso. Quando soube do câncer, após todos estes milhões de anos, Deus olhou o mundo e disse: "Fodam-se! Fodam-se todos vocês." Também ele se encheu, Marcelo. E se Deus se encheu, por que não nós? Você não sabe, Marcelo. Não pode ver como eu o que está por aí. Você é um cara bom. Mas não pode ver, Marcelo. Ninguém pode saber o que está acontecendo."

Um puxão. A vista de Bernardo se fechou, as pernas dobraram e ele foi ao chão. A menina que estava perto de Marcelo, veio, ajudou a levantar Bernardo. Um instante.

– O que há?

– Você desmaiou.

– Eu? Que bobagem! Estava bem. Por que havia de desmaiar.

– Eu é que sei? Desmaiou e pronto.

– Se desmaiei, já estou bom.

– Fica aí; esta é a Dina!

– Como vai?

– O que você tem?

– Nada.

– Dor de cotovelo?

– Não. Não é nada, puxa! Vê se não enche!

– Teu amiguinho além de esnobe é nervosinho, disse Dina.

7

DESAGRAVO AO SANTO ROSÁRIO

Para uma piedosa manifestação de desagravo ao Santo Rosário, convidam-se as mulheres de São Paulo, de todos os credos e nacionalidades, para participarem da marcha da Família (com Deus pela Liberdade) que terá início às 16 horas do dia 19 de março, dia de São José, na Praça da República.

SOLIDÃO TAMBÉM MATA

A solidão, para o médico e psicólogo americano Martim Rico, é a mais perigosa doença do século, e está matando mais mulheres, nos Estados Unidos e em vários outros países, do que o câncer. Grande número de suicídios que se observa entre as mulheres é causado pela solidão, devido a forma característica da vida feminina, enclausurada por muito tempo dentro de suas casas. Para o psicólogo americano há pessoas que precisam de ajuda psicanalista, e não raro, o psicanalista também precisa de outro psicanalista.

(Notícia em *Última Hora*)

ABRIL. Os tanques rolaram e as esteiras de ferro marcaram o asfalto. Escolas se fecharam. Comércio cerrou portas. Os bancos estavam fechados há dois dias. Via-se passar jipões, caminhões cheios de soldados, carros de combate. Os soldados traziam capacetes de campanha.

O povo fica olhando como se fosse dia de grande parada. Cercaram ruas. Soldados com metralhadoras nas esquinas. As crianças paravam para ver. Olhavam a arma, o cinturão cheio de bolsas para as balas, a baioneta junto à perna. Dissolviam-se grupinhos e havia polícia em todo lado: guardas-civis, praças do Exército, moços da Aeronáutica, praças da Força Pública.

Jornais abertos nos muros, nas bancas:

EXÉRCITO DERRUBA GOVERNO FORÇAS ARMADAS INSTAURAM A DEMOCRACIA NO PAÍS

SITUAÇÃO DE CALMA NO PAÍS

JANGO DESAPARECIDO

MAZZILI ASSUMIU A PRESIDÊNCIA PELA QUINTA VEZ

Começam as prisões

EXÉRCITO E POLÍCIA INVADEM SINDICATO DE TRABALHADORES

DECRETADO ESTADO DE SÍTIO

Fuzileiros navais não tomaram o Palácio da Guanabara

ORDEM EM SÃO PAULO

LÍDERES COMUNISTAS MORTOS E LINCHADOS NO RECIFE EM PRAÇA PÚBLICA

EXÉRCITO INDICARÁ O PRESIDENTE

FECHADA A "ÚLTIMA HORA"

Imprensa sob censura

PODER TOMADO SEM REAÇÃO

Senhoras católicas farão nova marcha para agradecer a Deus

FORÇAS ESQUERDISTAS QUE PRETENDIAM DOMINAR O PAÍS NÃO TINHAM ESQUEMA: ERA BLEFE

Todos governadores brasileiros já se solidarizaram com Exército pela intervenção

EUA: LYNDON JOHNSON ACHOU O GOLPE MEDIDA NECESSÁRIA:
"América Latina está livre de Ameaça Comunista."

"Um fogo, vou tomar um fogo hoje! Isso sim." Caminhou e tinha a sensação de que estava bêbado.

Na Galeria Metropolitana duas dezenas de bares e boates. Era o dia primeiro de abril. Estavam num bar e era o lançamento de um livro com sessão de bossa nova. Todo mundo se apertava em volta dos garçons que traziam uísque. Debaixo das luzes amarelas, Gerson autografava. Já tinha escrito oito livros e pagara para editar todos. Aos 33 anos se proclamava autor de uma filosofia que não tinha nenhum seguidor a não ser ele mesmo. E fazia também músicas que não tinham ritmo e que ele tocava, sem saber tocar, numa guitarra havaiana, entre um e outro livro comprado. Bernardo e Bebel estavam num canto aproveitando e esperando Maria Betânia, Vandré, Jongo Trio. E também se dizia que o Baden Powel viria. Acabara de chegar de Paris onde era sucesso e tinha gravado disco.

Gerson gritava:

"Vamos combater a radioatividade. Proclamar nossa repulsa ao Vietnã. O mundo combalido. O marxismo vai tomar conta da Ásia. Linha de Pequim. Linha de Moscou. Socialismo é a nova forma. Vivemos a era da tecnocracia. Dois mil homens trabalham em cibernética. Teletipos sem cessar. Depois de Nietzche o mundo se acabou. Norman Mailer e a nova ordem Vietnã e Vietcong. James Bond, Super-homem, Ferdinando, Raio X, surrealismo 1964, idéias, o mundo precisa de homens. Martin Luther. Homens fortes, decididos que dominem. A força deve ser instaurada no Brasil. Um estado socialista, isso é do que precisamos. Ergam os braços e saudemo-nos todos, com o grito da nova era. Era da juventude bossa nova, beatles, epopéia do som, o fim das artes plásticas; tudo superado; o realismo mágico."

– Esse cara é fascista, disse Bernardo.

– O que é fascista?, indagou Bebel.

– É isso aí, respondeu ele. Presta atenção.

– Não consigo. Só fala coisas que não entendo. Por que não tocam música?

Apareceu Franco, disse que o Baden não iria mais. Ficou sentado ao lado deles.

– Você é que tem sorte, Bernardo. Essa menina é uma belezinha. Vocês estão namorando? Vocês fazem um casal legal! Ela é bonita e você inteligente, e vai fazer sucesso. Agarra o Bernardo, Bebel, e fica com ele de uma vez. Acho que um pode ajudar o outro.

– Eu num ajudo ninguém.

– Você é bobo, Bernardo. Nunca vi cara tão bobo. Deixa eu falar. Me dá um uísque aí.

O garçom passou sem ouvir, Franco foi atrás, tirou um copo da bandeja. "Esse não, que é de um freguês lá atrás. O cara tá pagando." "Então busca outro prele que esse é meu."

– Se essa besta me enche, eu engrossava. Faz uma semana que não dou nenhuma engrossada.

Começou a folhear o livro de Gerson e viu do seu lado um tipo de óculos e bigodinho fino, virando as páginas e marcando. O piano tocava, todo mundo foi fazendo silêncio, sentando-se, encostando-se às paredes, escorregando para o chão e como não era muita gente, ficaram bolos amontoados frente às mesas e gritaram reclamando, de modo que demorou um pouco até o Jongo Trio engrenar a bossa no meio do silêncio.

E além da música ouvia-se, espaçado, o uísque caindo da garrafa para o copo. E era noite lá fora, e ali dentro estava a música, esparramada no ar, caindo para aquela gente: "compra laranja, doutor", "hoje a noite não tem...", "sim, hoje tem arrastão...". E apareceu Chico Buarque com o violão e se incorporou à turma. O Roberto Freire foi apertando até chegar junto de Bernardo e era só o bigode e os óculos junto ao copo de uísque que ele enchera até a borda, porque estava ficando difícil conseguir novas bebidas. "Não gosto de tarde de autógrafos mixuruca. Já que é pra fazer a coisa, tem de fazer bem-feito, pra gente encher a cara." "Roberto anda elétrico, porque não conseguiu terminar Cleo e Daniel."

– Esse negócio me deixa nervoso. Você é que está bom, botou o seu na praça.

– Agüenta a mão que o seu vai vender tanto que você vai poder comprar uma fazenda ou uma praia só pra ficar escrevendo.

– Quem é você?

– Sou a Bebel.

– Sou o Roberto.

– Eu te conheço. Tive uma amiga que se psicanalisava com o senhor. Eu gostava de me psicanalisar. Adianta?

Roberto observava o tipo de óculos e bigodinho a folhear o livro, assinalando páginas e marcando um lápis em baixo de frases. "Esse cara é tira, tenho certeza." "Tira pra quê? Vai censurar o livro? Gerson é o escritor mais alienado do mundo. Não precisam gastar cera com mau defunto. DOPS é DOPS! Se eles fossem inteligentes não iam ser policiais." Bebel pegara a mão esquerda de Bernardo. Ele disse: "Não adianta querer ler. Tem aí uma linha que ninguém me diz. Três pessoas foram ler minha mão, estavam animadas, mas a certa altura pararam e não disseram mais nada." Ela seguia, com a unha, os traços da palma. "Vai ter sucesso, não vai casar, vai morrer com trinta e cinco anos."

– Bem, ainda tenho sete pra me badalar.

– Você não se incomoda de morrer cedo?

– Eu? Nem estou pensando nisso.

– Eu te disse agora. Você nem ligou.

– Claro que liguei. Acha que vou acreditar nisso de ler mão?

– E se der certo?

– E se não der?

– Eu tenho um pavor de me apagar de repente.

– Por que você não vai vivendo em vez de pensar?

– Eu vivo e penso. Não consigo parar de pensar. Às vezes, de noite fico demorando a dormir, porque se durmo, morro.

– Você é complicada. Por que não faz as coisas mais simples?

– Me diz como!

O homem foi batendo nas costas do pessoal e atravessando o bar. Todo mundo foi se virando e olhando. Riam. Alguém gritou: "Jóia!" Outro: "Boneca." O homem vestia um terno cinza-escuro, devia ter quarenta anos e estava cheio de rugas embaixo dos olhos. A boca era retorcida para baixo e tinha o ar feminino. Trazia uma estola marrom, de pele vagabunda, ao pescoço. Na mão, uma bolsa comprida. Foi até perto do Zimbo Trio e tentou se ajeitar no chão. Assobiaram. Ele mantinha uma dignidade orgulhosa de pederasta e sacudia a bunda para se sentar.

– De onde saiu isso?

– Tenho visto esse cara na feira da praça Roosevelt, disse o Franco. Leva cesta e nas bancas pede as verduras todas no feminino, naba, rabaneta. Ela quer ser figurinista.

– Mas louca assim?

– Faz gênero.

– Vai lá e diz para Maria Betânia cantar "Vou andar por aí" – pediu Bebel.

– E como vou atravessar essa gente toda?

– A bicha não atravessou?

– Pra bicha todo mundo abriu caminho.

– Betâniaaaaaaa! Canta "Vou andar por aí". Tá? – gritou Bernardo. Tinha uma voz estridente e furada. Betânia sorriu e acenou. Betânia estava em sua grande fase, tinha terminado "Opinião" e todo mundo falava dela.

Esguia, comprida, figura de Modigliani, sempre de calça Lee e blusa solta. Cantando agressivo e sentido. Cantando dolorido. Betânia era a dor e a angústia. Bernardo dizia que ela tinha a primeira e única angústia palpável. Mas Bernardo fazia frases para parecer inteligente. Maria Betânia começou: "Eu perguntei ao mal-me-quer, se meu bem ainda me quer, e ele então me respondeu que não. Chorei, mas depois eu me lembrei, que a flor também é uma mulher que nunca teve coração."

Bebel começou a cantar e o pessoal também. Às vezes formavam um coro surdo, quase soturno que aumentou quando Betânia passou para "Acender as velas já é profissão". Todo mundo meio bêbado. O homem do bigodinho prosseguia e já estava nas últimas páginas. Tinha um sorriso confiante. Cantavam em surdina, mas alguns desafinavam. "Acender as velas..." Betânia tinha o rosto fechado e a voz grave, grossa, rude, dominadora, e vê-la cantar era sentir a sua forma de segurança: "Aquilo era dela. Era ela, Betânia, e ninguém poderia tirar", pensou Bernardo.

A mão de Bebel estava na de Bernardo. Os dedos caminhavam dentro da palma. Era um contato que fazia cócega leve. Os dedos entrelaçados aos dedos. Súbito, o mundo diminuiu e se concentrou nas mãos. Ela transmitia através das mãos uma espécie de agonia branda.

Gerson apanhara a guitarra e cantava a sua bossa a pedido de meia dúzia. Betânia foi embora. Gerson dizia:

"Mil milhões vão marchar com os pretos do Alabama. Pois Johnson e Kruschev e Kennedy não são marxistas existencialistas. Bombas atômicas arrasando o Vietnã e o Mundo. Eu não quero bombas atômicas. Guerra de guerrilhas, Salazar domina Portugal, Franco é o ditador da Espanha. Oh! espíritos cruéis que atemorizam o mundo. O homem não é mais homem, é máquina, pedra vegetal, robô. Ventos e chuvas e menininhas que não sabem nada. Virgens no altar do racismo. Heil! Heil! Zig Zig Heil! A treva nazista cobriu a noite. Saíram os homens e o moço, que estudara para padre, fugira e se tornara terrorista. E foram colocar bombas em toda a cidade."

– Pára! Pára já! Traz a moça pra cantar! Audácia a sua tirar a moça pra dizer bobagens.

Gerson deixou o dedo batendo nas cordas e olhava surpreso para a bicha de estola que se levantara, de mãos na cintura.

– Senta aí, boneca. Senta e fica quieta, se não vai pau!

– Bicha é a mãe!

– Senta veado e fica quieta.

– Ainda bem que a bicha cortou a onda – disse Roberto para Bernardo que já estava vendo tudo nublado.

O uísque corria.

– Vai, Gerson, manda o resto que está bárbaro.

– Manda nada!

Gerson tocou. Desafinado. Disse: "Os marxistas não gostam

de mim. O partido condenou meus livros. Mas eu não sou alienado. Apenas sou marxista-existencialista."

A bicha tirou a estola. E começou a bater em Gerson. A bicha guinchava furiosa e batia. A guitarra caiu, todo mundo começou a rir. Ninguém se ergueu para o *deixa.* Olhavam. Gerson. Gerson agarrou o braço da bicha e começou a dar murros, com toda força. Ela deixou a estola, caiu no chão. Batiam palmas, até que um sujeito alto e grisalho correu para a pista, sentou-se na bunda da bicha, agarrou-a pelos cabelos, como se cavalgasse. Depois, deitou-se de comprido sobre ela. "Vai, vai enraba!!" O sujeito sorriu. Gritavam de todos os lados. O sujeito virou a bicha que chorava e tinha o rosto manchado, o rimel escorrera do olho. A expressão era de surpresa e medo e foi aumentando para pavor, quando o sujeito começou a tirar o paletó, dando safanões, bofetadas, socos, que fizeram sangrar o nariz e a orelha. Camisa, calça, e a bicha estava de calcinha. Jogaram a estola e a bolsa, "desfila, desfila". Bebel fechara os olhos e ouvia. Roberto disse: "Ou a gente vai embora, ou protesta." "E o que adianta protestar?" disse Bernardo. "Tá todo mundo com a caveira cheia." A bicha tentava escapar do círculo que se fechara em torno e lhe passavam a mão e davam tapas. Um agarrou-a e rasgou a calcinha. Ela não chorava mais. O rosto era rígido, tinha se tornado pedra. Quando os guardas entraram, o sujeito grisalho pulou, agarrou a bicha e sumiu com ela para dentro do banheiro. Os guardas estavam ainda na porta sem ver nada e sem saber o que acontecia. Prensados pelo grande número de pessoas em pé. O tipo de bigodinho acenava, sem ser visto. Tentou gritar, mas a estereofônica tocou, os Beatles berraram alto. A bicha e o sujeito voltaram do banheiro, ela estava vestida. Os guardas esperaram mais um pouco, e deram as costas. Mal se viraram, a calcinha rasgada da bicha caiu no ombro de um deles que apanhou, olhou. Todo mundo riu. "Veste guarda. Guarda bicha! Enfia o cassetete na bunda."

– Tá todo mundo preso!

– Vem prender, vem louca!

Eles partiram com os cassetetes, sem esperar nada. Bateram

a torto e direito. Foi um espalha. Gente protegia a cabeça, buscando a porta. Caíam. Pisavam. Três guardas apenas, a girar os braços acertando cabeças, com ruídos surdos, moles. Viraram mesas e caminhavam em direção à pista. Mas, deram as costas à turma junto à porta. Nessa noite tinha muito louco. O primeiro que viu a oportunidade mandou uma cadeira em cima dos guardas. Começou um bombardeio de copos e garrafas e mesas. Os guardas meteram a mão nos coldres, sacaram os revólveres. Bebel estava ao lado da arma, quando o primeiro tiro foi disparado. Para o teto. Depois o segundo e o terceiro, aumentando a confusão e a gritaria das meninas. Bebel estava imobilizada, fascinada, pelo cano. "Um tiro e a pessoa cai", pensava ela. "Cai e não vive mais. Um instante apenas para que ela role e deixe de existir. Não deve sentir nem dor. E se eu me atirasse na frente deste revólver? E a bala me apanhasse na cabeça, rápida, tão depressa que eu nem saberia o que aconteceu?"

Os guardas berravam. Revólveres na mão. Havia um bolo junto à porta. E a porta expelia um a um os apavorados e as moças soluçantes. E eles corriam pelos corredores da Galeria, se atropelando na estreita escada rolante.

8

DETIDOS NO RIO 105 LOUCOS EM 24 HORAS
EM SÃO PAULO O NÚMERO CHEGOU A 114
Uma onda de loucura parece ter varrido São Paulo e Rio, com a detenção, em apenas 24 horas, de 105 loucos na ex-capital federal e 114 na capital paulista. Não houve explicação para esse elevado índice de debilidade mental num só dia. O número de perturbados mentais cresce nos meses de verão, com o calor aliado a fenômenos de inquietação coletiva, segundo os psiquiatras.

CHEGA DE ENTREGAR O BRASIL
Com a declaração de que "chegou o momento de dizer ao Presidente Castelo Branco: "basta" – o Presidente dos Estudantes da Universidade de Brasília, acadêmico Tadeu Gama, condenou veementemente, a concessão de um porto privativo de minérios à Hanna Mining.

MUNDO SEM SAÚDE – *Genebra, 15 (AP, AFP) – A Organização Mundial da Saúde disse hoje que a situação sanitária mundial está se deteriorando e continuará nesse pé enquanto persistir a atual escassez de médicos qualificados.*

PEDIDA A SAÍDA DE MILITARES BRASILEIROS
Assunção – 15 (Ansa) – Os estudantes de Filosofia da Universidade Nacional decidiram apoiar toda ação que vise a saída das missões militares e culturais do Brasil no Paraguai. Segundo os estudantes, a medida foi adotada levando-se em conta "o atropelo cometido pelas forças invasoras do Brasil em território paraguaio, manifestando uma vez mais a sua ancestral antropofagia".

FICOU SILÊNCIO E UM ATOR COMEÇOU: "Cago pra todo mundo." Bernardo não prestava atenção, observava Bebel. Calada, porém, tudo que o palco tinha era ela, a dominar, vir até a gente, em ondas sucessivas. Tinha um vestido comprido e antigo, de época nenhuma, e que na peça, mais tarde, seria dos últimos dias da Rússia czarista. Que eram as peças de que Múcio mais gostava. Ele trabalhava, sentado num canto, metido numa camisa xadrez e numa calça americana que tinha mandado cortar à altura dos joelhos. A sala estava quente, calma dentro da noite de domingo que se escoava lá fora, debaixo de uma chuva lenta. Múcio tinha o cabelo desgrenhado, a cobrir o início da calvície; nem trinta anos ainda. Ele observava Bebel, com a mão no queixo e um lápis entre a mão, tomando notas, numa letra incompreensível, em papéis presos a uma prancheta. Parava e apoiava o queixo na mão. Bebel mostrava nervosismo enquanto caminhava, um leque nas mãos. Fazia o papel de uma atriz. Dizia: "Eu quero ser amada." Rodeava cadeiras e mesas, voltava-se de costas, e suas costas eram bonitas e bem morenas dentro do vestido roxo empoeirado, retirado do guarda-roupa só para ensaios. Ria, e seus dentes apareciam. E era mesmo o riso de Bebel, e o riso dela era o do personagem, não tinha alegria, nem sinceridade, era mecânico, frio, um riso forçado e que parecia explodir, como se ela se defendesse através daquele riso, buscando a cumplicidade contra um ataque.

Havia uma luz crua e Bernardo não podia perceber, precisamente, os rostos dos atores, cheios de sombras daquela luz de igreja ao entardecer. Eles se calaram e os passos soavam pesados nos praticáveis de tábuas soltas. Um grilo trilou na platéia, todas as peças do cenário, mesas, cadeiras, rangiam. Então, o ator segurou Bebel e puxou-a. Mas ela se soltou, e correu, ele correu também, encontraram-se diante da mesa, ele ia se deitar sobre ela, mas Bebel disse não, "eu não quero, não posso". Então Bernardo percebeu como era mais que o personagem, era alguém existente no fundo de Bebel, e emanava de si repulsa pelo homem que a agarrava. Havia tal mistura que ela não dividia, não separava nada. Ali, no palco, podia recusar, tinha a possibilidade de dizer não. E dizia com todas as forças que tinha. Com toda a vontade reprimida.

O palco se encheu. Múcio tirara as mãos do queixo, alguém falava que o capitão batia nos soldados. E a outra moça indagava da Bebel-personagem:

"E você? Por que não faz alguma coisa de bom?" Exclamava em seguida que estava sufocada naquela casa, naquele lugar. Bernardo refletia como Múcio sempre gostou dessas pequenas pessoas afogadas, esmagadas dentro e fora por uma coisa grande que acontece em volta delas, e da qual têm uma intuição vaga e imprecisa. Havia nele um pequeno Múcio do qual não se libertava, nem mesmo agora que chegara da Europa. O mesmo mundo e pequenas coisas que seguravam Bebel. Por isso eles se identificavam.

Bebel sentou-se; jogou-se ao chão, as pernas soltas, relaxada. "... eu me sinto fraca e desarmada diante deles... não posso enganar ninguém... não posso... o que eu quero é tremer de medo e alegria, o que eu quero é dizer um texto cheio de fogo, de verdade, de cólera... palavras afiadas como punhais, queimando como tochas... para que as pessoas peguem fogo, comecem a gritar, correr... mas essas palavras eu não tenho não... eu não faço outra coisa senão imobilizar o público com palavras bonitas..."

Bernardo sentiu as pernas moles: "Essas palavras são para mim; deviam sair de minha boca." Bebel apaixonada por Múcio,

"Eu mesma não sei, mas ele é estranho, parece gostar de mim. Mas, às vezes parece o pai de todo o elenco e sinto que seu amor é dividido. Queria dizer como gosto e só penso nele. Estou toda arrebentada com o que Múcio faz comigo. Por dentro. Foi o primeiro a conseguir tirar pedaços de mim. Choro cada vez que ele me coloca num canto e se põe a conversar. Conversa. Como se eu fosse uma pessoa, entende? Sou uma pessoa. Não uma trepada. Adoro como ele me olha. E seu olho não está no meu peito e não está na minha coxa. Sabe que coisa gozada? Pareço gente diante dele. Com você também, Bernardo, eu me sentia gente, mas é diferente. Percebo que ele pode fazer de mim uma mulher e não uma boceta para todo mundo trepar. Com você, Bernardo, aprendi um pouco a pensar e ver. Com ele aprendo que sou uma pessoa que existe e está cheia de coisas dentro. Coisas boas."

Bebel descera do palco e estava no hall do TBC. No palco, personagens diziam: "Livros que incitam o povo à revolta foram encontrados atrás dos ícones." Bebel estava chorando. Bernardo não entendia o choro, estava deixando de entender o que ela fazia ultimamente. Tinha medo do que pudesse acontecer a ela, pois gostava demais daquela menina que tinha no palco uma figura tão impressionante, com pernas de fora, ou não. Era a certeza do que Bebel poderia fazer, se conseguisse fugir daquilo que a fazia tão torturada e sozinha. Daquela sua luta por nada na televisão, aparecendo sexy e dizendo textos imbecis, relegada cada dia a horários adiantados. Porque na televisão estavam sugando o que podiam. Nem era contra eles o seu ódio, porque não era culpa daquela gente, se a maquininha vivia moendo. Eles conheciam o seu ofício, e sabiam que logo Bebel cansaria; e que aquele rosto, o corpo, as pernas, seriam olhados com monotonia. Ninguém ia ajudá-la em coisa nenhuma. Ela começava a ser bagaço e dentro de pouco tudo estaria terminado.

"As pessoas que não sabem o que querem, pra mim são perigosas."

Personagem do palco jogava sua fala; era simpática e intolerante. Bebel prestava atenção ao ensaio. Falava dela mesmo, como Bernardo nunca tinha ouvido. Veio rápido o ciúme de Múcio. Ele conseguira; tirara Bebel. Conquistara-a inteiramente com aquelas armas que fingia não conhecer nele. Ou, às vezes, pensava, ele fazia só de maldade. O envolvimento das pessoas levando-as a se apaixonarem violentamente, para extrair delas algum material. Bernardo tinha raiva porque Bebel estava sofrendo. Via no jeito como ela representava, na indiferença que fingia diante dele. Ela parava à porta, encostada ao umbral e não era o ensaio corrido que observava. Queria ver Múcio, sentado, distante, sem pensar nela, desligado do mundo e prestando atenção à peça. Ele recostava-se à cadeira e de braço erguido, coçava as costas. Interrompeu, fez uma fala ser voltada. Coçava o nariz, apontava com a mão rigidamente estendida, indicando o ator certo, como se tivesse medo que, no palco se não esticasse a mão com toda firmeza, não saberiam a quem ele apontava. Mudou a cena, os atores estavam na boca do palco, todos sem rosto, ainda por causa da luz depressiva. Bebel permanecia à porta. "Não é lindo? Não é de morrer?"

Esperava que Múcio olhasse. Queria que o ensaio se arrebentasse, que alguém errasse, que ele esquecesse por um instante a peça e a procurasse. Pois então ela ia existir mais contente. Seria Bebel e poderia acreditar no que sentia e que ele arrancara de dentro dela; seria de verdade.

Bernardo se lembra das conversas tidas há muito. Tempos de pensão, mesmo quarto, viver o sábado a escrever e conversar; e depois, já no teatro, Múcio caminhando para ser o melhor diretor da geração nova do Brasil, com prêmios e citações e a viagem à Europa: "Eles gostam que eu goste deles. Eles querem que eu goste deles. Cada ator e atriz precisa que eu me apaixone por ele! E torne-me um pai que tem de repartir. Se gostar de algum mais que do outro, surge o ressentimento e o elenco não produz, ninguém cria nada como deve. Meu elenco tem que ser igual."

Múcio estava no palco, fazendo comentários sobre o ensaio. "O medo é o principal fator dela. Ela é uma mulher apavorada." Um por um, Múcio analisou e discutiu.

"Sobre mim, não vai dizer nada? Sempre grita que eu sou genial e devia ter me descoberto antes. Mas não fala nada de meu trabalho, quase nunca comenta", resmungava Bebel. Parecia querer esconder-se atrás da porta.

"Sabe? Sei que a bronca dele é boa para mim. Mas essa bronca me deixa morta de medo e vergonha. Por causa dos outros que estão me olhando. Eu quero tanto ser a maior, e essa bronca me arrebenta."

– Quem sabe se não vem bronca? E se vier um elogio?

"Ele não faz. Quase nunca. Disse que a gente não precisa de elogio agora. Que só estraga. Mas, o jeito como ele corrige me sufoca, eu perco, acho que os outros perdem o respeito. Ele me arrasa, me joga na fossa, nunca saí tão deprimida como saio daqui. Não tenho ainda a certeza de que vai sair bem para mim. Eu sei que estar apaixonada por ele já é bom."

– Bebel. Cadê a Bebel?

– Estou aqui.

Ela desceu, rapidamente, sentou-se numa poltrona junto à parede.

– Está bom, mas não de todo. Você se empenha muito em cenas que não é para se empenhar. É só para sugerir. Empenhando como você faz, carrega e fica muito forte.

– Tá bom. Vou tentar. Me ajuda?

– Escuta. Vou dar uma sugestão. Vê se me compreende. Você tem de fazer os outros sentirem tesão na platéia.

– Acho que eles sentem.

– Não é tesão comum. É o tesão sem mostrar nada. No rebolado, ou na televisão, você mostra as pernas. Aqui não. Tem que vir de dentro de você. Vou fazer um segundo ensaio. Mais estimulado. Com música, luzes, uma porção de outras coisas.

Ela olhou para Múcio. "Ele nem me vê. Quando fala direito comigo. Não me olha. Sou um pedaço dessa peça informal que ele mastiga vinte e quatro horas por dia. É um doido."

Múcio estava agachado no palco, com as pernas bem abertas. Pele branca sem sol.

– Quanto deu de tempo?

– Três e meia.

– Tenho que cortar para duas e meia.

"Sabe que ele foi o primeiro a me dar bronca? Ninguém me dava bronca antes com medo de me ofender e depois eu ficar com raiva e perder a chance de dormir comigo. Ele me arrasa calmamente."

Bernardo olhava Bebel, Múcio, toda aquela gente. As luzes da platéia estavam acesas. "E se escrevesse sobre eles? Teria de ser uma longa história para contar tudo de Múcio. Tudo que sabia e que era sua própria vida. Para contar eu anotava o que se passava ali. Ia usar. Se tivesse de criar estes personagens, conseguiria inventar? Mas, se eles na realidade estavam ali falando, agitando, vivendo, e se podia retirar das pessoas que estão no mundo e em volta de mim e que precisava para recriar esta vida, por que sentar-me à mesa, isolado de tudo, imaginando?"

9

RUSSO JÁ SABE COMO ALUNIZAR
HOMEM NÃO AFUNDA NO CHÃO DA LUA

ATO 2 ESTÁ PARANDO TUDO

Novo mínimo não vai sair

Boi tem aumento certo

GOVERNO QUER POVO LONGE DAS URNAS

Cassações continuam em larga escala

TROLEIBUS VÃO SUBSTITUIR TODOS OS
VELHOS E BARULHENTOS BONDES

FALA-SE OUTRA VEZ EM CRUZEIRO
NOVO: ESTÁ EM PREPARO

PAULO DUARTE analisa o golpe, de abril a abril:

"AINDA EXISTE TERROR CULTURAL"

6 de agosto de 1945: HIROSHIMA VINTE ANOS DE BOMBAS. Hoje, os sábios olham para as bombas de 20 mil toneladas de TNT que destruíram Hiroshima e Nagasaki com um certo desprezo: em seus laboratórios, esses novos cavaleiros do Apocalipse já sonham com a arma definitiva: a bomba antimatéria, capaz de não deixar no mundo pedra sobre pedra. (Do *Le monde*)

Dina pintava. Quadros enormes, cheios de traços finos que corriam em todas as direções. Quando os traços formavam quadrados, Dina preenchia-os com marrom, obtido da mistura de tinta branca e pó de café. Os quadros tinham também azul e verde. A distância, pareciam canaviais vistos de avião, ou reflexos de sol na piscina, ou a erosão em montanhas, ou ainda como se ela tivesse copiado curvas de nível. Dina adorava seus quadros, mas vendia muito barato, para poder comer. Renatão estava sempre comprando. Não só porque gostava muito dela, mas porque tinha esperança de ir para a cama com Dina. Ela vivia no quarto o dia inteiro, pintando. Era uma pensão na alameda Santos e a casa fora, antigamente, mansão. As salas eram hoje refeitórios cheios de pequenas mesas cobertas por toalhas de plástico quadriculadas. Os quartos maiores tinham sido divididos com tabiques de compensado e fórmica. Tudo era grande na casa, desde os painéis que recobriam o teto e as paredes do hall, até a cozinha, onde um velho fogão a carvão, todo branco e florido, estava encostado. O fogão tinha as iniciais do antigo dono. As mesmas iniciais que apareciam na frente da casa, no meio de uma coroa de ramos de café, com a data de 1924. Aquelas iniciais I.L.L.B. estavam também nos painéis que representavam colonos apanhando café, abanando, estendendo no terreiro, ensacando, transportando para as tulhas. Na área de entrada havia fragmentos de um mosaico que devia ter ocupado todo o chão. Mostrava mulatos cuidando de café e moças de chapelão. A casa inteira cheirava a mofo, madeira velha e umidade, pois os donos não gostavam de janelas abertas. E também nunca mandaram consertar os canos que estouraram no interior das paredes, deixando manchas úmidas e amolecendo o reboco. Existia um grande terreno em volta da casa, cheio de árvores e mato e restos de caminhos e canteiros de um jardim. Agora, havia varais entre as árvores, onde se dependuravam as roupas dos pensionistas. Demoravam para secar, ali não batia sol nunca.

Dina se trancava, fechava portas e janelas, deixava a luz acesa o dia inteiro e pintava sem parar. Ficava sem comer, acordava tarde, fora das horas das refeições. Ela descia a noite para roubar, mas na cozinha vivia um cachorro que fazia barulho, além de não adiantar muito, pois geladeira e armários eram fechados a cadeado. Dina, nas épocas de atraso de pagamento não saía, com medo que a despejassem. Enquanto estivesse ali, por dentro, fechada, estava garantida. Quase morreu um dia, sufocada pela emanação das tintas. Fome já passara tanta que estava se habituando. Estranhava quando tinha o que comer. Depois de Bebel, Dina começou a viver melhor, pois Bebel se organizou com amigos e todo mês corria uma lista. O pessoal se cotizava e Dina passou a pintar, sem pensar em dinheiro. Também depois de Bebel, Dina teve as tintas que precisava, não necessitando das misturas que fazia. Ela compunha tinta com óleo da cozinha, ovos, cola, pó de café, giz, inventando para poder trabalhar. Foi a fase de sua pintura em que os quadros tinham um pastel esmaecido. De todas as misturas, Dina conservou a de café e outra, de folhas amassadas com tinta branca, que resultava num verde muito especial.

Fazia um ano e meio que Dina morava naquele quarto. Passara tinta branca em todas as paredes e pintara relógios. Os relógios eram desenhados no seu traço fino e preto e pareciam pendurados no teto. Dezenas de fios segurando os mostradores onde mal se viam os números. Havia um mostrador imenso, disforme, com os traços a escorrer, os números ao contrário e quebrados, como se o relógio tivesse sido atirado contra a parede e ali grudado, esparramando-se. Dina dera o nome de amigos seus a cada relógio. Cada amigo novo, um novo mostrador na parede. Ao conhecer Bebel, desenhou um relógio pequeno, quadrado, amarelo, em frente à cama, num lugar que estava sempre à vista. Partiam dele os fios que percorriam diversas direções, cruzando-se com os outros, sem estar presos a parte alguma.

Bebel e Dina se ligaram. Bebel gostava porque Dina não parava de trabalhar e não ligava a mínima a nada. Não saía, não freqüentava lugar nenhum, não aceitava idéias de ninguém, não deixava uma pessoa dar palpites sobre sua pintura. "É uma garota tão novinha e sabe viver sozinha. Eu pensava que também sabia, mas tenho que aprender de novo." Às vezes apareciam críticos de arte e ficavam conversando. Bebel não entendia o que diziam diante dos quadros. Quando eles se iam, Dina acrescentava que também não compreendia e não estava interessada. Mas aqueles homens davam notícias de seus trabalhos, publicavam reproduções dos quadros e ela precisava disso. Um, influente, tinha prometido organizar a primeira exposição. "Conheço bem essas manobras, disse Bebel, e sei o que você vai ter que passar. Passei pelas provas. Sabe o que estou dizendo, não sabe?" E Dina: "Sei! E faço tudo que tiver de fazer. O que interessa, Bebel, não sou eu. É minha pintura. Ela é que vale. Meu corpo, minha cara, tudo é uma bobagem. É instrumento. Assim como esta mão. Eu me sirvo da mão para poder pintar. Então por que não vou me servir do corpo para uma utilidade que está relacionada com o que faço? Eu morro e minha pintura fica aí." Bebel soube: foi nesse instante que começou a ver Dina por um lado diferente. Que lhe agradava. Nesse dia, sentiu alívio. "Se pode ser assim para ela, também pode para mim. Por que não?."

Havia certas épocas em que Bebel achava impossível freqüentar a pensão. Ao quarto iam passivos e ativos; neutros; barbudinhos sem definição; garanhões; intelectuais com mesa fixa em todos os bares da moda; uma gang de adoradores de Bergman e dos intimistas japoneses; garotos de calça de veludo e sem profissão; garotos com rosto feminino e garotas com rosto masculino; garotinhas ótimas que ficavam na roda dos garanhões; pintores abstracionistas, concretistas; op-artistas; freqüentadores de todos os ateliers de pintura de São Paulo; arroz-de-festa de vernissagens e coquetéis das galerias; emigrados italianos e argentinos que diziam fazer cinema novo, escrever livros e pintar quadros. Bebel se lembrava da época em que fora adorada pelas bichas e como elas pululavam ao seu redor. Era quase igual com Dina; aqueles garotos todos que a beijavam na boca ao chegar e se espalhavam como baratas pelo quarto. Bebel disse: "Sabe? tenho ciúmes dessa gente toda. Por isso não venho aqui nas suas temporadas de frescura. É muita gente. Muito homem. Não sei o que eles são para você, mas não gosto. Principalmente dos que são homens mesmo." E Dina: "Só gosto de homem bem homem; e bonito; o meu bonito, acho que só eu acho; gosto de um homem com cara malfeita, mal acabada; desse malfeito de propósito; então fica uma cara de homem e fico cheia de vontade de dar uma comida nele; com os outros você não precisa se importar; nem a mínima; as bichas então? Gosto delas porque tenho com quem sair, me levam a todo lugar, me pagam, não me cantam."

Dina tinha oferecido alguns homens a Bebel. Ela recusara. Não queria nem mesmo conhecê-los. Nem ser apresentada. Quando descobriu dentro dela que Dina lhe agradava, Bebel mudara. Chegava ao quarto da pensão, e se tinha algum dos homens de caras pétreas por lá, ficava à janela, olhando o fundo do quintal e em completo silêncio. De tal modo ela sabia provocar mal-estar que eles logo se iam. Ela disse a Bernardo um dia: "Detesto aquela gente. Mas preciso ir com calma. Senão perco tudo. Estou tendo calma pela primeira vez na vida. E é Dina quem me faz esse bem. Não é gozado? Pela primeira vez na vida vou indo devagar para conseguir alguma coisa. Acha que estou ficando velha?"

– Velha? Não é isso, Bebel! É que agora você está pegando janela. Está aprendendo.

Os amigos de Bebel pararam de contribuir depois de alguns meses. Bebel também deixou de correr atrás de cada um. E Dina ficou sem dinheiro. A italiana, dona da pensão, foi ao quarto, uma tarde. Dina estava deitada na cama, com os olhos revirados. Chamaram o médico e ele chegou junto com Bebel. Examinou.

– Sua amiga? perguntou.

– É! disse Bebel.

– Conhece faz tempo?

– Uns sete meses.

– Sabe se ela já teve algum outro ataque?

– Ataque como?

– De cair, rolar pelo chão, prender a língua no meio dos dentes?

– Não, não sei. Nunca, nem ouvi falar.

– Tudo indica.

– O que é isso?

– Epilepsia.

– É grave esse negócio?

– Depende. Mas não adianta te explicar.

– E então?

– Não posso fazer nada. Olha aí, está voltando. Esse desmaio assim é uma forma curiosa de epilepsia.

Dina sentou-se na cama. Olhou para Bebel.

– O que há? E essa gente?

– Este é médico.

– Médico?

– É. Você está com plepsia... plepsia cola.

– Ahn?

– Nada, disse o médico. Você desmaiou.

– Foi de fome. Essa velha desgraçada cortou minha pensão de novo! Também, vou morrer aqui e deixar um bilhete para a polícia!

Tinha os olhos fundos, a pele macerada. Antes do desmaio devia estar passando batom, porque os lábios estavam bem vermelhos. Ela não sabia passar batom e borrava toda a boca. Aqueles lábios mal desenhados, grosseiros, tinham sido uma das coisas que atraíra Bebel. Fortemente. No primeiro dia em que vira Dina, com o batom mal colocado, se lembrara do garoto. Ela tinha treze anos e o garoto mandou uma amiga dizer que estava apaixonado pelos lábios de Bebel. Tinha sido à beira da piscina dos funcionários públicos, junto à Ponte Pequena, num domingo de muito calor. Ela saíra d'água e dera de cara com o garoto. Tinha os lábios ressequidos e a pele se soltava em pedacinhos. Durante meses e meses fora perseguida pelo menino, no Bom Retiro. Era um menino meio rico e tinha um imenso Hudson cinza, onde ia a família de sete pessoas e sobrava lugar. O menino tentava conquistá-la com o Hudson e ela sempre o mandava à merda.

– Tem sopa? perguntou o médico.

– Tem, mas não pra ela, disse a dona da pensão.

– A senhora não pode matar uma pessoa de fome. Esse prato, eu pago.

– Se é assim! Mas é extra, porque a cozinha não funciona nesta hora e vou ter de acender o gás.

– Pois que seja extra. Adiantado.

O médico enfiou a mão no bolso.

– O senhor parece médico de cinema americano, disse Bebel.

– Por quê?

– Muito bonzinho. Muito direitinho. Faz caridade.

A dona veio com a sopa. Dina estava sentada, de pernas cruzadas. A saia no meio da coxa. Bebel reparou no olhar do médico. Vidrado nas pernas que apareciam. O médico apanhou o prato e entregou à Dina. Levantou e ficou a olhar o joelho.

– Se precisar de mais alguma coisa! – e deu um cartão a Bebel.

– Eu telefono, pode deixar.

– Passo amanhã para ver como ela está. Moro aqui mesmo ao lado.

– Claro. Tinha que morar. Eu disse que era médico de cinema.

Dina tomou a sopa, rapidamente.

– Eu quero morrer, Bebel! Quero morrer! Faz tempo!

– Eêê! Agora essa!

– Quero mesmo. O que eu tive?

– Desmaiou de fome.

– Não é não! Já tive outras vezes. Faz tempo. De vez em quando acordo num lugar estranho, deitada no chão, machucada. Não sei o que é. No começo pensei que era assalto. Bandidos me batendo. Depois achei que era muito azar e muito bandido. O que é?

– Fome!

– Fome não é. Estou acostumada.

– Então é qualquer coisa. Não liga não! Você acaba de conquistar um novo admirador.

– O médico?

– É.

– Com aquele bigodinho fino?

– Com bigode e tudo. Aproveita e se trata. O cara olhava suas coxas sem parar. Ficou gamado no joelho. Também, seu joelho é lindo. Tão liso e redondinho que dá gosto.

Passou a mão, suavemente. Ergueu os olhos. E viu o rosto bem junto ao seu. Ajoelhou-se. Dina descruzou as pernas.

10

Unesco: 40 por cento do mundo é analfabeto

RATOS ESTÃO DEVORANDO COMIDA DOADA
PELOS ESTADOS UNIDOS AO BRASIL

PAPA APELA PARA A PAZ

GOVERNO CASTIGA A INDÚSTRIA NACIONAL
E DÁ NOVA ORDEM: IMPORTAR É A SOLUÇÃO

BEATLES PROVOCAM HISTERIA

Uma onda de histerismo coletivo assolou, ontem, as platéias do circuito de cinemas que exibem o filme "Help" (Socorro) dos "Beatles", proporcionando um verdadeiro "show" de loucura, com jovens de menos de 18 anos se acotovelando aos gritos, tapas e outras demonstrações.

MINISTRO DA JUSTIÇA QUER
PUNIR JORNAIS E JORNALISTAS

IMPRENSA SOB NOVA AMEAÇA

PROTESTO CONTRA O DIVÓRCIO

O Conselho Nacional da Sociedade Brasileira de Defesa da Tradição, Família e Propriedade promoveu uma passeata de seus sócios e militantes em protesto contra o divórcio. Eles se dirigiram ao monumento do Ipiranga, onde seus estandartes marcados pelo leão áureo sobre fundo rubro ficarão depositados até amanhã quando, às 16 horas, será assinada uma súplica a Nossa Senhora Aparecida, para que o divórcio jamais chegue ao nosso país.

DE MÃOS DADAS. Sem ver os olhos um do outro. Deitados. Existindo no domingo. Um verão que se estendia em sol. A claridade não penetrava no apartamento. Cada vez que Bebel tirava a roupa, ele fechava a persiana. A luz, batendo no corpo da mulher o incomodava, como se estivesse a olhar. Puxava os cordões, as tiras da persiana se uniam, formavam no quarto outro mundo, separado do exterior quente, tomado pelo mormaço e luminosidade. As ruas vazias, o povo estava em alguma parte, fazendo qualquer coisa. Ele gostaria de saber o quê. E se dissesse que estava se sentindo sozinho? Não podia. Ela ia se sentir inútil. Ficava olhando o corpo solto na colcha listada. Havia marcas brancas de maiô. O resto era moreno. Ela atravessou o corpo sobre o dele, percorreu os livros, com o olhar. Havia estantes cheias, e montes de livros pelo chão, em pilhas junto às paredes. Bernardo não queria arrumar, dizia que ia embora dali.

"Advertisements for Myself", Norman Mailer: "O Grande Gatsby", Scott Fitzgerald; "Another Country", James Baldwin; "Ulisses", James Joyce; "Adeus às Armas", Ernest Hemingway; "Paris a Moveable Feast", E. Hemingway; "Filho do Homem", Ernesto Roa Bastos.

– Vou posar de certinha. Devo?

– Por que de certinha? Agora que sua carreira está virando para o lado bom?

– Que carreira? Não tenho mais carreira nenhuma. Você se esqueceu disso?

– Tem Bebel! Claro que tem. É só agüentar um pouco. Ter paciência.

– Que paciência, o que Bernardo! Já tive muita. Faz meses que não trabalho. Nem um programa de televisão, nem um show, nem uma foto. O que pensa que é? Passei tanto tempo trabalhando sem parar que não agüento ficar assim. Estou desaparecendo! Daqui a pouco ninguém se lembra de mim.

– Todo mundo vai sempre se lembrar de você, Bebel. Você é a Marylin Brasileira.

– No cu, que sou a Marylin! Por que esse pessoal não quer mais saber de mim? Até que fui bem na novela, não fui?

"Luz de Agosto", William Faulkner; "The Wild Years", E. Hemingway; "Sursis", Jean-Paul Sartre; "Teatro Completo de Nélson Rodrigues"; "Ascensão e Queda do III Reich", William Shirer.

– Me diz uma coisa. Você chegou a gostar de mim um dia, Bernardo?

– Gostei. Por quê?

– Ando pensando nisso. A gente sente ternura pelo outro e isto chega para mim. Ando apavorada, Bernardo. Ninguém precisa de mim, eu é que fico precisando dos outros. Houve um tempo em que todos tinham necessidade de uma dose de Bebel. Então, eu fazia sucesso. De repente, ninguém mais precisou. Foi muito de repente. Como se tirassem o caixão debaixo de uma pessoa que tem a corda no pescoço.

"A Story Teller's Story", Sherwood Anderson; "A Elite do Poder", Wright Mills; "O Golpe Começou em Washington", Edmar Morel; "Os Mil Dias – Kennedy na Casa Branca", John Schlesinger Jr; "Terras do Sem Fim", Jorge Amado.

– Eu amava Marcelo. Foi o único homem de quem gostei muito, mesmo! Ele também gostava desesperadamente de mim.

Um dia, Marcelo me disse: “Vê? Não tenho nada. Não tenho nem perspectiva de ter alguma coisa. Não sei fazer nada neste mundo senão dançar e andar por aí. Dentro de mim apenas existe vontade de fazer alguma coisa. Mas não sei o que fazer. Não sou como você, Bebel, que tem uma carreira. Ou como Bernardo que tem o jornal e lançou um livro e vai lançar outros. Vê? Eu só sei dançar e tomar bolinhas e fingir que estou alegre e viver dos outros.” Sabe, Bernardo, o que era alguma coisa para Marcelo? Era dinheiro. Nesse dia, ele chorou: “E uma coisa que deprime muito não ter dinheiro, nem carro, nem casa.” Marcelo era bacana. Ele ia fazer muita coisa na vida. Ia mesmo. Muito tempo antes da gente brigar sabe o que arranjou? Uma câmera. E tinha começado a filmar. Depois que revelou e projetou o que filmara, Marcelo mudou. Deixou de ser molecão louco. Projetou cem vezes no mesmo dia tudo o que filmara, com nexo e sem nexo. “Estou chegando lá, Bebel. Estou chegando. Se eu conseguir colocar para fora do escuro da cabeça um troço que está lá batendo, pronto... para estourar, ninguém me segura. Ninguém.”

“A Morte Semivirgem”, Thomaz Souto Correa; “Cleo e Daniel”, Roberto Freire; “Paris Sob o Terror”, Stanley Loomis; “El Imperialismo Norte-Americano”, Victor Perlo; “Por Quem os Sinos Dobram”, E. Hemingway.

– Por que não pensa em mim?

– Em você?

– Eu queria alguém pensando em mim. Sempre como um louco! Alguém que não me tirasse da cabeça.

– Mas o que é isso? De repente?

– Não é de repente. A vida inteira pensei num homem só. Meu.

– E andou com todo mundo?

– Andei. E vou andar. Agora não há mais remédio. Não há mesmo uma só pessoa para outra pessoa.

– Mas que frescura, Bebel! Quem é que te colocou estas coisas na cabeça?

– Não sei. Para todas as perguntas do mundo, a meu respeito, eu só consigo responder: não sei!

– Me diz, então, porque muda tão rápido de namorado?

– Isso, eu sei! Prefiro me dar, mesmo que seja para ser jogada fora, que ficar sozinha.

– E depois?

– Depois, nada! De um jeito ou outro, vamos todos estourar, uma hora! Quero estourar com a certeza de que vivi.

– E essa coleção de gente que passa por cima de você é viver?

– Por que essa frase de padre? É viver, pronto! Para mim é! E acabou! A gente tem que conhecer o maior número de pessoas, o mais rápido possível.

– Uma dormida não é conhecer alguém.

– Uma vida inteira também não é. Fodeu-se!

"A Arte de Ser Mulher", Carmen da Silva; "Deus e o Diabo na Terra do Sol", Glauber Rocha; "Vidas Secas", Graciliano Ramos; "Trópico de Capricórnio", Henry Miller; "Antologia nº 2 de Ellery Queen"; "Quem é o Povo no Brasil?", N. W. Sodré.

– Você não tem cigarro. Não tem uísque. Não tem copos. Não tem merda nenhuma neste apartamento. Só livros. E cartazes nas paredes. Tenho raiva dessa mulher.

– Qual?

– Essa do cartaz, em frente à cama. Essa toda verde que está dando uma gargalhada. Quando a gente fazia, dei uma olhada e ela ria. Parece que era de mim.

– Foi bacana essa fita. "O Desafio." Muita gente não gostou. Ninguém gosta de nada, aqui. Foi assim com meu livro.

– Eu gostei do seu livro.

– Não é isso que estou dizendo. O que adianta escrever? Ninguém presta atenção. Pouca gente sabe ler. Vê meu livro. Cinco mil e o editor satisfeitíssimo. Bela porcaria, cinco mil! É o mesmo que não ter sido lido!

– Você, às vezes, fala como Marcelo. Amargurado. Só que ele tem uma coisa: é forte. Você é acomodado. Ele revoltado. Quer mudar tudo, arrebentar tudo.

"Quem Faz as Leis do Brasil?", Osny Pereira Duarte; "Por que os Ricos não Fazem Greve?", Álvaro Vieira Pinto; "Que São as Ligas Camponesas?", Francisco Julião; "Quem Dará o Golpe no Brasil?", Wanderley Guilherme; "Quais São os Inimigos do Povo?", Theotonio Junior.

– Dina me escreve cartas. Todo dia chega uma carta. O que faço?

– Abre e lê.

– O que faço com Dina?

– O que ela quer?

– Acho que gosta de mim!

– E você? Gosta também? Ou tem medo?

– Medo? Do quê?

– Sabe como é o povo!

– Bobo. Nós já namoramos e brigamos.

– Houve alguma coisa?

– Nada. Ainda. Acho que é o que ela quer. Não sei. As cartas são muito esquisitas.

"1930, A Revolução Traída", Hélio Silva; "O Vermelho e o Negro", Stendhal; "Chapadão do Bugre", Mário Palmério; "10 Dias que Abalaram o Mundo", John Reed; "História Nova do Brasil"; "Jack London", Irving Stone.

Além de Bebel, Bernardo via a cidade através dos vidros. A cidade eram os prédios, as ruas, árvores, os carros. E o barulho. De carros, apitos de guardas, buzinas, gritos não identificados, chamados, estouros, assobios, aceleração de motores, rodas de bondes raspando trilhos. Tudo na tarde. "Eu sinto que estou em São Paulo, com todo esse ruído em volta", ela disse. E não deixou que ele colocasse música. Para que pudesse ouvir o barulho que vinha de fora, dos intestinos da cidade.

– Faço ou não faço de certinha?

– Faz, faz p'ra ver o que dá.

– E se não der certo?

– Azar.

– Não posso, Bernardo, confiar em azar ou sorte. Ao menos, agora, Tenho que fazer as coisas bem certas.

"Você não sabe, Bebel, nem posso te contar. Talvez eu não queira que você faça as coisas certas. Eu quero, agora, que você comece a descer. Para te observar! Aproveitar. Não sei se é bom, ou ruim. Mas, a certa altura, as pessoas se tornam personagens. Quando passam a se mover como objetos, é porque estão prontas, perdem toda humanidade e se oferecem para serem recriadas. Elas se mudam em coisas frias, sem alma, amorfas, para que eu as retransforme em seres vivos de novo. Aí está o que é um escritor, uma espécie de novo Deus."

– Bernardo, me diz se estou certa! Se devo fazer! Não fica aí com esse olhar parado! Parece morto!

"Naquele dia, Marcelo me olhou fixo, quando apontei o livro na vitrine da livraria: Este é o meu começo, eu disse, já peguei primeiro lugar duas semanas seguidas. Você vai ver, Marcelo! Ele me olhou, com aquele jeito parado que tinha quando estava com raiva e me disse: – Eu gostaria que algum dia você fizesse uma coisa bem errada, Bernardo. Para saber como é. Para te ver reagir. Será que você reconheceria um erro? Será que vai errar um dia? E se errar nisso que diz ser a coisa mais importante de sua vida: os livros? Você vai ter coragem suficiente para se matar? Para mim, você é um boneco dentro do mundo. Que vai sendo levado, levado!"

"Longa Jornada Noite Adentro", Eugene O'Neil; "Homens Até o Fim", Calder Willinghan; "Belos e Malditos", Scott Fitzgerald; "As Neves do Kilimanjaro", Ernest Hemingway; "Oito e Meio", Fellini; "Admirável Mundo Novo", Aldous Huxley.

– O meu rosto. É verdade o que me disse um fotógrafo? O meu rosto não dá mais aquela expressão? Será por isso que estou sendo abandonada por eles? O que você acha?

– Não posso achar nada, você sabe. Eu sou suspeito para achar. Mas por que você não descobre por você mesma? Por que não faz uma experiência? Agora! Agora mesmo.

– Daria? Não daria. Não vai dar mais. Tudo mudou. Tudo, tudo. Agora tenho medo. Cada dia que passa tenho medo.

– Você já está enchendo, Bebel! Sabe disso? Enchendo! Qualquer coisa vira um dramalhão mexicano. Irrita todo mundo com essa fossa! Pois quer saber de uma coisa? Ninguém suporta uma *fossilda!* Até para a cama você faz drama. Sabe como o pessoal fala de você? "Não vai com aquela, que você não trepa uma mulher. Trepa um problema." Por isso eles estão se afastando, Bebel.

– Eu quero que eles, todos eles, que falam e não falam, quero que eles tomem. Tomem direitinho. No dele e no da mãe deles. Vê, Bernardo? Eu também estou cansada. Ficando cansada. A gente faz força. Quer viver e estar alegre. Cada um é feliz do seu jeito. Eu sou feliz sendo vedete. Eu ia ser mais feliz, se pudesse ser mais. E agora? Agora tenho o pressentimento esquisito de que não dá mais! Não vai! Ir para onde? Podia ser mais do que eu?

– Do que foi!

– Não fui. Sou.

– Não é, Bebel. Não é. Põe isso na cabeça.

– Eu sou, Bernardo. Sou e sou. Estou apenas descansando. Foi o que me disse um produtor, outro dia. "Descanse uns meses que é bom para você." Depois volto. Volto e não vou querer suportar aquela gente que vive rodeando a gente. Rodeando e falando e querendo. Sabe o que diziam na televisão? Não? Claro que sabe! Na televisão, fora dela, em todo lugar. Que sou uma puta. Sou? Não, não sou! É que eles não entendem nada, Bernardo! Nada! Uma mulher não pode ter desejo. Só os homens. Uma mulher não pode querer dormir com quem ela quiser. É isso que eu faço. Se tenho vontade de um cara, vou com ele. Por que não posso? Ao menos, no começo, era assim. Eu ia com quem gostava. Um dia percebi que ia, para desafiar os outros, mostrar que eu podia fazer o que queria. Eu era eu!

"O Despertar dos Mágicos", Louis Pawells e Jacques Bergier; "A Origem do Capital", Marx; "A Peste", Camus; "Mas, Não se Mata Cavalo?", McCoy; "Absalom, Absalom", W. Faulkner; "Marco Zero", Oswald de Andrade.

– Eu quero te contar Bernardo. Porque mexe dentro de mim há muito tempo. Como te detesto. Tanto, às vezes. De te querer morto. Porque você sempre abriu e cantou o meu jogo. Com você. Na sua frente. Sou obrigada a pensar e pensar de novo. E eu não devia. Não devia te detestar. Gosto de você por causa disso. Porque me vê inteira. Conseguiu. Então eu acho mesmo que você é um cara inteligente. Ainda que te odeie de morte quando você começa a falar. Eu podia destruir todos os seus argumentos que na hora você não encontraria outros. Você não tem. Quero dizer. Você não tem capacidade de resposta rápida. Você não pensa depressa. Eu te acho um cara inteligente e formidável. Mas sabe? Você usa isso para destruir os outros. Pode ser que eu seja burra, mas dá para enxergar um pouco. Eu vivi sempre num meio em que a gente precisava pensar na frente do outro, senão terminava enrabada. Sempre e sempre. Desde o Bom Retiro. Na televisão então, é fogo! Você só vê o pessoal passando vaselina. Preparando. Aí você começa a entender os outros e ver o mundo. O mundo é aquilo, Bernardo. A gente tem que ser mais esperta. Mais monstro que eles. E não ter medo. Isso foi bom. Aprendi a não ter medo. Aí veio outra coisa; o medo de chegar um dia e ter medo. Está vendo? Quieto. Sempre quieto. Nunca deixando ninguém saber o que acontece atrás desse rosto. Se fosse ator, você ia ser o maior canastrão, Bernardo. Sabe? No seu rosto não se move nunca um só músculo. Diz, eu te amo. Vamos, Diz. Diz com um pouco de amor por mim. É pra dizer, benzinho.

– Eu te amo.

– Isso. Agora! Eu te odeio. Vai!

– Que bobagem. Não enche.

– Diz. Quero ver.

– Eu te odeio.
– Agora. Só mais uma coisa. Você diz?
– Só uma?
– Só. Três palavras.
– Tá bom, vai lá!
– Eu gosto de comer bosta.
– Ah!
– Diz, vá!
– Eu gosto de comer bosta.
– Genial!
– Muito! Demais!
– É que você não se viu no espelho. Uma cara só. Tudo igual. Como eu tinha dito. Nada se move. Por que você faz isso? Como faz?
– Não sei mais. Há muito tempo atrás, era de propósito. Agora, ficou. Não dá mais para ser como antes. E eu não quero. Tenho ódio de tudo que ficou para trás. Não quero voltar. Nem lembrar. É isso, essa cara de pau veio de outros tempos.
– Eu meio te conheço. E te vejo como um leão. Parece sossegado e quieto, mas é um leão ferido. Fervendo por dentro. Está apenas esperando vingança. Só pensa nisso. No momento de se vingar de quem atirou em você. É, ou não é?
– Quanto ao leão, você tem razão. Não em tudo que diz, que é bobagem. Fica sacando, porque acha bonito! Sou leão, claro. Nasci em julho. Leão é meu signo.

"Neurose e Desenvolvimento Humano", Karen Horney; "IBAD – Sigla da Corrupção"; "Storia Del Cinema Italiano", Carlo Lizani; "A Devil in Paradise", Henry Miller; "Writers in Crisis".

"Você fala e fala, Bebel. Hoje te deu um acesso de papagaio. Não te ouço. Nunca ouço ninguém. A não ser eu mesmo. Estou o tempo todo pensando em mim. O que posso fazer? Não aprendi a sair de dentro. Sou o resumo de duas coisas: eu e meu livro. Penso nele, durmo com ele. Se preciso, me sacrifico por ele. Tenho que ser alguma coisa. E só através dos livros. Não sei fazer mais nada.

Nem mesmo tenho capacidade para ganhar dinheiro. Se te contasse estas coisas, Bebel, ia ser melhor para mim. Saía de dentro. São coisas que ficam grudadas na pele. Por dentro, e começam a atrapalhar. Ando cansado de dar voltas. De tropeçar nos meus passos. Entre a descoberta de uma doença e a recuperação do doente vai muito tempo, às vezes. Para mim, isso é mortal. Quanto mais demora, é pior. Sinto, agora, um grande medo. Vendo o livro publicado e vendido. Lendo o que estou escrevendo. Medo que minha obra esteja sendo fácil demais. Fácil de ler, não de escrever. Fácil de compreender. Estou dando tudo mastigado. Um autor precisa obrigar a pensar. Deixar coisas entrevistas no texto não escrito. Ser entendido no instante exato da obra, tem significado, quase sempre, a derrocada. Eu estava outro dia no bar do museu. Via aquela gente. Havia um pintor inteiramente bêbado, chateando todo mundo. Repelido de mesa em mesa. É um pintor a quem ninguém liga, que não tem importância alguma. Então, fico a pensar nos grandes. Nos verdadeiros pintores. Encharcados de álcool e loucura, humilhados e desprezados e que depois vieram a ser Modigliani, Van Gogh, Gauguin. Não passaram para as suas épocas, mas se projetaram. Eles eram. E sabiam. Tenho certeza que sabiam. Não se viam no presente, por isso acreditavam no que faziam. Acreditavam tanto que se deixavam foder inteiramente pelo mundo, para salvar as suas criações. Havia um preço alto a ser pago por aquela genialidade. Mas por que uma pessoa tem que sofrer e ser infeliz para produzir alguma coisa? Estou intoxicado de literatura e romantismo. Completamente. Isso que você vê, aí de fora, Bebel, não quer dizer nada. É uma máscara de gesso que comprei um dia. Para enganar. Para não deixar vocês verem o sentimental e o romântico que estão aqui dentro. Eu quero. Como quero entender esta época. Como eu preciso! Puxa! Eu sinto que não adianta mais fazer literatura, nem cinema, nem teatro. Porque não adianta mesmo. O cinema ainda se salva um pouco, se for para a frente e deixar de contar estórias bobas. Hoje tudo vem pronto dentro de caixinhas e latinhas. E os livros terão que acompanhar. Já se escrevem livros em massa. Aos montes. Os policiais e as novelas para consumo de domésticas. Daqui a pouco, os livros escritos com o trabalho exaustivo, com a pesquisa e o sangue, com o labor paciente, serão obras raras, serão livros de fabricação particular, lidos por poucos e bons conhecedores. Cada vez mais escassos, como os bisontes e os búfalos, serão encerrados em salas, dentro de recipientes de vidro, intocáveis, com legendas explicativas. Haverá grupos de iniciados, sociedades, entidades de proteção ao livro bem escrito. E aí a literatura terá terminado. Morta. Morta como a pintura que serve hoje para decorar uma sala, mas não tem nenhuma função, nenhuma assimilação para o povo. Os que escrevem têm que procurar uma saída. Essa é que não vejo! Por isso sofro este bloqueio. Sento-me em frente à máquina e não sei mais nada. Estou tentando descobrir se devo também produzir em massa, rápido, acompanhando o ritmo de vida, e a capacidade de assimilação dos leitores, ou se devo escrever pacientemente, elaborando a obra que poderá vir a ser a única de minha vida. É difícil, muito difícil ficar deitado em cima de um livro anos e anos. Pois estou quase chegando ao ponto que Marcelo repetia. Aproximar e escrever para o povo. Um escritor deve ser compreendido, porque ele pode mudar o mundo, principalmente esse mundo que está à volta dele, a esmagá-lo, e fazer não sei o quê de todos nós. Dizia Marcelo, e eu não me importava."

"O Alienista", Machado de Assis; "O Puritano", O'Flaherty; "Os Maias", Eça de Queiroz; "Other Voices, Other Rooms", Truman Capote; "A Queda", Albert Camus; "A Morte do Caixeiro Viajante", Arthur Miller; "Psicoanalisis del escritor", Bengler.

– Simplesmente acontece que agora eles estão dando muito mais atenção à outra. É aquela cantorinha. A baixinha que sacode os braços para todos os lados. Só falam dela, lá dentro. A primeira coisa que fizeram, antes de me porem de lado, foi colocarem o programa dela no lugar do meu. É a maior badalação, porque dizem que agora o povo quer bossa nova. Viraram a estação de pernas para o ar e a programação inteira é de bossa-nova. Posso cantar, não posso? Acha que tenho menos voz que estas outras aí? Vou arranjar uma professora. Nem é preciso muita voz. A que tenho se arranja. Afinal cantei em tantos programas. O que é que houve, Bernardo? Você que sabe as coisas? Quando começou essa onda? Nunca vi tanta gente medíocre na vida, puxa vida! Barbaridade? O cara vai lá, diz que canta bossa, e eles logo contratam. Está errado, não está? Diz? Por que eles fazem um negócio assim? Não é certo. Tem lugar para todo mundo. Virou a onda, quem estava em cima, desce. Quem estava em baixo, sobe.

– Acho que você não pode reclamar muito. Foi igual com você. Não foi?

– Não tirei o lugar de ninguém.

– Essa não, Bebel. Então não sei. Não tinha uma primeira bailarina na televisão, quando você arranjou o caso com o produtor? E você não foi para o lugar dela?

– Ela era primeira, mas não era uma estrela, coisa nenhuma. Era uma mixuruca, sem cara, nem pernas. Não sabia fazer nada. Estava lá por causa do produtor. Eu não. Eu sou muito mais. Eu faço a televisão render.

– Fazia.

– Você insiste em me derrotar. Espero só.

Bernardo colocou o rosto entre os seios de Bebel. Ela cheirava bem. Agora, era a mistura de perfume e o ligeiro suor de pele limpa. Um pouco dela passara para ele. Segurou os seios com as duas mãos. Bebel não gostava que mexessem neles; nunca deixava que apertassem. Bernardo colocou-se sobre ela. Os rostos se encostaram. As bocas. Ele não colava o corpo totalmente ao dela. No começo. As peles apenas se tocavam. Movimentaram-se. Os rostos imóveis. Apenas embaixo encontrando e se desencontrando, até chegar a uma harmonia, como uma boa engrenagem. Ela gritou, a primeira vez. Bernardo continuou. Três vezes ouviu o grito. Para então também se deixar nela. Na vitrola, girava o "Missa

Criolla". O cantor dizia em espanhol: "Cordero de Dios que quitáis los pecados del mundo, dai-nos la paz, dai-nos la paz."

– Muda esse disco – pediu ela.

E remexeu na pilha de LPs, junto à cama.

"The Sheriff", "The Modern Jazz Quartet"; Booker Pittman; Missa Luba; Hello Dolly; Luis Armstrong; "O Eclipse", com Mina.

"O que eu estava esperando, no fundo, do primeiro livro? Um sucesso? Um best-seller? Mas eu acho que meu livro não dizia nada. E as pessoas estão esperando que alguém diga alguma coisa. Um livro jovem e novo. Vai ver que não saiu. Devia haver uma crítica. Inteligente. Que me arrasasse. Para que eu fosse obrigado a trabalhar verdadeiramente, a fim de demonstrar que sou bom e tenho coisas a dizer. E serei um escritor que conta dentro da literatura brasileira. "Agora está bom", me disse Marcelo, a última vez em que o vi. "Nunca se comprou tanto livro como depois do golpe de abril. Todo mundo quer se informar. Saber o que acontece em volta. Olha quantos livros estão saindo sobre o golpe. Um atrás do outro. A maioria de gente da esquerda. Gente que conhecia. Gente que se enganou. Gente que se fodeu toda. Gente que se iludia e gente que estava pessimista. Agora, disse ele, você precisa escrever, mas não vai ser farra. Vai ter que responder pelo menos pelo que escreveu. Bom, isso! Para você! Vai te provar." Há necessidade de que eu trabalhe sem parar, escrevendo milhões de palavras, para jogar fora tudo. E recomeçar. O pior é que gosto de quase tudo que escrevo. E no entanto, ninguém é mais preguiçoso que eu e a produção média semanal que podia ser de ao menos vinte páginas, com duas boas, está se reduzindo. Sentar-me, fazer um esforço e prosseguir, porque somente escrever pode me salvar e me dar alguma coisa ao mundo. Eu reclamo qundo estou em paz e não consigo escrever uma linha! E reclamo quando estou solitário. Este é o meu vômito intelectual; a gente precisa vomitar e evacuar todas essas palavras e frases que se amontoam por dentro. A fim de limpar a cabeça. Do mesmo modo que uma pessoa tem necessidade de limpar os intestinos para se sentir boa e disposta e possuir boa saúde. Limpando tudo isso de dentro de mim. Tirando toda essa vontade de fazer drama, poses, atitudes intelectuais, representação, estarei em forma para escrever as verdadeiras estórias, a estória da gente, porque é a coisa mais fascinante do mundo. Este já é um pensamento meio bobo e se eu estivesse escrevendo uma estória, ele ficava bem ruim dentro dela."

"Zorba, o Grego", com Dalida; "Nara"; "Sportlight ou Earl Grant"; "A Pantera Cor-de-Rosa"; "Judy at Carnegie Hall"; "Percussion Español."

– Você já teve nenhuma vontade?

– Como nenhuma vontade? – perguntou Bernardo.

– Assim, vontade de não fazer mais nada? De parar o que está fazendo. De não ver nada, ninguém, abandonar tudo?

– Todo mundo tem isso. Mas é só um momento.

– Comigo não! Faz três meses que só penso nisso. Não estou mais animada com minha carreira. Antes, eu gostava. Do povo me ver. De me reconhecerem, pedirem autógrafos, ver minhas fotografias nos jornais. Mas, eu era tudo isso, porque era uma puta. Era, ou não era?

– Não, nem um pouco. Você apenas estava no jogo. E sabia jogar bem.

– Acho que sei. Por isso é que sempre eu me sentia mal. Você não vai nunca poder saber o que é! Nunca. O pior, é que eu queria. Não queria. Eu quero. Quero me deitar com todo mundo. Porque tem uma coisa na minha cabeça que me obriga. Sabe? Cada vez que eu vou com um homem, eu tenho uma visão. Não consigo me lembrar se aconteceu, se vai acontecer. É um terreno deserto. E tem uma árvore seca. Eu sei que atrás da árvore tem um homem, porque vejo o negócio dele. Só o negócio. Aquela peça que surge de trás do tronco e parece estar me chamando. E dentro da minha cabeça tem um monte de palavras confusas.

11

Aviões dos Estados Unidos arrasaram por engano aldeia sul-vietnamita

CAIXA ECONÔMICA NOMEIA FILHOS DE MILITARES

São Paulo: desemprego no primeiro semestre aumentou em 32,8 por cento

MINAS CONTRA ALUNO ESPIÃO

Belo Horizonte (BH) – Está sendo examinado pela Congregação da Faculdade de Ciências Econômicas o caso de dois bolsistas norte-americanos contra os quais se levantaram os demais alunos do estabelecimento, em número de 800, sob a acusação de que não passam de "espiões do Departamento de Estado" e "instrumentos da implantação do Plano Camelot" no Brasil.

Militares contra eleições

Renda agrícola brasileira sobe com café na liderança

RECANTO DOS PRACINHAS EM SÃO DOMINGOS

São Domingos, 31 (Reuters) – Os soldados brasileiros que estão em serviço militar nesta capital, na Força da Paz Interamericana têm conseguido criar um recanto de sua Pátria nesta cidade convulsionada. A alegre música brasileira ressoa pelas ruas desertas depois que anoitece e os gritos das partidas de futebol têm servido para animar o cenário local, tanto para os dominicanos, como para os brasileiros.

BEBEL CORREU e atirou a bola. Ficou observando e viu a bola penetrar na canaleta.

– É a quarta que perco! O que há comigo hoje?

– Eu é que pergunto, disse Bernardo. O que há com você? Parece um bicho? Não pára! Só se mexe!

Ele tomava cerveja. Tinha bebido várias. A cerveja não subia. Mas ele tinha ido ao mictório trezentas vezes. Contemplou Bebel dentro de sua calça Lee cor de palha e a camisa cor-de-rosa, xadrez, de homem. Ela apanhou nova bola, correu e atirou. A bola perdeu velocidade, rolou devagar, derrubou um pino e parou.

Bebel tinha cortado o cabelo bem curtinho, lembrando mulher de 1930. Era moda deixar mal cortado. Os cabelos estavam claros.

– Como faço?

– Como faz o quê, porra?

– Não dá mais para ir a lugar nenhum, Bernardo. Não há mais lugares para ir. O que eu faço? Preciso me abrir. Não agüento mais ficar como estou. Não agüento mais.

– Fala. Fala sem parar.

– Não consigo. Não dá. Não sei nada. Eu tento e não dá certo. Me ajuda.

– É Dina, não é.

– Dina... é... Dina.

– Você está gostando dela muito, não é mesmo.

– Ela fez tudo para que eu gostasse. De repente, não me liga mais. Já me disseram que ela é maníaca. Maníaca-depressiva. O que é isso?

– É uma neurótica. Uma pessoa que entra sempre na fossa. Deve ser isso. Se não for, é parecido.

– Ela fez tudo para que eu gostasse. Tudo. Tirei ela daquela pensão, levei para casa. Ajudei ela a arranjar um apartamento até bem bacaninha. Por que agora me anda esnobando?

– Vai ver que não! É só para te provocar! Amor assim é mais gostoso.

– Quando ela foi fazer aquela exposição ajudei que nem louca! Que nem louca. Foi todo mundo badalar. No dia, ela nem ligou para mim. Vendeu tudo em uma semana. O que há? Pensa que é alguém só porque saiu nos jornais e na televisão. Como se eu não conhecesse tudo isso. Por quê? Agora só anda com pintores, com gente tão estranha. É amiga do Aldemir, o Di está pintando um retrato. Quem é o tal de Di? Ela fala como se fosse um Deus. E agora não tem mais tempo para mim. Então por que começou? Foi ela quem começou. Mas ela me paga. Ela se esqueceu, meu sangue é de espanhola! Nasci no fervedouro do Bom Retiro! Eu quebro com tudo. Arrebento com ela.

O jogo tinha parado nas pistas mais próximas. As pessoas observavam Bebel; comentavam. Ela não se incomodou. Encarou todo mundo, fez o círculo – polegar e indicador – e mostrou. Eles riram e voltaram ao jogo.

– Segunda-feira, fui lá. Não me recebeu. Mandou dizer que estava trabalhando. Sabe o que é o trabalho dela? É pintar aquelas merdas de quadros! Mandou dizer que tinha muita encomenda. Por que, Bernardo?

As bolas batiam nos pinos e os pinos caíam com barulho. Primeiro era uma pancada seca e depois o ruído se multiplicava, conforme os pinos caíam. Eram dezesseis pistas ali no Boliche. Fazia calor, estava cheio de gente e Bernardo pediu mais cerveja. Bebel começava a ficar chata. "Do que ela está vivendo? Não faz mais televisão. Não posa mais."

– E Renatão? Você tem visto? – perguntou Bernardo.

– Renatão? Por que de repente?

– Nada. Lembrei.

– Tenho e não tenho. Aparece e desaparece. Estou com ódio dele.

– Ódio?

– Ódio daquele fofoqueiro. Espalhou por aí e depois foi dizer a Dina do que eu gostava. Dina me apertou. Não tive como fugir.

– Que história?

– Renatão soube. Contou por que nunca conseguia nada comigo. Ele sabia que o meu melhor não era pela frente. Cada um gosta de um jeito, não é? Mas precisava ir contar a Dina? Precisava?

– Dessa eu não sabia. Você guardou bem. Acho que só eu não sabia. Só eu não experimentei!

– Bernardo! Acredite! Eu precisava gostar muito. Só assim era bom. Se não gostasse, não adiantava. De você eu gostava. Mas não te amava, entende? Não estava apaixonada.

– Quer saber de uma coisa, Bebel? Estou deixando de acreditar em você. Sério! Você é vigarista que dá pinta de séria. De honesta. De ofendida. De boazinha. Ora, isso já encheu! Encheu mesmo o saco! Vive reclamando, falando dos homens, falando de tudo! Enfiou no cu a carreira! Agora vive na fossa. Pois enfia essa fossa também.

– Você está bêbado! Não está acostumado a beber.

– Que bêbado nada! E se estivesse. E daí? Um bêbado diz a verdade. Você vira em volta, Bebel. Vira em volta e pensa que está indo para a frente.

– Louco! Você está louco. Ficou todo mundo louco. Eu já comecei a observar o povo na rua! Todo mundo louco. E pensam que ela é que não bate bem.

– Ela? Ela quem?

– Bebel. Bebel. Dina também ficou louca. Uma doideira imensa desceu em cima do mundo. Ninguém mais bate direito.

– Fala baixo, mais baixo. Já, já, te expulsam daqui!

– Que me expulsem. Estou cheia de falar baixo. Bem-feito para mim. Fiquei me arrastando atrás daquela cadela. Eu odiava quando os homens se arrastavam atrás de mim. Pareciam cachorrinhos. Então eu desprezava. O que ela quer que eu faça? O quê, meu Deus?

– Não pensei que você estivesse gamada assim. Puxa! Que brasa!

As bolas corriam e derrubavam os pinos. O sujeito da pista ao lado fazia strikes seguidamente. Os pinos voavam.

– Eu pensei que tivesse fugido da mesmice! Achei que junto com Dina podia fugir da mesmice. Mas não dá. Eu quero, Bernardo, eu quero ela! Vai procurar Dina para mim.

"Tomou bola! Daqui vai dar vexame. E estou cheio de vexames de Bebel. É um atrás do outro, todas as noites. É um porre sem fim com aquela turma no Cave. Eu vou embora."

– O que eu faço com minha vida? Você é que sabe tudo. Seu sabetudo! Sempre com essa cara de quem está por cima. Intocável, Bernardo. Você pensa que é um cara intocável. Insensível. Conheci umas namoradas suas. Elas suaram e não quebraram esse gelo. Ninguém vê atrás dessa cara irônica. Por quê? O que você está escondendo? Diz para sua Bebel. Diz. Vai. Não tem coragem? Não teve nunca, nem vai ter. Você está fodido. Tão fodido quanto eu! Mais ainda. Pensa que não sei? Claro que sei. É tudo igual, tudo, tudo. Me diz, se você sabe. Por que eu não tenho Dina? Antes, eu tinha as coisas. Podia até recitar as coisas que tinha. E agora? Agora? Eu quero Dina, entendeu. Quero. Desgraçada. Todo mundo. Você, ela, todo mundo. É um clima de suicídio. De chantagem. Tudo, tudo é chantagem. A gente precisa se libertar disso. Essa vontade que eu tenho dela está pegando fogo dentro de mim. Queima, puxa, como queima! Eu quero todo o amor. Nem que seja uma noite. Sem pensar que estou presa a compromissos. Eu não entendo por que se criou tudo isso. É tempo de terminar com esse clima. A coisa mais linda é ir para a cama, naturalmente. Com alguém, tranqüilamente. Sem promessas, sem futuro, sem esperanças em torno. Dina não entende nada! Não quer entender. Por que ela me arrastou a isso, Bernardo? Me diz. Você não pode dizer? Diz! Diz!

"É desagradável, muito desagradável tudo", pensou Bernardo. "Eu trouxe Bebel, tenho que agüentar. Seria engraçado deixá-la gritando, mas o pessoal já viu que ela ficou bêbada. Ninguém mais está reparando. Uma dessas bêbadas que não atrapalham ninguém. Ela, ao menos, tem a coragem de tomar um porre e se abrir aos gritos. E eu? Sou um sujeito irritante, acomodado, burguês, facilmente escandalizável. Não admito interferências em minha vida, não aceito senão que o mundo caminhe sem anormalidades. Eu não posso jamais ser um escritor. Será que eu quero mesmo ser?"

– Bernardo. Vê. O que você acha desse bilhete? Escrevi ontem. Não agüentava mais. Quero esculachar aquela desgraçada. Mas quero esculachar com classe. Será que ela entende? Olha o bilhete.

Dina

O vazio de pensar em você intocada. Engraçado, quando comecei tudo (este drama mal parado e mal sepultado) não pensava em você como sexo, carne. Era a pessoa para se ter sempre ao lado. Hoje, agora, nesta tarde, descobri que faltava isso ao meu gostar. Que hoje se completou. E fracassou no mesmo momento. Faltava isso às coisas que te ofereci. O meu desejo. A mulher só é inteira quando desejada. Alucinadamente desejada como neste momento em que estou te escrevendo.

Um beijo
Bebel

– Quem te ajudou a escrever?

– Ninguém. Eu mesma.

– Ah, pois sim!

– Renatão, deu umas palavrinhas.

– Estava adivinhando de onde vinha o ar mexicano. Este bilhete é horrível, Bebel! Isso é uma coisa que você vai e diz. Mas não escreve. Pensou daqui a uns anos? Alguém acha esse bilhete. O que vão dizer de você?

– Quem é que está pensando daqui a uns anos, Bernardo? Pára com essa mania. Cada vez que a gente conversa contigo, você fica falando no futuro e no que vão pensar e escrever da gente. Ninguém vai pensar nada, nem escrever nada. Somos uns bostinhas no meio de tudo isso. E não vamos ser mais nada. Acha que dá para ser? Vai tentar! Tenta! Esse bilhete é pragora. Pra já. Ninguém vai guardar coisa nenhuma. Dina recebe, lê e rasga. Eu só quero saber se é um bilhete em que ela vai ficar pensando.

– Não é não.

– Então, pronto, acabou!

Rasgou o bilhete e guardou no bolso os pedaços.

– Me arranja um revólver, Bernardo. Me arranja que eu quero matar Dina. Ela ficou louca. E os loucos, só matando! Se ela morre, é uma coisa que acontece na minha vida. Me arranja, Bernardo. Eu vou contigo buscar.

"Eu devo arranjar o revólver. Então, durante meses seguiremos a história de Bebel. Haverá uma excitação geral. Jornais, televisão e revistas. Ela não contará jamais o que houve, e o porquê. Será um mistério. Seremos todos fotografados com nossas caras fúnebres, no tribunal; visitando Bebel; na rua. 'Estes são os únicos que sabem o segredo que levou a ex-vedete de televisão à cadeia', dirão os títulos. Seremos olhados na rua. Comeremos muita mulher por causa disso. Dina está ficando uma pintora importante. Em três meses foi descoberta. Não sei se foi pela pintura, ou se porque dá fácil. Ia abalar tudo. Afinal Bebel também teve sua época. E logo, tudo será coisa morta. Coisas mortas! Estou cheio de coisas mortas por dentro. Elas vão me apodrecer, não me deixarão ser nada, construir nada. Porque ninguém tem interesse – nem pode ter – numa pessoa cheia de coisas mortas. Estou aqui e Bebel tem razão. Faço o tempo sem tempo. Transformo tudo em passado no mesmo instante em que os fatos se sucedem. Vou deixando para trás, de tal modo que o presente deixa de ser presente e se muda em lembrança, memória. Já estou vendo Bebel fugindo para trás, a uma velocidade espantosa."

– Você também está contra mim? Não está? Claro. Não me sobra mais ninguém. Bobagem minha ficar me preocupando. Não preciso mesmo de ninguém. Ah, aha, ah, ah, a aaaaaaaaaa... A sua cara Bernardo. Você devia ver. Está de porre. Porre de cerveja. Ah! Olha aí, está mijando nas calças.

Bernardo sentiu a urina quente descendo pelas pernas. Era uma coisa gostosa aquela. Porque estava sentindo a dor na bexiga há muito tempo, mas não queria se levantar. Molhou as calças. Deixou a bexiga esvaziar. Depois, pegou o copo de cerveja e derramou sobre o molhado das calças. "Molhado e mijado, melhor assim. Melhor que estar seco. Todo seco como todo mundo. Os homens vão crescendo e secando. Vão deixando de emocionar. Estão ficando mais e mais estéreis e não há salvação. Não há mais jeito de se olhar para o alto. Estão matando o homem por dentro. A gente tem que ser o homem de uma nova época e eu não entendo bem esta era que está se passando. Sei apenas que tudo tem valor diferente, mas que valores são esses eu não alcanço, nem aprendo. Tenho medo de não atingir nunca os novos tempos e então estarei perdido. Destruído. E não quero me perder! Eu queria estar lá à frente. Ser quase missionário e salvar o homem! Mas só vejo a condenação, porque estamos todos sacando e virando objetos guiados."

– E se a gente fosse, Bernardo? Não é melhor?

Estava fresco na avenida Santo Amaro. Ela não quis tomar táxi, preferia andar um pouco. De vez em quando passava um ônibus. Bernardo sentia a calça gelada. Junto a um muro uma velha estava parada, cuspindo em cima de cartazes políticos.

12

ÉDER PERDE O TÍTULO
MUNDIAL DE PESOS GALOS

NANCY: Tuca, sem apoio oficial, vence festival universitário de teatro

BRASIL, BI-CAMPEÃO MUNDIAL
DE BASQUETE, PERDE O TÍTULO

ÉDER PERDE NA REVANCHE COM HARADA

BRASIL PERDE
PENTATLO MILITAR

MARIA ESTER BUENO
DERROTADA EM WIMBLEDON

NENHUM ARTISTA DO BRASIL
ENTRA NA BIENAL DE VENEZA

MISS BRASIL NÃO
CHEGA A FINALISTA

ACABOU-SE O NOSSO TRI: Brasil perdeu para Portugal nas oitavas de final.

CANNES: filmes brasileiros desapontam
BERLIM: Brasil projetou o pior filme de todo o festival

ERAM ESPAÇOS em madeira e vidro, pequenos currais de luxo. Neles duas mesas, frente a frente, máquinas de escrever e nas paredes cartazes dos trabalhos premiados com medalha. Caminhando para a sala de Armando, Bernardo tinha visões dos publicitários trabalhando. Bem postos em camisas listadas ou xadrez, colarinhos fechados, gravatas de cores lisas; batiam à máquina. Outros debruçavam-se sobre pranchetas, com pincéis, esquadros, lápis-crayons e riscavam com grandes gestos, assistidos por três ou quatro que apontavam com os dedos. O sol entrava pela janela mas não se refletia nos vidros opacos, estudados para dar claridade suficiente.

Armando era seu amigo. E no entanto estava nervoso.

– Vai lendo. É o parecer do médico. É o resultado do teu psicotécnico.

"Muito importante:

É imprescindível que o candidato revele rápida adaptação a um trabalho disciplinado e rígido, dissipando possíveis tendências naturais à dispersão, visto suas ocupações atuais serem variadas. Na resposta de V.S. é favor esclarecer este item vital."

– E daí?

– Você não tem o lugar.

– De jeito nenhum?

– Nenhum, velhão! E olha. Eu não podia te mostrar o parecer. Isso é negócio interno. Mas não queria te enganar.

– Mas é uma besteira.

– Eu sei. Mas isto aqui é uma agência de publicidade. Os donos são americanos. E você sabe que americano acredita em estatísticas, psicotécnicos, adaptação e outros babados.

Bernardo encontrara Armando num sábado, pela manhã, na praça Roosevelt. A feira rugia com os gritos, buzinas, ruídos de máquinas de moer café, motores de caminhões, apitos de guardas, arrastar de caixotes. Batida pelo sol.

– Foi bom te achar. Preciso de você.

– Fala, velhão!

– Preciso de emprego. Em publicidade.

– Por que publicidade?

– Dá dinheiro.

– Não. Não vou fazer isso com você. Eu te admiro, velhão. Não vou te arranjar problemas.

– Não vem com estória, Armando. Vê na tua agência alguma coisa pra mim.

– Tenho que resolver meu caso primeiro! Hoje decido minha vida. E não sei o que decidir.

– O que é?

– Recebi uma proposta da "Alcântara Machado" para ser chefe de redação. A "Standard" me fez contra-proposta. Você não calcula! Nem imagina. Vinte e dois milhões por ano. Sabe o que é isso? Vinte e dois milhões por ano? Só os descontos dão muito mais do que era meu salário em jornal.

– E qual é o problema?

– Sabe o que é? Esperei e preparei este negócio durante dois anos. Não era pra já em meus planos. Igualzinho ao cara que tinha dois banheiros e cagava no corredor.

Armando, alto, magro, nervoso, falador. Foi repórter do "O Cruzeiro", da "Folha", do "Jornal do Brasil" cinco vezes, dos "Diários". Não parava. Brigava sempre porque não aceitava mediocridade. Bom. Cinco anos atrás fazíamos a melhor dupla do jornalismo em São Paulo e era de se ver como nos encontrávamos em coberturas, viagens coletivas e como trabalhávamos com vontade e sabíamos trabalhar. Era todo mundo subindo, todo mundo de vinte se agrupando e se agarrando a tudo para vencer. Meia dúzia de moleques mal vestidos, vagamente esfomeados, que viviam de sanduíches e não tinham horário para estar no jornal, topavam tudo e a qualquer hora e ganhavam mal, porém sabiam que existia para a frente alguma coisa de grande e importante a se fazer. Não havia moleza, nem espírito de funcionário público, nem regras. Cinco anos fazem diferença em jornal. Estamos ficando veteranos. Nem trinta ainda e já veteranos porque está aí uma nova molecada, não tão esfomeada, ou mal arranjada, mas querendo nossos lugares. Armando saiu. Foi para uma agência de publicidade. Dizia que estava se libertando do jornal, mas nunca se libertou do sentimento maior: a sua venda progressiva. Eu o encontro. E cada vez nos olhamos. Eu: seis anos no mesmo jornal, não mais repórter, nem colunista, mas secretário. Simplesmente um cara apodrecendo vivo, sabendo disso e não reagindo. Há uma desculpa: só interessa meu livro, nada mais.

O jornal me deixa tempo para escrever o livro; quanto tempo eu quiser. Estou pronto a estourar, desejo explodir, parar. E nem mesmo falto um dia sequer ao emprego. Quase me compenetrando de meu conformismo. Armando me dá a medida, cada vez que o vejo. Ou de minha inutilidade, desta incapacidade de enfrentar a vida, ou este tipo de vida. Ou de minha grandiosa vontade de sobreviver sem me vender. Quase posso dizer que sou livre; e o que é ser livre? É não ganhar bastante, é ter tempo de escrever o maldito e necessário livro, e não me submeter a sentar-me a uma mesa e escrever exatamente duas linhas de 26 batidas para o lay-out do sabonete, do óleo de cozinha, do adubo. Frente a Armando, ganho e perco a medida de mim mesmo. Ele está certo. Dois milhões por mês é o quanto custa sua inteligência, sua venda. A minha custa mais barato: 300 contos, com tempo para escrever, andar, ler, ficar solto à noite, não pensar sério no jornal. Sou puta pé-de-chinelo. Armando é puta granfina.

Deixo Armando, atravesso de novo os currais onde todos parecem trabalhar satisfeitos e limpinhos. Passo no banheiro, lavo as mãos. É manhã e há névoa cobrindo a cidade.

Agora tenho idéia do que vou fazer.

Abro a porta. O apartamento cheira a Varsol. A empregada acabou de sair. Vem todas as sextas-feiras. Esta vai ser a última quando descer, aviso ao zelador: não preciso mais da empregada.

Começo pelas fotografias. Quebro os vidros e as molduras de madeira. Guardo as fotos. Significaram. Agora não mais. Não daqui para a frente. Não gosto do que estou fazendo. É difícil destruir o lugar de que a gente gosta, onde mora, mas é necessário. Eu sei que é, e por que é. Amarro os discos. Empilho os livros. Não estou preso a este apartamento, não estou preso a nada. Posso dispor de mim mesmo, quando quiser. Chegou a hora. Desço ao supermercado e compro cinco caixotes. O homem promete mais cinco para amanhã. Ainda é pouco. Rasgo os cartazes. Arranco os pregos. A parede fica pontilhada de furos. As roupas velhas. Camisas que não uso mais e guardo não sei por quê. Paletós antigos, calças puídas. Chamo um faxineiro; ele se alegra, leva tudo. Na kitchinete há panos de limpeza, misturados a jornais, livros velhos, revistas, garrafas. Não fica nada. Desce tudo pelo buraco do lixo, no corredor. Começo a me sentir aliviado. Então, bato a carta, pedindo demissão do jornal.

13

BEBEL TELEFONARA. "Vem correndo. Preciso de você. Como antigamente. Vem logo. Te espero na porta de tua casa."

Eram sete e dez quando Bernardo fechou as gavetas. Todo o pessoal já tinha ido. Faltavam duas horas para entrar no jornal. Tinha dor de cabeça todas as noites, quando tomava o ônibus rumo ao Bom Retiro, onde era a redação. Um diário de pouca circulação e impressão tão ruim que nada se via das fotos. Na redação, das nove a uma, Bernardo sentia-se apodrecendo. Olhava em torno: a sala parecia asilo, recolhimento de velhos jornalistas com quarenta anos de profissão. Sala suja, a pintura da parede descascando, as mesas velhas, nas máquinas faltavam tipos, havia no ar um cheiro de mofo e tinta e gasolina e querosene. A oficina era junto à redação. Bernardo copidescava, o tempo todo sentado. Não se levantava, nem descia ao bar com os outros para tomar café e pinga. O secretário, os dois repórteres da noite, o diagramador, os contínuos: velhos e cansados, barbudos e barrigudos, de calças brilhantes puídas. Cada noite, ao sentar-se, a dor de cabeça vinha. Não adiantava comprimidos. "Um dia saio daqui", pensava.

Foi o último a deixar o escritório; os faxineiros chegavam com baldes. Na porta de vidro havia em letras pretas: "Orenstein & Knopell – Importadores – Exportadores: Trilhos e Ferros." O elevador automático se abriu, a voz da mulher invisível disse: "Queira apertar o botão de destino." Ele comprimiu o *T.* O carro desceu com um zunido. A calçada estava coalhada de papel carbono. Quando

Portugal marcara o primeiro gol, à tarde, o pessoal lançara papel carbono às ruas. Os escriturários tinham ido comprar pano preto e pregaram letras recortadas em branco: *Comissão Técnica*. Penduraram na janela. Ninguém trabalhara mais, depois que o Brasil perdera. Bernardo caminhou, pensando que não iria ao jornal.

– Porra, velho! Esse governo só deu azar.

– Arroz subiu! Foda-se o arroz e o Tri!

– Não se pode mais ficar doente! Remédios estão subindo!

– O que há? Ontem paguei oitenta a pinga, hoje é cem?

– Vou esperar essa comissão técnica. Mato um! Mato todo mundo!

Liam edições extras, nas esquinas, pontos de ônibus, bares e cafés, ônibus e bondes. "Um silêncio descera sobre a cidade e eu caminhava abatido pela tristeza que dominava tudo. Os bares estavam cheios de homens que não se falavam, apenas bebiam muito e depressa as cervejas, e pingas e batidas. O papel branco, picado, no chão viera com o solitário gol do Brasil.

Naquele momento tinham soltado muitos foguetes. Ainda que soubessem: não adiantava mais, estava tudo perdido. Não havia por onde escapar, senão enfrentar aquela verdade."

Bebel esperava embaixo, na porta do prédio.

– Vou ser fotografada. Daqui a pouco. Você acha que consigo, outra vez?

– Não tenho idéia. Vamos experimentar!

Ela tinha o rosto um pouco balofo, notou Bernardo. E os olhos não eram mais claros, enormes, brilhantes. Bebel estava morrendo, sem saber.

– Tem de dar certo! Se não der, é por sua culpa, Bernardo!

– Minha? Por que minha?

– Você não é mais o mesmo! Não é aquele! Antes, você vinha correndo. E alegre. Gostava de mim. O que aconteceu pra nós? Você está desanimado, nem parece que tem vontade.

"Bebel passou. Não significa mais nada em minha vida. Acho que na vida de ninguém. Eu não me ligo às pessoas. Não consigo ligar. De repente é o desencanto, enorme dentro de mim, com relação aos outros. Bebel é o retorno. E digo a mim mesmo que não quero retornar. Não posso! Marcelo teria dobrado Bebel e se casado com ela. Ela dizia não, porém acabaria mudando. Eu conhecia Marcelo. Eu também podia me casar com Bebel. Se ela quisesse. Se me desse na cabeça. Acordar de manhã, casado. Depois de um porre. Não é o casamento que minha mãe ia querer. Não quero casamento nenhum, nem emprego, nem segurança. Vocês é que estão me forçando. Eu quero só um lugar pra mim. Não acho em parte nenhuma. Deve haver. Eu preciso deixar esse jornal miserável. Mas está tudo difícil. Não há mais lugares em jornal nenhum. Os jornais estão fechando e diminuindo, por causa da televisão. Vivi anos dentro de jornal e não sei fazer outra coisa. Depois da demissão, passei meses e meses tentando resistir. Eu não queria mais saber do jornal. Era paroquial demais. Pequeno. Eu me arrasava e foram meses e meses vazios, sem nada, nada. Não entendo como voltei, como fui parar naquele pasquim. Foi automático. Enquanto não entrei lá ficou um pedaço dentro de mim. Não queria. Nem quero. Só quero uma coisa: ir embora de São Paulo. De uma vez por todas. Ir trabalhar numa construção. Estão fazendo uma grande represa para os lados de Votuporanga. Uma hidroelétrica. Me enfiar lá. Não sair mais. Não posso. Tenho que ficar aqui. Enfrentar essa merda diariamente. Diariamente. Contra mim mesmo."

– Como é? Entra ou não entra?

Estavam parados à porta do apartamento de Bernardo. Ele não se lembrava de ter subido no elevador, girou a chave. Ela entrou na frente.

– O que é isso? Vai se mudar?

– Acho que sim.

– Que pena! Eu gostava do seu apartamento. Daquele jeito que era. Gostava mesmo.

A poeira, negra, acumulara-se em cima dos livros. Uma camada grossa.

– Eu também gostava, disse Bernardo.

– Então, por que vai mudar?

– Preciso.

"Ela me olha assim e não compreende. Não pode entender. E nem tenho como explicar. Faz meses que entro, olho o apartamento desmontado, as roupas na mala. Tudo pronto pra ir embora. Pra onde? De que adianta sair? Está lá no fundo, dentro de mim. Esta vontade de não ter sempre a mesma coisa. A gente se petrifica nos lugares e com as pessoas e por isso é preciso haver sempre uma violentação. É a mudança. Pra começar de novo. Penso assim, mas não faço. Passei oito anos dentro daquele jornal. Nunca tive coragem de sair. Depois saí e fui para um jornal pior. Tinha medo de não arranjar mais nada."

– Tomara que dê certo. Precisa dar. Outra vez.

Bebel estava diante do espelho, no banheiro.

"Será que consegue ver o próprio rosto? A papada que está nascendo? As duas rugas debaixo dos olhos? Será que ela quer se ver de verdade? Não, ninguém quer! Nem eu, nem ela. Estamos os dois nos enganando, cada um de seu lado. E viemos aqui, hoje, não com aquele objetivo maior que dava sensação; viemos pela trepada. Só. E hoje, é pior do que das outras vezes. Porque ela vai voltar a se olhar ao espelho. Era bom o amor, como fazíamos. Como ela contava que fazia com Marcelo."

Cada vez que ia tirar fotografias, Bebel telefonava. E corria a buscar Bernardo. Deitava com Bernardo e deixava que ele fizesse todas as coisas. Muitas ela é quem tinha ensinado. Bernardo às vezes tinha certo nojo. Foi preciso um trabalho muito paciente. Ele não era fácil de se levar. Uma vez, se levantou no meio da noite. Acendeu a luz e ficou olhando para o corpo de Bebel.

– Não está certo – disse. – Não está certo!

– O quê? – disse ela ainda meio dormindo, enquanto Bernardo a olhava inteirinha.

– Não sei. Acordei depois de um pesadelo. A montanha me esmagava, porque eu fizera coisas erradas. Abri os olhos e não suportei o escuro. Cochilei de novo e via a praça cheia de gente.

Todo mundo me observava e apontava: é esse! Eu era culpado e não chegava a saber do quê.

– Que frescura, vê se dorme!

Bernardo está deitado ao lado de Bebel. Não acenderam a luz. No escuro, sem olhar para ela, sem pensar nela. Bebel sente o corpo. A pele quente, os pêlos no peito, a barba dura.

"Tem um dia que Bernardo faz bem. Hoje podia ser um desses dias. Eu preciso muito. Melhor que ninguém. Quando ele faz com entusiasmo e vontade, tenho vontade de gritar desesperada, quando chegamos ao fim. Somente Marcelo sabe segurar desse modo. Marcelo? Não, é Bernardo em quem estou pensando. Segurar e descarregar pra dentro de mim, junto comigo, no momento exato. Eu tinha a sensação de que Marcelo, não Bernardo, ou é Marcelo mesmo? Tinha a sensação de que ele estava inteirinho em mim, o corpo todo. Acreditava então que estivesse apaixonada e que o amor era isso. Querer a pessoa em determinadas horas. Precisar da pessoa e ela estar ali, pronta e cheia de desejo. Nem uma só vez ele se recusara. Ele quem, meu Deus? Por que eu confundo? Eles não são nada iguais, são os sujeitos mais diferentes um do outro. E os dois ficam dentro de minha cabeça, martelando, martelando. E por que eu gosto deles se nenhum tem dado, se nem me dão dinheiro? Só por que conversam comigo? Eu gostava de saber. Um dia Marcelo me disse: 'Eu não queria só isso de você, Bebel. Queria mais. A gente podia se entender e ser só nós dois.' E eu disse não, sem explicar. Detesto explicar. Ele não ia compreender que nós dois precisamos dos outros. Tenho vontade de todos, porque não gosto de nenhum. Depois deles, quando eu voltava a Marcelo, sentia que ele sim é que me fazia inteira. Por isso precisava comparar, para ver que ele era o melhor. O prazer era com ele e mais ninguém. Não esperava que durasse. Marcelo achava que tínhamos nos encontrado e era para sempre. Eu estava certa: tudo acaba logo. Demora um mês, um ano, dez, mas acaba. Quando termina sente-se a dor que parece a maior do mundo. Não é. Detesto essa dor e tenho a impressão de que ela me consome um pouco, me faz apagada; ficar triste. Odeio ficar triste. Bernardo, quando terminava, não saía de mim. Era Bernardo mesmo, me lembro bem, porque era o único a fazer assim. Deixava ficar e procurava minha boca. Eu respirava fundo, cansada. Beijava Bernardo sentindo o corpo dele solto, em cima de mim. Era como se estivesse abandonado; era meu. Gostava desta sensação de ser a dona de uma pessoa. Se fazia calor, terminávamos molhados, um escorregando em cima do outro. Depois o suor começava a enxugar e parecia que as peles se grudavam e ficávamos com o cheiro. Quando descobri, aquela vez, que estava com o cheiro da pele de Bernardo (ou era Marcelo?) fiquei esquisita. Gostei. Disse pra ele. E por isso gostava das tardes de calor, das noites quentes, quando transpirávamos e o quarto se enchia com o cheiro de corpos limpos e do amor. E aquela mistura era nós dois, dizia Bernardo, só nós dois no mundo. Foi aí que ele descobriu meu rosto. Uma noite, Bernardo se ergueu sobre os braços e começou a me observar, enquanto me enfiava. Eu admirava nele esta capacidade de olhar. Desligar, voltar a ligar e amar. Parar e continuar. Parecia às vezes um motor, dominado e calmo, que era ligado para fazer gozar. Quando se mostrava técnico, eu não gostava. Ele ficava frio e distante, querendo mostrar o que aprendera. Dizia: 'Quero apenas que você goze, meu amor! Goze quinhentas vezes. Faço isso porque gosto de você, entendeu? Não, você não entende!' Marcelo me dizia uma coisa quase igual. Eu entendia. Mas preferia muito mais o Bernardo meio desajeitado. Ou aquele Marcelo que se deitara no sofá podre, nos fundos do teatro. Mas então eu também era diferente. Por que fico pensando estas coisas? Se não adianta? Agora, estou pensando nas fotografias, e não em Bernardo. Ele se esforça. E me serve. Mas não estou mentindo pra ninguém. Não minto mais. Bernardo sabe por que estamos aqui. Isso devolve a beleza. Ou não devolve? Que merda! Culpa de Bernardo. Ele me ensinou a pensar. E não é bom pensar. Bom vez ou outra, mas não o tempo todo. Junto de Bernardo fico diante do espelho. Um espelho torto. Ao menos acho que é torto, com todas as coisas que ele me diz e são horríveis. Por que ele não é como Marcelo, tão suave, sem perguntar nada, sem exigir coisa alguma, aceitando as coisas como são? Exigir é que estraga. Estou nessa cama e a única coisa que exijo, não, que peço, é que Bernardo me faça feliz e me dê prazer, mas esta é uma exigência de nós dois. Que complicação, meu Deus! Eu quero que ele me dê prazer pra descansar meu rosto, pra descontrair todos os músculos. Naquele dia, Bernardo descobriu que meu rosto ia mudando. 'É uma coisa curiosa que acontece com você, Bebel. Seu rosto se transforma, fica um sorriso com tanto prazer, tão tranqüilo e satisfeito que você devia aproveitar.' Corri ao banheiro e vi: eu mudara. Cada vez que fazia amor, corria a me olhar e via como o rosto melhorava. Eu parecia como devia ser, os olhos contentes, o nariz passado por plástica, a boca satisfeita. Tudo, tudo era bonito. Muito mais bonito depois. Nesse dia pensei: este é o rosto que todo mundo deve ver. O outro, vou esconder. Eu quero que conheçam apenas a Bebel feliz. Não só para fotografias. Antes dos grandes programas também. E como eram grandes os programas, com tanta luz e tanta música. E os fotógrafos me esperando, procurando. Como gostei do dia em que não precisei mais dormir com jornalistas pra sair em reportagem. Eles passaram a correr atrás de mim e eu via em cada um a vontade. Eu era estrela e devia ser difícil. Ainda que quisesse ir com um deles. Como foi bom quando passei a escolher. Eu, Bebel, do Bom Retiro, filha de um bêbado, bailarina mixuruca, de repente podia escolher com quem dormir, com quem me apaixonar, com quem sair. Eu fingia que me irritava com o público, com o povo me empurrando, apalpando, me fazendo assinar autógrafos até a mão ficar dura, recebendo cartas bonitas e sacanas. Eu só fingia, meu Deus! Como quero que tudo volte. Eu quero que me matem, me sufoquem de tanto pedido, autógrafo, de tanto dançar e cantar. Eu quero não ter tempo para nada. Foi pouco, minha mãe, como durou pouco! Nem dois anos! O que houve, de repente? A gente começa a descer e ninguém mais liga. Não, não foram aquelas mulheres! Não pode ter sido tão simples. Não quero me lembrar."

– Por isso você tem de me ajudar, Marcelo.

– Marcelo? Mudei de nome? Desde quando?

– Quem é você?

– Bernardo. Por quê? O que há?

– Ah! Bernardo. É que ela estava pensando em outra coisa.

– Ela quem?

– Ela Bebel. Quem podia ser?

– Não sei. Você disse ela. Estranhei. Podia dizer eu.

– Mas, e se é ela?

"Por que Bernardo havia de estranhar? Ela é uma puta. Eu sei como ela se sente. Vendendo amor. Vendendo a um homem de quem gosta. Isso é o pior. Ela sabe disso. Não pode gostar. Não é direito que goste de fazer coisas assim. Uma vez, eles dois brigaram por causa dela. Ciúmes um do outro. Brigaram de socos, na porta do Djalma. Bernardo, magrinho, levou a pior. Depois apartaram e Marcelo foi pedir desculpas. Por causa dela. Era bom. Ela ia todas as noites ao Djalma e dançava sem parar. No dia seguinte, saía nos jornais. Não, não é direito que ela faça uma coisa assim com Bernardo, que até apanhou por causa dela. Uma puta. Deve ser horrível sentir-se puta. Agora ela não está recebendo nada. Nada em dinheiro. Bem que gostaria de receber. Só para saber como é. Que sensação deve ter. Ela está se sentindo uma puta enganada, porque sabe que se vende, está se vendendo, se trocando, mas nada recebe. Quando Bernardo se ergue em seus braços, para olhar, ela fecha os olhos, e não quer ver o rosto dele. Porque é uma vergonha muito grande uma mulher nua diante do homem. E penetrada, devassada inteirinha. Porém, ele continua a olhar e a se movimentar, lento, depois rápido. Bastante. Bernardo vê. Ela de olhos fechados, suportando o prazer que corre por dentro. Ele seguro. Até que ela respira e começa devagar a abrir a boca. Respira cada vez mais fundo e sacode a cabeça num gesto de negação. Então, ela geme, contendo-se para não gemer e ele prossegue. Ela abre os olhos."

– Não me olhe assim.

E grita:

– Termina comigo, meu amor! Termina comigo! Juntinho!

Mas ele segura, e ela joga os braços para trás da cabeça, agarrando-se aos travesseiros. "Chora. Eu sei porque ela chora. Porque é um prazer tão grande que corre dentro que até dá medo." Bernardo segura as mãos dela, por trás da cabeça. Eles se apertam fortemente para recomeçar e ela sente o corpo. Mas não existe peso, porque ele sabe se equilibrar e se movimentar, como um motor que regula toda a vontade que se cola nela. E a coisa começa a explodir em cada lugar do corpo; ela começa a se sentir mais e mais bonita. E ela vai se quebrando em pedaços e sacode-se toda, gemendo e gritando, cada vez mais alto, sentindo-se pronta para tudo, para as fotografias, para o amor. E os movimentos tornam-se alucinados, as unhas descem pelas costas de Bernardo, "ela está louca, meu Deus, estou vendo esta mulher louca que grita e se entrega mais e mais, mais, as peles suadas colam e descolam, com barulho, e ela sente o amor, uma coisa úmida, ela se sente invadida, arrebentada, violada, machucada, amada, acariciada. Aaaaaaaaaiiiiiiiiaaaaaaaaaaaaiiiii, que bom."

14

Não queremos que o Brasil seja um novo Vietnã

Inscrição pichada por Marcelo nos muros da cidade numa noite de setembro de 1965.

CINCO HORAS do primeiro dia do ano, Bebel acordou. Desceu. Garoava fino e não havia o mínimo movimento. O parque D. Pedro era cinza, ela foi andando devagar, vendo nos quiosques arruinados os vagabundos amontoados. Pegou um ônibus. Foi para o Ferro's. O bar estava deserto, as luzes acesas. Ficou sentada no terraço e tomava Caracu com ovo. Era ruim, mas alguém dissera que fazia bem e ela estava com fome. Passou um táxi DKW. Ela ouviu a brecada, o carro voltou na marcha à ré, Bernardo saltou.

– Você tem programa? – ele perguntou.

Parecia agitado, estava de paletó e gravata, o que nunca usava.

– Não. Nenhum. Por quê?

– Então vem comigo. Nós estamos juntando gente. É prum enterro.

– Enterro? De quê? Dia primeiro do ano? Deixa pra amanhã.

– Não. Vem. Foi Ana Maria.

– Que Ana Maria?

– Aquela do teatro.

– A bacaninha? Puxa, me diz! O que aconteceu? Se matou?

– Não. Estava num carro e se espatifou debaixo dum caminhão ontem à noite.

O necrotério cheirava como farmácia. "Se não me seguro em alguém, caio dura no chão" – pensou Bebel. "Não devia ter vindo, mas fiquei fascinada com a idéia de ver alguém morto." O último namorado de Ana Maria tinha levado o caixão. Barato. Iam sair dali para o cemitério. Os parentes de Ana moravam no interior e Bernardo não conseguira falar com nenhum. Múcio estava bêbado. O resto, quem não estava de pileque, andava numa ressaca enorme.

– Não dá pra ver a cara dela?, pediu a um homem que estava ao lado da mesa de mármore.

– Que cara? Arrebentou tudo. Tá enfaixada.

– O gancho da carroceria abriu a cabeça, depois o rosto enterrou no vidro. Não sobrou muita coisa – disse Bernardo.

Bebel queria se impressionar e não conseguia. "É bom o que Ana Maria conseguiu. Uma espécie de libertação dela mesma. Agora, ali estendida, não existia mais, estava totalmente vazia, sem angústia e solidão." Conhecera Ana Maria numa festa, a cara cheia de bolinhas e os olhos mais fundos do mundo. Desesperada e agarrando-se com toda força às mãos dos caras. Sabia o que diziam dela, que era puta, dormia com qualquer um, era pedir dava logo. "Mas Ana Maria tinha conseguido fazer teatro e era tão boa atriz que não podia ser apenas aquilo que diziam."

"O importante talvez é que ela resolveu o problema saindo da vida. E saiu bem, de uma forma espetacular. Tanto que vai ser lembrada. A pessoa não tem muitas saídas na existência. Na verdade, não tem nenhuma, a não ser essa violenta e numa hora em que não se quer morrer. Porque a gente vive numa violentação constante e não consegue o que quer. E quando consegue, não é aquilo que se queria e precisa-se de outras forças para começar de novo."

15

BEBEL DANÇAVA. Todas as noites. Suas noites começavam às sete no Mon e ela bebia Martini seco. Sentava-se à mesa do terraço, de onde podia ver a rua e o movimento da gente que ia para casa. As filas de ônibus, o pessoal apressado, os clarões azuis que saíam dos fios dos elétricos, as vitrines das companhias de aviação que se estendiam pela São Luís, o início do trotoir das gatas, casais de namorados sentando-se nos bancos do jardim atrás da Biblioteca, as bichas surgindo para a noite. Bebel não queria saber de ninguém. Quando a rua se esvaziava e ela via passar os carros dos playboys, de escapamento aberto, e o próprio Mon começava a encher a gente, Bebel se erguia, sentindo os olhos ardidos e por dentro a vontade de continuar. Ia a pé até o Juão, sabendo que era cedo e não tinha ninguém. Os garçons se acostumaram a vê-la, a casa ainda sendo preparada para a noite, o barman passando o pano com álcool em cima do balcão, acertando os copos, dispondo garrafas, a coqueteleira, as longas colheres de misturar bebidas.

Um empregado passava um pano únido no chão. As paredes do Juão nas últimas semanas tinham perdido o ar agressivo e rude que lhes dava o cimento puro, sem pintura e acabamento. Cotrim colocara eucatex na parte que cercava o piano, para dar mais acústica. Bebel ficava em cima. Então era a hora do uísque com gelo e Cotrim lhe dava escocês do bom. Ela ficava olhando durante horas para as lâmpadas que pendiam dentro das garrafas amareladas e que davam aquele ar tão triste à parte de cima do bar. Até o Juão se encher e ela reiniciar.

Saía para a rua, dava voltas e voltas pelas ruas arborizadas de Vila Buarque, sem saber para onde prosseguir e precisando continuar porque havia dentro dela alguma coisa que Bebel não sabia dizer o quê, pois era a vontade de ver gente e conversar e, no mesmo momento, odiava todo mundo, não queria ver ninguém. E, em seguida, gostaria de pegar na mão de alguém, e olhava os que passavam e se imaginava colocando-se debaixo deles, e um corpo apertando o seu, deitando-se sobre ela. Ali, debaixo das árvores copadas, cujos ramos se encontravam em cima e faziam um túnel no final da Marquês de Itu; uma rua sombreada e tranqüila que ela subia e descia, até que mesmo a rua começava a lhe fazer mal. Uma noite, Bebel parou diante de um homem. Não disse nada, ficou olhando. O homem indagou: "O que é?" Ela tinha os cabelos soltos e os olhos verdes brilhavam. O homem – "Quanto você quer?" "E se eu desse por dinheiro?" Bebel indagou-se. "Que sensação seria?"

– O senhor resolve quanto quer, ou quanto pode dar. Se ficar contente.

– E se depois eu der no pé?

Bebel pensou, mas não achou o que responder. Queria ir.

– Onde? Você tem apartamento?

O homem disse que sim e tomaram um táxi. Era um living-dormitório com sofá-cama de pano estampado e coberto por um plástico, mesa e cadeira de fórmica. As paredes eram nuas e cinzas e havia um cheiro de ovo cozido e amanhecido. O homem arranjou o sofá-cama e estendeu um lençol por cima.

– Quer travesseiro?

Ela fez que não e ficou olhando, enquanto ele tirava a roupa.

– Posso apagar a luz. Quer?

Apagou. Os olhos de Bebel se acostumaram à penumbra e logo o quarto pareceu claro, pois a persiana deixava entrar a luz de fora. O homem tinha se deitado, com meias e liga, e esperava.

Era magro, ossudo e não tinha pêlo algum no corpo.

– O senhor é índio?

– Índio? Eu? Claro que não? Por quê?

– Me disseram que os índios não têm pêlo. Nunca tinha visto homem assim.

– Ah! Foi um susto que levei quando criança.

Ela entrou na cama e se colocou de costas contra ele.

– Assim? – perguntou o homem.

– É. Não gosta?

Ele parecia nervoso.

– Nunca fiz. Mas vamos tentar. Acho que não gosto. Machuca.

Fez. Desajeitado. Roncando muito. Depois ela se voltou e colocou seus lábios à boca do homem. Os lábios dele eram secos. Fizeram outra vez, de frente. Ele se levantou e começou a vestir a roupa. Foi ao banheiro. Bebel enfiou a mão no paletó, o homem usava carteira. Tirou todas as notas e os documentos. Quando ele voltou ela estava vestida.

– Não precisa me dar nada. Não quero. Faço porque gosto. Eu queria um homem e pronto!

Ele olhou desconfiado. Deu de ombros, vestiu o paletó.

O carro andou. Ela desceu no Urso Branco. Deu uma das notas de cinco mil que tinha roubado ao homem. "É dinheiro igual aos outros; igual. Não tem cheiro de sangue, nem de roubo, nem pesa na consciência." Dançavam lá dentro. Ela foi sozinha para o meio da pista e começou a dançar ié-ié-ié. Corria para a mesa, de vez em quando, para dar uma golada no uísque. E enquanto a noite avançava e eles trocavam as fitas de surfin para samba e de samba para twist e hully-gully e ié-ié-ié outra vez, ela não mais se importava se o uísque era bom ou ruim. Sacudia os braços e as pernas, sem querer ninguém ao lado. Os rapazinhos cabeludos, com botinhas de salto, chegavam e iam, porque ela fechava os olhos e continuava embalada. Às vezes ficava silêncio, na hora de trocar fita, e Bebel prosseguia. Continuava a agitar braços e pernas, como se tivesse dentro de si carga de energia a ser gasta e se ela não dançasse explodiria. Pensava que era uma pena a noite ser tão curta. Logo vinha a madrugada e as coisas iam se apagando, pouco a pouco, e quando saía à rua e o sol ia nascer, gostava de olhar os carros que passavam cheios de gente. Era uma gente desesperada de veloz. E ela também xingava a lentidão do fim da noite e da vida e queria sair correndo atrás deles, ou com eles, para saber aonde iam, ou o que faziam depois. Terminou a música. Bebel olhou em torno. Não havia mais uma só pessoa nas 200 mesas do Urso Branco. No fundo, os empregados passavam pano molhado no chão. Outros empilhavam cadeiras. O garçom estendeu a nota. Ela entregou as notas que tirou da carteira do homem. "Dinheiro bom como os outros." Podia continuar a dançar. Sentia-se bem. Elétrica. Na rua começou o silêncio da madrugada que antecede a saída louca das boates, para depois dar lugar à gente comum do dia. A rua estava molhada, Bebel olhou os trilhos. Como no primeiro do ano.

Marcelo olhava os trilhos. Era bom sair com ele. Vivo, mais que todos os outros. Tinham saído do Salon, onde o reveillon tinha sido animado e com muita briga. Marcelo queria formar um grupo para continuar na casa de alguém. Tinha chovido, a manhã era escura e eles estavam parados na Augusta, vendo o dia e o ano nascer. Gritavam. Fazia quase dois dias que Bebel estava na onda, os olhos pesavam, mas não era possível parar. Todo mundo querendo ir embora, dormir. Entraram num bar para tomar média com pão e manteiga. Estava cheio de gente em smoking, fantasias, vestidos compridos, moças em "Courréges" e minissaias. Depois, sobraram Bebel e Marcelo a subir a rua. Na porta de um bar fechado, Marcelo viu barras de gelo, deixadas pelos entregadores. Ele correu e puxou a maior para o meio da rua. Mandou Bebel fazer o mesmo. Colocaram as barras nos trilhos, lado a lado.

– Senta aí! Vamos praticar esporte de inverno!

Não precisou impulso. O gelo logo começou a deslizar. Não tinham passado um quarteirão e as barras tomaram velocidade. Marcelo se adiantou e Bebel começou a sentir a sensação subindo.

Era como estar numa cama, na hora em que o homem começava. Melhor ainda. O ar da manhã era frio e cortava o rosto. O frio do gelo começou a tomar conta de seu corpo. A barra corria livre no sulco do trilho, aumentando a velocidade à medida que se inclinava. O bloco se arremessava para a frente com um zumbido. Às vezes, o gelo batia nas pontas de paralelepípedos e da barra voavam estilhaços brilhantes, para todos os lados. Pequenos cristais que se dissolviam antes de tocar o chão. O bloco laranja-amarelo de um troleibus se desenhou no começo da rua, lá embaixo. As esquinas passavam e a distância entre elas diminuía. Marcelo ia à frente e Bebel tinha vontade de gritar, achando que nunca mais ia parar. Melhor que o amor, pois no amor não se tinha a sensação de que de repente se podia morrer. Ela tinha vontade de que os trilhos se estendessem por quilômetros, atravessassem a cidade e que aquela corrida não terminasse nunca. Quando percebia o vão da esquina a se aproximar, pensava num carro que cruzasse em disparada. Ela se despedaçaria tão rapidamente que não haveria tempo sequer para pensar que aquilo estava sendo a morte. "Mas a morte estava sendo há muito tempo, e eu não sabia." Estava molhada e o vento era cortante. Agora percebia bem o gelo, sentia-se endurecer. Passou pelo ônibus, viu as janelas iluminadas, ouviu palavrões. Era um momento bem-aventurado. Perdeu o equilíbrio por um instante, abriu os braços e se recompôs. Estava terminado. Viu Marcelo mancando. A paz também se acabava por dentro. O trilho terminou, o gelo correu ainda alguns metros no calçamento irregular. Então girou velozmente sobre si mesmo e Bebel caiu. Rolou. Marcelo deu a mão.

– Machucou?

– Acho que não! E você?

– Meti o joelho na sarjeta. Está inchando.

Era dia claro e chovia.

16

HÁ QUATRO ANOS SUICIDAVA-SE EM HOLLYWOOD MARILYN MONROE

Hollywood, 5 (FP-UPI) – Hoje faz quatro anos que Marilyn Monroe se matou, não tendo sido prevista nenhuma manifestação para comemorar esse aniversário. A trágica solidão de Monroe, que a perseguiu ao longo de toda a sua vida, continua depois da morte. "A glória pode chegar e um belo dia desaparecer. Sempre soube que ela é muito caprichosa" – tinha escrito, poucos dias antes de seu suicídio, a atriz, a qual sacrificara sua felicidade à glória. Mas Marilyn não foi esquecida por todos. Semanalmente, uma média de 200 pessoas visitam seu túmulo no "West Wood Memorial Park".

TREM BAIANO TROUXE PARA SÃO PAULO MAIS DUZENTOS E CINQÜENTA FLAGELADOS

CINCO MIL PESSOAS ESTÃO AMEAÇADAS DE ENVENENAMENTO

ASSALTO DA FOME AO LIXO DA MORTE

Moradores de Santana, Carandiru, Vila Medeiros e Tucuruvi recolheram alimentos inutilizados com soda cáustica, creolina e inseticidas na Rua Santa Rosa, após as inundações – Terrenos atrás da Penitenciária, onde foram jogados os alimentos envenenados, receberam visita de milhares de pessoas – Na Avenida Guilherme, verdureiros, quitandeiros, donos de empório inescrupulosos estão vendendo os produtos podres.

(De uma reportagem do *Diário da Noite*)

NÃO, NÃO SEI. Também estranhei um pouco.

– Ninguém, mas ninguém mesmo sabe. Onde mora, agora?

– Também não sei.

– Passei no prédio da Major Sertório. O zelador disse que faz três semanas que ela foi embora.

– E faz mais ou menos isso que ela sumiu. Como é que a gente pode saber?

– Telefonando para todo mundo. Indo de porta em porta.

– Vem comigo, Bernardo, vamos fazer uma ronda. Tenho que achar esta mulher.

Saí com Renatão num Fissore cinza, último tipo. Fiquei olhando para ver se ele me explicava. "Progresso, velhão. Tem cara que vai para a frente. Tem gente que fica pra trás. Você é dos que ficam pra trás." Passamos pelo teatro de Arena, Oficina, em todas as televisões, numa agência de artistas, corremos os jornais. "Faz uma lista de todo mundo que conhecia Bebel. Amanhã cedo passo pra te apanhar às duas horas. Preciso dela, velho. Preciso muito."

Coloquei todos os nomes de que consegui me lembrar. Renatão passou.

– Tenho um endereço perto da Estação da Luz. Um costureiro pé-de-chinelo. Me disseram que ele pode saber de alguma coisa. Bebel só fazia vestidos lá.

– Perto da Luz? Deve ser uma merda.

– Você sempre viu como Bebel se vestia. Era o próprio PTB.

O atelier do costureiro era todo forrado de veludo vermelho. As janelas para a rua estavam fechadas. Três lustres cheios de pingentes iluminavam a sala. Dariam para iluminar uma catedral, tão grandes eram. A sala cheirava defumador e Fleur de Rocailles. Senti enjôo. O costureiro veio. Chamava-se Flávio. Meio mulato, meio encardido. Usava punhos de renda e um robe de chambre vermelho. Fazia meses que não via Bebel. Podíamos arriscar o antigo apartamento da mãe dela, no parque Dom Pedro. Antes, quando estava deprimida, Bebel ia para lá. O apartamento estava vazio, a mãe se mudara para São Miguel Paulista com a irmã e o cunhado.

– Me diz uma coisa. Pra que você precisa dela? O que deu? Interessou de repente?

– Sempre fui amigo de Bebel. Agora, ela esta na merda e precisa de uma ajuda.

– O quê? Arranjou um programa de televisão? Um show?

– Programa, mas não de televisão!

– Essa não! Você deu pra isso agora?

– Só na alta! Só na alta. Nada de pé-de-chinelo.

– Por isso é que tem um carro destes?

– E vou ter mais, velhinho. Trabalho para hotéis granfinos e para o Estado. Às vezes circulo na área do Exército, o que é bom, hoje em dia.

– Mas logo com Bebel?

– Se você soubesse! Outro dia, numa festa, uma surubinha familiar, fiquei conversando com um fazendeiro de Jaú. Pois o homem abriu a carteira e me mostrou um retrato de Bebel. "Sou tarado por esta mulher", me disse. "Faz mais de dois anos. Você que é um cara relacionado não me arranja, não?" E só pra mim vem duzentos mil. Pensou pra ela? O cara pode fazer a vida dela.

– Sabe? Eu nunca pensei que ia ser personagem de fotonovela. Estou sendo. Tudo isso é dramalhão mexicano, novela de televisão. Sabe? Tem coisas que a gente pensa que não acontece com a gente. Pois acontece. Você só não vai sozinho, porque quero encontrar Bebel. Ver a cara dela. Ver você propor o negócio.

Era uma tarde quente e o Tamanduateí corria grosso e malcheiroso no meio do parque Dom Pedro. Havia no ar o cheiro de gás que saía pelos respiradouros da rua, em frente à companhia. O prédio era cinza marrom, desses edifícios 1940, com o hall cheirando a bolor e revestido com madeira rachada e cheia de palavrões gravados. O elevador era uma gaiolinha com um espelho que não refletia mais nada, junto ao painel de andares. Subiu aos solavancos. Os corredores escuros e mofados. Crianças choravam, um aparelho de televisão estava ligado em programa feminino. A campainha não funcionou, batemos à porta. "Bebel nunca teve cara de morar num lugar assim, não acha? Meio esquisito", disse Renatão. Bebel abriu a porta. O quarto era uma divisão em eucatex e havia uma cama-turca e um armário fechado com uma cortina de chita. A parede estava coberta com fotos de bailarinas como Toumanova, Pavlova, Fonteyn e havia também uma tirada de livro, de Isadora Duncan, de Galina Ulanova, e Maria Oleneva. E os recortes que falavam de Bebel.

– Por que vocês vieram?

– Você sumiu, o pessoal estava preocupado.

– Que pessoal? Preocupado por quê?

– Você tem amigos, não é?

– Que amigos que nada! Todo mundo quer é me papar!

– Num diz isso.

A janela dava para o parque e se via o Mercado bem perto. E de lá subia o cheiro de verduras podres, tomates em decomposição e bosta de galinha que atravessava a tarde clara e parecia vir direto à gente.

– O que importa, disse Bebel, o que importa é que eu não queria que vocês vissem isso. Essa merda toda. Ainda é muita sorte minha mãe não estar aqui.

– Se é assim, por que você não dá o pira?

– Voltar para um apartamento na cidade? Não é? Porque mulher com apartamento é mais desfrutável, não?

– Que desfrutável, que nada! O que há? Tá com a cabeça cheia de bola?

– Se você acha por que veio?

– A gente queria saber se você estava bem! Está! Pronto. Agora vamos!

– Pois pode ir. E não volte mais!

– Eu queria muito conversar contigo – disse Renatão.

– Pois converse. Aproveite agora.

– É um negócio. Bom negócio. Você vai achar meio chato. Mas é bom. Dá pra você se levantar.

– Levantar d'onde?

– Melhorar de novo.

– Pela tua cara, já sei. Não é o primeiro que me vem propor. E nesse negócio, todo mundo fica com a mesma cara. Diz Renatão. Vai.

– É mais ou menos isso. Tem... tem um programa pra você.

– Tem é? Quanto?

– Quanto você quiser!

– Olha! Me faz um favor. Sai. Bem devagarinho. Sai. Sai com cuidado. Já.

– Saio. Mas volto. E você fica pensando. Amanhã volto.

– Sai. Sai. Sai, já. Já pra fora, filho da puta!

Renatão saiu calmamente. Fez ciau para mim, piscou o olho.

– Gostou? Gostou de me ver defender a honra? Não é honra? Olha. Só hoje eu faço assim. Quando ele voltar amanhã, vou com ele. Mas hoje foi bonito. Um gesto sensacional. A defesa da pureza. Até rima.

– Eu gostava desse cara. Muito mesmo. Sei lá porquê. Era divertido, meio louco, amigo de Marcelo. Agora, ele me dá na pele. Não entendo mais. Outro dia me levou a um tal Show da Uma, na televisão. Outro dia? Faz três meses. Pra dançar. Quis saber o cachê e ele disse que era de graça, pois era promoção para mim. Olhei o show! Esculhambação total, pra macaca de auditório e me recusei. Depois fiquei sabendo que ele ajudava o produtor e como era amigo da turma de teatro levava o pessoal na conversa e ficava com o cachê. Já se viu? Eu no Show da Uma? Se tivesse começando, ainda vá, agüentava um troço desses. Gozado essa gente, vai tudo no vapt-vupt, todo mundo é igual, não adianta a pessoa ter estudado e querer ser séria, no fim avacalham e pronto. Comigo não. Prefiro não dançar mais do que fazer essas cocorocadas por aí.

Sentada na cama, Bebel olhava para fora. A cidade se estendia a perder de vista no horizonte e as últimas casas do fundo envoltas numa neblina cinza. Ela pegou um lenço branco, passou pela testa e rosto e me mostrou. Havia manchas pretas, de suor misturado à poeira.

– Vê? perguntou.

– O que há?

– Sabe o que é isso?

– Poeira, fumaça...

– Ar poluído. A gente respira isso o tempo inteiro. Eu li nos jornais outro dia que o ar da cidade está inteirinho poluído. E de cada dez pessoas, uma morre por causa disso.

– Vem cá, Bebel. O que tem o cu com as calças?

– Já pensou que a gente está morrendo devagarinho e ao mesmo tempo muito depressa nesta cidade?

– Lá tenho tempo de pensar nestas coisas?

– Pois ando pensando. Pensando. Não gosto mais de sair. Me faz mal. Prefiro ficar aqui. Respiro melhor dentro do meu quarto. Lá fora me sufoco. Só fico contente quando saio da cidade. Você não quer viajar comigo? Não sabe o quanto é bom. Tudo calmo e tranqüilo. Vem?

– Pra onde, por exemplo?

– Qualquer lugar. Sem nunca saber pra onde. Todos os sábados, domingos, às vezes de sábado a terça, conforme der na cabeça. Vem sim! Pelo amor de Deus.

No entanto, viajar com Bebel me deixava a sensação de que ela continuava sozinha. Era enorme sua alegria diante da bilheteria, ou, antes, no guichê de informações, correndo o dedo pela lista de estações, escolhendo, ao acaso, por ter o nome bonito, engraçado, curioso. Enquanto o trem corria, permanecia no rosto de Bebel a expressão de contentamento. Depois, quando chegávamos, ela ficava triste e notava, então, minha presença. E já a estação, o lugar, cidade ou vila, não lhe importava. Passava os olhos, e se houvesse ruas e praças, punha-se a caminhar. Gostava das casas velhas, avarandadas, com enormes e pesadas venezianas, com jardins na frente, fachadas trabalhadas, janelas com vidros e desenhos opacos gravados. Um sábado, deixamos São Paulo num subúrbio prateado da Santos-Jundiaí, descemos em Campo Limpo, cruzamos a ponte de ferro. Os vagões verdes da Bragantina estavam encostados na outra plataforma. Um verde velho, sujo, encardido. Depois, a locomotiva encostou direto ao vagão de passageiros. Tinha sido a vapor e lenha e adaptado para óleo diesel. A chaminé soltava rolos grossos de fumaça negra. O trem andou e começou a cruzar a serra através de cortes estreitos e pelo meio de canais que varavam pequenos bosques nas faldas das colinas. A paisagem se abria para um lado, ora para outro, e mostrava vales e colinas verdes, com casas plantadas no meio. Bebel corria de uma a outra janela. Havia paradas curtas nas estações de tijolos vermelhos. Em Caetetuba a locomotiva se desligou e foi tomar óleo. Bebel desceu e passeou na plataforma olhando as antigas balanças inglesas de Liverpool, e a parede de ferro rendilhado dos mictórios onde havia a inscrição "Taylor & Sons LD – Patentes – London". "Eu podia ficar aqui pra sempre e nunca mais sair, quem é que ia se lembrar de me procurar aqui? Olha, não tem barulho, nenhum." A composição estava parada nos trilhos do meio, os passageiros olhavam pela janela, liam jornais, comiam frutas e jogavam as cascas nos trilhos. Num canto do pátio, no meio do capim que crescia alto, estava uma velha locomotiva verde. Bebel subiu. Na cabine havia teias de aranha, a fornalha estava enferrujada. Ao lado da janela, por fora, havia uma oval de ferro, com o centro vermelho e o número 1. "Conde de Três Rios SPR –

Kitson & Co – Nº 2364 – Leeds Engineers." Bebel movimentou as alavancas, torceu registros e chaves. "Posso torcer tudo que ela não anda." O sol era vermelho por cima das montanhas e o trem prosseguia devagar, quase sem passageiros. Parou duas vezes, porque a caldeira estava furada e de um cano da locomotiva saía vapor e água suja. Passaram por outras estações encravadas na montanha, viram depósitos de vagões, armazéns, tanques de óleo, oficinas. Cruzaram a porteira e desceram em Bragança. Havia uma rua que subia, quase vertical, em direção ao centro.

"Você topa subir correndo?" Dois quarteirões acima, ela resfolegava e aspirava o ar longamente. "Vê, sente o cheiro de mato, que cheiro limpo que tem. O pulmão até estranha. Ei, olha lá embaixo, o circo. Vamos lá de noite?" A cobertura circular de lona desbotada se erguia perto da estação. Subiram a rua de casas amarelas, com áreas cheias de folhagens, varandas frescas de chão de mármore. Uma velha recolhia de cima de um muro blocos de goiabada. O vento começara e ela fechou o blusão de veludo. Seus passos eram curtos e rápidos e andava com as mãos para trás. Tinham ligado as luzes ainda que não fosse noite e as lâmpadas pendiam como pêras amarelas e temporãs. As esquinas surgiam como buracos rasgados num telão e ela podia ver as montanhas subindo e descendo, estradas marrons cortando o verde e as árvores e a neblina ainda diluída que envolvia o topo das colinas. Casais de namorados passavam de mãos dadas, ou apenas se olhando. Ela agarrou-se ao meu braço. "Vê como eles estão contentes, como se vestiram e passaram o dia inteiro esperando? Outro dia, lá em São Paulo, eu estava no Anhangabaú, eram cinco horas e vi na fila. O homem era mais velho, gordo, barbudo e mal arranjado e a mulher usava uns óculos com esparadrapo, meias grossas de varizes e tinha o nariz comprido. Eles estavam abraçados e sorriam. Os rostos bem juntos. E não havia mais nada no mundo. Nada em torno deles. Nem o barulho de ônibus, da gente que passava, dos trilhos e barulho, da fumaça que estava no ar. Só eles. E eram bonitos. Bonitos demais. Eles se amavam e eram bonitos. Tudo feio em volta. Aquela monstruosa cidade a envolvê-los. Mas eles eram lindos. Por causa daquele olhar de amor. Eu queria uma vez só na vida um olhar assim. Não precisava mais. Só uma, num dia, numa hora, num minuto. Depois eu carregaria aquilo por dentro de mim a vida toda."

17

VENDE-SE

Um aparelho para surdez (Belvex), cama, colchão de molas Epeda, de casal e outros móveis.

Um colar de 216 pérolas de 7 mm, iguais.

Máquina de costura a pedal.

Vestido p/ noiva, rara ocasião. Vendo completo: véu, grinalda e luvas. Feito todo a mão, renda em alta moda.

SENHORAS E SENHORITAS
SABER NUNCA É DEMAIS

Aprenda uma profissão rendosa. Inscreva-se como aluna da

ESCOLA PROFISSIONAL DE CABELEIREIROS E MANICURES COMODORO

PRONTO SOCORRO MODELO-HOSPITAL E MATERNIDADE

Atende dia e noite – Medicina de urgência de adultos e crianças – Atendimentos domiciliares: partos – acidentes, fraturas, hidratação, sangue, plasma, soros, remoção, raios X, análises clínicas, oxigênio, carbogênio, inalações, vacinações.

ESTÁVAMOS NO trigésimo andar e, lá embaixo, era a rua da Consolação sendo alargada. Caterpillars esmagavam as pedras; reduziam a pó as casas. Ferros retorcidos surgiam do chão, como vegetação raquítica. As britadeiras furavam o solo e os tratores de esteiras corriam. O asfalto estava sendo colocado nas partes preparadas. O asfalto, na tarde quente, na rua cheia de pó; o cheiro subia e tomava tudo. Do trigésimo andar, a gente podia ver a rua larga e o asfalto grosso a escorrer do caminhão-tanque. O apartamento ficava no ângulo do prédio e as janelas, nos dois lados da parede, davam para ruas diferentes. Era tal a impressão de fragilidade que a gente pensava: as paredes vão se romper com o vento. Havia prédios até onde a vista podia alcançar, em todas as direções, em todos os pontos. Um campo coalhado de prédios e casas. Bem antes que a tarde acabasse e as luzes se acendessem, os homens que trabalhavam deixavam os tratores amarelos no meio da rua, em cima do asfalto preto; e tratores amarelos em cima do marrom da terra, na parte ainda não coberta. As britadeiras calavam, os homens enxugavam o suor e iam subindo nos caminhões da prefeitura. Cessaram os motores e o compressor de ar e começou a correr o tráfego pesado de cinco horas. O apartamento estava vazio. "Não posso ficar com ele, disse Bebel, não tenho dinheiro para pagar. Não sei mais o que fazer. Depois, tem que pintar tudo, olha como está." Eu não disse nada; não dava mais palpites. Ela ficou encostada a um batente cheio de marcas de mãos. "Vou ter que morar numa pensão vagabunda. Odeio isso."

Desci na frente. Chamei o elevador. Fomos para o bar. Era o bar porque outra coisa não sabíamos mais fazer, senão sentar em bares, restaurantes, boates, inferninhos. Os únicos lugares onde nos sentíamos bem. As conversas depois do uísque ou batidas embalavam e disparávamos como cavalos selvagens. Todos os dias nos arrancávamos para aquela cavalgada furiosa.

As mesinhas de toalhas quadriculadas, situadas no passeio, estavam vazias. Víamos a gente passar. Eles circulavam com os passos rápidos, decididos e firmes de pessoas que sabiam para onde se dirigiam e o que deviam fazer. Por isso, não perdiam tempo, nem voltavam a cabeça em nenhuma direção. Caminhavam, sem dúvida, sem hesitação. Jornaleiros apregoavam edições da tarde. Os jornais traziam grandes fotos do Ministro da Guerra, assassinado à porta de um quartel. Um praça confundira o Ministro à paisana com um sargento a quem odiava. Avançara com baioneta, antes que qualquer dos oficiais que estavam em volta pudesse intervir. Antes que o praça fosse abatido a tiros de revólver e metralhadora, como um cão louco, o Ministro tivera a barriga rasgada. "Essas coisas só atrapalham", disse Marcelo, "agora dizem que foram os comunistas e volta toda onda." Eu lia a notícia vagarosamente para que Bebel ouvisse, mas ela não prestava atenção, observava o outro lado da rua. Lá estava Dina conversando com Renatão. Vi o rosto de Bebel mudar-se, num grande desafogo, como um amontoado de carros que se arranca num trânsito que se descongestiona. Havia no rosto dela imenso alívio. O rosto inteiro se tornou descansado e fresco, como numa fusão cinematográfica em que as pessoas se transformam de monstros em belezas coloridas. Dina atravessou a rua com o olhar. Direto. Seus olhos caíram dentro dos olhos de Bebel. Eu sentia a linha de aço se estendendo entre elas. Um fio tão sólido que fiquei esperando os carros baterem, estilhaçando pára-brisas. Dina começou a cruzar a rua.

Indústria Brasileira
DRURY'S
Special Reserve
Blended Whisky

– Bosta, ter que beber nacional! – disse Renatão.

– Quem é que tá fazendo cu doce? Você bebe até estanho ou bosta líquida.

– Bebo bosta e estanho, mas só de boa marca. Depois quem garante que esse não é falsificado? Hoje falsificam até nacional.

– Depois do primeiro, tudo é igual.

O sol batia entre as árvores da pracinha e o povo seguia. Moleques de farda, moças de uniforme, moças de cabelos arrumados, meninas bonitas e feias, mulheres de café self-service, mensageiros, homens com pasta, em ternos escuros, garotos de camisa esporte e calça Lee, bem justa. Na mesa, ninguém falava, bebiam devagar. Depois o sol sumiu, o movimento cresceu, carros passavam roncando, acenderam luzes amarelas. Dina fitava Bebel, que se fingia desinteressada.

16	uísques	28,80
3	conhaques	7,00
2	Minister	1,00
4	sanduíches	4,00
		40,80

Marcelo apanhou a nota. Renatão tirou um bolo de dinheiro do bolso. Tinha os olhos vidrados.

– Quer nota fiscal?

– Ora, vai te foder com nota fiscal.

– Quanto deu em cruzeiro novo?

– Só 40!

– Agora só compro coisa em cruzeiro novo. E tão barato – disse Bebel.

– Vamos ver gente – disse Marcelo.

– Ver gente onde? – disse Bebel.

"Colocados de acordo, saímos todos. Mal saímos, percebemos que estávamos bêbados, e percebemos logo. Logo ao sair das mesas. Ao levantar, percebemos que estávamos bêbados. Percebemos e disfarçamos. Acho que estávamos todos bem bêbados. Eu não estava tão bêbado, estava sóbrio, pois via claramente que estava sóbrio, e quando a gente está sóbrio pode ver melhor. Os outros fazem coisas curiosas quando estão bêbados. Dizem também coisas muito engraçadas. Marcelo e Bebel saíram tropeçando pelas mesas e foram direto para o meio do mar. Não era mar, era o bar. Foram até o meio do mar, bar, depois de terem tropeçado nas mesas e Bebel tinha batido com a bolsa nas cabeças. Foram até o meio e voltaram e eu via tudo. Bebel nunca soube andar com a bolsa, batia com ela nas cabeças dos outros. Já Marcelo não batia com a bolsa, pois não tem bolsa. Agora, seria muito gozado se Marcelo tivesse bolsa, pois ia parecer bicha. Que vexame que dão os outros quando estão bêbados dando vexame, e a gente está sóbrio, olhando os bêbados. Uma vez eu estava bêbado e fiquei pensando tudo com as vírgulas fora do lugar, pois eu estava bêbado mesmo, porra, como bebi aquele dia, hoje, não foi nada."

– Vem logo, ô! Vai ficar aí abraçado à coluna?

"Todos riram, e no bar ninguém riu. Todos bichas no bar! Digo, porque bicha não tem senso de humor normal, é humor exagerado, de bicha mesmo, da condição própria, inerente da condição de bichismo. Fui andando atrás deles, pensando naquela graça que Marcelo tinha dito, pensando na falta de graça do Marcelo. Se queria ser engraçado, devia ser engraçado com a puta que lhe pariu, podia ser engraçado com ela, se quisesse ser engraçado. Fica aí um moleque bêbado desses, totalmente bêbado, provocando, e não brigo porque estou sóbrio, ele provocando, e estando eu sóbrio como estou, não posso aceitar provocação de moleque bêbado."

– Pára! O que é? Vão brigar?

– Quem vai brigar? Estou quieto.

– Se não vai brigar por que deu um murro na nuca de Marcelo? E por que está aprontando outro murro?

– Eu? Eu estou sóbrio. Quieto no meu canto.

– E xingando minha mãe, disse Marcelo.

– Eu não.

– Que veado! Agora não xingou?

– Acaba com isso, disse Bebel. Vamos embora logo, que está ajuntando gente. Que petebezada!

"E esse Marcelo é uma bosta, sempre achei Marcelo uma bosta, não sei o que Bebel viu nessa bosta quadrada redonda e oval. Se Marcelo for ao Pacaembu não tem jogo, porque ele come toda a grama e não pode ter mais jogo, ele comendo a grama. Muito boa também essa, muito boa, só que não posso contar alto, só posso pensar, não posso falar, senão o Marcelo ouve e engrossa, e já engrossou uma vez, mesmo estando eu quieto, só pensando. Agora, se eu disser umas coisas dessas, ele engrossa pra valer e a gente tem que brigar aqui na rua São Luiz mesmo. Porque dá Rádio Patrulha e acabam encanando a gente. Melhor ficar queito no meu lugar eu que estou sóbrio, assim não arranjo encrenca pra eles que estão bêbados; esse é o papel do homem sóbrio. Queria tomar um porre qualquer dia, tomar um porre de partir os queixos e sair dos eixos; boa essa; partir os eixos e sair dos queixos; qualquer dia desses, um porre de entornar, me entortar todo, pra ver se melhora a vida. Estando de porre e não pensando na vida, pois estando sóbrio e não de porre, a gente fica vendo tudo que se passa em volta da gente, isto bem entendido, não se estando de porre. Como é que eu podia pensar hoje? Pensar sem vírgulas já pensei com vírgula fora do lugar já pensei, como é que eu podia pensar? Pensamentos engraçados só vêm quando a gente está de porre, aí é que surge cada pensamento de morrer de rir. Muito lindo duas meninas sentadas na calçada; lindo as meninas deitadas pra trás, olhando pra cima. Olho também, mas o céu não existe em São Paulo e é inútil a beleza dessas meninas deitadas a olhar o céu. Elas estão deitadas de costas, e chego perto pra ver quem são, e elas são Bebel e Dina, deitadas de costas, as duas, lado a lado, como se estivessem numa cama, lado a lado. Bebel e Dina são minhas amigas e olho pra cima também, pois se elas são minhas amigas, posso olhar pra onde elas estão olhando." Isso é nuvem.

– O que vocês estão olhando?

– O céu!

– Que céu?

– Esse aí de cima.

– Não tem nada. Só essa capa branca de nuvens.

– Isso é nuvem.

– Marcelo, disse Bebel, isso é nuvem?

– É.

– Baixo assim?

– Baixo? Vai ver lá em cima a altura!

– Nuvem ou fumaça?

– Tudo misturado.

– Quando é que elas saem daí?

– Quando?

– Quando?

– Sei lá! Nunca.

– Então ficamos esperando.

"Virei pro Marcelo e Marcelo virou pra mim e fizemos cara de saco cheio, pois é uma merda agüentar bêbados e conversa de bêbado. Esperamos um pouco e elas se levantaram; também se levantaram porque se encheram; se encheram só de ficar deitadas na pedra dura, e porque um monte de gente começou a rodear."

– Nós íamos fechar os olhos e fingir de mortas, só pra ver as caras. Imaginou?

"Bebel cambaleou, quando se levantou. Cambaleou e foi andando em direção à Ipiranga, rebolando muito. Uns caras assobiaram e ela rebolou mais, quando os caras assobiaram. Fomos andando entre o povo, batendo com as mãos entre o pessoal e andando sempre. Batia-se as mãos encontrava-se perna de mulher e perna de homem, batia-se e encontrava-se perna de velho e peito de velho, e os velhos achavam muito ruim os encontrões, e batia-se com as mãos nos peitos das moças, sem querer, e querendo, e quando se batia nos velhos, eles achavam ruim e se viravam, ficavam olhando, olhando e xingando ao se virar pra olhar a gente. E a gente ria e ia batendo as mãos nas moças e moços e todo mundo olhando. Todo mundo era a multidão de gente que viera para a cidade. Bebel ia apressada e numa esquina se meteu num bolo, chegou junto a um cara, segurou firme o pixiu dele. Soltou e andou e o moço olhou pra ver, com a cara mais engraçada do mundo, parado no meio do bolo de gente com uma cara muito engraçada. Bebel estava longe e era engraçado, porque o moço não sabia se devia ir atrás. Estava uma noite fresca e era gostoso andar, pois estando a noite fresca a gente respira o ar bom que vai até os pulmões e facilita a respiração. Comecei a ficar mais contente, porque o uísque ia se evaporando, não tomei muitos, porque bebo muito devagar. Eu queria ficar bem de pileque, e não deu. Gosto de uísque porque basta a gente andar um pouco, some o efeito do uísque, se bem que eu estivesse inteiramente sóbrio e ainda tivesse muita noite pela frente. Respirava o ar puro e corria pra encontrar os outros, e corria pra alcançar os outros pois tinha ficado pra trás, ao parar, a fim de aspirar o ar da noite que vinha cheio de fumaça, e com cheiro de óleo cru queimado, que saía do escapamento dos ônibus. O ar eu imaginava puro, mas não era, era fedorento. Eles iam à frente, misturados entre o povo que se movimentava, fluía e refluía, despejado dos ônibus, bondes e lotações, onde as pessoas tinham vindo esmagadas umas contras as outras."

– Venha para o grande ritual da distração frugal do nosso povo!

"Marcelo continuava de pileque, usando suas palavras, pois usa palavras sentenciosas quando fica de pileque."

– Vem que o povo veio se divertir, portanto deve ter divertimento! E nós vamos observar, como se estivéssemos numa arquibancada, a olhar o divertimento frugal.

"Estava de pileque, usando o tom solene, fingindo-se de vesgo, pois assim era quando ficava de porre, e também quando estava assim, gostava de repetir palavras e falava complicado, girando em torno das mesmas sentenças, pois de pileque não conseguia controlar direito o pensamento que ia e voltava. Isso tinha aprendido comigo, me gozara tanto por eu repetir palavras quando bêbado e ficar sem saber aonde ir, repetindo palavras. E terminou com a mesma mania. Um carro deu uma brecada tremenda, os pneus chiaram no asfalto, o motorista colocou a cabeça pra fora e ficou xingando. Dina bateu nas minhas costas."

– Você é doido?

– Doido?

– Não vê onde anda? Atravessou no meio de três carros e um quase te pega.

– E daí?

– Vai, vai... Ficou de porre com um uísque.

"Olhei pra trás, os carros estavam parados, o que brecara, brecara sem dar sinal, e o que estava atrás amassara o pára-choque. Os dois discutiam, olharam para meu lado, olharam um para o outro, comecei a correr. Não sei se queriam me bater, ou se me queriam fazer pagar o conserto, de qualquer modo as duas coisas eram desagradáveis e me mandei. Corri três quadras, virei numa esquina e corri mais um pouco. Era difícil, a rua estava cheia de gente, ia desviando de um, para a direita, de outro para a esquerda, dava passadinhas indecisas, o cara da minha frente não sabendo também pra onde ir, e repetindo meus gestos como um espelho, ambos sem jeito de dizer, vai pra lá, que vou pra cá, ficando no movimento semelhante ao de um jogador com a bola, frente ao seu marcador. Antes de entrar numa Galeria, me agarraram. Olhei, era Marcelo."

– O que há?

– Vinham dois caras atrás de mim.

– Atrás de você? Atrás de você vinha eu.

– Você? Puta merda!

– Que é? Você hoje está baratinado?

– Que bosta!

"A corridinha me deixou cansado, fazia muito tempo que não corria. Voltei. E, de repente, sumiu tudo: a vontade de andar, ver gente, conversar, ir pra casa. Eu via um vazio enorme e as coisas tinham perdido o sentido; como eu. Estava no meio dessa grande cidade, e não pertencia a ela; nem a lugar nenhum. Era um homem só, sem ter a quem recorrer no mundo. Nada adiantava pra me salvar. Eu era um caixote vazio solto na rua, no meio do povo, sem ter nada a ver com o povo e com coisa alguma. Não era eu; e era o verdadeiro Bernardo, sabedor de que pra sua solidão não havia remédio. Bernardo, um homem sem lugar no mundo e desejando o lugar. Não, nessa noite não queria nada. Satisfazia-me com o branco existente dentro de mim. Nem um livro podia me salvar; eu sabia. Alguma coisa estava muito errada em tudo e eu queria conhecer esse erro; não tinha sentido escrever para um povo que não sabia ler, e não tinha possibilidade de comprar livro. Não, o livro estava superado e se eu quisesse me comunicar teria que achar outra forma.

Bebel pegava em meu braço e segurava a mão dela. Observei os dedos de Bebel, entrelaçados com os da outra. Os rostos estavam erguidos, aprumados, olhando para a frente, indiferentes; uma sensação passava eletricamente de uma pra outra, refletindo-se em meu braço, onde os dedos de Bebel se crispavam. Ela me soltou. E me senti vagando; um segundo antes era a minha cumplicidade, um instante depois, o abandono, a rejeição diante da verdade que era delas somente: 'Não precisamos de você.'

Na esquina, havia uma caixa de ferro, amarela, com letras pretas:

MANTENHA A CIDADE LIMPA –
CIDADE LIMPA É CIDADE CIVILIZADA

Marcelo dispôs o pessoal, formando os cantos de um quadrado. Fiquei encostado à frente, frente a Bebel. O povo passava entre nós e era olhado por todos os ângulos. 'Observação total, disse Marcelo, completa, geral.' Quando havia um caso interessante, levantava-se o dedo para chamar a atenção. Passavam, sozinhos e em conjunto; grupos de rapazes, rapazes sós; moças; meninas; grupos de duas ou três balzaqueanas; mancos; queixudos; estrábicos; altos como varetões, gente sorridente e gente de rostos fechados; a maior parte era de moças, em bandos de três e quatro, sem dar bola aos rapazes; pretos, mulatos, pardos, japoneses. Passavam; alguns voltavam, outros seguiam em frente, sumindo no fim da rua, entre as árvores da praça, comidos por algum buraco faminto desta cidade. Marchavam em passo lento, doentio, os rostos ansiosos. Percebi, então, que em nove anos nesta cidade, nunca olhara os rostos das pessoas na rua. Jamais encarei alguém, fixei os olhos, guardei fisionomias. Eu me admirava ao ver que existia cabeça, olhos, nariz, dentes, nessa gente. Caminhavam e havia neles uma espera, ao olhar bares, cafés, restaurantes, lojas, pizzarias, casas de chope, luminosos de cinema, bancos de praça. Naquelas bocas iluminadas, desdentadas, estava a sua diversão. Moços e moças de andar vacilante, braços finos, corpos minados, mãos enrugadas precocemente, pele amarela, andar de animal ferido; caminhavam; bêbados e sóbrios; rapazes seguindo moças, dizendo gracejos, chegando, conversando, acompanhando, sendo rejeitados, xingando. Tudo como parte do grande jogo. Eu devia ter bebido mais um, pra continuar com pensamentos de bêbado, descontrolados; e enxergar a verdade que há atrás disso. Marcelo estava com o dedo levantado, apontando alguém. Não me interessava mais a brincadeira. Ver gente era monótono, esse povo era igual, não tinha um só traço destacado, não vi uma expressão, um rosto grandioso. A massa caminhava e sumia. O que podia fazer essa gente trôpega, doentia, podre? Então consegui compreender o que me dava mal-estar. A cidade era maior. Os tipos que circulavam não tinham nada a ver com a cidade construída em torno deles, por eles. Era como se fosse um cenário de papelão e todo mundo estivesse representando. A imensidão dos edifícios, os blocos de concreto e aço, as paredes de vidro que se erguiam nos céus, os quarteirões maciços eram pesados e insuportáveis para essa gente frágil. Aquela grandeza e força e frieza e solidez jamais poderia ter sido dada por esse rebanho de subnutridos que caminhava aos seus pés. Havia um sopro de medo evolando por cima da multidão. O medo congestionava as faces, contraía os músculos e os homens andavam pelas largas avenidas, esmagados por bloco de prédios, a que adoravam e temiam como deuses. Vinham de seus bairros, da lama e da poeira, de ruas onde a água dos esgotos corria fétida; de barracos miseráveis; e deslizavam em canais de asfalto, deslocados. Vinham para aquele centro que os esperava como uma baleia de boca aberta a devorar sardinhas. E as mãos esquálidas, tinham mais que doença: pavor. Os braços e pernas caminhavam obrigados, pois internamente, estavam paralisados pelo terror oculto e imperceptível que os assaltava, mal tocavam num prédio, poste, porta, em qualquer parte do monstro. Dentro daquele quadrado cujos cantos eram Bebel, Renatão, eu e Marcelo (Dina ficara de fora), passava a população assustadiça que tremia ao encarar as pessoas."

– Já me enchi de ver esses cagões – disse Renatão.

Um garoto espinhudo e altíssimo estava parado diante de Bebel. Ela sacudiu a cabeça, olhou para o alto, desconfiada, vendo o rosto que sorria, esperando o seu sorriso.

– A senhora não trabalha mais na televisão. Por quê?

– Deixei. Faz uns seis meses.

– E agora?

– Fazendo teatro.

– Ah! É? Me diz onde? Quero ver a peça. Sempre fui fã da senhora. A senhora não se lembra de mim, lembra?

– Não. Não me lembro.

– Aquele garotinho da televisão que levava seus recados. Lembra?

– Ah! Você cresceu tanto. O que faz agora?

– Sou office-boy numa firma americana. Melhorei mas não muito. Na televisão era mais engraçado.

– É. Devia ser.

– Bem, dona Bebel. Vou indo. Vê se volta pra televisão. Todo mundo gostava tanto!

Houve um grito e um grande silêncio. Um novo grito e o povo correu e se amontoou à beira da sarjeta, onde o garotinho tinha caído. O garotinho olhava a perna e contemplava o povo e o carro. O Impala branco, último tipo, estava parado e os cromados brilhavam. O homem que guiava abriu a porta, empurrou duas moças, caminhou para o garotinho caído. Era baixinho, usava terno branco e tinha o ar petulante.

– Bichinho – que te meteste embaixo do carro. Machucou?

O garotinho segurava a perna e via o pé direito dobrado para dentro. Deu de ombros e todo mundo viu que ele não podia falar, a dor devia ser muita.

– Leva ele pro pronto-socorro, pau-de-arara!

O homem de terno branco virou para saber de onde vinha a voz. Não identificou ninguém.

– Só quero testemunha pra provar que o bichinho se atirou debaixo do carro. Culpa dele. Vocês viram, companheiros, foi acidente.

Ele ia se virando, buscando alguém que o apoiasse. Deu de cara com Renatão.

– Você quase matou o menino, filho da puta!

– Não me xinga, não, bichinho, que enfezo!

– Pau-de-arara, filho da puta! Enfeza!

– Olha que o pau come!

– Vamos ver.

– Eu sou deputado federal, bichinho bandido. Te meto na cadeia.

– Foda-se.

Renatão desceu o braço, com as mãos abertas. Pegou o homem na cara, ele rolou sobre o motor. Ninguém se moveu. Eu via os rostos apáticos, os risos irônicos, enquanto o do carro tentava se levantar e levava pontapés no estômago, no meio das pernas e no rosto. Ninguém podia segurar Renatão até que toda sua raiva passasse, e ele podia matar o homem antes que ela terminasse. O sangue encheu o terno branco e o capô do motor, onde o deputado bateu com a cabeça várias vezes. Não podia reagir contra o ódio que tomara Renatão. "Cada pau-de-arara que morre é um alívio pra São Paulo!" – gritava Renatão. "Morre filho da puta." "Cachorro do caralho." "Ladrão." Quando viu o homem arriar molemente, o povo começou a se afastar. Olhavam Renatão, fortíssimo, o peito arfando, e fugiam. De medo que aparecesse polícia, ou que Renatão estivesse louco. Renatão puxou o pau-de-arara, colocou-o no carro.

– Entra todo mundo! E vocês aí o que estão olhando?

"Um velho apontou o garotinho com a perna quebrada. Eu e Marcelo pegamos o menino e o enfiamos no carro; entramos todos. Renatão deu a partida. Pegou a São João, pisou no acelerador. Buzinava ruidosamente, subiu numa ilha, o carro tremeu."

– Que molejo, hein?

Virou numa travessa, quase na Marechal Deodoro, entrou na Santa Cecília: parou o carro num canto escuro.

– Me dá um lenço aí, que o capô do carro tem uma mancha de sangue. E as meninas que não olhem.

Elas olharam e viram Renatão subir no motor, desabotoar a calça, e regar o capô com mijo. Marcelo tirou o paletó do pau-de-arara, pois ninguém tinha lenço. Renatão lustrou o capô, olhou o paletó. Sangue e poeira e urina se misturavam. Jogou num canto da calçada, depois de tirar os documentos.

– Pra despistar a polícia. Vai ser gozado. Amanhã nós vamos ler o mistério do paletó branco. Hoje, o programa é dos bons.

"Eu devia ter bebido mais. Ter me encharcado de uísque. Eles estavam bêbados e eu lúcido. Era um ritmo desigual, não havia equilíbrio entre nós. E, no entanto, eu queria ficar lúcido para poder viver melhor o que estava se passando, pois era uma participação na violência. Quando vi as mãos de Renatão no volante, machucadas de bater, percebi que era mentira a minha participação. Eu somente observava a violência. As mãos de Renatão estavam esfoladas junto aos nós dos dedos e havia um corte mais fundo, onde a mão acertara a boca do pau-de-arara."

– Esse era um bosta! Odeio pau-de-arara! Um dia faço uma campanha pra expulsar eles de São Paulo. Vivem matando gente.

– Matando paulista – disse Marcelo. – Devemos erguer uma pra eles.

– Você é também um filho da puta.

– O que a gente faz com o tal deputado? – disse Marcelo.

– Vamos jogar fora. Assim a gente devia fazer. Jogar fora todos os deputados. Principalmente os ladrões do norte.

– Pisa, que essa máquina é de correr – pediu Bebel.

Renatão deu uma brecada, na esquina, depois voltou e o carro deslizou devagar, parando frente a uma portinhola. Havia uma escada de madeira num corredor muito branco, iluminado por neón. Sobre o prédio um luminoso vermelho e verde:

PRONTO-SOCORRO DE FRATURAS
SANTA CECÍLIA – DIA E NOITE
FONE 36-3636

Bebel ajudou a tirar o garotinho do carro. Ele não chorava mais, olhava de um lado para outro. Carregaram o menino até a escada.

– Senta aí, direitinho.

Ele sentou, segurando o joelho. Renatão grudou o dedo na campainha, um enfermeiro surgiu lá em cima e desceu.

– Atende o garoto aí, que foi atropelado. A gente volta já, vamos indo atrás do criminoso.

O enfermeiro tinha óculos e um ar antipático. Não disse nada. Fitou o garotinho. Quando Renatão deu as costas, ele subiu de novo as escadas.

– Vamos achar um lugar bem fedorento pro deputado.

"Bebel sentara-se perto de mim e eu sentia suas coxas. Peguei sua mão; ela se deitou em meu ombro. Dina me observou. Vi seu olhar. Furioso. Havia desprezo e repugnância e me senti mal. Marcelo fechara os olhos, parecia dormir. Dina me vigiava. Renatão prestava atenção ao trânsito. Todos satisfeitos e calmos. Não tinham este medo que corria dentro de mim: da polícia pegar, do carro espatifar, de morrer. A gente é criado dentro do estabelecido: coisas certas e erradas. Quando esse quadro não funciona então é que se vê como ele estava a nos apertar e cercar. Romper com ele é difícil, porque está todo entranhado na pele, por dentro. Eu tentava encontrar em mim um pedacinho de satisfação e tranqüilidade que via em torno e não achava. Ia me encolhendo, com uma contração nos intestinos e pontadas no estômago."

– Esse porra morreu? Não acordou ainda! Vê aí Marcelo!

"Marcelo estava sentado no chão, na frente, sacudiu o pau-de-arara ensangüentado. O supercílio do homem estava aberto e sangrava, o sangue se coagulara numa pasta sobre o olho. Meu estômago virou mais um pouco, depois consertou e me senti normal, sóbrio, contente, ao me lembrar das lutas de box que assistira, e como me acostumara ao sangue. Só que o sangue do homem no banco da frente tinha outra verdade, eu podia tocá-lo e ele me melaria as mãos; tinha cheiro. Existia. Na minha vida, tudo se passa como se fosse cinema; tudo se projeta numa tela e estou sentado na cadeira; me comovo, sofro, choro, rio, e depois me levanto e vou embora. Não estou mergulhado em coisa alguma, a não ser talvez o livro. E em mim mesmo. Eu sou o ídolo de mim mesmo."

– Tá ficando chato rodar com esse cara. Não acontece nada!

– Bom o carro dele.

– Vamos parar na Ipiranga pra ver o que dá.

– Vai lá, tá cheio de guanaco. Não vai não!

Renatão varara a frente de um ônibus, entrara em cima de um Volks que saiu para o lado. O carro era supermacio e puxava bem, a gente não sentia as rodas nos buracos. Como um elefante branco atravessava o centro da cidade. Na Ipiranga, Renatão passou devagar na esquina onde o pau-de-arara atropelara o garotinho, o povo continuava a caminhar. O carro encostou de leve, depois arrancou outra vez, entrou na 24 de Maio, um guarda apitou, olhei, ele tirou o bloco de multas, mandei-o tomar no cu, pelo vidro de trás. Entramos na Barão cruzamos o viaduto, depois Sé, paramos no Pátio do Colégio.

– Vem todo mundo!

Beliscou a barriga do deputado, o homem se moveu um pouco, mais por reflexo.

– É pra gente se acostumar. Se ele morrer, a gente é assassino. Vamos lá ver como é a cara da polícia.

Entramos na Central de Polícia. Havia meia dúzia de guardas espalhados pelo corredor sujo. Fomos até o fim do corredor, à direita era a sala de imprensa, onde eu me vi, certa tarde, na greve dos jornalistas, a fechar portas e saltar pela janela. À esquerda, havia uma sala mal iluminada. Um guarda troncudo, de cara amassada, chegou.

– Onde é que vão?

– Em lugar nenhum.

– E o que estão fazendo aqui? Vocês são presos ou testemunhas?

– Nem um nem outro, disse Renatão. Viemos fazer um comunicado.

– De quê?

– Minha irmã desapareceu.

– Não é aqui!

– Onde é então?

– No DI.

– DI? Viemos de lá. Disseram que é aqui!

– Pois é lá. Vão lá.

– Não. Disseram que era aqui e vai ser aqui. Cadê o delegado que manda nisso aqui?

Renatão fez cara de furioso. As contrações começaram na minha barriga. Dina começou a chorar e o guarda troncudo ficou olhando para ela com cara de imbecil.

– Pára de chorar. Não foi nada. Vai ver que já voltou pra casa. Não tem aí um calmante pra ela?

O guarda ficou com a cara mais boba ainda.

– Calmante? Não, acho que não. Calmante aqui é borracha!

– De onde posso telefonar?

– De lugar nenhum, chefe.

– Por quê?

– Porque não pode. Quer telefonar, vai telefonar lá de fora.

– Cadê o delegado?

– Que delegado, que nada. Sabe, meu chapa, você tá baratinado.

– Eu, né? Tô baratinado e venho aqui na boca do lobo.

– Cabra baratinado fica louco.

– Deixa de onda, velho. E minha irmã?

– Vai no DI.

Veio outro guarda, de olho arregalado, cheirava cavalo suado e a farda azul era brilhante e ensebada.

– Que há? É pra descer esse aí? E as gatas?

Renatão virou-se, ficou frente a frente com o cara. O guarda virou raquítico.

– Respeito com minha irmã.

– Que é garotão? Bronqueou?

– Não. Eu não. Vê lá se vou bronquear? Só pedi pra respeitar as minhas irmãs.

O ensebado se afastou. Saí em direção à porta, com vontade de correr, mas na verdade começava a ficar engraçado. Quando olhei o Pátio do Colégio, os edifícios sombrios pesados dos tribunais, a secretaria da Agricultura, o monumento da Fundação de São Paulo, senti e vi que gostava da cidade. Havia no ar o cheiro de mato e calor que vinha do Parque de mistura com o fedor violento do rio que corria lá embaixo. Eu me senti de novo correndo nas madrugadas, xingando e gritando palavrões e a sensação que se escoava dentro de mim era de bem-estar.

– Entra logo, que vem vindo meganha!

Fui para o fundo do carro, Bebel ia entrar, Dina segurou, entrou Marcelo e sentou-se ao meu lado. Meganhas da Força Pública atravessavam o largo. Renatão pisou firme e o carro deu um pulo. Tirou uma fina, um dos soldados saltou para o lado, ficou olhando de cara espantada. Atravessamos a Boa Vista, com seus prédios antigos e cinzas, uma sucessão de Bancos até o largo de São Bento, e me veio a asfixia, vontade de sair deste centro, voar para fora deste miolo onde a gente fica rodando sem parar. Pedi para Renatão ir para fora da cidade, Marcelo e Bebel disseram que era boa idéia. Dina sorria vagamente e levou a mão à coxa de Bebel.

O deputado começou a se mexer e Marcelo cutucou Renatão que dirigia com o peito encostado à barra de direção. Corríamos pela marginal do Tietê, no rumo da Lapa e a estrada estava cheia de caminhões e buracos.

– Vocês topam matar o homem?

Ninguém respondeu e o carro ficou gelado; nenhum olhou para o outro. Não levaram Renatão a sério.

– Esse bosta não faz falta a ninguém. Vive na Câmara roubando os outros como todo político. Aposto que esse pau-de-arara é um intelectual. Vamos matar ou não?

– É sério? – perguntou Marcelo.

– Por que havia de não ser?

– Matar um cara assim sem motivo?

– Tem motivo. Nós estamos de saco cheio. Assim desabafamos. Depois, quem vai nos ligar o crime?

– E aquele povo que viu a gente tomando o carro, na Ipiranga? Sempre tem um merda se lembrando. E Bebel? Todo mundo conhece ela. Só olhavam para ela. E nossas impressões digitais no carro? E a Polícia se lembrando da gente na Central?

– Tá bem, tá bem. Vocês leram bastante livro policial pra estragar qualquer coisa. Cagão. Todo mundo aqui é cagão. Ninguém é macho como na minha turma.

– Você anda com a gente porque quer, disse Bebel. Anda, porque é gamado em Dina.

– Eu? Gamado? Vê se ligo pressas coisa? Mulher pra mim já sabe pra que serve!

– Sei. E como Dina não te deu, você fica em cima, agradando ela e os amigos.

Bebel fechou e abriu os olhos; observava Dina. E o fio de aço cruzou por dentro do carro. Marcelo cochilava de boca aberta.

– Bem, vamos resolver? Não agüento mais ficar dentro deste carro!

Renatão parou num posto, desceu, voltou com uma garrafa de pinga. Pisou firme, o carro arrancou, rodando uma fila de dez caminhões iguais. Entramos na Lapa e voltamos. Num largo, o carro deu duas voltas e parou. Renatão desceu, a porta ficou aberta. O largo era escuro e havia montes de pedras por todos os lados. A rua fazia um círculo e era metade calçada, metade asfaltada. As casas em torno eram velhas, fechadas e só havia um poste de luz à saída do largo. Renatão caminhou na direção de um tapume e desapareceu. Um trem de subúrbio, janelas iluminadas, passou. Ao lado das casas velhas havia terrenos baldios.

– Não tem rádio este carro de baiano?, perguntou Bebel.

Marcelo se inclinou sobre o banco da frente, mexeu nos botões. Parou num jogo de futebol, continuou, passou por um noticiário, terminou num programa musical que transmitia boleros. Ele deixou ligado e ficou rindo. Marcelo desligou e começou a desabotoar a camisa. Tirou-a, tirou os sapatos e as meias; tirou a calça e a cueca; ficou pelado. Dina encostou-se no banco.

– Deixa eu ver o seu, pediu.

Ele virou-se de lado e mostrou. Mexeu um pouco.

– Não é muito grande, explicou. Tamanho salão. Serve bem.

– Bonitinho! – disse ela. Não é dos feios, não!

Encostou-se no banco de novo. Bebel afastou-se quando ela tocou seu braço. Dina se virou. Bebel fechara os olhos e tinha o rosto feito vidro. Duro e transparente.

– Veste a roupa, disse para Marcelo.

– Que veste a roupa nada! O que deu?

– Não deu nada. É que não acho graça!

– Não acha hoje. Mas bem que já achou muita.

– Deixa eu passar, pediu ela.

– Passar pra onde?

– Vou descer. Vou embora.

– Vai sair a pé e ir embora? Nesse largo? Você não anda cinqüenta metros e entra em fria.

Bebel olhou o largo, silencioso e escuro. Eu tinha a sensação de que nos terrenos havia gente nos olhando e se escondendo.

– E o Renatão? Vai ver que apagaram ele.

– Onde é que se meteu? Não quer ir lá ver?

– Eu não posso. Estou pelado. Pensou? Saio pelado, passa a polícia. Aqui dá polícia cada meia hora.

– Vai você, Bernardo.

Quando desci do carro me passou um frio. Rápido. Ali fora havia qualquer coisa de estranho que penetrava na gente. Era como atravessar os limites de um país. Nada diferente, nem mesmo a língua fronteiriça. Mas percebe-se que o lugar não é nosso. Era pesado o que havia em cima de mim, quando caminhei em direção ao tapume. Parei no meio da rua.

– Marcelo, vem também!

Ele colocou a cabeça para fora. Ainda estava meio bêbado.

– Cagão! Vai sozinho. O que é?

Fui me aproximando do tapume, comecei a dar a volta, procurando uma entrada. Não havia ruído algum. O tapume era de tábuas grossas. Procurei uma fresta. As tábuas eram cheias de farpas. Cheiravam urina e estavam úmidas. Rodeei o tapume e encontrei uma portinhola; um pedaço de zinco encostado a um batente. Empurrei devagar, vi um monte de tijolos, um de areia e logo na minha frente uma forma estranha, escura com um aberto no centro. Entrei e senti cheiro doce e enjoativo, agora misturado à urina e à bosta. Havia tábuas, pedras, latas, uma máquina de misturar cimento. E todos eles sentados numa lona a fumar e olhar Renatão. Viraram-se para mim. Eram rostos murchos, de garotada nova. Dois mulatos atarracados que abriram a boca sem dente; um branco de cor esquisita que eu não podia saber bem se era branco, sujo ou mulato, naquela luz escassa. Ao lado de Renatão estava um rapaz novo, muito limpinho. Havia um ambiente de cordialidade.

– E esse aí?

– Meu chapa – disse o Renatão. Pode deixar.

– Puxa fumo também?

– Não. Não é disso. Ele é de escrever.

– Pô, velho! Dá uma maminha nesse aqui. Tá bem baseado!

Fiquei ali de pé e vi que o novinho e limpinho estava com a mão entre as pernas de Renatão, mexendo. Tinha uma expressão satisfeita. Renatão estava com as duas mãos sobre a boca, mamando o cigarro, muito concentrado. Comecei a me acostumar com o cheiro. E se desse uma puxada também? Pensei no pessoal que andava tomando lisérgico e nas reações deles. Depois do tratamento com o lisérgico, Fauze melhorara muito, passara a trabalhar melhor e achara coragem para dirigir uma peça. Maconha não era lisérgico, eu precisava é da coragem para começar alguma coisa fora dos trilhos. Recusei o lisérgico porque abria demais a mente, deixava tudo muito lúcido. Renatão me chamou, sentei ao seu lado, ele me passou o cigarro, virou para o lado. O garoto limpinho abaixou as calças, deitou-se de bruços e Renatão começou a pôr nele, enquanto a turma assistia silenciosa. Um mulato me observava, fiquei com o cigarro nas mãos, e ele fedia, estava todo molhado, me deu nojo. O mulato chegou perto e mostrou: "Assim." A técnica era fácil, levei o cigarro aos lábios, dei uma chupada forte, olhei para ele. Sacudiu a cabeça. "Continua. Uma tragadinha firme atrás da outra. Bem forte. Chupa toda fumaça de uma vez." Chupei. Achei uma merda, gosto de erva, era como comer alfafa. Esperei um pouco. Não aconteceu nada. Renatão gemia. Ia dar uma segunda mamada, quando a buzina do carro começou a tocar, pulei, e vi todo mundo de pé, menos Renatão que não ouvia nada. A buzina parou. Ficamos um pouco de pé, depois fomos sentando. Um dos mulatos saiu para ver o que era. Voltou e Renatão se abotoava.

– Tem uns caras aí num puta carango.

– É a turma nossa!

– Num carango daqueles?

– Afanado, meu chapa!

– Porra, mas um americano desse a polícia manja fácil.

– O dono tá lá dentro.

– No carango?

– Dei-lhe umas porradas!

– Ih, meu chapa. Isso dá uma truta da grossa. Num me mete não!

– O tipo é deputado. Do norte!

Tocaram a buzina de novo. Pararam e voltaram a tocar. O mulato ficou impaciente, a maconha começava a fazer efeito neles. Eu sentia apenas a boca amarga, o gosto enjoativo.

– Vamos dar uma rabada nesse deputado?

A bichinha limpa se levantou, arranjou as calças, se escondeu atrás do monte de tijolos. Renatão e o mulato foram à frente. Fiquei por último. Parei diante do negócio que não tinha forma, com o buraco no meio. Bati, o som era metálico. Estava cheio de saco de estopa em cima. Tentei arrancar, não saía.

– Que merda é esta?

– Sei lá. Acho que é uma estátua!

– Do quê?

– Decerto uma estátua de maconheiro. Aqui só dá isso e putas. Dá também ladrão. Por falar nisso, chapa, como você tá de grana?

– Mal.

– Não tem nenhum pro papai? Até amanhã?

– Nada.

Era o branco. Na luz de fora vi que era branco e encardido. Cheirava mal, suor e muita sujeira. Tinha cascões no pescoço.

– Num vô c'a tua cara. Sabe? Num vô mesmo.

"O que esse porra quer agora?", pensei. Renatão tinha desaparecido do outro lado do tapume, está só eu, e o cara. E se enfrentasse?

– E daí? Foda-se.

– Que é? Bronca?

– Porra, vê se não me enche. O que há?

Dei as costas, me apressei. Ele chamou; virei. Tinha um canivete na mão.

– Esse é p'r'ocê. Pra mim tu é alcagüete. Num facilita que se te manjo sozinho, vai brasa nessa tripa, tá?

– Vá p'ra puta que te pariu!

Os outros vinham vindo, arrastando o deputado de terno branco. O homem caminhava com dificuldade. Quase perto do tapume ergueu a cabeça, olhou em volta. Arregalou o olho e sacudiu o corpo. Renatão deu-lhe um pontapé, o mulatão cascou-lhe o ouvido. As meninas riam. Vinham de mãos dadas. Marcelo ficou no carro. Arrastaram o deputado para dentro do tapume. Os malandros estavam muito alegres e um dos mulatos se preparava para fumar outro cigarro. Largaram o deputado no chão e a bichinha se aproximou para ver. Pôs a mão na boca, apavorada, depois chegou-se a Renatão. Ele deu um empurrão e o garotinho ficou surpreso.

– Dá uma idéia aí, você que escreve. O que a gente faz com o pau-de-arara?

– Deixa eu pensar – respondi.

Estava ficando divertido e no fim, jamais saberiam quem tinha perturbado o homem. O branco encardido chegou-se a Renatão.

– A gente pode tirar um sarro c'o ele, depois despacha ele e fica c'a grana.

– Que despacha? Tá louco? Vamos só encher o saco dele.

– Isso, a gente enche o saco dele. De verdade. Enche de pedrinhas e fica olhando. Vai ser a primeira vez que a gente vê um cara de saco cheio, coisa que ninguém ainda viu, disse Renatão.

O branco encardido foi para perto da bichinha, pegou em seu braço e quando ela sorriu pregou-lhe violento murro na boca, depois outro no estômago. O garotinho nem gemeu, dobrou-se ao meio e caiu assim dobrado. Renatão viu, passou a mão num tijolo e atirou. O encardido se abaixou e tirou o canivete. Renatão pegou outro tijolo, mas os dois mulatos se adiantaram para ficar ao lado do encardido.

– Calma, chapinha, que assim alguém se machuca. E não vai ser nós!

– Deixe eu brigar com ele. Só nós dois. Ninguém entra. Se um seu entra, entra um dos meus. Topa?

– Briga é briga, velhão. Num tem acordo!

Renatão virou para meu lado, viu meu rosto, sacudiu a cabeça desanimado.

– Cadê Marcelo?

– Tá dormindo no carro.

– Só nós num dá. Vamos manerar estes caras!

Renatão apontou para o deputado, estendido no chão.

– Estamos esquecendo aquele ali! O sarro é com ele.

– Tirando o cu da seringa, hein?

– Não, não é isso. Por que brigar? Nosso negócio é outro. Toca aqui, disse Renatão.

O mulato se aproximou, desconfiado, Renatão sorriu.

– Toca! Vamos acabar com isso que é bobagem.

– Num sei não.

– Vai, toca. Pra que brigar? Melhor a gente ser amigo.

Quando o mulato estendeu a mão, bem próximo, Renatão, num movimento rápido, deu-lhe uma cabeçada no nariz. Ele deu um berro e caiu para trás. O branco encardido correu, com o canivete na mão, mas Renatão largou-lhe um pontapé entre as pernas, ele parou, surpreso, depois sentiu a dor e arriou. Quando arriou,

Renatão caiu em cima, com todo o seu peso e o cara amoleceu escorregando para o chão. Quando viu o mulato que sobrava avançando com o tijolo, pegou num pedaço de madeira com ponta pontiaguda e cutucou a barriga dele. O mulato atirou o tijolo, errou, e recuou para apanhar outro, mas levou uma sarrafada na cabeça. E já Renatão corria e dava-lhe uma seqüência de socos. Foi ao chão.

– Legal, velho. Quando me baratino, é foda! E olha: briga com malandro não é mole não. Nem sei como ele entrou na minha. Aquele era golpe de puta velha. Malandro bom quando chega perto do outro, já vem com a mão protegendo o nariz.

O deputado estava sentado no chão e tinha visto. Uma réstia de luz batia e mostrava um rosto assombrado.

– Levanta.

Ele levantou-se rápido. Era baixinho e o terno branco estava sujo. Havia lama no chão. Marcelo chegou, ainda meio grogue, ficou olhando tudo, sem entender nada.

– Como é – disse Renatão para mim – já bolou um troço pro nosso deputado?

Nada. Não se vinha nada à cabeça. Eu não queria fazer aquilo. Precisava ter muita raiva para poder fazer mal. Com raiva e ódio eu seria capaz de matar. Porém, tinha de ser na hora da raiva e do ódio. Múcio dizia aos atores que eles precisavam se concentrar e buscar dentro deles um momento da vida em que tinham sentido determinadas reações de amor ou ódio. E então tentar renovar o instante. Era o que eu procurava fazer. Tinha havido muito rancor em minha vida; ainda havia; mas um rancor diferente. Não era contra uma pessoa; era contra tudo. Eu queria destruir não um, mas todos. Se conseguisse reduzir o processo para que aquele deputado que começava a tremer, sem saber o que estava acontecendo, então daria certo. Sempre fui pacífico e passivo. Agredindo este homem eu poderia experimentar o gosto; iria quebrar o meu medo; machucar e judiar de alguém é uma sensação que precisa ser provada, para saber se a gente é forte, se tem ou não coragem de ferir, ser ferido, matar. E é preciso ferir e matar a todo instante.

– Como é? O que está pensando?

– Nada. Bobagem. Não sei o que fazer com o homem. Quem sabe se a gente podia começar por mijar em cima dele.

– Mijar? Isso! Mijar e cagar!

O deputado tentou erguer-se, Renatão deu-lhe uma pernada, ele se estendeu.

– Marcelo! Você consegue dar uma cagada? Agora?

– Só tentando. Preciso ficar ali no cantinho pra ninguém ver.

Sumiu no escuro. "Não posso fazer isso – pensei. Não é certo. Eu tenho a cabeça no lugar. Renatão é um primitivo, um índio louco vivendo em São Paulo e Marcelo é um molecão. Mas eu não! E, no entanto, quero fazer. Mais do que eles! Desde que ninguém saiba, nem venha a descobrir." O deputado estava caído, mas dei-lhe um pontapé no fígado. Ele gemeu. "Se a gente quer destruir tudo, tem de começar um a um." Meu pé alcançou uma carne mole e agradável; dei outro na coxa; na barriga; acertei-lhe na cara e ele agarrou meu pé. Perdi o equilíbrio e caí. O homenzinho se voltou para mim; não vi seu rosto, no entanto podia perceber no ar a sua raiva. Renatão observava, fiquei esperando que ele entrasse. O deputado tentava erguer-se; eu não podia deixar, tinha de aproveitar a vantagem. Avancei e soltei o pé; quando avancei e vi a cabeça senti uma impressão estranha; como o jogador corre para a bola dividida, vendo o outro correr também e sabendo que sua perna pode ser quebrada. Havia em mim medo e decisão, curiosidade e sangue-frio. Ele desviou um mínimo. Ainda assim consegui pegar a ponta da orelha. Fiquei sem equilíbrio, segurei como pude o corpo. Quando me firmei vi sua cabeça logo abaixo, dei um soco vertical. Renatão sorria; não ia entrar. Eu é que devia decidir. E eu ia apanhar se ele se levantasse. Era um desses nordestinos baixos e entroncados que devia saber capoeira. A vantagem que eu levava é que o homem já tinha apanhado muito e não tinha mais disposição. Estava ali, parado.

Ajoelhado, com as duas mãos na cabeça. Esperava a reação e ela não vinha mais; eu já sem medo; vazio por dentro; eu precisava de coisas para me preencher.

– Olha!

Apontei com o dedo. Um dos mulatos se levantara. Renatão descarregou um direto no queixo e ele voltou à antiga posição.

– Vem cá. Me ajuda achar uma trave.

Havia um pau enorme, pesado, atrás do monte de areia. Vi Marcelo agachado. Me fez um sinal de gozação. Renatão pegou uma das pontas da madeira, pesada, o peso aumentado pela umidade. Foi nessa hora que vi toda a força que se encontrava nele.

Começou a puxar a trave. E me chamou.

– Põe esses caras aí em fila, deitados.

Puxei o branco encardido e os mulatos, coloquei-os bem juntinhos. Renatão arrastou a trave e atravessou-a em cima do peito dos três. Magrelos como eram, ia ser preciso muita força para tirá-la.

– Vê se eles têm alguma coisa no bolso. Faca, garrucha, sei lá.

O canivete do branco encardido tinha caído no terreno; os outros só tinham cigarros de maconha e algum dinheiro. Joguei tudo no monte de areia.

– Pega aquele balde.

Enquanto enchia o balde de areia e jogava nos pés dos malandros, me lembrei das meninas. Elas tinham sumido logo que todo mundo deixara o carro. Fiz um monte de areia sobre os três. Renatão continuou, eles ficaram soterrados até o pescoço.

– O gozado é que quando acharem esses aí, ninguém vai entender. Gosto de fazer coisas que os outros não entendem depois – disse Renatão.

Eu estava cansado; eles tinham bebido, curtiam o resto de álcool, eu tomara pouco e ainda dera uma tragada naquele cigarro. A brincadeira começava a me aborrecer. Mas Renatão não era desses que deixasse um de sua turma desertar. Eu vira uma vez ele bater num amigo. Deixara o outro mole de apanhar, só porque não queria continuar um programa. De repente eu não queria mais ver aquele tapume, Renatão, os malandros, deputado, ninguém. A vontade era ir para casa deitar e não mais acordar. Era muito pequeno o que estava acontecendo e eu necessitava de coisas enormes para me sacudir. Uma guerra. A gente tem que desenvolver a própria guerra, particular. Quando possível, juntam-se todas as guerras privadas. Não quero ligar a minha à de ninguém. Não sei onde ou como vai ser a minha. E se um dia ela exigisse a morte de alguém? Real. A vida de um homem tirada. Estaria eu preparado? Suportaria a tensão? Um homem precisa estar sempre se preparando. Numa cidade nestes tempos, não se sabe o que pode nos suceder nos próximos minutos. O deputado estava ali. O meu começo. Desconhecido, ninguém me ligaria a ele. Com este, o primeiro, não havia problema de castigo, e sim o da decisão. E a responsabilidade sobre esta decisão. Como seria o meu comportamento no instante de matar o homem? Marcelo voltou.

– Não consegui. Não dá, Renatão. Ninguém caga de encomenda!

– Você é um bosta. Nem pra isso serve. Vamos embora. Isso já me encheu.

Levamos o deputado para fora. O carro estava lá, de portas abertas. Renatão deu uns tapas no rosto do deputado. Esperou, sacudiu-o de novo. Demorou um pouco, o homem abriu os olhos.

– Tá me escutando?

O homenzinho fez que sim. Sumira toda expressão do seu rosto. Aquela angústia inicial quando ele tentava entender não existia mais.

– Vou te dar uma chance. Você tem que mostrar que é macho. Topa?

Ele deu de ombros. Renatão levou-o para o meio da rua, deu-lhe um soco no estômago. Empurrou-o para o chão. Voltou ao carro. Fez as meninas pularem para o banco de trás. Ele acendeu os faróis, deu partida, acelerou.

– Não. Isso não! – gritou Bebel.

– Cala a boca, sua puta! – disse Renatão.

O carro avançou para o homem. Eu preferia estar fora, vendo o seu rosto ser esmagado. Deveria espirrar sangue. Sangue sempre me impressionou muito. Vira bastante, nas reportagens com a turma da polícia. Gente morta a faca, a tiros, em desastres. No entanto, tudo aquilo era notícia. Eu não fazia parte. Nesta sim. Era uma coisa minha. O carro avançou e brecou em cima.

– Sorte dele! Breque bom!

Renatão deu marcha à ré. Avançou de novo, apertando o acelerador. Os faróis batiam no rosto do deputado. Ele continuava sem expressão. Não entendia como a pessoa pudesse se conformar tão rápido com a idéia da morte. Qualquer coisa devia ter se desligado nele. Em cima, Renatão desviou. Pela direita do homem. A lateral do carro resvalou em seu corpo. Olhei para trás. Ele desmaiara. O carro deu a volta ao largo, em velocidade. Fazia as curvas com facilidade, pregado ao chão. Marcelo agarrou Renatão pelo ombro.

– Pára aí, seu louco!

– Me larga, senão a gente mata o homem. Larga, seu puto!

Estavam em cima, Marcelo largou, Renatão bateu leve na direção, o carro girou rápido, caímos para a esquerda. O homem na rua deu um grito. O braço do homem tinha sido esmagado.

– Desce todo mundo – disse Renatão.

Bebel e Dina desceram na frente, deram-se as mãos, foram olhar o homem. Bebel não agüentou muito. Renatão entrou sozinho no carro, deu uma volta pelo largo e na reta em que estávamos, acelerou o máximo. Quando o carro passou por nós, vinha de porta aberta. E Renatão soltou para cima de nós. Agarrou-se em mim e Marcelo, rolamos pelo chão. O carro entrou num muro, os tijolos voaram. Saímos correndo antes que o povo começasse a aparecer nas janelas. Corremos por uma rua em que havia apenas um poste em cada quarteirão.

– Você espera que a gente volte a pé? – perguntou Bebel. Pois pode ir procurar um táxi.

– Já te dou um táxi. Quer ver? – perguntou Renatão.

– Onde é que a gente está? – perguntou Marcelo.

– Deve ser Barra Funda, ou coisa assim.

Continuamos até uma rua em que havia trilhos e bonde. Sentamos na sargeta. Passou um ônibus vazio, Marcelo fez sinal, ele não parou, o motorista fez um gesto com a mão dizendo que não era ponto. Veio um táxi, mas de meia hora depois. Marcelo queria ir para casa. Morava numa pensão na Angélica, o táxi passou lá. Marcelo ia descer. Renatão disse:

– Tá! Vai. Pode ir. Um dia você fica aí. E vai precisar de alguém pra ficar com você a noite toda. Então, vai ver o que é! Vai ver como é bom! Logo hoje que estava tão legal. Se um dia acontecer isso, quero que você se foda! De primeiro ao quinto.

Marcelo voltou ao carro. Não estava contrariado, nem alegre. Marcelo tinha sua maneira de aceitar as coisas e tomar decisões. Sempre me pareceu muito firme.

– Toca – falou para Renatão – você está um chato, mas vamos em frente, pra ver o que dá.

– Nunca peço nada. Hoje preciso, entende? Não quero ficar sozinho em casa, de olho aberto, sem conseguir dormir. Tenho que me arrebentar de cansaço pra desmaiar.

– Não repete essa história que ela me dá sono! – disse Bebel.

– É que vocês não entendem nada, mesmo!

A voz de Renatão era firme e havia nela súplica e desespero. Há muito tempo andava conosco e eu nem me lembrava onde o tinha visto pela primeira vez. Devia ter se juntado a nós num desses bares onde vai a gente de teatro, de cinema, os cocôs da televisão, as putas, as bichas e lésbicas, pois Renatão conhecia todo mundo. Ninguém sabia quase nada dele, do que vivia, ou porque tinha sempre dinheiro. No começo muita gente ficava desconfiada, dizia que ele trabalhava para os americanos, que era agente da CIA e estava lá para espionar. Depois entenderam que havia muita pouca coisa a espionar. Ele ficou mesmo chapa depois do golpe de abril quando escondeu Marcelo e outros em seu apartamento.

E ninguém soube onde eles estavam, nem os mais chegados a Marcelo, pois quando Renatão não queria contar uma coisa, nem tortura o faria dizer.

O carro entrou na Maria Antônia, Major Sertório, parou em frente ao Juão.

– Alguém fica aqui?

– Não, isso já deu flor. Vamos pra outra.

– A noite já deu flor. Eu quero ir dormir.

– Porra, ninguém vai dormir! Não estou com sono, nem vocês. O que há? São duas e meia. Dormir pra quê? Vão dormir e eu fico sozinho? Aqui, pra vocês!

– Eu vou – disse Dina.

– Vai levar bolacha.

– Pois experimente.

– Experimenta você ir embora.

O motorista abriu a porta e desceu. Era um italiano de gravata preta e nariz curvo. Falava com sotaque do Brás, cantando.

Renatão pagou. Tinha um monte de notas no bolso. Marcelo pediu uma, ele deu.

– Pra mim almoçar amanhã – disse Marcelo, apanhando a nota. – Ando pronto.

Renatão puxou a nota de volta.

– Vai à merda com essa história de fome. Se tem fome, vai trabalhar. Meu dinheiro não é pra ninguém comer. Vamos encher a cara às custas do Cotrim.

Resolvi beber de novo, pedi uísque sauer. Gostava mais do limão e açúcar que do uísque. A mesa se encheu de garrafas. Marcelo bebia cerveja e gostava de ver as garrafas à sua frente. Renatão pediu dois uísques de início, acabava um, pedia outro e entrada no segundo, de modo que havia sempre um na reserva. Dina cuidava de Bebel. Pedia o que ela queria, mandou buscar sanduíches. Nessa noite a cozinha não estava funcionando. Marcelo foi ao boliche da esquina e trouxe um carregamento de hambúrguer. Eu começava a ficar com fome, mas não tinha vontade de comer, pois o sauer estava mesmo bom e eu saía do terceiro para entrar no quarto, cheio de disposição.

Abri os olhos e só enxerguei Marcelo despejando cerveja, metade no copo, metade na mesa. A parte de cima do Juão estava vazia e as luzes embocadas nas metades de garrafas escuras me fizeram mal. Prestei atenção para ver se minha cabeça doía. Ainda não.

– E o pessoal?

– Lá embaixo. Foram dançar.

– Dançar?

– É, obrigaram o Cotrim a deixar dançar. Tá a maior loucura lá embaixo.

– Quero dançar.

– Num dá. Num tem um lugar na pista. Tá o maior aperto.

– Igual ao Juão antigo?

– Quase. O Juão antigo, nunca mais!

– Que merda. E Renatão?

– Tá com a caveira cheia.

Marcelo derrubou na toalha o resto da cerveja e colocou a garrafa com o cuidado de bêbado, à sua frente. Fiz um sinal a um homem de paletó branco que me pareceu o garçom, mas o tipo não se mexeu, chamei de novo, ele continuou imóvel.

– Veado. Mais um uísque.

O homem parecia longe, levantei para lhe dar um soco na cara e dizer que ele estava ali para servir e se eu estava pedindo é porque pedia por precisar pedir e não para que ele ficasse parado me olhando. Levantei e sentei duas vezes, três uísques tinham me derrubado, amanhã ia ser uma bosta. Amanhã, eu penso amanhã. Agora era continuar até não agüentar. O efeito ia ser o mesmo. Então eu precisava aproveitar até o mundo se apagar.

Cheguei perto do homem de paletó branco; ele, imóvel. Resolvi lhe dar um murro. Meu soco o atravessou, o homem nem se mexeu. Dei outro e vi Marcelo me segurando.

– Me deixa bater nesse desgraçado!

– Por que não bate em gente?

Abracei o homem de paletó branco e ele não tinha corpo, não tinha nada por dentro. E me descobri abraçando a cortina do banheiro. Dei ainda dois socos. Agarrei e puxei com força, uma parte se despregou, Marcelo me arrastou, descemos a escada. Todo mundo gritava. Há muito tempo não se dançava no Jutão, desde que virara restaurante, e também depois os pederastas tomaram conta, fazendo um reduto e afastando a maioria, não porque não gostassem, mas sim porque eles infernizavam a vida dos outros, até expulsar quem não fosse da confraria. Dina e Bebel dançavam e tinham os rostos frente a frente, os olhos nos olhos. Elas se movimentavam com precisão, como se controladas eletronicamente. "Quero entrar nesse meio", disse Marcelo. Procurou alguma menina disponível, não havia, estavam todas na pista. Mais e mais gente dançava, até o momento em que ninguém podia se mexer. Dina e Bebel, no meio, coladas uma a outra, quase não se moviam enquanto em volta delas a vaga se agitava, comprimida pela violência da guitarra elétrica e de um sax. Marcelo mergulhou vagarosamente, como a pessoa que tem medo do mar e vai experimentando a água. Eu não tinha vontade de me apertar e também não queria subir e beber, e me aborrecia a idéia de dormir. Cada vez que eu saía de noite, e saía todos os dias, achava maior fascinação em viver debaixo da música e das luzes mortiças. Ali era o mundo e o enorme fingimento que é tudo se resumia nesta gente. Eu os via escorregando pelas ruas, trazendo o peso do dia e do mundo em cima, rodeados da música que escapava pelas frestas de cada porta, na fila interminável de inferninhos que despejavam continuamente mulheres e homens. Homens e mulheres, correndo, através de esgotos, para os apartamentos. Homens correndo atrás de vaginas a preço variável. E me lembrei de que Renatão um dia escrevera uma carta ao Prefeito propondo a construção de uma canalização que levasse o esperma expelido dia e noite nesta cidade. O meu mundo estava sendo esse e começava a me cansar. Tudo que eu podia extrair dele estava no meu novo livro. Ou meu livro era apenas o início e eu estava condenado a viver até o fim daquela palidez doentia, sem ter o sol? Não era o meu lugar! Eu pensava que era, mas estava enganado. Eu era visita; e visita tem hora de ir embora. A verdade é que nunca sei a hora de ir.

Marcelo me puxava, sacudiu o braço, a mão dele me incomodava. Consegui me desprender, ele agarrou de novo.

– Se manda logo!

– Me mandar?

– Se manda, estou te dizendo. Te explico lá fora.

As meninas desciam a Major Sertório, em passo apressado, dobraram a esquina, fui atrás. Virei a esquina, não havia ninguém, ouvi um psiu, vinha do meio das árvores em volta do teatro Leopoldo Fróes; estava tudo escuro. Fizeram psiu outra vez, fui ao encontro do som, eles estavam reunidos, rindo muito.

– O que é? – perguntei.

– Uma boa! Cotrim arrendou o bar proutro cara. Com todas penduras! O cara queria cobrar do Renatão as notas antigas e mais as de hoje. Acabou! Não se assina mais nota do Juão.

– E daí?

– Daí que tá todo mundo duro.

– A gente dava um jeito.

– Hoje? Não viu os guardas? E o novo leão de chácara? O cara não é mole não!

– Mesmo assim, porque sair correndo e se esconder?

– O que é que disse? – falou Dina. – Esse cara não tem humor. Quadradão, é o que ele é. Quadradão!

– É a tua mãe! – eu disse, porque começava a não gostar daquela menina. Tinha o ar petulante e se agarrava demais à Bebel.

– É! Sabe onde está a tua, neguinho?

– Eh! Agora vão engrossar?

– Diz pr'essa ficar pra lá. Melhor pra nós dois.

Elas se deram as mãos de novo. Bebel passou por mim, deu uma piscada, depois fechou a cara.

– Vamos pro "Estão Voltando as Flores". Lá o pessoal é meu amigo, a gente termina de encher a cara.

Marcelo se sacudia pela rua como se estivesse ainda na pista de dança. Dina atravessou para comprar cigarros. Bebel veio ao meu lado.

– Olha o Marcelo. Está sempre elétrico, bem-disposto e sorrindo tornando o mundo em volta dele uma beleza! Por isso gosto dele. Mesmo que seja com bolinha na cabeça.

– Por que você não toma então?

– Pra mim não pega! Acho que nasci vacinada. Bem que preciso!

– E aquela paixão? Não resolve? Você andava tão embalada.

– Múcio? Terminou. Nada dura. Nada, nada. Tem despacho em cima de mim. Vou me benzer.

– Ia tão bem com Múcio. Nunca tinha visto ele tão embalado. O que aconteceu?

– Nada. Sabe o que é não acontecer nada? Namoramos há seis meses e tudo foi ficando petrificado. Aceito, me conformo, mas é por medo dele me largar e eu ter de correr pra outro, e outro me largar e eu ficar na mão. Não suporto mais! Nem um pingo.

– Por isso tenta com Dina?

– Quem sabe? Com eles eu ficava sozinha. Pensava que gostava, mas quando chegava lá, via que não me interessava mais. Dina é diferente. É seca e me trata secamente. Não é melosa, não faz carinho bobo, não diz essas coisas que homem vive dizendo quando quer cantar a gente.

– As mulheres são engraçadas. Se um cara trata mal, vocês gamam logo.

– Isso é argumento de telenovela, meu amor!

Marcelo me deu um empurrão.

– Tá num porre só, não?

– E foi ficar mais.

Peguei a mão de Bebel. Tinha ternura grande por ela. Quando lancei o livro ela me ajudou muito, correu com os convites, foi às televisões, me animou, me acordava todo dia, levava café, agüentava meu nervosismo, deixava que eu descarregasse a irritação em cima dela. Na noite de lançamento, Bebel vendeu livros, serviu batidas. Por aqueles quinze dias não me deixou um só minuto. Os piores quinze dias de minha vida, quando eu tinha medo e ao mesmo tempo estava cheio de esperança de que o livro fosse sucesso. Bebel se tornara a pessoa de que eu mais gostava no mundo. Ela me repetia: "Você fez muito no início de minha carreira, todas as reportagens, notícias, conselhos. Me ajudou pra burro e não me esqueço."

– Afinal, Bebel, o que você quer? Largou a peça no meio, não disse porquê. Na televisão aceita programas vagabundos. Em publicidade a fonte anda secando. O que há?

– Entrei numa fase de revertério baixo. O que posso fazer?

– Trabalhar firme. A peça do Múcio. Podia ter ficado lá. Era um negócio sério. Sólido.

– Não sei. Me deu a louca. O pessoal não gostava de mim. Por causa do Múcio. Me olhava esquerdo. Ator de teatro sério não acredita em gente de televisão. Pra eles eu era vedetinha. Sentiam desprezo. Estou cheia de ser jogada fora, de ninguém ligar para o que faço e quero.

– O que você quer?

– Quero ser famosa. Bem grande. Tenho de ser, entende?

– Por que? Acha que vai ser feliz?

– Não me interessa. Não me importa se vou ser feliz ou não. Quero ser muito famosa. Aí nada vai me ferir, porque sou famosa e maior que todos. Entende? Fico acima dos falatórios, das maldades, dos golpezinhos, porque vou ser mais eu!

– Pode ser! Famosa e infeliz pode ser um chavão de jornal. Quem sabe você tem razão!

Tinha. No fundo eu sabia que ela tinha! Eu estava meio bêbado, mas podia pensar. Se eu fosse também para cima, para um lugar bem alto, ninguém iria me atingir com nada e não me importaria a solidão, a angústia. Alto, bem alto, acima do bem e mal, de alegria e dor, de sofrimento e prazer. Eu chegaria lá; precisava conservar a cabeça fria e afastar o que pudesse atrapalhar essa subida que eu não sabia para onde, nem como.

Lotado o "Estão Voltando as Flores"; também o "Aquela Rosa Amarela". Começamos a subir e descer as escadas rolantes na Galeria Metropolitana, procurando bar. Estava tudo cheio, ou totalmente vazio; e se estava vazio era porque não prestavam, nem a casa, nem a bebida, nem as prováveis mulheres. Saímos para a praça Dom José, a garoa começava a cair, andamos até a Consolação, a nova rua sendo aberta, os tratores trabalhavam iluminados por fortes lâmpadas.

– E se a gente fosse pra zona?

– Esta hora? E as meninas?

– Iam também. A gente vai só olhar o movimento. Ninguém vai pegar mulher.

– E se tiver uma boa de jeito?

– Boa? Naquele lixo?

– Três e meia – disse Marcelo, olhando o relógio em cima do "Estadão". – Não tem mais nada! Só o sublixo.

– Essas é que são engraçadas, disse Renatão. – A gente pode arrumar uma bagunça qualquer.

– Não chega o deputado? E se der galho?

– Que galho pode dar? Ninguém sabe nada.

– E se localizam a gente?

– Ora, fodam-se. Se localizam, a gente nega tudo!

– Sabe por que gostei dessa farra? – me disse Marcelo. – É que esqueço outros problemas, esqueço tudo, fico em função do suspense; será que a polícia vem? Não vem? E o resto fica pequeninho.

– Não chegam as complicações que você já teve? Se te pegam e descobrem o resto, você entra na maior fria!

– Quem sabe se ser preso não é a solução pra mim? Estou cheio! De não saber o que está acontecendo. Não entendo as coisas. Antes entendia ou pensava entender. Julgava que havia um caminho e estava certo. Agora, não tem caminho pra lugar nenhum. Você vê algum? Esses caras que estão no governo vão ficar muito tempo. Muito mesmo. Eu queria, ao menos, estar seguro de que fiz coisas certas! Ando com medo. Medo de tudo.

– E ir preso adiantava o quê?

– Também não sei. Mas era alguma coisa que caía em cima de mim pra me despertar. Depois do golpe passei a viver num sonho. Bobagem minha. É que eu esperava tanta coisa e subitamente rebentou tudo. Não acontece isso com você?

Eu não sabia responder. Conhecia Marcelo, gostava mas não pensava como ele, em reformar o mundo, em construir uma sociedade melhor. Ele repisava isso, "uma sociedade melhor, igual". Era uma frase feita que tínhamos esgotado no jornal. Afinal, muito se passara desde abril e era tempo de se colocar a cabeça no lugar, apesar da caça que lhe tinham movido, o que o obrigara a ficar escondido alguns meses. Dera uma loucura em Marcelo, ele vivia correndo de um lado para outro, desde que voltara do Panamá, na sua malograda viagem a Cuba. Saíra de trem pela Bolívia, vivera meses em Santa Cruz de La Sierra, depois continuara viagem, encontrou-se no Chile, "onde havia liberdade e um lindo clima de revolução e anti-americanismo. O Chile é o país ideal da América Latina, depois que o Brasil foi entregue". As cartas pararam, vieram depois da Colômbia, Marcelo afirmava que logo chegaria a Cuba para se instalar e aprender muito. "Os comunistas me ajudam e garantem que vou ser um belíssimo revolucionário, sou ainda jovem e tenho força de vontade e saúde e já estou imbuído dos ideais necessários. Participo de reuniões e comícios e manifestações e posso te garantir que a América do Sul está pronta pra se levantar e explodir, mandando os Estados Unidos a puta que o pariu, pra viver independente." Marcelo não passou do Panamá. Conseguiu voltar num navio, trabalhando como desgraçado. Invejei esta parte, porque essa era a aventura que eu queria, era uma forma de desapego ao corpo, à fome, ao cansaço, era demonstração de ser homem. Marcelo voltou magro e abatido, não pelas provocações, mas por não ter alcançado Cuba, a fim de viver na cidade-escola como pretendia. Admirava Marcelo, porque aos vinte e cinco anos sabia o que pretendia e estava sofrendo e pagando por causa desse saber. E mal chegou, era março de 65, soube que em Goiás descobriram uma jazida de cristal de rocha e quartzo. Emprestou dinheiro, apanhou um ônibus e foi para a região.

– Medo! Vê, Bernardo, estou cagando de medo, sem saber o motivo. Intuição de coisas muito ruins, talvez!

Estávamos num bonde da linha Pinheiros. A chuva caíra forte, o bonde passara, Renatão dera um grito, o motorneiro abrira a porta. A água fazia barulho no teto, as vidraças estavam respingadas por fora e embaçadas por dentro. Havia o condutor, o motorneiro e nós. Marcelo ficou tentando fazer acrobacias nos travões, Dina e Bebel atravessaram a borboleta, foram ao fundo. Renatão conversava com o motorneiro. Vinha de baixo do carro um barulho enorme de ferros. A Consolação se tornava ladeira na altura do cemitério e a água descia numa grande enxurrada.

– Acho que sei. Agora acho que sim – dizia Marcelo – balançando-se no banco de madeira envernizada. – Admirava meu pai e o que ele fazia. Um homem inteligente e calmo que gostava de ensinar. Era um prazer enorme para o velho se dirigir às fazendas, onde dava aulas. De manhã, numa, à tarde em outra, à noite, numa terceira. Não ganhava quase nada, o que levava pra casa mal dava pra minha mãe comprar alguma coisa. Não havia fome porque aquela gente estava sempre a dar presentes como ovos, mandioca, batatas, café, galinhas, arroz e frutas. Houve um tempo em que durante um mês só comi ovos mexidos, estrelados, cozidos. Ovos e café. Me fascinava como meu pai era insensível à coisa como fome, dormir bem ou mal, ganhar, ou viver melhor. Quando me lembro, tento descobrir um gesto, palavra, uma ação que me faça compreender sua verdadeira dimensão: se um covarde diante da vida ou se o homem mais puro e idealista que existiu. Ele me levara para a sala de aula, deplorável, de chão batido, paredes de pau-a-pique com frestas enormes e o que se podia chamar de bancos, onde crianças miseráveis, de olhos grandes e esfomeadas, sujas e vestidas de trapos, tentavam alcançar porque B e A faziam

BA. Meu pai, pacientemente um santo – explicava. Um dia, meses ou anos mais tarde, eles estavam sabendo, e, quase sempre, queriam saber mais. E não podiam. Saber mais representava deixar o lugar, a terra, a família. E eles não podiam. Estavam presos irremediavelmente ao que os rodeava; presos ainda a um homem, possuídos por esse homem a quem tudo pertencia, a terra, casas, árvores, bois, cercas, rios e os homens. Cresci: querendo que meu pai me desse aquela força que o movia sem parar, levando-o de um lugar ao outro, na região da Alta Paulista. A gente viajava de trem, nos vagões de segunda que cheiravam mijo, e mesmo no trem, meu pai estava rodeado pelos meninos. Eu odiava aquela miséria, o fim da raça humana, mas nele havia só amor, que o conduzia sem parar, a ensinar letras e contas, e a prosseguir, assim que julgava terminada a parte de sua missão. Ele dizia que nunca havia de terminar e precisaria passar trezentos anos num só lugar. Ele não demorava mais de três. Onde parava, escolhia um, o melhor da classe. Era uma seleção demorada e o eleito passava por testes. Sem o saber. Testes que provavam sua capacidade e, acima disso, sua fé, e dedicação. Então passava a ser cuidadosamente preparado. Guardo ainda como eles iam atrás de meu pai e sorviam como a necessidade da própria respiração, tudo que ele dizia. O velho era mais pai pra eles que pra mim, nessas ocasiões de preparo. Os escolhidos também me olhavam. Havia neles um misto de inveja e admiração, por eu ser o filho daquele homem tão extraordinário que modificava suas vidas e o mundo. Meu pai deixava os eleitos pra continuarem. Eu o sentia por vezes, encolhido, desanimado e descrente, percebendo a extensão da tarefa. Era quando ele me falava no tamanho do Brasil e no que havia por fazer. Acreditava-se, nesses poucos momentos, pequeno e inútil. Eu o via arrasado e abatido, a faltar à aula. Pra subitamente se encher de forças. Acredito que nunca vi homem mais solitário em minha vida. Nem vou ver! Sua solidão não era metafísica, porém real e sólida. Não era angústia por razões desconhecidas. Era o homem que se sente só, dentro de sua idéia. Meu pai era o homem que queria ser o vento a soprar furioso e a varrer a ignorância, analfabetismo e obscurantismo e injustiça.

E tinha que se conformar em ser brisa leve que agitava arbustos. Não soube como ele escolheu ser professor, pois ficava calado quanto aos seus problemas, e alegrias. Pode ser que meu pai fosse um revolucionário. Maior que todos nós que ficamos aqui na cidade, achando que somos grandes, porque a cidade é. Ela é, só por fora. Aqui em São Paulo nunca coloquei duas idéias juntas com algum proveito. Nunca vi rendimento do meu trabalho. Por essa razão é que abandonava os empregos. Quando consigo me olhar, penso se o que faço não é mentira. Eu queria ter sido um dos escolhidos de meu pai. Ele não confiava em mim. E eu queria que ele tivesse orgulho, se pudesse me ver. Quem sabe se não herdei aquele seu idealismo em reformar o mundo e esteja tentando isso pelo caminho certo: o da revolução. Revolução é palavra que nunca teria ocorrido a meu pai, se bem que ele estivesse semeando e fazendo uma. Pra ele, a revolução se fazia dentro do homem. Eu apenas ampliei seu pensamento. Acho que ela se faz numa escala maior e com violência. A violência nunca entrou no vocabulário do velho. Porque era um pacifista. Odiou a guerra. Aquela guerra que nós conhecemos através do rádio e dos jornais. Enquanto a guerra durou, eu me lembro dele a ler jornais, todos os que chegavam àquela cidadezinha do interior; ele pendurado ao rádio; a comparecer em reuniões; a falar com sua voz monocórdia de professor, discursos cheios de nervosismo. Preparava, à noite, em casa, à luz dos lampiões, cartas aos alunos, aos pais de alunos, aos fazendeiros, ao povo da cidade, falando contra a guerra e explicando o que era Hitler e o que pretendia e o mal que se abatera sobre o mundo. Ele morreu e não me deixou o que tinha de grandioso: sua capacidade de trabalho, a resignação e paciência, e sua estrutura interna, formada pra receber grandes impactos. Saí preguiçoso, estourado, sem saber o que pretendo. Eu quero que este troço se arrebente e mude, pra dar uma alegria a ele; ele gostaria de ver que não jogou fora a vida.

O bonde descia a toda velocidade pela Theodoro Sampaio, acompanhando o rumo da enxurrada. Marcelo lia anúncios de escola de datilografia, pomada para espinhas São Sebastião, curso de inglês, clínica popular de olhos, óleo de salada. Eu tentava enxergar a rua através do vidro, não conseguia, abaixei a janela, a chuva de granito. O sino começou a bater prolongado. Vi Renatão com o boné do motorneiro a dirigir o bonde; o motorneiro estava deitado no chão dormindo, Renatão abrira a janela, deixava a água entrar, soltara o bonde à velocidade máxima. Marcelo estava no lugar do condutor, tirando o dinheiro da gavetinha da borboleta.

– Olha o dinheiro do povo. Todo sujo e rasgado.

As duas, no fundo de costas olhavam para fora. Dina tinha as mãos sobre os ombros de Bebel.

– O que é isso? – perguntei a Renatão.

– Pedi ao motorneiro pra guiar um pouco, ele não deixou. Ofereci dinheiro, ele não quis. Então casquei-lhe um par de murros, era fraquinho esse português. Arriou. Peguei o boné. Sempre tive tara pra dirigir bonde. O condutor veio com uma barra na mão, tirei a barra, e lasquei na cabeça dele. Agora somos donos do bonde.

– Essa não! E quando chegar ao ponto final?

– Você devia ter um posto na administração pública. Está sempre com medo. Sempre falando do certo e errado. Ora, foda-se!

Bebel gritava de alegria e começou a dançar no meio do bonde, Dina acompanhava, Marcelo batia palmas.

– Hoje é um dia glorioso! Tomara todo dia tivesse programa assim! – dizia Marcelo, querendo beijar Bebel.

Renatão apoiara-se às barras de ferro que separavam o motorneiro dos passageiros e colocara os pés na janela. Marcelo conseguira beijar Bebel. Dina avançou, puxou-o pelo braço chutou Marcelo na canela, empurrou Bebel para um lado, ia lhe dar uns tapas. Marcelo disse que não, largou-lhe o maior pontapé, ela mergulhou de rosto no banco.

Com a velocidade em que vinha o bonde, não entrou na curva, saltou dos trilhos e continuou pela rua, as rodas de ferro fazendo um barulho infernal nos paralelepípedos, e faíscas de fogo saindo de baixo. Renatão pulou, correu para trás. O carro tremeu inteirinho, andou em zigue-zague, adernou para os lados, bateu numa árvore e os vidros da direita se espatifaram, as meninas gritaram. O bonde andou alguns metros e se inclinou calmamente, como se fosse deitar na calçada. Encostou-se à outra árvore e ficou assim adernado. Renatão correu, levantou o motorneiro, colocou-o em seu banco. Marcelo fez o mesmo com o condutor.

– Alguém machucado?

Não havia. Dina continuava com seu ataque, tinha um fio de sangue no nariz, mas era por causa do pontapé de Marcelo. Bebel estava pálida e com os olhos cheios de lágrimas. Marcelo se encolheu como se tivesse frio.

– Agora, é esperar a chuva diminuir e se mandar!

Marcelo pulou nos travões, passou a perna entre as mãos, colocou-se em cima das barras, soltou as mãos, ficando de cabeça para baixo. Voltou à posição normal. Caminhou dependurado na barra como um macaco. Cansou-se logo.

– Quanto dinheiro tem aí? – indagou Renatão.

– Um monte. Tem muito mesmo, tudo em nota pequena. De cem e duzentos.

– Vamos jantar na Penha, em um restaurante legal, com uma pizza que é o fino.

– Prefiro comer no Morais. Ou no Parreirinha mesmo.

– Que nada! Hoje é Penha. Tem um frango muito bom. Aposto que todo mundo está com fome.

O táxi estava parado mesmo à nossa frente: o motorista tinha vindo olhar. Entramos. Renatão contava como se dera o desastre, por irresponsabilidade do motorneiro. Na Paulista, a chuva veio de novo, com violência. Descemos a Augusta, deserta. Na praça da Sé eram quatro e meia. Cheio de gente debaixo dos abrigos de ônibus. Os vidros do carro estavam fechados, a água jorrava. Eu me sentia protegido no fundo do banco; era gostoso e quente. Dina e Bebel, na frente, cochilavam, as cabeças encostadas. Renatão resolveu que era melhor pela avenida Marginal, o motorista disse que não, com a chuva o rio subia, devia estar tudo inundado. Era melhor a Rangel Pestana.

– Se pago, você vai por onde mando!

– Você paga, mas eu não vou por onde você manda! Você paga preu te deixar no lugar onde você quer.

– Demora duas horas por essa avenida esburacada.

– Melhor isso que mergulhar no Tietê. Meu carro não é barco.

Meus ossos doíam; a conversa entre os dois sumia e voltava; ou passava da fase de cansaço e bebedeira para um torpor que me mantinha em semi-inconsciência; o sono se fora. Marcelo, bem acordado, olhava Bebel fixamente. Percebeu que eu observava. Virou-se.

– Você se lembra? A gama que eu tinha por essa mulher? E agora? Não é nada. É como se a gente nunca tivesse se conhecido. Puxa, o que foi essa mulher pra mim! Nossa! Não é engraçado? Foi a primeira mulher e eu achava que não ia ter outra igual. Agora, ela aí e nem nos falamos. Era uma qualidade positiva que eu achava nela. Desligava completamente uma pessoa, esquecia, e pronto! Começava de novo. E não é só com as pessoas que ela funciona assim, não! Com o que faz também! Já reparou? Você andou apaixonadíssimo por ela, não andou? Ora? Eu não dizia nada, mas sabia que você estava dando em cima, fazia reportagem, convidava. Não dizia nada porque estava terminando. Não importava. Terminava e nem eu, nem ela somos o tipo de gente que fica voltando pra trás em busca das coisas desligadas. Isso nos aproximou. Eu não volto e Bebel é pior do que eu. Não olha nem para o lado, vai em frente. Ela conhece a incapacidade de reconstituição. Você devia ser assim, Bernardo. E não virar em volta como você vira. Se aprendesse a caminhar reto, era melhor até para o seu livro. Reparou em seu livro? É somente um pouco melhor que a maioria dos livros brasileiros. Eu tinha te avisado. Psicologia barata. Personagens presos ao passado, revolvendo esse passado. Intelectualóide. Quando se acaba de ler, descobre-se que esse passado não interessava; estava morto; as coisas mudam e a gente tem que acompanhar.

– Eu mudo. Eu também fui para a frente. O livro era necessário eu publicar. Pra tirar aquelas coisas de dentro de mim.

– Ah! Você não é assim, não! Pensa que me engana? Ou tenta se enganar? Você não sabe, mas eu lia as tuas estórias, lá na pensão. Lia os teus diários, as cartas que você deixava abertas, as que ia mandar e terminava no dia seguinte. Foi safadeza, mas só assim eu te conheci. Só assim vi a extensão da tua angústia, e a procura de você mesmo. Uma coisa é preciso dizer, Bernardo. É que você, particularmente, interessa pouco ao mundo. Os outros são importantes; conhecer os outros, entendê-los, compreender a época. Só assim você vai se entender.

O táxi se desviava dos buracos. A Rangel Pestana era uma rua deserta. Os bondes cruzavam e iam cheios em direção à cidade. A chuva tinha parado e apenas o vento fresco entrava pela janela da frente. O carro começou a subir. Quando atingimos o topo de uma ladeira, vi o céu se abrindo, muito longe. Uma claridade baça como se viesse através de vidros sujos.

Resolver; ir ao fundo; mas se lá não estava a explicação? Onde então? Não! Eu é que invento as minhas desculpas. Sempre as tive. Marcelo me incomoda. Eu queria ir sozinho, sem ninguém que me dissesse caminhos.

Revolver; claro que tinha importância; aquelas recusas; devia tudo a elas. As negações me humilharam e me reduziram a zero. Uma noite eu quis me suicidar; peguei a gilete, sentei-me e comecei a escrever. A gilete me encheu de medo. Terminei dormindo, e quando acordei vi o caderno e a gilete, mas já não tinha vontade de morrer. Estava com dezessete anos; a vontade de morrer viera depois de uma aula de inglês, à noite no colégio. Regina dissera não. "Não posso?" Somei outro não. Podia encher uma lata com eles. Quando acordei na manhã seguinte, não tinha vontade de morrer, mas estava cheio de uma feroz determinação de ser alguém muito grande, pois uma pessoa grande ninguém pode desprezar, porque ela está acima de tudo. Curioso!

Hoje falei disso com Bebel.

Quanto tempo vai demorar para ser grande? E o que é grande? Se levar muito, a revanche perde o gosto.

Estava perdendo.

Depois daquela tarde na loja.

Vinha do alto a pouca claridade; havia clarabóia de vidros empoeirados; poeira grudada há dezenas de anos, depositada pelo vento, lavada pela chuva. Era um fim de semana, no fim do ano. Voltara para ver a família, abraçar os pais, mostrar o corpo, dizer "estou bem". Saía, as ruas eram familiares, as casas mudavam pouco, as pessoas envelheciam. Sentia-me estranho; esta sensação nunca se transformara dentro de mim, um ser de fora dentro de minha própria cidade. Entrei na loja. Caminhei direto ao fundo, pelo corredor entre balcões e sofás onde as pessoas se sentavam para experimentar os sapatos. Conhecia as banquetas com espelhos laterais, os tapetes gastos – só estavam mais gastos – a madeira escura dos móveis. A casa mais tradicional, imutável, com seus caixeiros de terno escuro, esperando fregueses. A mulher estava à minha frente, um pouco de perfil. Era magra e baixa. Os cheiros se misturavam: madeira, pó, couro, caixas de papelão. O nariz da mulher era arrebitado e ela olhava o sapato na mão do caixeiro. Fiquei ali parado.

Parado no pátio do IEBA, olhando as meninas entrarem; as meninas misturadas aos rapazes em bandos; fazia frio e eles estavam com pulôveres, suéteres pesados e quando falavam expiravam vapor, às sete da manhã; entravam, os braços cheios de livros; Regina não era alta e estava um pouco à frente, de perfil; tinha o nariz arrebitado e um sorriso manso; à pouca distância podia sentir o perfume; mulher bem dormida, roupas de lã guardadas em armários de cedro; eu não sentia frio; me acostumara a não usar roupa quente (por não ter); a menina era bonita e fazia clássico, estudava numa classe de dez alunos apenas; nem era a mais bonita do colégio; nem a mais procurada, apesar de estar sempre cercada de rapazes, no galpão; de longe, eu observava; todas as manhãs esperava sua entrada, os intervalos; eu não queria a mais bonita; não adiantava querer; bastava uma para não ficar tão sozinho; tantas noites; enquanto os outros rapazes passeavam pelas ruas cheias de árvores; batia o sinal; som violento de ferro contra ferro e o murmúrio crescia, os rapazes e moças separavam-se e caminhavam em direção às escadas; um dia prestarão atenção em mim; vão me olhar muito mais intensamente do que olham agora, vão me querer.

A menina se virou; vi o seu rosto na claridade opaca da loja. Regina. Sumiu o pátio, o colégio. A mulher parou um instante a olhar o meu rosto, estranhamente. Ela tinha os lábios pequenos, o cabelo mal enrolado, dois riscos pretos debaixo dos olhos, uma expressão cansada, a barriga enorme. Sob a claridade mal quebrada por neóns cinzentos, ela tinha uma expressão conformada. Como se tivesse passado muito, vivido tudo e chegado ao fim com tranqüilidade. Sabendo que devia continuar. A mulher caminhou e, a distância, vi suas pernas inchadas, as veias azuis saltando entumescidas. "Ela tem a mesma idade que eu e está apodrecendo. Eles se desintegram aos poucos e não percebem. Eles vão se amontoar numa fila de cadáveres dentro de mim e não me interessa mais que me queiram ou não. Na verdade, nunca existiram, eu é que dava importância exagerada, porque eles faziam força para diminuir. Eles é que me temiam, e eu me isolava, pra não me assimilar ao mundo que eles faziam. Agora entendo. Posso ver o que não consegui em dez anos. Se não encontrasse Regina desfigurada, não ia atingir este instante. Regina representa todos; é um destroço e não me interessa recolher destroços. Posso voltar a esta cidade duzentas vezes que não me importa nenhum pedaço onde chorei, sofri, me amargurei. Eu sou, eles não! Existo e vou existir mais e o resto está acabado. Devia ter descoberto antes. Muito antes. Mas, se soubesse as coisas que atinjo agora, teria permanecido com eles. Acomodado. Estaria em casa esperando Regina; que não é mais Regina; não é nem mulher. Tenho vontade de correr e beijar essa massa disforme de gente, dentro dessa loja rançosa, que sempre olhei da calçada. Descobri um pedaço que me faltava."

O Chevrolet sacudia-se, a água espirrava para os lados, as rodas trilhavam, o carro escorregava, patinava, o motorista xingava a hora em que aceitara a viagem. Eu estava totalmente desperto. Renatão mandou dobrar à esquerda, depois quatro quarteirões, entramos à direita, em seguida à esquerda e o carro parou. Ele saltou, se enfiou por um corredor que tinha uma placa de lata: "Cantina do Meu Amor". Voltou após dez minutos.

– Já fechou. O dono é meu chapa. Tem uns frios. A gente come, já que está aqui mesmo. Meu estômago ronca. Vai! Desce todo mundo.

Não esperou a resposta, voltou para dentro. Marcelo tirou o maço de notas e começou a contar. O motorista deu um sorriso: "ao menos troco você me arranja. O que há. Assaltaram um mendigo?". Deu risada da piada. Marcelo deixou gorjeta grande. Fomos pelo corredor que era ladeado de plantas. Elas cresciam em grandes vasos de barro e em latas de banha. Samambaias, avencas, antúrios, trepadeiras que subiam pelo muro. As folhas estavam molhadas. Bebel batia nas folhas, jogando água nos outros. A cantina tinha o chão de tijolos. Presuntos, salames, lingüiças, mortadelas, queijos, pés de porco, amarrados ao teto: não havia forro, viam-se os caibros grossos e o telhado. As paredes eram de azulejos, um branco, outro com uma flor azul tentando ser colonial; cartazes do Torino, Ticino e Lugano, coloridos como frutas em feira. Uma tábua corria pela parede cheia de garrafas de vinho; frascos gordurosos, onde a poeira se grudara, formando uma camada pegajosa; sobre a porta havia uma imagem do Santo Antônio, rodeada de garruchas antigas, de dois canos. As mesas eram sem toalha e a madeira manchada de vinhos e molhos, óleo e banha. O dono era espanhol, com o peito saliente, dois dentes negros na frente e mãos muito grandes. Já veio com uma bandeja descomunal e havia "carciofini", atum, arenque, berinjela, patê, cenoura em picles, pimentão temperado, língua a vinagrete, mocotó, salame, presunto cru, aliche. E o pão era tipo napolitano, redondão e de casca dura;

um vinho da casa, ligeiramente ácido. Logo demos conta da bandeja toda, porque a fome veio de verdade depois dos primeiros bocados. Ele trouxe outra e a segunda passamos a comer devagar, sentindo o gosto. O vinho apareceu outra vez; repetiu-se; e novamente a jarra foi e voltou; uma jarra de barro, com louça escorrida por fora, como cera que se derrete e forma no corpo da vela veias gordas. A segunda bandeja ia se esvaziando, chegava a moleza. A claridade começava a entrar pela janela opaca, atravessando difícil os vidros. Então olhei e Bebel estendia uma fina rodela de salame. Dina abriu a boca, estendeu a língua, Bebel sorriu e fez um gesto vago com a mão. Eu estava um pouco bêbado de novo com o vinho e via o recorte do rosto de Bebel na penumbra da madrugada e aquilo me pareceu a comunhão. Cheiros fortes de conservas, carnes e frios se misturaram com o incenso, campainhas e o silêncio da igreja. Levantei-me antes que tudo começasse a rodar, o vinho não era nada bom, ia me dar dor de cabeça. Renatão entrava num pudim de caramelo. Saí para a varanda; das plantas e vasos subia o cheiro de terra molhada. A chuva tinha parado e nuvens cinzas corriam no céu, o tempo ia se abrir. Fiquei encostado no portão de ferro e vi passar homens pequenos e encurvados, meninas em vestidos estampados, com casaquinhos de lã fechados, mulheres com embrulhos em guardanapos alvos. O portão tinha ferrolho pesado, custei a puxar. Estava fresco na calçada. Duas moreninhas passaram de mãos dadas. Os rapazes caminhavam apressados, sem olhar para os lados, a cabeça baixa, como se estivessem com raiva. Através da grade do portão, vi Bebel vir pelo corredor, na luz baça da manhã. Estava possuída por uma incrível beleza. Os olhos mais verdes que habitualmente. Olhos que, por fotografias, a tinham lançado pelo Brasil em cartazes e painéis; os olhos transparentes que na tela de televisão enchiam as salas em milhares de casas. Eu me lembrava de sua maior época, quando todo fotógrafo corria em busca daqueles olhos e não havia anúncio e capa de revista sem ela. Tão perto e tão longe. Apenas não conseguira entrar em "Cláudia". E queria muito. Deixara de posar mais de dois meses, somente porque soubera: na revista achavam que ela aparecia demais. Sumiu; não se incomodou de perder muito serviço e dinheiro; não dava importância a nenhum dos dois. Voltou. Não saiu na "Cláudia". A revista fizera um concurso e tinha Maria Lúcia Dahl como manequim exclusivo para o ano. Enquanto Bebel vinha ao meu encontro, senti tristeza. Por causa das coisas que se rompem sem que se saiba porquê; e também pela impossibilidade de segurarmos o que mais queremos, restando sempre o gosto da derrota que é a vida. As fotos de Bebel e o que ela fazia para conseguir a expressão que ninguém soubera definir; pois havia nos traços da boca, no repuxado dos olhos, nas duas pintinhas simétricas bem embaixo de cada olho, no franzir do nariz, uma conjugação que nenhuma outra manequim possuía. Era o mistério do sorriso de Mona Lisa e até apareceram artigos em jornais a respeito. Eu sabia o mistério: tinha minha parte. Bebel não sabia mais extrair o sorriso ou fazer alegres os olhos; e as últimas fotografias mostravam um rosto tão melancólico que passaram a deixá-la de lado.

Então, aquilo me veio; como o vômito inesperado que deixa a boca amarga; como a fotografia que demora a ser revelada porque o banho está frio e, súbito, surgem todos os traços. Eu estava no Ibirapuera e fazia minha primeira reportagem com Bebel. Ela estava de biquíni branco, em frente ao monumento das Bandeiras. Eu de boca seca. Os carros ficaram ali, parados, e ninguém se importava. Os homens saíram e vieram ver. Os guardas também. Eles riam e diziam palavrões. Ela não ouvia. Tinha o olhar preso à máquina fotográfica. Não via mais nada. E atrás do olhar, um vazio. Assim eu sentia: vazio.

– Você não está bem, hoje? O que há?

Ela brincava, à minha frente, com a corrente de cobre, em que havia um leão numa grande medalha. O seu signo. Bebel repetiu a pergunta, enquanto eu a observava. Havia em cima dos lábios uma pequena mancha de comida.

– Estou cansado. Não dou mais pra essas coisas.

– Não. Não é cansaço. Desde a hora que te vi no bar, você já estava assim!

– Vai ver, é reflexo seu.

Andávamos, envolvidos por aquela gente que continuava a passar. Na mesma direção que eles. Íamos ao lado de uma velha, com avental xadrez, sapato de lona e um lenço amarrado à cabeça. As faces da velha eram rechonchudas e cheias de fadiga; existia sono em seus olhos, e a sensação que ela dava era de um sono maior, de canseira acumulada a vida inteira. Penetramos numa rua de prédios curtos, todos da mesma altura. Um conjunto residencial do Instituto de Previdência que se estendia por muitas quadras de calçadas sujas, cheias de latas onde o lixo se derramava. Havia pequenas portas e corredores revestidos de granito escuro e deles vinha um hálito de gás e o cheiro podre de urina e mofo. Eram seis da manhã, o céu continuava cinza e naqueles quarteirões corria o maior movimento. Velhas encarquilhadas sentavam-se junto às portas, crianças raquíticas, barrigudas, as menores sem calças, se misturavam aos homens que levavam marmitas de alumínio. Os edifícios não eram rebocados, os tijolos estavam à mostra e as janelas eram iguais nos dois lados da rua, com venezianas verdes, a maioria com falhas, bocas cheias de dentes cariados. Bebel pegou minha mão. Os homens e mulheres, as crianças e velhas nos olhavam, apontavam. Era como se nadássemos dentro de um líquido grosso e fôssemos exóticos. Nas paredes colavam-se cartazes de Coca-Cola, Super Gilete, Novo Chiclê Adams e havia também inscrições a piche: "Abaixo a Ditadura", "Chega de Militarismo", "Viva Cuba", ao lado de folhetos amarelados, chamando para a missa de aniversário da Marcha da Família com Deus pela Liberdade. Nas letras pichadas tinham feito desenhos, enchendo os O com boca, nariz e olhos e fazendo cabeça e pernas nos A. Nos folhetos da Marcha tinham escrito palavrões a lápis. À medida que chegávamos ao fim da vila a multidão se engrossava, para se escoar por uma rua larga.

Vimos Renatão, Marcelo e Dina entrando na rua do conjunto.

Bebel segurou, outra vez, minha mão.

– Gozado! Gosto de você. Gosto muito. E não deu certo. Faz tempo que estou pra te perguntar.

– Perguntar o quê?

– Por que não deu certo? Por que você tinha medo?

– Não deu, não deu e pronto! O que adianta ficar pensando?

– Você é gozado, Bernardo. Eu sou louca mas em compensação você é um esquisitão daqueles! O que quer da vida?

– Sei lá! Escrever.

– Vive repetindo essa frase! Só isso. E pra você?

– Não sei. Deixa de ser chata!

– Lembra? A gente se namorava. E logo descobri seu pavor.

– Pavor?

– De que eu me grudasse em você.

– O que posso fazer? É meu jeito. Quem me quiser, me queira assim. Aliás, não é muita gente que quer!

– Vai! Não enche. Não vem com a estória de autopiedade. Conheço essa chantagem tua. Tua não! De todos os homens. Truque manjado.

Senti a boca salgada. Onde a gente ia chegar no fim? Devia ser o ar da manhã. Fiz que não ouvi, apertei sua mão. Dobramos a esquina, a multidão estava concentrada no meio da quadra, diante de um portão preto. Formavam fila. Uns encostavam-se às paredes, os menores sentavam-se nas guias, as mocinhas reuniam-se em grupos.

– Você fugia. Chegava e se distanciava. Fazia charme, provocava, recuava. Eu não entendia o jogo, ficava no ar. Não era fácil. Era muito difícil me apaixonar por você. Não é gozado? Você não deixa as pessoas gostarem. A gente pode gostar de estar ao seu lado, um dia ou outro. É agradável, engraçado. Começa a te namorar e tem a sensação de que vai acabar logo. Esse medo você transmite à gente, e o tempo todo, enquanto se está contigo é a sensação de fim. Tem vez que sai de você um gesto de carinho e ternura que surpreende. Sai e envolve de tal modo que a calma e a tranqüilidade envolvem a gente. Esse momento é raro, é pouco, logo desaparece.

Na banca, no canto da esquina, os homens compravam jornais. Compravam, cada um dando uma parte e unindo-se para ler em conjunto. Outros paravam diante da parede, onde o jornaleiro estendia abertos os principais jornais. Eles liam as primeiras páginas. O *Diário da Noite* trazia manchetes em vermelho:

"SEJAM TODOS CORRUPTOS PARA FUGIR DA MISÉRIA"

Comecei a ler. Eles me rodeavam, soltavam fumaça de cigarros baratos em minha cara. Tinha cheiro de coisas usadas em suas roupas gastas. As meninas tinham chegado para ver as revistas que traziam fotos de cantores e galãs de telenovelas na capa. Usavam colônias de mascate, ardidas. Um operário de bigode grisalho e ar decidido leu alto a notícia. *"Sejam todos corruptos para fugir da miséria."* Rio (Sucursal) – Deixando um bilhete acusando o Presidente da República como culpado pelo seu gesto, o sargento Servulo José Dias (casado, 33 anos, rua São Clemente, 64, Cascadura) suicidou-se sábado em sua residência, desferindo um tiro no peito. Removido para o hospital, o tresloucado está internado entre a vida e a morte, tendo sua esposa entregue ao comissário de serviço, na 24ª DF, o bilhete deixado pelo marido.

"Querida Malvina. Espero que você compreenda o meu gesto – diz o bilhete – pois eu não tenho mais condições de viver. Não quero ver você e meu filho passando privações ao meu lado, Malvina, espero que você se mantenha calma. Tenha bastante juízo, já que não tive nenhum. Não se desespere, minha esposa, porque ao tombar um soldado a guerra não deve acabar. Por isso é que peço para que lute, mesmo sem ter o seu guerreiro, pois ele é muito fraco e tombou com o peso da espada. Neste meu gesto só há dois culpados. Eu e o marechal-presidente. Eu, por ter apoiado seu golpe contra o povo e o defendido, sem nunca traí-lo. E ele por ter retido meu aumento, retirado minha estabilidade de dez anos, retirado meu *risco de vida*. Não me deu condições para viver. Suicida-se um homem honesto por necessitar de 400 mil. Lembro aos meus companheiros que este é o fim de um homem honesto. Sejam corruptos para que não cheguem a esta situação. A todos peço desculpas por tudo, e sem mais queiram aceitar o meu último abraço."

Os operários liam a notícia, viravam-se e eu via. Seus rostos não se alteravam. Caminhavam cansados, esmagados. Bonecos sonolentos, sem animação. Homens destruídos, arrebentados, meninas gastas diante de balcões, em linhas de montagem. Um ar imenso de fadiga. Os homens tinham a cor dos tijolos da fábrica. Houve um apito, uma turma saiu, mais abatida ainda, os outros entraram pelo grande portão preto.

– Adianta se matar? – indagou Dina, acabando de chegar.

– Sei lá se adianta!

– Quem sabe?

– Por que se matar? Anda tão ruim assim a coisa?

– Nem ruim, nem boa. Não anda.

– Essa gente está muito pior.

– Está e não está. Eles só têm uma preocupação: salários e patrão.

– Isso quer dizer: a vida deles.

– Vida ou não, eles não carregam as dores do mundo, como a gente.

– Eu não carrego dor nenhuma.

– Carrega. Múcio me disse e achei bacaninha! Você carrega porque escreve. Ele te citou como exemplo. Bebel carrega porque é artista. Marcelo carrega porque quer fazer revolução.

– Você está virando intelectual. Está ficando fossilda. Não agüento gente intelectual, Dina. Você anda demais com esse tipo de gente. Largue deles enquanto é tempo.

– Um dia largo de tudo. Me mato também.

– Quem diz, não se mata. Quem muito anuncia, já sabe. Golpe manjado em mulher.

– Não vem com ironia.

– Quer saber de uma coisa? Te conto. É muito simples. No jornal tinha um repórter chamado Fernando. Uma noite, ele emprestou duzentos cruzeiros meus, foi ao banheiro e deu um tiro no peito. A bala varou, fez um buraco no azulejo, acima dos mictórios. Eu vi o corpo ensangüentado e fiquei impressionado. Uma semana depois a turma tinha apelidado o banheiro de sala Fernando. E quando a gente ia mijar, os caras apontavam o mijo para o buraco da bala e diziam: vamos ver quem acerta o buraco do Fernando.

Eu falava sozinho, porque Dina já avançara ao encontro de Bebel. Renatão parou com Marcelo na beira do portão. Os operários continuavam entrando.

– Vida de merda!

– A nossa? – perguntou Renatão.

– Nossa e dessa gente – disse Marcelo.

– Olha aqui. Não vem torrar o saco com demagogia que não pega. Se defende esses caras, por que não vai trabalhar com eles para ver o que é bom?

– Não preciso trabalhar com eles pra saber.

– Vá à merda. Só te conheço de boate, de andar por aí.

– Não é verdade! Só de uma época pra cá você me conhece de boate. Antes não. E vá levar no rabo da tua mãe que não tenho que te dar satisfações.

Gritavam e dois operários tinham parado para ver. Jogaram os cigarros e entraram. Um fiscal de uniforme cáqui amarelo apontava para cada um que entrava fumando; alguns paravam, davam mais umas tragadas e entravam. Depois o portão se fechou, a rua ficou vazia. Eu devia trabalhar de tarde. Ou podia faltar. Há mais de uma semana estava faltando, sem justificação. Oito anos quase sem falhas. Marcelo tinha razão: minha estufa de ouro. Como sair dela? Com coragem. E não tenho nenhuma. Tenho é sono. Um bom e saudável sono e um pilequinho que me virou o estômago e me estoura a cabeça. De um lado da rua era a fábrica e o seu muro marrom envelhecido; do outro pequenas casas parede-e-meia.

Estávamos esperando uma brecha no trânsito para atravessar. Um ônibus verde vinha chacoalhando com barulho de ferro, lata e molejo desconjuntado. Era uma ladeira. O ônibus passou, ficamos alguns segundos com cor esverdeada na retina. Dina junto a Bebel, estendera as mãos. Bebel fechou os olhos e sua boca se entreabriu. As duas respiravam fundo e o cansaço da noite parecia esvair naquela respiração pausada que vinha de dentro. Tínhamos começado a atravessar a rua. Lentamente para não chegar depressa ao outro lado; ou sem querer chegar. Marcelo não dera um passo, arriado em sua fadiga e na bebedeira, os olhos embaciados. Agora, em plena manhã, mas o sol não aparecera. Acho que nem ia aparecer. Havia sobre a cidade o costumeiro capote de nuvens cinzas, indevassável. Quando cheguei ao trilho do bonde, elas estavam de mãos dadas, solitárias na calçada, projetadas contra o fundo de uma parede atijolada. Eu via. Via o frescor que as rodeava. Límpidas, descansadas, como se acordadas naquele instante. Mais: como se tivessem nascido e não carregassem ainda nenhum cansaço. Fiquei parado, ouvindo o chacoalhar do bonde que descia em minha direção. Dina se aproximava de Bebel e se acomodava em seus braços. Dina se inclinou e beijou, de leve, os lábios de Bebel. Depois seus braços adquiriram firmeza como se movidos por molas, e prenderam Bebel, fortemente, enquanto os lábios se procuraram e se encaixaram. Eu via tudo num grande plano de cinema: somente os lábios na tela, uma luz em volta, nenhuma música, apenas o ranger do bonde e o apito de fábricas nas vizinhanças. O bonde bateu o sino monótono. Saí do trilho o suficiente para que não me apanhasse. O monstrengo cor de abóbora cheio de homens passou atrás de mim. Um garoto de cabeça chata e dentes podres colocou a cabeça fora da janela e gritou: "Dá-lhe biscates." O bonde continuou batendo o sino e todo mundo gritava lá dentro como se fosse festa e o motorneiro e todos aqueles que iam ao serviço estivessem alegres. O bonde me deixou uma impressão de tristeza, ou talvez fosse o cansaço acumulado. Eu queria ir dormir, e queria mais ainda, sabendo que estava tão longe de casa e mesmo que achasse um táxi, ia demorar mais de quarenta minutos.

No meio da rua, de repente, voltei. Não sabia porque tinha começado a atravessar. Marcelo continuava no mesmo lugar e tinha o dedo apontado para Dina e Bebel. Elas tinham mudado ligeiramente a posição e ainda se beijavam na boca.

18

SOROCABA: nova capital do Estado de São Paulo

Nós. Paulistas de Quatrocentos Anos, não podíamos assistir, de braços cruzados, os pelegos de outubro de 1930, recauchutados, camuflados, disfarçados, ou acintosamente, instalar-se, novamente, nos Campos Elíseos. E, foi para evitar esse acinte, essa humilhação à Família Paulista, que, como Comandante-em-Chefe da "Coluna Senador Vergueiro" atendi ao apelo partido de todas as classes, e resolvi instalar nesta histórica Cidade de Sorocaba, a nova sede da Capital do Estado, no caso da intervenção Federal"

Palácio do Governo em Sorocaba
Precônsul Sérgio
Governador do Estado de São Paulo, 1967

MÓRMONS SÃO AGENTES DA CIA

Estudantes denunciaram ontem em comício realizado no Largo de São Francisco que os pastores mórmons (Igreja de Jesus Cristo dos Santos do Último Dia) pertencem todos aos quadros da CIA e enviam relatórios detalhados sobre tudo que se passa no Brasil.

ORÇAMENTO BRASILEIRO PARA 1967: 27,1 POR CENTO PARA GASTOS MILITARES E 2 POR CENTO PARA EDUCAÇÃO

EUA: ESTUDANTE TEXANO MATOU MÃE, ESPOSA E MAIS 11, ALÉM DE FERIR 24

DESAVENÇA ENTRE MILITARES POR CAUSA DE UM "CHIHUAUA"

– É IPM PARA CACHORRO

Três crianças e dois militares entraram em atrito pela posse de um cachorro "chiuhaua", levando o Ministério da Guerra a instaurar um estranho IPM.

RENATO.

Você mal me conhece. Não pode se lembrar de mim. Deve ter me visto duas ou três vezes e sempre em ocasiões confusas. Me lembro de você como o amigo de Marcelo e o sujeito que o salvou. Amigo mesmo. Marcelo me dizia que você era um cara legal. Meio louco. Reacionário. Esquisito. E legal. A primeira vez que eu te vi foi na avenida Paulista. Era de madrugada e você estava com Marcelo quando ele tentava colocar uma bomba no consulado norte-americano. Foi no começo de 1964, em janeiro ou fevereiro não me lembro bem. Pouco antes do dia nascer, cheguei com Marcelo e ainda estava falando com ele que era bobagem e você se aproximou. Marcelo disse ser uma coisa que requeria coragem e você Renatão era o único que tinha saco preto suficiente para ajudá-lo. Foi por isso que telefonou. Contou que nos dias anteriores tivera problemas de consciência até resolver que sem matar as pessoas que atrasavam a vida do país não seria possível ir para a frente. E se decidiu começando a fabricar a bomba. Naquela época tinha lido o livro de Che Guevara que foi vendido numa edição clandestina. Marcelo chegou a decorar certas partes. No dia em que resolveu colocar a bomba no consulado dos Estados Unidos telefonou para Bernardo, um outro amigo dele, que não cheguei a conhecer. Era um sujeito de jornal ou coisa parecida que não topou. Disse Marcelo: "Ele não ia mesmo topar." Sabia também que ele ia pedir para lhe contar tudo depois. Marcelo confessou aquela noite que gostava desse tal Bernardo mas era um sujeito sem iniciativa e sem saber o que queria da vida. Muito água com açúcar. Foi o que ele contou. Parece que estimava mesmo o sujeito apesar de falar com um ar muito superior. Marcelo tinha dessas coisas, você também sabe. Uma espécie de orgulho de sua auto-suficiência e da sua força de vontade. Que no fundo não era tanta assim. Se aquela noite do consulado ele não tivesse arranjado o meu auxílio e o seu, ele não teria ido. Quando passei com o carro em sua casa ele tinha preparado oito coquetéis Molotov e arranjado uma espingarda à qual adaptara um dispositivo para lançar as garrafas. Levou tudo no meu carro e a avenida Paulista estava deserta, era muito de madrugada. Marcelo ficou olhando aquela placa que tem a águia pintada na fachada do consulado. Disse: "Aí está o escritório dos patrões; daí é que administram essa fazenda deles que é o Brasil; mas não vai ser por muito tempo." Você chegou depois que ele começou a armar a espingarda para atirar o primeiro coquetel. Mas não deu porque naquela noite a polícia inventou de ficar rondando a avenida Paulista por causa das putas que faziam ponto nas esquinas. Então tivemos que agüentar o fogo de Marcelo que acabou durando três dias.

Depois estava pronto para outra. Estou te contando estas coisas que é para provar que fui de verdade amigo de Marcelo e também para fazer você se lembrar de mim. Ele sempre me dizia que Renatão era o cara mais desligado do mundo e nunca guardava nenhuma fisionomia nem se lembrava das pessoas. Por isso você tratava todo mundo bem ou mal dependendo do momento. Encontrei Marcelo mais tarde na Ação Popular. Nessa época não havia mais organização porque a maioria das pessoas tinha se mandado. Os líderes estavam escondidos e os que tinham sobrado tentavam com medo se reorganizar. Marcelo disse que só encontrara a AP e era preciso fazer alguma coisa. Passara a uma fase de depressão que durou meses. Nem sei se depois conseguiu sair dela. Procurava ainda bombardear o consulado dos Estados

Unidos e fabricava bombas sem parar. Vivia escondido, deixara a barba crescer e usava óculos sem grau com aros bem grossos. Eu o gozei uma vez: se você quer se esconder, assim só chama mais atenção. Eu também tinha medo. Era professor de sociologia na faculdade de filosofia na Maria Antônia e fui demitido pelo reitor. Antes de responder ao inquérito que estavam começando, desapareci da circulação. Àquela altura – e ainda hoje – parece que as coisas não andavam nada bem e só porque um sujeito estava lendo "A Capital" do Eça de Queirós ou torcia para um time como o Juventus que tem camisa grená era motivo para ser preso. Eu me dava bem com Marcelo, porque apesar de todo o medo era ainda dos poucos sujeitos que eu encontrara e que corria de um lado para outro buscando organização contra os militares que se instalavam no poder. Eu admirava a sua figura cada vez mais cadavérica. Suas idéias cada dia mais loucas. Um dia eu lhe disse: seu sobrenome está errado, Marcelo. Devia ser La Mancha. Quando viu que por aqui ninguém mesmo se mexia resolveu abandonar tudo e se mandar para o Vietnã. Queria se aliar aos Vietcongs e se transformar em guerrilheiro. Então já havia decorado inteirinho "A Guerra de Guerrilhas" e me deu o volume de presente. "Pode ser que você se entusiasme e resolva ir comigo. Se você não for, o Renatão acabará indo só pelo prazer de dar porradas." Embrulhava o livro e vivia com ele debaixo do braço. Quando estava num grupo que discutia política e falava da militarização do país. Marcelo metia no meio as frases que tinha lido em Guevara. Repetia a todo momento: "O guerrilheiro é um reformador social", ou "as forças populares podem ganhar uma guerra contra o exército". Acontece que ele não conseguiu ir para o Vietnã, porque era um tanto difícil de ser atingido por vias normais. E havia ainda o problema dos papéis. Durante dois meses Marcelo rondou o porto de Santos tentando fazer amizade e conseguir lugar num navio qualquer. Mas todo mundo no porto andava desconfiado de dedos duros e com o pessoal que tentava intrometer-se. Viam política em tudo e Marcelo não chegou nem mesmo a entrar num navio para ver como era. Sumiu alguns meses de circulação, enquanto eu procurava retornar à vida normal sondando a possibilidade de voltar ao trabalho. As coisas continuavam difíceis. O governo emitia os Atos Institucionais e cassava gente de todo lado. Meu nome jamais apareceu e comecei a achar que, quase um ano depois do golpe, era bobagem estar fora de circulação como eu estava. Voltei a freqüentar a faculdade onde não encontrei muitos professores. Alguns presos e outros foragidos. E no grêmio da faculdade foi que Marcelo me procurou uma noite. Tinha cortado a barba e não usava mais os tais óculos. Magro. Esquelético. Com a roupa sobrando e os olhos ainda injetados. "Estou louco." Foi o que me disse. "Louco de tudo. Estou me metendo em brincadeiras de garoto. Ontem é que vi. Saí com um grupo e só fizemos bobagens como roubar um carro e bater num sujeito e depois ir fumar maconha. E descobri também que estava cagando de medo de tudo que acontecia. Por isso queria ir embora. Agora mesmo estava pensando em ir a São Domingos. Eu digo que vou lutar na Força da Paz como voluntário e chegando lá me mando para o lado dos dominicanos para matar americanos e esses brasileiros safados que foram defender os Estados Unidos. Agora preciso ficar. Descobri isso. E não sei o que fazer. Eu queria fazer o certo. Era certo. De modo que se meu pai pudesse ver se orgulhasse de mim." Foi nessa época que surgiu o processo em que apontavam Marcelo como subversivo. Um negócio bobo que nunca ficou explicado. Acusaram Marcelo de estar ligado ou ser a ligação entre a UNE e a Rússia. Afirmavam que a Rússia tinha mandado ao Brasil um milhão de dólares e que Marcelo estava entre os principais articuladores de um movimento de onde deveria ressurgir uma União Nacional dos Estudantes mais forte e mais comunista. Aí que ele foi se esconder em seu apartamento, Renatão. E era pela segunda vez. Eu me lembro do seu apartamento todo decorado com peças de automóveis que você mandava cromar e prendia na parede ao lado de fotografias dos satélites e foguetes russos e norte-americanos. Estou a contar essas histórias todas para vocês saberem como

Marcelo procurou até o fim dar um jeito na própria vida fazendo alguma coisa. Não sei se ele procurava realização pessoal com tudo isso. Acredito que não. Ele era movido por uma corrente elétrica que vinha do fundo e o obrigava a tomar determinadas atitudes. Eu quase diria que Marcelo foi um profundo moralista. Um tipo obcecado por uma fixação de infância que nunca chegou a me contar. Vocês que o conheceram melhor poderão fazer melhor levantamento. Na verdade estou muito curioso para saber coisas a respeito dele. E também de você a quem ele admirava e respeitava tanto. Há também uma menina que se não estou enganado Marcelo amou mesmo. De verdade. Tinha uma fotografia na carteira e a respeito dessa fotografia existe um detalhe que me impressionou e que contarei mais para a frente. Fazendo um pouco de mistério para vocês. Por esse detalhe, que até é aterrorizador, é que imagino como ele deve ter gostado dessa menina. Era Bebel, aquela da televisão. Ela, eu conhecia de ver em programas com as pernas de fora. Reconheço que era uma garota muito linda e extremamente gostosa. Uma dessas tipo Brigitte Bardot profundamente erótica. Esse é o termo: erótica. Ela possuía o que se chama o apelo e lembro-me que o público era doido por ela. Como Marcelo e ela se conheceram, sendo os dois tão diferentes, é coisa que não chego a atingir. Ela parecia tão vulgarzinha, tão burra, que não alcanço de que modo Marcelo podia se dar bem com ela. Mesmo se apaixonar. Mas este não é o caso e posso estar a julgar mal alguém que conheço somente através da televisão e televisão vocês sabem como é. Bem. Chega de rodeio. Agora estou vendo que escrevi pra burro e não disse o mais importante. Ao menos a parte realmente importante da matéria. Deve ser o meu vício de escrever deste modo. Coisa que me sobrou da faculdade de onde tenho saudade. Mas não muita. Agora vejo como aquilo tudo era esclerosado e morto. Estou trabalhando aqui perto de Rio Preto numa escola que eu mesmo abri e vai dando mais ou menos certo. Claro que não ganho nada com as aulas que dou à noite para adultos analfabetos e algumas crianças. Eu ganho mesmo é trabalhando na prefeitura, no setor de Águas e Esgotos. E aprendi muito em matéria de fazer buracos e instalar canos. Vi muita bosta também e descobri que a bosta de todo mundo é igual. Filosofia não muito brilhante para um professor universitário que fez Ciências Sociais, é o que vocês estão pensando. Ultrapassei todavia a fase de me importar com o que os outros pensam, pois estou achando coisas importantes na vida e acho que o tempo perdido nas salas da faculdade foi imenso. Agora, de longe, aquilo me parece um cofre onde encerram professores sem o mínimo contato com a outra vida de verdade. Bem, isso de vida de verdade é outra estória... foi aí mais ou menos que me lembrei que Marcelo desapareceu. Um dia volta, pensei comigo. Meses depois não voltou. Tive que me mandar para São Paulo e desaparecer de novo pois meu nome foi levantado nos IPMs instaurados na faculdade. Terminei em Mirassol onde eu tinha uns parentes e era desconhecido. Fui arranjando a vida e gostando daqui. Resolvi ficar de uma vez mais agora tenho vontade de ir embora. Porque vou ligar sempre esta região a uma das situações mais horríveis de minha vida. Me dá uma vontade de chorar quando penso. Marcelo foi assassinado pelo exército, ou pela polícia, não sei bem. O fato que importa neste momento não é quem o fez, mas o que fizeram. Eu vi o que fizeram e vocês não gostariam de ver. Melhor até que guardem de Marcelo aquela imagem de um garotão vivo e bem apanhado. Cheio de idéias. O resto, poucos viram. Eu tenho medo é que Marcelo na hora de morrer, tenha sentido frustração por não ter ido nem sequer ao começo de onde queria ir. Na última vez que nos vimos ele não raciocinava coerentemente. Quer dizer: estava meio fechado para a situação que se desenrolava no Brasil não tendo idéia do processo histórico. Não sei se me faço entender. É que Marcelo, vendo-se sacrificado, deve ter julgado inútil o seu sacrifício, pensando que morria sem ter chegado a tocar com os dedos a realidade mais palpável que procurava e não sabia bem como era. Como o mataram, não sei. Foi a tiros de revólver ou fuzil. Não sei também se o fuzilaram com ritual, ou se meramente o assassinaram naquele campo. De qualquer modo, diante de seus executores, Marcelo deve ter se considerado morto muito antes. As balas que penetravam em sua cabeça e no peito e nas pernas e na barriga – eu vi dezenas de buracos em seu corpo – vieram somente desligar a vida de sua carne e sangue e coração e músculos e células. O que me deixa amargurado é não saber se Marcelo morreu com a consciência de que dava sua vida por uma coisa na qual acreditava. Imagino como deve ser terrível se ele acompanhou o processo que se desenrolou após sua morte. Penso que Marcelo se considerou morto por ver dar em nada as dezenas de tentativas que tentou. Mas não se sabe e não se vai saber mais. A dúvida fica para nós se quisermos carregá-la. Vamos deixar isso. Eu estava uma tarde no bilhar quando um garoto passou dizendo que o pai tinha achado gente morta. O garoto era filho de um lavrador das vizinhanças. O pai, ao abrir um buraco, achara um corpo. Cavara e terminara descobrindo quatro. Então disse ao filho para ir contar ao delegado. O garoto passou no entanto pelo bar. E pelo barbeiro e bilhar e estação rodoviária. Pois cada vez que contava a estória o pessoal ia lhe pagando sorvete e guaraná. Quando chegou ao delegado havia lá uma boa multidão. Eu, no meio, curioso como todo mundo. Mais curioso ainda por saber que a tal fazenda estava bem próxima ao Instituto de Pesquisas Agrícolas, que era uma entidade muito misteriosa para o povo em geral. Ainda que não fosse mais para nós. O delegado ouviu tudo sobre os corpos, os homens nus, furados de bala. Ainda frescos. O delegado telefonou para Rio Preto. Ficou muito tempo com o fone no ouvido. Sem nada dizer. Acenando com a cabeça, afirmativamente, dando a entender que recebia instruções ou ordens. Levantou-se e não tinha mais o rosto de surpresa com que recebera o menino. A cara era de autoridade consciente de seus deveres. Confesso que era uma expressão imbecilizada. Tendo recebido as ordens e reassumindo sua pose o delegado partiu com quatro homens, mais o menino. Numa perua. E atrás do delegado formou-se uma comitiva de carros. Era um dia muito quente e não havia asfalto para a tal fazenda. Comemos um pó desgraçado. Duas vezes o delegado parou. Tentando fazer ver àquela gente que era prejudicial ao seu trabalho o aglomerado. A uns vinte quilômetros da cidade, parou. Colocou dois praças com fuzis embalados fechando a estrada. Mas vocês sabem como é este pessoal, não? A turma esperou que o delegado se afastasse um pouco. Saíram dos carros, fizeram que iam tomar ar ou dar uma mijadinha. Foi só os guardas deixarem o meio da estrada e também amolecerem, o que foi questão de instantes, a turma voltou. Rápida. E começou a se mandar. Foi só seguir a poeira levantada pelo carro do delegado que a gente enxergava no retão. Chegamos quase juntos com ele à tal fazenda. Seguimos em direção a um pequeno aglomerado no meio do campo. Fizeram um negócio muito mal-feito. Os corpos, segundo o lavrador, estavam mesmo à superfície. Talvez enterrados apressadamente. Eram quatro e quase todos meninos. A terra seca tinha aderido aos corpos somente nos lugares em que as balas tinham furado. Eram buracos enormes, de modo que acho que deve ter sido fuzil mesmo. Ou uma 45. Não entendo destas coisas. O sangue se coagulara e havia pequenos torrões junto de cada orifício. Então, eu vi um rosto muito magro e conhecido. Pensei: não é possível! Aproximei mais e me ajoelhei, limpando um pouco a terra. O delegado e os praças estavam de costas, conversando com o lavrador. Sabe o que é engraçado? Na hora mesmo não senti nada. Fiquei ali vendo o corpo e tentando pensar. Bem! Eu não conseguia pensar porque me deu um branco na cabeça. Via sua mão fechada. A direita. Olhei a outra e a dos outros. Estavam todas abertas. Abaixei-me uma vez mais. Peguei a mão de Marcelo. Tenho a impressão de que não tinha nem esfriado ainda. Forcei. O delegado estava afastado. Gritou comigo. Continuei forçando e abri um pouco os dedos. Tinha um papelzinho amassado. Peguei e levantei-me depressa. O praça já chegava e me acertou com o cacete no ombro. Passei rápido o papel para o bolso e procurei me afastar. Foi aí que me veio a primeira reação. Tive que sair correndo para trás das moitas. Vivi dias sem poder me levantar da cama. Tudo que comia passava direto para baixo. O papelzinho até esqueci no bolso da calça. Quando achei de novo vi que era uma fotografia 6 x 9. Passei a ferro. Pois era a foto de Bebel, a moça da televisão. Uma foto de máquina caixão. Tirada no parque do Ibirapuera. Não mando a foto para você porque ela me faz lembrar Marcelo. Coloquei numa grande moldura e num lugar onde sempre sou obrigado a olhar. Ele nunca aceitou isso que está aí. Não queria se subordinar a um regime da força mascarado. Viveu desesperadamente no fim porque se julgou sozinho! Sabe o que ele me disse uma vez na faculdade? Por sinal que nesse dia ele estava sentado numa mesinha cheia de cartazes e recolhendo assinaturas contra a guerra do Vietnã. Eu o vi várias vezes na mesma mesinha e com os mais diferentes cartazes. Nos mais diferentes lugares. Ora no largo de São Francisco, diante da Faculdade de Direito. Ora na Sé, na hora do rush. Ora diante das fábricas em Vila Prudente. Até mesmo diante da Igreja na avenida Brasil, olhando a gente granfina que saía da missa da tarde, aos domingos. Ele lutava desde a legalização do aborto até a legalização do partido comunista, passando pela liberação de todos os livros apreendidos como pornográficos ou subversivos. Pela liberação. Cada vez que proibiam uma peça de teatro lá estava ele com sua mesinha. Recolheu ainda assinaturas pelo amor livre e a favor do divórcio. Pois uma vez que o encontrei na faculdade, Marcelo me disse: – "Sabe o que eu gostaria de fazer? De sair pela América inteira unindo os grupos de oposição às ditaduras. Faríamos um grande exército. E iríamos libertando os países um a um. Aquela massa internacional viria ao Brasil. Colocaria as coisas em ordem e iria à Venezuela. Depois à Argentina. Ao Paraguai, e assim por diante. Quem sabe não daria certo?" De outra vez ele achou que a gente devia ajudar os negros da África e depois eles virem nos ajudar. Digo sinceramente que a figura daquele moço me fascinava. Era um cara que podia ter ido jogar futebol ou ficar trepando moças. Tinha todo o jeito para essas duas coisas. Confesso mesmo que não era muito inteligente. Um pouco confuso. Apanhava idéias daqui e dali. Aquilo de legalizar abortos por exemplo ele sacou de uma reportagem que saiu no New York Times sobre os movimentos universitários nos Estados Unidos. O Instituto era uma organização estranha da qual todo mundo desconfiou. Eles foram tão burros ao fazer as coisas que só levantaram suspeitas. Até pareciam esses agentes secretos que usam distintivos: secreto! O tal Instituto começou a ser construído acho que um ano depois do golpe de abril. Eu já estava escondido em Mirassol. A nossa turma viu um dia na cidade um caminhão, desses do Exército. Um jipão. Depois sumiu. Vez ou outra apareciam na cidade uns tipos vestidos de operários. Mas pelo cabelo cortado rente, quase à escovinha, o modo de andar em formações, os ombros largos e o peito para cima, logo desconfiamos: soldados. Sabe como é? Soldados a gente vê pela cara! Pareciam tudo menos operários ainda que estivessem vestidos como tal. Correu que estavam construindo alguma coisa muito grande entre Rio Preto e Mirassol. O quê? Ninguém sabia. Não contrataram nenhuma pessoa nos arredores. Trouxeram todos. Nós suspeitamos. Verdade que suspeitávamos de tudo. Pois estávamos com um medo louco de sermos engaiolados. Nosso grupinho tem dois professores que tinham lecionado filosofia em Araraquara e foram denunciados como subversivos. Fugiram. Tem eu. E um arquiteto que achou melhor sumir uns tempos porque no seu passado tinha a presença em dois festivais de juventude e um passeio por Cuba, com um grupo de engenheiros e arquitetos brasileiros logo depois que Fidel subiu. Este arquiteto acabou arranjando um emprego bom por aqui. Disse que era até melhor para sua saúde uma vez que estava cheio de São Paulo e cidade grande. Vê que turma boa para eles botarem a mão? Dá vontade de rir. Bom. Andávamos de orelha em pé. E qualquer coisa estranha íamos cheirar para saber em que pé andávamos. Para não cair de quatro! De maneira que um dia resolvemos ir procurar a tal obra. A verdade é que não era difícil achar o lugar porque milico não prima muito pela inteligência. Havia soldados por toda parte e era só parar o carro que eles vinham indagar o que havia, mandando tocar em seguida. Tocamos e paramos e nos escondemos. Era quase noitinha. Bateu um pouco de paúra no arquiteto. Mas logo se acalmou. Atravessamos pelo meio de um eucaliptal espesso e nos aproximamos da tal obra. Percorremos uns trechos. Por trás de um imenso cercado havia caminhões e mais caminhões do exército. E barracas e muitos soldados. Sem camuflagem. Não posso ter uma idéia de como tudo aquilo foi ter lá sem ter chamado a atenção. Em vários caminhões vi as inscrições USA e estranhei. Devia haver mesmo muitos trabalhando pois contamos mais de 50 barracas. E grandes. Para uns dez soldados, no mínimo, cada uma. As obras estavam adiantadas e era tudo pré-fabricado. Fomos olhando o possível. Não havia muita vigilância de noite, pois penso que eles não iam desconfiar de que alguém pudesse ir até lá investigar. Eram grandes galpões dispostos em grupos diante de pátios. Aquilo tudo lembrou-me na hora qualquer coisa que não consegui recordar. Mas era uma impressão de medo que me percorria. O arquiteto disse: "Isto é uma prisão. Não tenho dúvidas." Aí foi que me deu o clarão: campo de concentração. Um dos professores foi quem descobriu as tabuletas. Enormes.

INSTITUTO EXPERIMENTAL DE
PESQUISAS AGRONÔMICAS DO ESTADO

Realização do PLANO DE
DESENVOLVIMENTO

Em cooperação com o Governo
Norte-americano através do
Acordo 7689-USA-BR-1965

"São uns gozadores, além de tudo", disse o arquiteto. Havia no local muita madeira, ferro, tijolos, cimento e grossas telas de arame. "Pode ser que estejam construindo também um galinheiro" – disse o arquiteto – "e nós estamos apavorados à-toa." Numa clareira no meio dos eucaliptos encontramos enormes geradores, cobertos por encerados. Eram quatro e dariam para iluminar uma cidade de quinze mil habitantes – pelos cálculos do arquiteto. Parece que as obras terminaram rapidamente. Numa segunda visita noturna só conseguimos ver a distância a cerca que se estendia em volta dos galpões e pátios. Havia torres nos ângulos e um homem em cada torre. Não vimos armas. Ergueram rapidamente tudo. Voltamos lá sempre à noite mais umas vezes. No fim de um mês, pareceu-nos que nada mais havia a se acrescentar. Grandes pátios. Os galpões de concreto com imensas varandas. Torres de vigia em muitos lugares. Numa das laterais havia um desvio de estrada de ferro com tabuletas dizendo: Particular do Instituto. Não havia nenhuma placa de interdição. Uma vez, depois que o lugar estava em funcionamento, tentamos nos aproximar durante o dia. Uns lavradores mal disfarçados nos impediram. Eram uns tipos robustos demais para serem camponeses. Falavam bem. Eram até rosados de tão corados. Amavelmente nos convidaram a nos retirarmos das proximidades. Um deles falou em cercanias e achei mesmo um termo até bem difícil para um tira. Quanto ao amável, sabe como é o amável da polícia não? Eles não querem, mas são obrigados a serem educados ainda que não compreendam até morrer a necessidade disso. Muita gente passou a desconfiar do Instituto, que foi convidado a permanecer longe dele. Os camponeses disfarçados diziam que era para não atrapalhar as pesquisas de solo que se praticavam ao redor. No primeiro mês de funcionamento chegaram conduções com chapas do Recife. Eram desses carros imensos de presos. Iguais àqueles que a polícia usa para dar batida na zona e que as putas apelidaram de CMTC. Por fora tinham uma simpática cor azul. O arquiteto jura que na primeira vez que passou perto de um deles ouviu gemidos. De qualquer modo, isso não era necessário para nos dar a certeza que mais tarde tivemos. A maioria deles tinha escrito em letras vermelhas: FRIGORÍFICOS GERAIS. Os caminhões passaram a chegar regularmente às quintas-feiras. A esta altura não era mais possível chegar-se perto da cerca. A gente ia no máximo a um quilômetro do Instituto. O disfarce durou pouco tempo. Depois que saíram todos aqueles Atos Institucionais e após as cassações que duraram meses e meses, o Instituto mudou ostensivamente a fachada e soube-se então o que era verdade. O que me admira é que não houve na cidade o mínimo mal-estar. Diziam todos: São presos políticos e merecem estar onde estão porque tinham tentado levar o país à perdição. Resolvemos – nós do nosso grupo – que era necessário saber o que havia lá dentro. Na imprensa não lemos nada. Nunca. Mais tarde soubemos das proibições e da censura. E das vendas dos jornais aos americanos. Fizemos tudo por um caminho bem brasileiro. Reunimos dez mil cruzeiros cada um e chegamos perto de um guarda. A conversa do arquiteto e mais o dinheiro e ainda a promessa daquilo ser mensal amoleceu o homem. Assim foi que conseguimos obter uma lista dos que estavam ou tinham passado pelo campo. Pouca gente sabe mas Miguel Arraes foi torturado ali. Depois foi transferido para o Rio e o resto vocês sabem. Houve a feijoada na casa do Enio Silveira e a retirada para a Argélia. Escrevemos diversas cartas aos jornais mas ninguém veio ver ou saber o que ocorria. Não se acreditava na existência do campo e das coisas que relatávamos. Encontrei Marcelo. Falamos um dia junto de uma cerca. Vigiados pelo guarda. Não queria cigarros nem revistas nem livros. Não queria nada. Apenas fugir dali para iniciar um duplo programa de terrorismo. Estava calmo. Não consegui perceber bem se era aquele calmo neurótico de quem está por estourar ou se realmente havia conseguido chegar a um entendimento das coisas. Penso que Marcelo nunca entendeu bem o mundo que o cercava. Esse era o seu problema. Marcelo não lutava como técnico mas como um brigador cego de ódio. Ele investia para destruir. Na prisão queria destruir os homens. Aquela revolta toda fora substituída por um ódio frio e quase criminoso contra os homens que o tinham levado lá. Estranhei o seu modo de olhar e falar. Ele me disse: "No intervalo entre as pancadas e torturas tenho de pensar, Flávio. Eu procurava fazer os outros felizes.

Queria que todos tivessem casa e comida e uma vida decente. De repente pude olhar para mim mesmo. Como pode um homem querer dar tais coisas aos outros se ele mesmo não as possui? Se ele não sabe senão teoricamente o que são? Não tive e não tenho nada! Portanto, sou um fracasso em relação a mim mesmo. Como posso ser bem-sucedido em relação aos outros? Percebe o que quero dizer? Para fazer os outros felizes é necessário que a gente também seja! E não fui. Nem vou ser. Nenhum de nós é. Não entendo o que houve que cortou de repente as perspectivas nossas. Você entende? Vê se me explica!" Marcelo acreditava que os homens eram culpados e não colocava estes homens na realidade maior que envolvia todo mundo. Penso que começou a sofrer realmente na prisão porque ali ele começou a ter ódio. Seu olhar era gelado e indiferente. Não foi uma nem duas vezes que estivemos juntos. Todo nosso grupo procurava uma fórmula para retirá-lo de lá. Nenhum advogado queria saber. Diziam que a Ordem dos Advogados havia distribuído um boletim alertando contra o perigo que significava tocar em qualquer assunto relativo ao "Instituto". A certa altura começamos a duvidar que o Instituto existisse. Bati a cabeça nas traves da cerca para ver se era verdade. Falei com Marcelo a respeito de um plano de fuga. "Coisa de filme, aqui não dá certo." Nesse dia Marcelo falou de cinema. Se no futuro as coisas voltassem ao normal ele iria fazer cinema. Contou como saíra a filmar pelas ruas de São Paulo. E que coisa fascinante era ver como o tempo se encerrava no filme. O seu tempo. A sua época estava fixada para sempre em som e imagem e movimento. Disse que o filme era o livro de história do futuro e ninguém mais precisaria escrever as coisas desde que se fizessem muitos e bons filmes. "Sofro neste campo, não pela sessão quase diária de espancamento, mas pela falta de uma câmera. Que documentário eu faria aqui! Contar não adianta, Flávio. Por mais que você escreva e saiba descrever uma tortura jamais dará idéia tão nítida como a de uma imagem. Além disso, é a verdade que está contida. A dor e o sofrimento ninguém pode representar tão bem quanto aquele que sofre de fato a dor. Quando ela é verdadeira você sente no ar, porque ela toma conta de tudo e entra na sua pele também. Por isso que o cinema precisa ser documentário. Um documentário que diga a verdade sobre tudo que está acontecendo." Coloquei nesta carta todos os bilhetes de Marcelo. Através do guarda subornado é que recebíamos. O guarda era folgado e queria aumento todo mês. Fomos obrigados a dar. A certa altura, o arquiteto achou que não se podia continuar daquele modo: só olhando e testemunhando o que acontecia. Ele queria a nossa participação. Fez uma votação e confesso que perdeu. Nenhum de nós achava possível fazer qualquer coisa. Era necessário esperar. Não sabíamos o que era necessário esperar. No fundo tínhamos medo de cair no campo. Só foi possível contrabandear para dentro da prisão pequenos blocos de anotações. Marcelo gastava muito rápido e tínhamos que suprir constantemente. Ele pedia cadernos grossos e de grandes folhas mas o guarda tinha medo. Havia naquilo um ar de aventura que nos agradava e fazia esquecer a vida monótona de uma cidade do interior onde nada acontece e nem pode acontecer.

Bilhetes de Marcelo

1. – Estou fazendo levantamento dos prisioneiros. É muita gente. Voltem em cinco dias. Antes não posso falar com vocês. Vou para outra ala.

2. – Progressos. Dá jeito de vocês conseguirem levantar meu processo no DOPS? Ao menos saber por que estou preso?

3. – No dia da prisão apanhei muito em plena rua e o povo observava e ninguém dizia nada. Um falou: "Pau nesses comunistas."

4. – Sei que é chato estar pedindo mas coloquem esta carta no correio. Expressa registrada, é o único meio mais seguro.

5. – Bebel ainda trabalha na televisão? Escrevam para Bernardo perguntando o endereço.

6. – Lápis, caneta e papel. Vê se me arranjam até amanhã. Este lápis é um toco de um centímetro e não dá mais.

7. – Achei um espelho. Vi meu rosto. Uma caveira. Estou barbudo e com espinhas. O olho mudou a cor.

8. – Querem que eu diga onde se encontra um tal de Prado. Não sei quem é. Procurem se informar quem é. Onde está não importa: eu não ia dizer, mesmo se soubesse. Se eles procuram, é porque o cara é bom.

9. – Quem foi preso em nossa turma?

10. – Há algum movimento contra o golpe?

11. – Nenhum preso. Só eu, ainda bem. Eu achava que Bernardo

ia direto. Devia estar enganado. Ou ele me enganando. Não acredito nisto. Vai ver os tais artigos dele não eram nada!
12. – Fiquei pensando em Bebel. Ela adorava homens bonitos. Só namorava os bonitos. Uma e outra vez fez concessão. Agora não ia gostar de mim. Uma das coisas que sinto é não ver Bebel.
13. – Ouvi falar que continuam saindo cassações. E mais Atos Institucionais. As cartas suas sempre pequenas. Não dá para contrabandear uma câmera de cinema? Que filme daria!
14. – A gente ouve tiros à noite e no dia seguinte desapareceu alguém. Dizem que são fuzilamentos. Estou com medo. Muito mesmo!
15. – Bebel achava que devia aproveitar bastante enquanto fosse bonita. Vai ter muito a aproveitar ainda. Tinha a certeza de que nada dura muito. Então, uma união para ela tinha que dar o máximo e conter o máximo. E só podia dar o máximo se ela estivesse ligada a alguém muito bonito. Como ela. Para ser perfeito! Acho que Bernardo foi a única exceção. Se bem que as mulheres achassem um charme curioso nele. O bloco acabou.
16. – Mais tiros. Toda noite. Doze caras desaparecidos. Dizem que foram transferidos. Ando louco para comer uma mulher.
17. – Queria ver Bernardo aqui dentro sofrendo como um cão. Coloquei na cabeça dele que é preciso viver as coisas que se escreve. Ele passou a fazer disso um dogma. Ainda bem, porque acreditamos os dois nisso. O caso era saber se ele ia agüentar. Sempre tive vontade de testar Bernardo. Não sei se foi coincidência, mas todas as vezes que tentei, ele achou uma escapatória convincente.
18. – Continuo pensando em Bernardo. É dos que mais admiro e respeito nessa turma toda. Luta para superar os problemas pessoais, os complexos e frustrações, a fim de fazer qualquer coisa que preste. Mas continua metido para dentro dele mesmo! Por isso esta prisão, se não o matasse, ia lhe fazer bem.
19. – Inventaram um plano de fuga que não deu certo porque no dia em que se daria a escapada, saiu um jogo de pôquer cerrado. Descobriram também duas bichas. Para não cansar as duas, só

iam com elas quem ganhava uma rodada. Passaram a noite e deixaram a fuga para outro dia. Agora não há condições. Acho que as pessoas se acomodam depressa a qualquer situação e isso é uma merda total!
20. – Este campo foi criado por medo. Claro. Eles não quiseram espalhar estes homens nas prisões comuns, dizendo que todos são perigosos e só sabem fazer agitação. Não sei se não acreditaram nas próprias solitárias ou se a construção deste campo foi mais um detalhe, na cópia do nazismo.
21. – Vocês devem estranhar receber este monte de bilhetinhos de cada vez. Eu devia estar ocupado com outras coisas aqui dentro, devem pensar. É que agora tenho tempo de colocar para fora uns pensamentos. Mania de brasileiro, sabe como é! Bernardo já estaria escrevendo um livro. Você conhece. Vive na função de escrever. Não entendi ainda se escreve e vive. Ou se vive para escrever. Entendeu?
22. – Chega uma hora em que acho pouco o papel. Economizo. Estes bilhetes vocês entregam um dia ao Bernardo e digam para ele escrever um romance com as experiências de um amigo que entrou pelo cano. Acho que todo mundo entrou, num certo sentido, mas uns entraram mais. Os que estão aqui.
23. – Acharam decerto que era melhor colocar as cobras juntas porque elas brigariam entre si e se matariam. Pensamento de milico. No Butantã as cobras estão juntas e se dão bem. Acho que eu daria um escritor de fazer inveja a esses que andam por aí escrevendo tão mal e tão desligados. A verdade é que nos damos muito bem. Aprendo com uns tipos machos verdadeiramente revolucionários. Conheci meia dúzia que liderava grupos armados e estavam prontos para fazer o pau quebrar, na hora em que desse o estouro. Um deles está em estado de choque até agora, porque não houve o estouro, nem se quebrou o pau. Ele não tem idéia de como o revertério se deu, uma vez que tudo era tão certo. Este é o sujeito mais difícil de se tratar aqui dentro; é inconformado e não aceita nada. É difícil explicar para ele que tudo é uma situação transitória.

24. – Bons contatos. Gente totalmente doida. Não fazemos nada, senão conversar. Os guardas ficam coçando o saco e não se importam com a gente. Semanalmente chegam dois americanos e se reúnem com o diretor do campo. Dois muito altos, com uns pés enormes e aqueles sapatos feios de doer que americanos usam. Quando eles chegam com suas pastas nós sabemos – alguém vai entrar bem. A presença deles coincide com os tais fuzilamentos. Muitos dos nossos acham que os fuzilamentos são simulados, não existem. São truques psicológicos. Assim assustam a gente. Os que desaparecem é porque são enviados para alguma outra prisão. Preferimos acreditar nestas versões e ficamos mais tranqüilos. Dá jeito de vocês verificarem se existem outros campos? Por falar nisso, as informações que venho pedindo não chegam. O que há com vocês, pô?

25. – Ninguém quer fazer amigos aqui dentro. Sinto isso em mim e nos outros. Nos ligamos, mas estamos desligados. Talvez para não sentir quando alguém desaparece da circulação. Muitos vivem no terror de sumir repentinamente. A maioria destes são os que estavam pouco, ou ligados a nada. Tem gente que foi apanhada errada e se encontra apavorada aqui dentro. É aquela gente que brincava de ser comunista, porque até era bem *ser essas coisas todas. Eles chegam e a gente logo reconhece pelo medo. Eles se retraem, não querem conversa conosco, se afastam. Ser comunista virou doença contagiosa. Parece que temos lepra, ou câncer. Ninguém normal quer aproximação.*

26. – Quanto eu não sabia! Quase nada. Estou aprendendo com estes sujeitos bons daqui. Tem muito malandro e vigarista também. Caras papudos, metidos a revolucionários, mas que não são de nada. Quando sair vou formar uma guerrilha.

27. – Um cara matou um guarda e desapareceu. Dizem que o assassinaram, não era dos nossos. Era agente deles e o crime foi premeditado para colocar a culpa em nossas costas. Para quê? Eles podem fazer o que quiserem conosco. Acaso aí fora a imprensa noticia alguma coisa? Nosso curso de torturas, dor e teste de paciên-

cia está quase completo. Vários se diplomaram com a morte. Estou cagando de medo do momento em que me levarem para a casinha nos fundos do campo. Gosto muito de viver. E Bebel?

28. – Ninguém tem idéia da violência subterrânea que existiu embaixo do movimento revolucionário. Naqueles meses que passei livre depois de abril, não calculava o que estava acontecendo. Em São Paulo era sopa ser comunista ou da esquerda e não havia maiores problemas. Apanhava-se bastante, sofria-se um pouco, saía-se vivo. Eram todos revolucionários de apartamento. Agora estou sabendo da sangueira sem fim que foi em todo norte e nordeste do Brasil. Gente linchada, enterrada viva, queimada, arrastada pelas ruas, fuzilada, assassinada sem se perguntar o nome, o que era, quem era, gente morrendo e vendo sua família morrer. As coisas sempre se acomodam depois. Não adianta estar escrevendo e tentando transmitir minha revolta neste papel. Era preciso que o povo visse, sofresse, fosse espezinhado e maltratado, arrebentado, torturado, visse seus filhos e mulheres morrendo de fome e frio, para poder se levantar. E ver bem esses que estão aí enganando todo mundo. Nós vivemos uma situação permanentemente pacífica e sempre se fala que, graças a Deus, não se derramou o sangue do bom povo brasileiro. Mentira. Derramou-se muito. Escondido. Esse pacifismo conduziu à bosta atual. É um mar de merda. Como estou vendo coisas para o momento em que sair daqui! Subitamente a vida deixou de ser uma bela coisa, alegre e cheia de futuro, em nosso país. Tenho vinte e cinco anos e a sensação de sessenta. Só me espera morrer? Não. Claro que não posso ser capado assim. Vida agora é uma luta feroz. A gente precisa combater a cada passo para sobreviver e não ser engolido. Acabou-se o tempo do grande sonho dourado e partimos para coisas imediatas. E a coisa imediata é mudar a cara do País. Porra! Mas como? Com esta gente que está presa? Quantos vão querer voltar a passar pelas mesmas coisas? E quando os outros souberem que é preciso sofrer tudo isso não vão querer aderir. Não vejo caminho. Fico pensando e olhando. Pô, velho, qual vai ser o fim de tudo isso? É isso que me deixa puto. O fim.

29. – Me dêem notícias de Bebel.

19

VARIEDADES CACIQUE

apresenta

UM "SHOW" SÓ PARA HOMENS

Divirta-se de verdade de segunda-feira a domingo

Desde às 9 horas da manhã

Assista um show diferente de duas em duas horas com um só ingresso

Atração

BEBEL

A famosa estrela do teatro e da televisão no seu maior desempenho musical

Não percam

BEBEL

TEATRO DAS BANDEIRAS – DE 9 À MEIA-NOITE

E mais 8 "strip-teases"

100 artistas – Garotas espetaculares

RIGOROSAMENTE PROIBIDO ATÉ 21 ANOS!

Permitido o traje esporte.

UM "SHOW" MILIONÁRIO.

DECIDIDO e sem nenhum medo. Misturou-se aos que tomavam café. Paus-de-arara que largavam e outros que iam pegar o serviço. Cheiravam a cal, falavam alto, com sotaque carregado, dentes cheios de ouro, rostos chupados. Bernardo com sono. Muito. O café duplo melhorou. A neblina da rua começava a se tornar espessa. O dia ia nascer. Vagabundos dormiam nas portas, cobertos com jornais, papelão, cobertores furados. Um Volks parou, Bernardo entrou. Bebel estava ao fundo, Renatão guiava e havia outros dois: Bebeto, baterista e o Carlinhos, do contrabaixo. Você já ouviu falar deles! Fizeram um sinal com a cabeça. Eram músicos bons. Conhecidos. O entorpecimento começava a tomar conta de Bernardo. Os músculos doíam, os olhos fechavam.

– Você soube?

– Do quê?

– Cassaram o governador.

– E daí?

– Cassaram esta noite. A televisão deu. Vão nomear um militar. Interventor.

– Já está tudo fodido mesmo!

– O jeito é sair dando tiros.

– Por que você não vai?

– Mas é o que vou fazer!

– Você?

Bernardo abriu o paletó. O 38 brilhou. Ele sentia o frio do revólver. O aço não se esquentara. Também seu corpo estava frio. Gelado, inteirinho, por dentro. Entrara, tímido, numa casa de armas. Não sabia que armas eram vendidas facilmente. O vendedor fizera umas perguntas, especializadas, ele dissera apenas que queria um revólver, bom, e uma caixa de balas. Fizera, o mais possível, uma cara honesta. Tinha que se experimentar. Começaria matando uma pessoa desconhecida. Numa rua deserta, na hora em que a pessoa entrasse em casa. Jamais suspeitariam. Tinha de matar um ou dois antes, para adquirir confiança. Para pesar suas reações! E se acostumar. Assim começaria a endurecer. O início. De uma vida de ação, de medo, de emoção constante. Era um novo jogo e não conhecia as regras. Era entrar com o carro, numa pista, no dia da grande corrida, sem saber dirigir, sem conhecer as curvas, o pavimento, as lombadas. Cego. Melhor assim. Estava cansado de tatear. O revólver na cinta lhe dava sensação de estar bêbado. Renatão começou a rir. O baterista e o contrabaixo olhavam, sem expressão. Estavam acostumados à noite. O rosto deles fez mal, Bernardo sentiu-se um valentão dos que nos bares contam vantagens e jamais erguem as mãos para bater e nunca sacam o revólver. Fanfarrão. Fechou o paletó. Eles saberiam, um dia. Quando os mortos começassem a aparecer. Depois de bem vacinado, passaria a matar policiais. Guardas-civis, delegados, inspetores. Tinha que se articular. Era um pensamento bom. Renatão encostou o carro. Desceu, atravessou a rua, entrou no Mercado.

Voltou e deu a partida. Tirou do bolso um pacotinho delgado, de papel de seda branco. "Cuidado, que custa vinte mil a grama. Aqui dá pra todos nós." Deixou na mão de Bernardo que desembrulhou, com receio de deixar cair. Era um pó branco, como açúcar. Não podia recuar, tinha topado. Também não queria recuar. Devolveu o embrulhinho, Renatão colocou no bolso. Renatão entrou num beco, perto da Duque de Caxias, parou. Tirou o pacotinho, abriu com cuidado, arranjou sua dose na unha e cheirou. Passou ao baterista que estava ansioso. Depois ao contrabaixo.

Bebel estendeu as mãos, tomou sua dose. Bernardo tremia um pouco mas fez como vira os outros fazer. Tinha que aspirar forte. Aspirou.

– Já estou bom – disse Renatão. Pronto para enfrentar hoje. E vou ter muito a enfrentar.

Algum tempo depois Bernardo começou a perceber uma nova disposição. Sem cansaço, o torpor dissolvido e a visão muito luminosa. Tudo era claro e as pessoas pareciam mais redondas, os edifícios tinham relevo, eram cheios de arestas.

– O bom disso é que não se percebe – disse Renatão – você cheira quanto quiser e tem sempre a mesma cara.

"Está tudo muito claro – pensou Bernardo. Nunca pensei deste modo. Claro, límpido, a cabeça perfeitamente no lugar. O romance inteiro cresceu na minha cabeça. Explodiu. As idéias subiram num cogumelo. E a disposição também. Estou pronto a voltar pra casa, sentar à mesa e escrever. Tomar. Sempre. Cada vez que eu precisar escrever. Mergulhar num mar de pó."

– Vai pra São João – pediu Bebel.

– O que tem lá? – indagou Renatão.

– A casa de uma amiga. Vou dormir.

– Agora que acendeu? Ainda tem muito a queimar, Bebel.

– Vou queimar com outra pessoa.

– Dina? – disse Bernardo.

– Dina. Não gostou?

– Não gostei? Por quê? Não faz diferença.

– Estranho. Você é estranho. Um dia gosta de mim. Outro não gosta. Uma vez queria matar Dina. Agora não importa! Viver contigo é uma montanha russa, hein?

Bernardo tocou o revólver com os dedos, de leve. E se não conseguisse atirar? Coragem. Ele se sentia morrendo; e outro havia de ressuscitar. Esvaziava-se. Para receber o novo Bernardo. Não havia tristeza em abandonar o antigo. Já não servia. Não sabia viver. Chegara aos vinte e oito e sua glória fora um livro medíocre. Apenas. Nunca procurara ser ele mesmo, não lutara para se transformar, não num de seus heróis fabricados, mas em si mesmo. Era preciso proceder à descoberta do homem que estava por dentro dele. Marcelo tomara ácido lisérgico. "Você toma e rompe tudo" – disse Marcelo. "Aquilo entrou em mim e fui subindo, até poder ver o mundo inteiro. Depois, desenhei uma vagina e atravessei-a com o lápis. Desenhei um globo e rasguei em pedaços. Desenhei um círculo e abri canais de dentro pra fora. Quando voltei ao normal, eu era Marcelo. Fui fazer cinema."

Mas Marcelo morrera. "Coragem. É preciso pra tudo. A gente vive perseguido por medo e obsessões e não quer se livrar deles. Porque nos intoxicamos. Eu não tenho mais medo. Acabo de avistar minha coragem. Esse pó que subiu ao meu cérebro, mostrou. A coragem é minha. Estava dentro de mim. Deve estar dentro de todos. Só que não sabemos tirá-la. Às vezes, é necessário outro instante de coragem. Esse de enfrentar a dose de cocaína. Não foi a droga que me tornou subitamente corajoso. Foi como num parto difícil. A criança existe e é preciso fórceps, ou cesariana, para extraí-la. A coragem estava em mim, pra destruir o antigo homem e dar à luz ao novo; a droga foi a cesariana."

O carro parou diante de um edifício recém-terminado. Bebel desceu correndo. Renatão continuou, sem esperar que ela entrasse no prédio.

– Onde te deixo?

– Em casa – disse Bernardo.

– Olha lá. Quando terminar o efeito, você vai se sentir muito mal. Dor no estômago, nos músculos, uma canseira enorme. Como se estivesse bêbado.

– E o que faço?

– Toma um copo de água com açúcar. Muito açúcar. Se tiver farmácia perto, entra numa injeção de glicose. A coca queima o açúcar do sangue. Faz isso que você volta à boa forma. Ou então, arranja uma nova dose e manda pra dentro.

Bernardo entrou no apartamento. Os caixotes, com livros, estavam empilhados. As paredes nuas tinham furos de pregos e manchas de cola. "Agora não me importa mais continuar neste mesmo apartamento. Começo tudo de novo." Abriu a máquina, o papel girou no rolo. "Estou disposto a ficar cinqüenta horas, vinte dias, até sair o livro, o conto, qualquer coisa. Scott Fitzgerald, um dia, escreveu a estória de um camelo em trinta e seis horas sem parar. E Faulkner terminou um livro numa noite."

E durante horas bateu as teclas. Pela primeira vez não se preocupou com desordem, limpeza, poeira. Batia e deixava as folhas caírem no chão e amontoarem-se na mesa. O dia inteiro sentado e estava firme, como se tivesse começado quinze minutos antes. Acendeu a luz e continuou. "A imaginação não existe dentro de mim. Imaginação está nas ruas. Nas coisas que vejo. Vivo. Escuto. Observo. Nas tabuletas. Anúncios, nos avulsos de propaganda, nos livros, nos escritos dos muros, na fala do povo. Um escritor não pode sentar-se e inventar a vida de uma cidade. Uma cidade vive sem o escritor. E ele não vive sem ela. Cada dia é preciso mamar no peito aberto do povo, sugando os seus modos, a sua fala, o seu jeito, hábitos, palavras que saem; assimilando as criações sem fim de gente inesgotável que está a fazer nascer frases, slogans, apelidos. O povo tem dentro de si um rio a espumar e rugir e esse rio é que o escritor deve aproveitar e fazer correr dentro de um leito."

Ele percebia uma lucidez formidável. Podia colocar tudo à sua frente, na mesa, pois as perguntas que fizera durante anos tinham tomado forma. Eram blocos, maiores e menores, quadrados, circulares, triângulos.

Uma vez, no último ano de Científico, no IEBA, fora para o quadro negro, no exame oral de matemática. O professor ditou e Bernardo escreveu a equação. O oral de matemática era feito no Salão Nobre, cujas paredes, em toda volta, quase, eram revestidas por quadros negros. Havia a equação, ele a olhar a equação e, atrás, também a contemplá-lo, as quarenta meninas de uma quarta série.

Elas pareciam abismadas diante daqueles números que se amontoavam debaixo do v de uma raiz, com frações, parênteses, e colchetes, x e y, mais e menos. Bernardo estava gelado de alto a baixo. "Os números à minha frente e eu angustiado, por não saber como desenvolver aquilo. Eu tinha as fórmulas, que sabia de cor, porque o professor repetira tantas e tantas vezes, e eu fora obrigado a escrevê-las, que memorizara. Só não sabia aplicar. Não havia modo pelo qual as fórmulas penetrassem no intrincado de letras e números. Não fazia nenhum sentido mais x se tornar menos y. Os números eram secos. Eu estava parado, obstruído, sabendo que havia por trás de mim quarenta pares de olhos, à espera. Para não decepcioná-los, resolvi a equação. Era preciso. Se não, como acreditariam em mim? Passei a colocar números e chaves, raízes, frações e mais parênteses e colchetes e tantos sinais, que enchi a minha parte do quadro negro e segui na de um colega. No final, pus o igual a, e fechei a equação. As meninas me olharam e caminhei triunfante para a mesa. Um herói que resolvera a mais difícil equação que elas jamais veriam pela frente nem que fossem estudar teoria da relatividade. Diante da mesa, o professor, um homem magro, alto, de bigodinho preto, chamado Ulisses, preparou-se para a verificação. Eu disse: "Não se dê ao trabalho! Pode ficar sentado e me dar zero! Se o senhor seguir aquilo, fica louco." Eu não podia fazer papel feio. Nunca pude. Hoje, dez anos depois, sentado nesta mesa, vejo como foi inútil a mentira. Era a falta de coragem de jogar o giz e voltar. Não fui herói, nem nada, porque as meninas não pensavam em mim. Pensavam na história, no exame que iriam enfrentar, com César, Aníbal, Calabar, Marquesa dos Santos."

Abandonou, olhou os papéis espalhados, contou o que pôde, abriu a mala maior, retirou um suéter. Desceu.

Falar, telefonar, gritar, correr, bater, apanhar, brigar, chorar. Ele imaginava o que fazer. Passava e não via ninguém. Havia muita gente, mas Bernardo não via os rostos. Mesmo que olhasse bem, gente não tinha rostos.

Pessoas que não olhavam para ele. Entrou nas ruelas, perto da estação da Luz. "Sinto uma sensação dolorosa: esta cidade odeia sua gente. Ela não se importa. Nem de onde vieram, nem para onde vão. Odeia com a força de seu aço, pedra, cimento, asfalto, vidros, tijolos, trilhos, postes. Detesta cada humano que corre como o sangue por suas ruas-veias. Quase posso ver a cidade, isolada de mim, a boca enorme de ódio, aberta. A baleia, a engolir peixinhos. Cidade que não vai entender que esta gente sofre dor maior; estar sozinho, sem estar."

Bernardo via o rio de gente que desembocava na zona. Corriam, cruzando-se olhando portas e janelas e buracos e frestas e portões. Parando à porta dos bares mal iluminados de onde vinham sorrisos, acenos, apelos para o amor. "Eles pensam que essa angústia que está dentro deles pode ser aplacada. Estão aí, de mãos nos bolsos, a escolher, e a antecipar o momento de subirem aos quartos de colchas estampadas ou de cetim, abajures baixos, figuras de santos, imagens de macumbas, colchões cheios de pulgas e chatos. Eles vão se meter como doidos entre as pernas das mulheres. E vão se movimentar furiosamente, não porque queiram trepar, ou porque tenham muito tesão por essas mulheres de olhares mortos. Eles estão desesperados para chacoalhar e expelir de dentro deles não o sêmen, mas a solidão. Eles não sabem direito o que sentem.

A maioria vai morrer sem jamais saber porque andou tanto pela cidade. Uma procissão; isto é uma procissão e estou nela. Com todos os cânticos, filas, associações e andores. Os andores suportam suas imagens. As imagens circulam: desamor, solidão, tristeza, abandono, desprezo, ódio, indiferença, desespero, mediocridade, inveja, injustiça. Os grandes santos de São Paulo. Ando sem parar e sem encontrar mulher. Elas estão às portas e janelas e são pálidas, brancas, enrugadas, mulatas sebosas, nortistas de ventre grande, loiras semi-apodrecidas, crianças com cara de fome e velhas com cara de fome. Estão aí nessas quadras de casas velhas, tão condenadas quanto as casas. Nesses prédios de entradas escuras, onde fregueses não podem divisar os rostos das mulheres que os chamam, para o ritual-cinco-minutos-de-expulsa-tua-tristeza-para-substituir-por-uma-maior-ainda.

Eu amava esta cidade e ela não quer ser amada. São Paulo me comprime de cima para baixo e me arrasta com esta multidão que passeia de mãos nos bolsos. Somos a cidade: um caldo grosso, viscoso, de esfomeados, explorados, necessitados. Essa multidão escorrega como lesma e veja a raça brasileira: desnutrida, acabada, feia, magra, chupada, espetada, doente. Eles estão dentro da cidade mais espetacular, mas continua com a velha sensação de que é um filme de ficção científica.

Conheci uma pessoa que gostava muito de São Paulo. Chamava-se Joana. Era a única. Sempre achei que ela deveria ser recompensada com um selo comemorativo, ou uma estátua por esse amor tão sem sentido. Ela se deitava com as janelas abertas, a fim de poder ver os edifícios e as luzes e as ruas cheias de carros. Ela morava no Rio e vinha constantemente. Quando estávamos juntos, eu via a cor sol de sua pele e o meu branco. De papel, pálido, doentio. Eu saía com Joana, e observava os outros. Todos brancos, macerados. Então entendia o túmulo em que estamos encerrados. É a nossa cor oficial, nós que vivemos nos gavetões empilhados. Joana queria vir para São Paulo e não podia por uma razão qualquer como a mãe, um namorado exigente, ou porque no Rio ela tinha trabalho mais fácil. Ela me escrevia dizendo que não gostava do Rio, porque o Rio se encontrava sempre em disponibilidade. Estou pensando estas coisas para tentar ver se entendo este lugar onde estou metido.

Eu me sinto pregado a tudo que me envolve e circunda, porque há qualquer coisa de desafio e de fascinante num lugar em que a gente sabe que está sendo destruído e não consegue se libertar."

20

RENATÃO partiu. Bebel entrou no prédio. O elevador demorava. Começou a subir as escadas, rapidamente. "E se ela estiver com alguém? E se estiver? Preciso bolar um plano." Eram dezenove andares até o apartamento. No décimo encontrou o zelador. "Dureza, né? Quebrô seletor de andares. Daqui a pouco o mecânico vem. Vai visitá dona Dina? Nem sei se taí. Se tá, faz três dias que num sai de casa." Ela continuou. "Posso subir trezentos andares com aquilo na cabeça. Renatão é formidável! Só ele mesmo. 141, 142, 143, 144, 145, 146, 147, 148, 149, 150, 151, 152, 153. Parou no último degrau. O apartamento era em frente à escada. "Qualquer dia conto desde lá embaixo, só pra me chatear." Era um prédio novo, de corredores brancos como hospital. Tocou. Leve, querendo e não querendo. Fazia frio. No fim do corredor havia uma janela sem vidros. Entrava vento frio. Dina abriu. O apartamento estava todo fechado e o cheiro de tintas era opressivo.

– Só abri porque era você. Estou trabalhando sem parar.

– Ah! Muito obrigado.

– Por que a ironia?

– Por que você sumiu?

– Já disse. Estou trabalhando.

– Trabalhando? Os quadros são mais importantes que eu?

– Por quê?

– Isso mesmo. Com os quadros você fica quantos dias precisar. Mas de mim não se lembra.

– Ué! Você sabe onde moro. É só vir até aqui!

– Ah! É só vir, e você abre? Pra mim e pra todos os seus homens!

– Que homens? O que você está dizendo? O que há? Que cara estranha é essa? Olha, faz uma coisa. Vamos dormir, depois a gente conversa. De tarde. Com calma. Agora estou cansada. Pintei a noite inteira.

– Pintou ou trepou?

– O quê?

– Pintou ou trepou?

– Vai embora! Você está louca. Já. Vai embora já!

– Não vou. Hoje não saio daqui!

– Então fica. Eu vou dormir.

– Não sem me explicar umas coisas!

– Que coisas? Não tenho que explicar coisa nenhuma. Vou é dormir. Se quer, fica aí!

– Eu quero ficar. E quero a verdade, Dina! A verdade. Chega de dúvida. Chega de brincar comigo.

– Brincar contigo?

– O que aconteceu não vale nada? Nada?

– Hein! Bem. Valeu naquele dia. Foi bom, não foi? Por isso fizemos outras vezes. Mas agora acabou.

– Como acabou? Assim? Então por que fez?

– Você é gozada. Fiz porque estava com vontade. Fiz e não prometi nada. Lembra? Nós não falamos uma palavra. Foi um negócio normal. Os homens não dormem com tantas mulheres? E nem por isso se apaixonam por todas. Então por que nós, Bebel? Bobagem sua!

– Não é não! Via até nos seus olhos. Nas coisas que você me dava.

– Viu porque quis! Nunca existiu nada!

– Então estou louca?

– Quem sabe? Tudo pode acontecer.

– Louca está você. Essa gloriazinha te subiu à cabeça, Dina! Mas não fica assim!

– Bebel, vem cá! Tenho culpa de você ficar inventando coisas? Tenho? Me diz! Pensa um pouco e diz! Vai consultar o médico. Correndo. Vê o que tem dentro dessa cabeça! Quando a gente se apaixona, fica muito sensível e interpreta tudo para o lado da gente. Foi isso que aconteceu! Nada mais.

– Médico? Você sim! Vai correndo. Você não agüentou esse rebolado. Foi muito coquetel, muito jantar, muita gente te badalando, muita fotografia em jornal. Até muito dinheiro. Ouvi por aí que você vende quadro como água. Todo mundo acha bonitinho os quadros da menina de 17 anos! Virou tua cabeça.

– Não. Não virou nem um pouco. Sei o que estou fazendo. Sabe o que me interessa? Os quadros. Só os quadros, Bebel! Nada mais. Nada. Nem você, nem esses caras que me rodeiam. Entendeu? Bem? Tudo que acontecer em volta de mim não tem importância diante dos quadros. Se você tivesse feito o mesmo com sua carreira, não estaria fodida, como está.

– Fodida? É o que você pensa! Encontrei um produtor interessado em mim. Vou voltar.

– Vai nada! Teu gênero não interessa mais a ninguém. O negócio agora é ié-ié-ié. E você não sabe cantar. Cantava naqueles programas eu sei como. Dublada.

– Você não presta mesmo. Você é lixo, Dina. Lixo.

– Lixo é a tua mãe!

– Não tem nada que comer, aí?

– Na cozinha tem. Vê lá.

Bebel voltou com uma lata de sardinhas, aberta, e quatro pedaços de pão americano.

– E se eu te pedisse uma coisa. Você fazia? – Bebel perguntou.

– Depende.

– E se a gente tentasse de novo?

– Não tenho vontade. Pelo menos hoje não tenho!

– Nem um pouco? Você arranjou um namorado?

– Não.

– Mesmo?

– Mesmo.

– Então, por quê?

– Não quero, Bebel. Não tenho vontade e acabou.

– Eu queria.

– E eu não! Por que a gente não fica amiga? Duas boas amigas?

– Que amizade estranha. Agora não dá. Não acha?

– Acho que dá. Pelo menos fiz assim com todos meus amigos. Sabe que já dormi com todos? Acabou a curiosidade. Agora posso ser amiga deles e eles de mim! Assim tem de ser amizade entre o homem e a mulher. Só é boa mesmo depois que a gente dorme junto. E se conhece. Aí morre a curiosidade, o desejo, fica tudo muito natural. Por isso que acho que nós vamos ser muito amigas, Bebel!

– Não comigo. Comigo essa não pega!

– Não pega, porque você é uma tonta, uma quadrada, uma imbecil. Você me irrita. Me dá na pele. Tinha tudo e enfiou no rabo. Eu gosto de ter você ao meu lado, Bebel, para não fazer as mesmas coisas que você fez e faz.

– Mas eu não sei o que fiz. Eu não fiz nada. De repente, eu não tinha mais aquelas coisas todas, Dina. Aconteceu assim. Às vezes até penso que era mentira tudo! Devia ser. Nem cheguei a aproveitar.

– Aqueles dois caras te atrapalharam, Bebel. Você era ótima! Eu me lembro dos teus programas na televisão. Ninguém melhor que você. Todo mundo gostava. Depois você mudou. Pra pior. Quis dar uma de séria. Não queria mais ser vedete, de pernas de fora, dizendo aquelas besteirinhas e dançando. Até dançando mal como você dançava, era engraçado. Um dia, fui ver você numa peça, no TBC. O que era aquilo, meu Deus! Uma coisa horrorosa. Não tinha nada a ver com a Bebel que todo mundo conhecia. O público foi te ver no começo. Depois, as notícias se espalham. Era tudo falso. A gente via que era falso. Naquele tempo eu tinha uma certa gama por você. Curiosidade. Talvez porque todo mundo tivesse. Queria me aproximar de você. Custou. Mas eu tinha paciência. Comecei cedo. Muito cedo. Desde 12 anos ando por aí.

Sei de tudo. Aprendi tudo. Principalmente a ter paciência. Eu tinha 12 anos, quando minha irmã se casou. O cara foi morar lá em casa. A casa não dava pra nós. E veio mais aquele cara. Eles dormiam um dia em meu quarto, outro no de minha mãe. Ficaram ali do meu lado gemendo e gritando. E no outro quarto, dormiam os três na mesma cama. Eu pensava no dia em que iria embora dali. Não tinha raiva de ninguém, só curiosidade de ver melhor como eles faziam. Ou de fazer como eles. Achava até bonito aqueles suspiros prolongados que minha irmã dava. Foi paciência que tive durante muito tempo, Bebel. Assim fui aprendendo. Minha irmã trabalhava no comércio, meu cunhado era um sírio que vendia bilhetes de loteria e minha mãe dava aulas no curso primário. Eu sabia que ela era muito ruim com as crianças e castigava as meninas. Um dia fui embora, ninguém soube mais de mim. Nem me procuraram! Minha família era muito respeitável no interior. Gente ordeira e trabalhadora. Quando quis sair de casa pensei primeiro o que podia fazer numa cidade do interior. Não havia nada. Ou o comércio, ou banco. E um e outro escritório. Com 14 anos eu estava em São Paulo, mas o resto não te interessa. Eu conto tudo, porque não gosto nem de minha mãe, nem de minha irmã e menos ainda de meu cunhado. Foi com paciência que saí. E foi com paciência que cheguei em você. Devagar. Bem devagar. Mas quando cheguei você vivia dominada por aqueles caras. Uma pena. Esse tal Bernardo e o outro, aquele meio comunista, boa pinta, que vivia papando as meninas da faculdade.

– Marcelo.

– Acho que é esse Marcelo. Ele esteve com a gente naquela noite em que fomos jantar na Penha. Lembra?

– É o Marcelo.

– Esses te estragaram, Bebel! A culpa é deles. Querem que as pessoas melhorem. Foi você quem me contou, não? Melhorou tua carreira por acaso? Melhorou depois que eles te puseram a mão? Uma ova! Você não entende, Bebel, que as pessoas têm que ser deixadas como estão? Não é preciso melhorar nada. Porque é impossível. Vê o que aconteceu contigo? Quiseram-te melhor. O que Bernardo queria fazer de você? A grande mulher, a grande estrela, a vedete culta, não sei o que mais. Eles te mataram, Bebel. Te mataram!

– Não é verdade! Não fala assim deles. Gosto muito de Bernardo. Como gostava de Marcelo.

– Esse Bernardo é um veado. Pederasta.

– Que veado? Está louca? Aquele lá?

– Aquele. Já até ouvi falar num caso dele.

– Essa não! Não repete isso, pra não dizer bobagem.

– Bem, hoje a gente nunca sabe.

– Não fala deles não. Sempre foram meus únicos amigos. Únicos. Sem eles eu me sentia muito sozinha. Agora Marcelo sumiu. Morreu. E com Bernardo nem sei se conto. Ele é estranho. Hoje de manhã teve ciúmes de você. E uma vez se pegou com Marcelo. Gozado tudo isso.

– Ora, Bebel! Deixe de fazer drama. O amor está por aí dando sopa. Você encontra até na sarjeta. O amor está escorrendo das pessoas como açúcar e melado na calçada.

– É o que você pensa! Não, não pensa, não! Uma bobagem dessas você não pode pensar.

– Quer saber de uma coisa? Eu vou é dormir. Passou o efeito do Dexamyl e estou ficando deprimida. Fico demais. Depois me dá dor de cabeça de enlouquecer. Vou dormir logo. Se quiser, fica aí.

Bebel foi ao quarto e viu Dina tirando a rancheira azul desbotada. Sempre pintava com aquela calça. Depois a blusa. Viu também a pele toda arrepiada com o frio. Dina entrou logo debaixo do cobertor. Pediu um copo de água. Quando Bebel voltou, ela estava com três pílulas brancas na mão.

– Mais bolinha?

– Esta é pra dormir. Uma pra não dormir e outra pra desmaiar.

– Você acaba morrendo.

– Você também.

– Você mais depressa!

– Olha, pega teu conselho e sabe o que fazer, não? Se pelo menos fosse a mulher mais pura do mundo!

– Me diz uma coisa, Dina. É verdade que você anda tomando uns troços esquisitos pra pintar? E que é bom? Bernardo me falou, outro dia. Um negócio que todo mundo anda tomando. Bernardo também ia.

– Lisérgico?

– Não sei. Não sei o nome. Dizem que ajuda a gente. Será que me ajuda?

– Ajuda. Um dia te arranjo. O que eu tenho é pra mim. Até eu terminar esse trabalho. Se sobrar, você toma. Mas precisa alguém junto. Pelo menos na primeira vez.

– Que bom.

– Fica aí. De tarde a gente conversa.

Depois que ela dormiu, Bebel voltou ao atelier e começou a tirar os quadros que estavam encostados à parede. Olhou um por um. "Dina mudou muito em pintura. Desapareceram os traços pretos. Ela, agora, enche os quadros de gente. Esses quadros ela ficou pintando enquanto eu esperava." Foi na cozinha, apanhou uma faca de ponta. Colocou um quadro no cavalete. Enfiou a faca no canto e desceu em diagonal. Fez o mesmo, começando na direita. Colocou o segundo e o terceiro. O quarto. E do quinto em diante, continuou sem método, enfiando a faca e rasgando as telas.

Então começou a arrancar os pedaços com a mão. Arrancava violentamente. A tela era dura, estava bem presa, ela fazia força.

Quebrou duas unhas. Cortou um dedo quase até o osso. Foi ao banheiro, achou band-aid, colocou, enrolou esparadrapo em volta.

Terminou com todas as telas. Amontoou os restos dos quadros no meio do apartamento. Passou a quebrar a madeira de sustentação. Amontoou junto dos restos dilacerados. Abriu o primeiro tubo de tinta. Azul. Encheu a mão e carimbou a parede com a palma. Outra vez. Depois com a tinta vermelha, verde, preta, marrom, amarela. Do chão até a altura que conseguiu alcançar.

Sentou-se no chão. Cansada. O dedo começava a latejar. Olhou para o dedo embrulhado em branco manchado de tinta. Sacudiu a cabeça. Não queria. Escondeu o dedo. Mas agora já tinha vindo. Aquela tarde. Na sala do diretor artístico.

O homem estendia o papel.

– Sou obrigado.

– A quê?

– Veja.

O papel. Azul. Uma inscrição no alto. E uma cruz ao lado. O papel esquentou as mãos. "Na defesa da moralidade e dos costumes de nossa terra, a Associação das Donas de Casa Cristãs de São Paulo, que colaborou decisivamente para o êxito da Revolução de março, fazendo grande inquérito entre as suas associadas e a população desta operosa e cristã urbe, julga conveniente que se mude a orientação dos programas da bailarina chamada Bebel, pelo que há nele de atentatório à moral, aos bons hábitos e ao pudor e recato de nossos filhos. O inquérito abrangeu cinco mil famílias, cujos chefes assinaram o memorial anexo..."

– O que quer dizer?

– Teu programa está suspenso. Por enquanto.

– Só por isso?

– Isso é fogo! Não mexe com essas mulheres!

– Mas elas não mandaram cancelar o programa. Só mudar um pouco.

– Mas acontece também que elas mandaram isto para o patrocinador. E o patrocinador tem uns produtos no mercado. Ele mandou cancelar. Ele! Não nós!

– E eu?

– Tira umas férias. Bem grandes. A emissora te paga. Você fica fora até te esquecerem.

Bebel ergueu as mãos e bateu com toda força sobre a mesa. Depois se atirou contra a parede. Havia fotos emolduradas dos programas dirigidos pelo homem. Quebrou tudo. Espalhou os vidros pela sala. Cortou o dedo. Veio gente. Levaram-na à enfermaria. Enrolaram seu dedo em gase e esparadrapo.

"Eu sempre quis esquecer essa tarde. Também agora não sinto mais nada. Nada. Nem por Dina. Não era Dina. Nem os quadros."

Dormiu. Acordou às cinco e meia. Havia um sol amarelo entrando pela janela.

Foi ao quarto e chamou Dina.

– Levanta. Levanta logo.

– Hum. Quem é?

– Bebel.

– Que Bebel?

– Bebel. Tua amiga.

– Não tenho amiga com esse nome.

– Então não é tua amiga. Vai. Levanta.

– Não quero. Não posso. Para quê?

– Preciso te mostrar uma coisa.

– Traz aqui.

– Não dá. Está lá no atelier.

– Minha cabeça estoura. Não posso ser acordada enquanto o sol não cair.

– Deixa de frescura! Vai, levanta.

– Você é uma louca. Como entrou aqui?

– Pela porta.

– Tinha chave?

– Tinha.

– Eu é que te dei?

– Foi. Você mesma. Ontem.

– Ah! Você é minha namoradinha?

– Não! Brigamos.

– Então devolve a chave.

– Depois. Vem ver.

– Minha cabeça estoura.

Bebel puxava Dina pela mão. Ela se ergueu na cama. Levantou-se. As pernas se dobraram.

– Não agüento de dor. Me dá um Dexamyl.

– Não. Agora não. Daqui um pouco.

Puxou Dina até a porta. Ficou parada diante dela. Então saiu da frente, e Dina viu os quadros. A parede. Não se mudou no rosto. Ela ficou olhando uns segundos. E os olhos cresceram um pouco.

– Quem fez isso?

– Eu.

– Por quê?

– Porque sim. Agora você presta atenção em mim.

– Atenção em você?

Dina caminhou através do atelier. Sem ver os quadros destroçados. Foi até a janela. Olhou Bebel. Sem mudar a expressão.

E se atirou pela janela.

21

AS REFINARIAS JÁ ATENDEM AO CONSUMO TOTAL DA GASOLINA DO PAÍS

PELA PRIMEIRA VEZ, DESDE 1951, AS EXPORTAÇÕES BRASILEIRAS ATINGEM A MARCA DE 1 BILHÃO E 600 MILHÕES DE DÓLARES.

PARECE UMA OBRA DE FARAÓS MAS É URUBUPUNGÁ, A MAIOR HIDRELÉTRICA DA AMÉRICA LATINA E A SEGUNDA DO MUNDO

SÃO PAULO CAMINHA PARA TRÁS

Além da ajuda em dinheiro, a cidade precisa do Plano Diretor e de uma nova mentalidade para voltar a ser uma cidade habitável. Do contrário será o caos, sem solução. Esta é a mesma cidade de trinta anos atrás posta numa lente de aumento. Não mudou nada, só cresceu.

(De uma reportagem de Celso Kinjô para o *Jornal da Tarde*)

DINÂMICA AUTOMOBILÍSTICA

Graças à dinâmica que imprimiu a seus trabalhos, o GEIA – Grupo Executivo da Indústria Automobilística – aprovou cerca de 400 projetos para criação ou ampliação de fábricas de autopeças e veículos, abrangendo investimentos totais em máquinas e equipamentos, no valor de aproximadamente US$ 350 milhões, o que permitiu tornasse o Brasil o maior produtor de veículos da América Latina e o 9º do mundo.

O PORTEIRO do Cave, um negro chamado Gunga Din, abriu um sorriso enorme. "Quanto tempo, doutor!" Bernardo entrou A uma da manhã o Cave estava cheio. Ella Fitzgerald cantava Gershwin. Bebel tinha chegado e dançava com um tipo alto, de ombros largos. Ele conhecia o cara, chamava-se Dagoberto. Era rico e só gostava de putas. Bernardo ficou de pé, encostado a uma coluna. Percebeu Bebel olhando para ele e sorrindo. Encheu o copo de uísque, foi para o fundo. Sentou-se a uma mesa, onde se reuniam jornalistas. Ia haver show. Depois de Elis, Jair entrou, brincando com Bebel. Tinham feito muitos shows juntos. Um grupo ruidoso entrou. Sentou-se perto da pista. Bebel rodeou, chegou até Bernardo. "Quando é que volta pro jornal, querido?" Ele fez não, com a cabeça. Começara o formigamento pelo corpo. Bebel estava gorda. Mais alguns anos e se tornaria uma senhora.

O formigamento estava insuportável. "Você tem um problema supra-renal. Há falta de adrenalina em seu sangue. Vai sentir sempre isso" – disse Roberto Freire que era médico; a primeira vez que sentira os sintomas, no Gigetto. Sempre que sofria emoção, boa ou ruim, o formigamento surgia, queimando, em maior ou menor intensidade! "Vou voltar à televisão. Você faz reportagem? Faz?". Bebel terminou de dizer alguma coisa, Bernardo coçava o peito e a cabeça, onde o formigamento era maior. "Televisão. Ela só pensa em televisão e fotografias. Bebel passou a viver alimentada por lentes e objetivas. Somente ser retratada, filmada, televisionada, lhe dá vida. Só, ela não vive. Mesmo que esteja rodeada de gente. Ela flutua no espaço. Somente se alegra, e pulsa, quando as objetivas a focalizam, os flashes estouram e os cliques se sucedem. Ao mesmo, tenho pressentimento, como se ela soubesse que as câmeras são esquifes, e que a sua vida está sendo imobilizada, interrompida num instante que não voltará mais, um momento que, segundos depois, é o passado. Câmeras-esquifes que ficam com seu presente e tudo que ela é. Ela sabe disso e, ao mesmo tempo que tem necessidade das câmeras-esquifes para viver, as detesta, e odeia e destruiria tudo se pudesse."

Observou Dagoberto gritando com ela. Bebel respondeu. Bernardo contemplou o rosto, o ar irônico desenhado, a boca um traço cínico. Dagoberto puxou o decote, de leve, com o dedo. Começou a derramar uísque entre os seios. Bernardo se aproximou. "Os seios de Bebel estão caídos. Em dez anos será uma bela lavadeira."

Gunga Din abriu o sorriso. "Como vai, Dona Bebel?" Ela estava na porta, vendo Dagoberto e Eusébio.

– Não precisa tanto, seu Dagoberto. É só uma notinha emprestada até sábado.

– Faz o que eu digo que te dou muito mais.

Eusébio era um sujeitinho de pele repuxada, que circulava pela noite e se dizia colunista social. Mordia todo mundo e vivia levando notícias aos jornalistas. Se publicavam, ele cobrava das pessoas. Não gostava do nome Eusébio e se apresentava como Conde de Limeira.

– O que é? – perguntou Bebel a Dagoberto.

– O Conde quer mil pratas. Eu disse que dou dez mil se ele se ajoelhar e rezar a Ave-Maria.

O Conde olhou em volta. Tinha bastante gente. Demorou um pouco e se ajoelhou. Começou "Ave Maria cheia de graça..."

– Não, assim não! Tem que ser com a mão, direitinho!

O Conde, de mãos postas, recitou a reza. Dagoberto tirou duas de cinco mil e entregou.

– Desta vez mereceu! Quem reza sempre alcança.

Bebel ia entrando. Ele segurou-a pelo braço.

– Quero falar contigo!

– Fala lá dentro.

– Aqui fora.

Ela continuou. Dagoberto foi atrás. A uma da manhã o Cave estava cheio. Os mesmos rostos. As mesmas conversas. O mesmo jeito de todo mundo. Ela sabia quem iria para a pista quando tocasse twist. Quem se levantaria para o monk. E no surfin, e no ié-ié-ié. Ella Fitzgerald cantava Gershwin.

– Você foi ao Rio?

– Eu? Quem te disse?

– Quando você desapareceu, me disseram.

– Não fui.

– Mentirosa. Além de puta, é mentirosa.

– Não é do que você gosta?

– Foi ou não foi ao Rio?

– O que adianta se fui ou não fui? O que adianta se eu disser a verdade? Se eu mentir? Você é bobo, Dagoberto. Você não sabe de nada. Da minha vida. Nem da sua.

– Começou a tomar bolinha cedo. Hoje você apanha!

Bebel deu uma volta e ergueu os braços.

– Não importa mais. Agora, não.

Num canto, o grupo de mulheres cercava um cantor, o rei do ié-ié-ié. Bebel se aproximou. O garotão tinha a cara triste e o cabelo caído na testa. Era o novo ídolo de televisão.

– Quanta gente hoje! Puxa!

– Com quem você foi ao Rio? Com quem?

Ela se encostou no bar, Dagoberto seguiu. Sentou-se na banqueta, pediu um uísque.

– Depois a gente conversa.

– Com quem foi?

Depois das três chegavam meninas de inferninhos; bem vestidas, penteadas, arrumadas. Havia meninas da sociedade; bem vestidas, penteadas, arrumadas. Amigos, gigolôs, amantes, noivos, namorados, paqueradores.

– Com quem? – Dagoberto repetiu.

– Você não é meu dono!

– Claro que sou!

– E não grita comigo!

– Grito quanto quiser.

Dagoberto segurou o braço de Bebel. Lutador de judô, tinha o braço enorme que prendia Bebel como chave inglesa.

– Quem te levou ao Rio? Responde ou te quebro!

– Adianta saber?

Um grupo ruidoso entrou. Sentou-se perto da pista. Entre eles havia dois atores de televisão, muito populares, que tinham dado o golpe do baú com meninas feias. Eram chamados os homens do ano. Acenaram para Bebel e encheram os copos de uísque. A hi-fi terminava Ella Fitzgerald. Começou um surfin. Bebel se apoiou na mesa para apanhar o copo que o ator lhe estendeu. Viu Bernardo, junto a uma coluna de pé. Gritou para ele: "Ainda acha que estou gorda, querido?" Ele fez que sim. Bebel disse: "Sabe? Vou voltar para a televisão. Me prometeram. Saí outro dia com um produtor. Ele gostou de mim. Você não vai fazer uma reportagem comigo? Faz uma que agora vou voltar à televisão. Faz?". As conversas ecoavam alto. Dagoberto segurou Bebel pelo queixo.

– Então? Vai dizer ou não vai?

– Puxa! Que você cansa, hein!

– Diz.

– Foi com Zé Mario.

– O velho?

– Que velho? 50 anos!

– Velho e brocha. Todo mundo sabe que ele tem uma especialidade! Você odiava esse velho que vivia te cantando.

– Gosto da especialidade dele! Não é papai e mamãe como você!

– Sua vaca.

Ele puxou o decote, de leve, com o dedo. Delicadamente, começou a derramar o uísque entre os seios. Bebel viu Bernardo dar as costas, depois de observar os seios quase de fora. Ela seguiu com os olhos até Bernardo sair. Não sabia se era ódio que tinha visto naquele olhar estranho. Sentia-se mal. “Também ele se foi. Era o último.” Pensou. E sorriu.

Há noites em São Paulo que um grande fedor desce sobre a cidade. Cheiro repulsivo, como se todas as bocas de esgoto tivessem sido abertas e as emanações formassem uma camada sobre a cidade. Sinto esse cheiro podre que há no mundo – pensa Bernardo – e eles não. Esse cheiro é o homem desta cidade. Nessa camada de fedor se concentram suor, a exalação de comida, dos cadáveres, lixo, do piche, gás, animais mortos, óleo cru, bosta, urina, águas paradas, enxofre, fumaça, peidos, mau hálito e todas as matérias decompostas espalhadas numa área de milhões de metros quadrados.” Abatido por esse cheiro que pesa, Bernardo caminha, sonolento. “A gente tem duas escolhas: se enfiar na casca, ou sair e ser esmagado. Não sei ainda o que vou escolher.”

Quando chegou a uma esquina, viu as quatro mulheres debaixo de uma árvore. Bernardo chegou perto antes de tirar o revólver. As quatro começaram a correr em direção a uma rua iluminada, duas esquinas à frente. Bernardo atirou para o ar. O ruído de tiro era seco, estranho, não tinha a sonoridade da televisão ou do cinema. Era um ruído aborrecido e frio, sem a mínima emoção. Ele esperava que a arma explodisse, abalando a rua. E o tiro era rápido, sem eco. Mirou nas costas da mulatinha que ia em último lugar. Ela corria com dificuldade e olhava para trás. Gritou quando viu Bernardo perto. Tropeçou e parou.

Bernardo se achou diante dela, o revólver quase encostado no peito grande. "Era melhor quando ela corria. É mais fácil atirar numa pessoa correndo."

A mulata ficou olhando o cano do revólver.

– Corre, filha da puta!

Ela continuou parada. "Vai ver sabe que não vou atirar! Só atiro se ela correr. Não posso simplesmente matar uma pessoa que me olha assim de frente."

– Corre!

– Não me mata, moço! Num fiz nada pro senhor!

Então ela começou a gritar socorro, polícia minha nossa senhora, Vilma, polícia, socorro, mamãe do céu, polícia, Nossa Senhora Aparecida, Sílvio, guarda, socorro, ai meu Deus, mata logo, polícia.

Bernardo começou a correr para trás e atirou na direção da mulata. Atirou três vezes e ouviu a mulata gritando ainda. Atirou mais uma e percebeu a turma que saíra do bar. "Tenho mais uma bala, guardo pra mim." Voltou à avenida Ipiranga. Sentou-se na calçada, olhando para cima, para a grande estrutura metálica de um prédio de 70 andares. A viatura parou. Havia dois guardas. Bernardo ergueu a mão. Sentiu um peso. Viu o revólver. Os guardas ficaram protegidos atrás do carro.

Bernardo sacudiu a mão. O guarda menor, um enfezadinho com boné maior que a cabeça, atirou rápido. Bernardo sentiu a mão leve. Olhou. Não havia mais o revólver e o sangue começou a correr, descendo da mão erguida para o braço. Havia bastante sangue, mas nenhuma dor. Os guardas se aproximaram e o enfezadinho deu coronhada no ombro de Bernardo.

– Valente com mulher, hem? Vamos ver com homem! Vai ver na Central!

Os guardas suspenderam Bernardo pelos braços. O sangue melava a roupa e ele começou a sentir-se fraco. "Só queria saber se a mulher morreu", pensou, antes de desmaiar e ser arrastado para a viatura. No prédio de 70 andares havia operários dependurados nas vigas metálicas.

No Cave, Dagoberto pegou o que sobrara de gelo e colocou também entre os seios. Deu uma batida e as pedras desceram. O surfin cobria tudo. Um sujeito, sentado à mesa dos atores, sacudiu os ombros, olhando o decote e o seio quase de fora. Ergueu o copo de uísque e disse: "Estamos mesmo vivendo uma época alegre! Muitíssimo alegre." Bebel sorriu de novo, apertando a barriga. O gelo desceu. Caiu no chão. Havia um fio gelado dos seios à barriga.

– Michê de cinqüenta mil – disse Dagoberto. – Vem comigo que te pago os cinqüenta, sua puta! A artista de televisão! Quanto pensa que vale? Pago quantas vezes você quiser. Vaca!

URGENTE (UPI, France Press, Tass, Reuter)

PRIMEIRO SATÉLITE DESCE NA LUA E ESTÁ ENVIANDO IMAGENS PELA TELEVISÃO

Obras do Autor

Depois do Sol, contos, 1965
Bebel Que a Cidade Comeu, romance, 1968
Pega Ele, Silêncio, contos, 1969
Zero, romance, 1975
Dentes ao Sol, romance, 1976
Cadeiras Proibidas, contos, 1976
Cães Danados, infantil, 1977
Cuba de Fidel, viagem, 1978
Não Verás País Nenhum, romance, 1981
Cabeças de Segunda-Feira, contos, 1983
O Verde Violentou o Muro, viagem, 1984
Manifesto Verde, cartilha ecológica, 1985
O Beijo não Vem da Boca, romance, 1986
O Ganhador, romance, 1987
O Homem do Furo na Mão, contos, 1987
A Rua de Nomes no Ar, crônicas/contos, 1988
O Homem Que Espalhou o Deserto, infantil, 1989
O Menino Que não Teve Medo do Medo, infantil, 1995
O Anjo do Adeus, romance, 1995
Veia Bailarina, narrativa pessoal, 1997
O Homem que Odiava a Segunda-Feira, contos, 1999

Projetos especiais

Edison, o Inventor da Lâmpada, biografia, 1974
Onassis, biografia, 1975
Fleming, o Descobridor da Penicilina, biografia, 1975
Santo Ignácio de Loyola, biografia, 1976
Pólo Brasil, documentário, 1992
Teatro Municipal de São Paulo, documentário, 1993
Olhos de Banco, biografia de Avelino A. Vieira, 1993
A Luz em Êxtase, documentário, 1994
Itaú, 50 anos, documentário, 1995
Oficina de Sonhos, biografia de Américo Emílio Romi, 1996
Addio Bel Campanile: A Saga dos Lupo, biografia, 1998

Impressão e acabamento
Cromosete
GRÁFICA E EDITORA LTDA.
Rua Uhland, 307 - Vila Ema
Cep: 03283-000 - São Paulo - SP
Tel/Fax: 011 6104-1176